寄情湖畔的 情與思

樹德科技大學
SHU-TE UNIVERSITY
2018文藝創作獎
得獎作品
暨師生作品集

■ 國家圖書館出版品預行編目資料

寄情湖畔的情與思：樹德科技大學文藝創作獎得獎作品暨
師生作品集. 2018 / 黃文樹等主編. -- 初版. -- 高雄
市：樹德科大通識教育學院, 2018.09
面；　　公分
ISBN 978-986-96547-1-5（平裝）

830.86　　　　　　　　　　　　107016030

寄情湖畔的情與思——
樹德科技大學2018文藝創作獎得獎作品暨師生作品集

初版一刷・2018年9月

主　編・黃文樹、劉幼嫻、顏妙容、曾議漢

出版者・樹德科技大學通識教育學院

　　　　地址：82445高雄市燕巢區橫山路59號

　　　　電話：07-6158000轉4202、4203、4205

承印者・麗文文化事業股份有限公司

　　　　地址：802高雄市苓雅區五福一路57號2樓之2

　　　　電話：07-2265267

　　　　傳真：07-2264697

　　　　電子信箱：liwen@liwen.com.tw

　　　　行政院新聞局出版事業登記證局版台業字第5692號

ISBN 978-986-96547-1-5（平裝）

定價：400元

序

從春暖花開到初夏蟬鳴，是本校（樹德科技大學）繁華競艷的璀璨時節。

此際，阿勃勒整樹掛滿了一串串鮮黃花蕊的長風鈴，傾瀉於校園各角落，隨風擺動，搖曳生姿。誠所謂「飛花輕似夢，優瓣鐙如波」，令人陶醉。

寄情湖碧綠的荷葉間，也盛開著清香遠溢的芙蓉，亭亭出水，潔淨秀美。清畫家兼詩人石濤〈荷花〉吟：「荷葉五寸荷花嬌，貼波不礙畫船搖；相到薰風四五月，也能遮卻美人腰。」荷花的丰姿躍然紙上。特別是它那「出淤泥而不染，濯清漣而不妖，中通外直，不蔓不枝」（宋理學家周濂溪語）的品格，尤值欣慕。

這時慢步湖畔，「葉葉疊初夏，聲聲唱早蟬；蹬音持續落，唯恐腳不前。」應是本校師生共同的經驗與感受吧！

六月，既是百花綻放，多彩絢爛的美麗季節，也是《寄情湖畔的情與思——樹德科技大學2018文藝創作獎得獎作品暨師生作品集》編輯與出版事宜歡喜「收割」的時刻。半年前，本校通識教育學院中文組伙伴——我、劉幼嫻老師、顏妙容老師、曾議漢老師，即共同承辦今年度全校文藝創作獎活動，從研擬辦法、公開徵稿、收稿，到約聘校外評審老師、進行公正客觀之匿名評審作業、評審結果會議、評審結果通知與公布等，工作量其實不小。此處，除了賀喜得獎同學外，也要對參與之外審委員表示謝意，同時要黽勉未獲獎同學再接再厲，明年還有機會。

本校文藝創作獎已實施十二年，回響不錯。近三年，由於獲得尹雪曼教授紀念獎的支持，獎金大幅提高，投稿應徵者為之益眾，作品水準也隨之提升。從學生的得獎感言可知，本項文藝創作獎對培養與催化青年學子心向文藝、熱愛書寫、涵泳情操等是頗具積極作用的。在此向尹教授的夫人——本校董事方大和女士，致上敬意與謝忱。

本書內容，除了今年文藝創作獎得獎作品外，尚編入教育部補助「閱讀與書寫——樹德科技大學中文語文教養教師群組課程計畫」教師、教學助理及計

畫班學生之近期佳構，這些文章概經中文組四位專任老師審查通過，都有一定的質量。但無可否認的，本書的所有文作，不可能十全十美，還望讀者點評、指教。

樹德科技大學通識教育學院教授
黃文樹
2018 年 6 月 4 日書於燕巢橫山

目次 Contents

序　　　　　　　　　　　　　　　　　　　　　　　　　001

第 1 部分 文藝獎

2018 樹德科技大學通識教育學院文藝創作獎徵選辦法　009

2018 樹德科技大學文藝創作獎各獎項獲獎名單　012

（一）得獎散文

第一名｜胡怡宣　櫻與木　　　　　　　　　　　　013

第二名｜張靖玫　我的房間沒有窗戶　　　　　　　016

第三名｜高晟欽　童年小鎮　　　　　　　　　　　019

佳　作｜莊忠弘　生命中的一塊淨土　　　　　　　023

佳　作｜曾怡箏　鄉的光景　　　　　　　　　　　027

佳　作｜鄭伊珊　煙火花樹　　　　　　　　　　　030

佳　作｜王　欣　雨韻　　　　　　　　　　　　　033

（二）得獎短篇小說

第一名｜魏笙戎　終點的豬　　　　　　　　　　　036

第二名｜鄭筑娟　寒意　　　　　　　　　　　　　051

第三名｜鄧慈瑗　粉爭　　　　　　　　　　　　　062

佳　作｜邱玟騰　我們所不知道的故事　　　　　　075

佳　作｜李虹儀　白影　　　　　　　　　　　　　095

佳　作｜洪季情　不滅之物　　　　　　　　　　　119

佳　作｜吳佩柔　向日葵　　　　　　　　　　　　136

（三）得獎報導文學

第二名｜邱子柔　無聲也有一片天　　　　　　　　148

第三名｜劉家吟　「棄」尋不平凡的陽光——劉枋　154

佳　作｜蔡易桓、周嘉國、李怡璇、林美彤、陳冠廷　暫時的父
　　　　母，永恆的阿嬤　　　　　　　　　　　159

佳　作｜朱珮瑩　廣進勝紙傘——林榮君先生　　　165

佳　作｜吳佳玟、李例慧、林可欣、羅婉寧、陳怡君　「磨練即是
　　　　你的貴人」執剪的二十六年間　　　　　169

第 2 部分 師生作品

（一）教師篇

孔孟教我們自省　黃文樹　　179

循循善誘的助人工作　曾議漢　　182

半截腳趾　劉幼嫻　　185

浪浪情事　劉幼嫻　　187

三人行，高鐵吃飯趣　顏妙容　　190

想念　顏妙容　　192

阿嬤的花生粽　黃文慧　　194

因為山就在那裡——電影《聖母峰》觀後感　陳雅萍　　196

走讀中衝崎——（樹德科技大學→中崎）歷史走讀路線規劃　陳猷青

199

（二）助教篇

《天空的眼睛》讀後心得　常馨云　室內設計系　　206

女麼　李政佳　室內設計系　　209

她——絕處逢生的人生體會　雨默　流通管理系　　211

笑淚交織的淚水，改變人生的一句話　朱崇瑄　企業管理系　　214

已逝的青春　邱建豪　室內設計系　　216

面對未來，我應該具備的能力　余瑋傑　資訊工程系　　217

寂寞　王春元　室內設計系　　219

胖子　郭蜜綉　人類性學研究所　　220

泮水荷香　郭蜜綉　人類性學研究所　　223

（三）學生篇

心之風景　薛詠元　資訊工程系　　225

一首歌的故事——〈如煙〉　洪季情　動畫與遊戲設計系　　227

隻鶴　林文欣　動畫遊戲設計系　　230

人生的風景　蔡孟珊　金融管理系　　238

憶景　詹佳洧　資訊工程系　241

第三者　呂銘意　資訊工程系　243

找尋一朵花的意義　黃晉緯　國際企業與貿易系　245

母親與我　劉家憫　資訊管理系　247

與風景對話　黃怡禎　企業管理系　250

四季社工　呂弘裕　社會工作學士學位學程　252

無眠　魏笙戎　室內設計系　254

自找麻煩　莊雅涵　企業管理系　256

最美的風景　林珮心　企業管理系　258

海的回憶　譚麗欣　應用外語系　260

與風景對話　林珮心　企業管理系　272

風景　黃怡臻　金融管理系　274

從陌生到熟悉　林鈺涵　資訊管理系　276

《山楂樹之戀》心得　劉宥辰　資訊管理系　278

禮物　李宸豪　資訊管理系　280

歌詞改寫　毛嘉秀、譚心嵐、林可雅、鍾芷晴　動畫與遊戲設計系　287

歌詞改寫　吳佩柔、吳佩怡、郭芸廷、林姵妏、戴佳君　餐旅與烘焙管理系　291

為了守「護」而奮「斗」　陳蕙凰、許宇萱、梁燕真、陳宜汶　兒童與家庭服務系　295

Manager　魏翊婷　視覺傳達設計系　299

克服心魔，活出自己的一片光彩　黃琮筌、黃穎正　資訊管理系　303

我的勇敢媽媽　蔡欣潔　兒童與家庭服務系　308

轉角131　衛奕蓁　流行設計系　310

勇往直前的舅媽　粘修銘　流行設計系　313

亂世浮生的哀愁與美麗　陳姿婷、王瑞華、薛琳憶、田峻嘉　兒童
與家庭服務系　　　　　　　　　　　　　　　　　　　　317

享受壓力、挑戰自己新高度——我的媽媽　劉羽芳　金融管理系
　　　　　　　　　　　　　　　　　　　　　　　　　　322

我的生命故事——李政治　李婷　金融管理系　　　　　　　325

一個女人的奮鬥史　李俐葳　兒童與家庭服務系　　　　　　329

思慕的人　彭琮蘋　社會工作學士學位學程　　　　　　　　332

茉莉樺開　蔡欣穎　流行設計系　　　　　　　　　　　　　335

心中的實踐家　阮澤婷　視覺傳達設計系　　　　　　　　　338

歲月　李姿嬅　視覺傳達設計系　　　　　　　　　　　　　343

張文鳳專訪　陳姿妍　視覺傳達設計系　　　　　　　　　　346

廣濟宮——Temple Culture　林儷融、葉柔均、陳岳甫、林心婷、張
冠宇　流行設計系　　　　　　　　　　　　　　　　　　　349

清爽可口的棗子、背後戴月披星的棗農——陳榮富先生　陳玥好
電腦與通訊系　　　　　　　　　　　　　　　　　　　　353

帶領孩子們的偉人　陳沛瑩、吳昕葦、蕭詠心、劉家佑、陳建廷
行銷管理系、金融管理系　　　　　　　　　　　　　　　357

姊妹情深互助　共創美食財富　郭俊佑、黃詩涵、黃郁棻、吳學
榮、易政宇　行銷管理系　　　　　　　　　　　　　　　360

時代的腳步、生活的態度　謝乙平、張皓翔、蘇厚安、黃資恩、郭
劭恩　資訊工程系　　　　　　　　　　　　　　　　　　364

第 **1** 部分

文藝獎

2018 樹德科技大學通識教育學院
文藝創作獎徵選辦法

一、緣起

 樹德科技大學董事方大和女士為紀念其夫婿尹雪曼教授與本校之深厚情誼，並延續其熱心教育，關懷社會，愛好文藝之精神，特捐贈尹雪曼教授紀念獎學金五萬元，以獎勵學生從事文學創作，並藉此提升學生文學素養，培養學生豐富的生命情懷。

二、主旨

 為提升本校人文素養、文學情懷與創作能量，推廣文藝風氣，鼓勵文學創作；並增進學生對於生活的觀察與省思，對生命的關懷與感恩，特舉辦文藝創作獎徵選活動。

三、主辦單位

 樹德科技大學通識教育學院

四、參賽資格

 凡樹德科技大學所有在籍學生（含大學部、進修部、進修學校及研究所）均可參加，每類每人以 1 篇為限。

五、徵文項目

 競賽項目分為短篇小說、散文、人物採訪報導三項。

 1. 短篇小說類：字數 5,000 ～ 10,000 字為原則，題目及內容自訂。

 2. 散文類：字數以 800 ～ 3,000 字為原則，以「與風景對話」為主題，題目自訂。

引導文字：

日本現代畫家東山魁夷曾說：「一片風景就是一面心鏡」。放眼風景，我

們找到與自己內在相呼應的印象。陶淵明在「采菊東籬下，悠然見南山」的恬淡山色中照見自心的悠然；王維在「明月松間照，清泉石上流」的潺潺流水中尋覓宇宙的禪意與生機。齊柏林在直升機上看見台灣的壯美，以攝影機捕捉這塊土地的深情。梵谷在大自然的美景中釋放內心熾熱的情感，成就了永垂不朽的藝術瑰寶。原來這山川風物之壯美優雅，乃是與這芸芸眾生的深情之眼與善感之心的相互照面啊！適逢山中花開，楓林滿月之際，也請你開啟靈動的雙眸與心窗，敘述屬於你自己的風景故事吧！

3. 報導文學類：以電子報文圖並陳方式呈現，字數以 800 ～ 2,000 字為原則，實景照片 5 張。題目自訂，以臺灣在地人物為對象，不論職業年齡，凡其生命歷程或專業表現值得讚嘆學習者皆可為採訪報導對象。本獎項可組隊參加，每組人數 1-5 人，獲獎團隊每人均有獎狀。

六、報名方式

1. 收件日期：107 年 4 月 11 日（三）下午 4 點前。

2. 請至通識教育學院網頁 http://www.zzd.stu.edu.tw/ 下載報名表。

3. 稿件請以中文橫式撰寫，註明作品名稱，檔案以 A4 大小，字型皆標楷體，題目 16pt，內文 12pt，行距固定行高 22 點，檔案以 word 格式儲存。

4. 將報名表及稿件一律以 E-mail 寄至 stucole0319@gmail.com，主旨請註明「文藝創作獎徵稿」。洽詢電話：07-6158000 轉 4202 高小姐。

七、獎勵辦法

各組錄取名額與獎勵如下（獎金支付時，依稅法相關規定代扣所得稅）

1. 短篇小說類：（獎金共28,000元）

第一名尹雪曼教授特別獎／獎金新臺幣壹萬元整，獎狀乙幀，獎牌乙座。

第二名尹雪曼教授優等獎／獎金新臺幣柒仟元整，獎狀乙幀，獎牌乙座。

第三名／獎金新臺幣伍仟元整，獎狀乙幀。

佳作三名／獎金新臺幣貳仟元整，獎狀乙幀。

2. 散文類：（獎金共26,000元）

第一名尹雪曼教授特別獎／獎金新臺幣捌千元整，獎狀乙幀，獎牌乙座。

第二名尹雪曼教授優等獎／獎金新臺幣陸仟元整，獎狀乙幀，獎牌乙座。

第三名／獎金新臺幣肆仟元整，獎狀乙幀。

佳作四名／獎金新臺幣貳仟元整，獎狀乙幀。

3. 報導文學類：（獎金共28,000元）

第一名尹雪曼教授特別獎／獎金新臺幣壹萬元整，獎狀乙幀，獎牌乙座。

第二名尹雪曼教授優等獎／獎金新臺幣柒仟元整，獎狀乙幀，獎牌乙座。

第三名／獎金新臺幣伍仟元整，獎狀乙幀。

佳作三名／獎金新臺幣貳仟元整，獎狀乙幀。

4. 進入決賽的同學皆可獲贈精美禮品一份。

八、評審作業

1. 審查採初審、決審二階段，由評審委員會評審決議，以昭公允。

2. 評審委員會由本校通識教育學院院長擔任召集人，語文類中文組教師為當然委員，並敦聘專家學者三至五位組成。

3. 作品未達評審認定標準者，獎項得從缺，評審委員會得視作品水準增加錄取獎項及入選名額。

九、頒獎

1. 參賽作品由評審委員會評定後擇期公開頒獎，時間及地點另行公布。得獎人並同意將得獎人名單公布於本院相關網站。

2. 各得獎人應配合頒獎時間親自領獎，倘未能親自前來者，相關獎項及作品集運費須自付，不得異議。

十、注意事項

1. 樹德科技大學通識教育學院有權使用得獎作品，做為招生與非商業性質的交流活動之宣傳資料，並公開刊登。

2. 作品若涉及抄襲、剽竊等法律問題，主辦單位將撤銷其參賽資格；若已獲獎將撤銷其頭銜，並追回獎狀、獎牌與獎金，其衍生的法律責任由參賽人自行負責。

3. 競賽辦法如有不周之處，通識教育學院得保留、補充與更動的權力，內容將另行公布於通識教育學院網頁。

2018 樹德科技大學
文藝創作獎各獎項獲獎名單

得獎散文

第一名：胡怡宣〈櫻與木〉

第二名：張靖玟〈我的房間沒有窗戶〉

第三名：高晟欽〈童年小鎮〉

佳　作：莊忠弘〈生命中的一塊淨土〉

佳　作：曾怡箏〈鄉的光景〉

佳　作：鄭伊珊〈煙火花樹〉

佳　作：王　欣〈雨韻〉

短篇小說類

第一名：魏笙戎〈終點的豬〉

第二名：鄭筑娟〈寒意〉

第三名：鄧慈瑗〈粉爭〉

佳　作：邱玟騰〈我們所不知道的故事〉

佳　作：李虹儀〈白影〉

佳　作：洪季情〈不滅之物〉

佳　作：吳佩柔〈向日葵〉

報導文學類

第二名：邱子柔〈無聲也有一片天〉

第三名：劉家吟〈「棄」尋不平凡的陽光——劉枋〉

佳　作：蔡易桓、周嘉國、李怡璇、林美彤、陳冠廷〈暫時的父母，永恆的阿嬤〉

佳　作：朱珮瑩〈廣進勝紙傘——林榮君先生〉

佳　作：吳佳玟、李例慧、林可欣、羅婉寧、陳怡君〈「磨練即是你的貴人」執剪的二十六年間〉

散文類｜第一名
♀櫻與木

胡怡宣

流行設計系

感謝我所遇見的人事物，感謝周遭的一切，感謝命運讓我有了這樣的故事，生活中的種種，都是靈感都是養分，並不是華麗的詞彙讓我贏得這個獎，只是比別人多經歷了一些，已經停止寫作一段時間了，感謝這次的機會讓我再次鼓起勇氣提筆，寫下自己的經歷，感謝評審老師的肯定，讓我有動力繼續創作。

評審意見

· 李宗定老師：

1. 不同於一般遊記，實景深刻，觀察入微。尤其難得的是，能將景色交融於所想所思，頗有深度。
2. 文字流暢，意象新鮮。營火與銀河喻為光明燈，神來之筆。
3. 能集中焦點，以「櫻」與「木」，有對比（時間）亦有喻意。又能呼應主角兩人關係，手法老練。

· 林天祥老師：

　　文字優美，有詩般的情節，隱喻的心情有動人的力量。

❀ 櫻與木

簡直無法想像再一次來到上帝部落的牌樓之下，春櫻會開放得如此斑斕。後來得知七年前當我初次來訪，櫻種才剛入土，隱喻一樣的櫻，那時候究竟種下了什麼，讓七年後能看著絕景，同時把感情寄寓在遠山之中。

我和 Y 來到司馬庫斯，像是要找些什麼而來，兩個人卻都不太確定，那時我們之間的關係就像通往部落的路一樣朦朧一樣崎嶇，蓋上一層白霧的紗，蜿蜒經過泰雅族人的聖山。河水在輕聲細語，從油羅溪下游開始聽它說故事，一開口就是三個小時，無法理解的原始語言自道旁的櫻樹灑下，成為導航，帶我們走進村裡。行到木造大門時，一抬頭就是上帝部落的匾額，視線穿越門廊只能看到陡斜向上的混凝土道路被左右兩排櫻花抱著，像是母親托著襁褓迎接訪客一樣親切。一簇一簇的木屋和他們的黑毛忠犬都是原味，與村落中不絕的燃竹氣味一起變成背景，如孩童時期聞到田間焚燒野草一樣，令人感到安心，好像在這個領地是自己的家鄉，再不會有誰來進犯，誰也不能穿越這些空氣分子傷害我們。

午後抵達便隨意在部落繞了一圈，走上瞭望台看著山群半個鐘頭，一面向 Y 說著山的事情，一面擁抱著，像山群擁抱我們一樣，深深地耳語一些這個山頭的日常。我總是喜歡呢喃，所以喜歡來到山裡，這樣會感覺到樹木在對自己說點什麼，雖然事實上什麼也沒說，卻可以很寧靜地不做任何事，就只是看著對面山岳的形狀發楞，想像或許晚年在這個氛圍之下度過也很美好，當然現在談起餘生還太過年輕，只是我們都需要畫一些美景給未來欣賞。

部落導覽在晚餐前結束，導覽員用極詼諧的話語談起部落的歷史、過去的交通不便、各項資源的短缺等等，難以想像近四十年前初次通電的部落是不是和《聖經》裡的「神說要有光，於是就有了光」一樣動人，或從這個山頭到學校必須徒步八個鐘頭，或族人拼命爭取書本和知識為了子孫奮鬥云云。部落的一切都是原味，他們的生命像在荒原擦出一顆火星，蔓延成一圈營火，有了營火所以部落被點亮，這兒的夜晚能見到銀河，只要一圈營火和銀河就足夠讓司馬庫斯點一盞光明燈，村民們因而能被庇佑千年。

夜裡 Y 哭了，在喝乾兩瓶啤酒之後。她說沒辦法在絕美的景色之中，懷

著惴惴不安的心情入睡，我也跟著流淚，簡直像是古老愛情故事裡頭，男女主角殉情前最後一個夜晚般的場景。只能用信鴿對話的時代，人們什麼都能說，愉悅的悲傷的羞恥的甚至罪惡的，而現在我們面對面只說得出信手可以拈來的街言巷語，還能再更可憐嗎？於是我們交換了幾乎所有無法輕易說出的信息，和中學女生兩三個，帶著未來憧憬或過往的悄悄話放進小鐵盒埋在校園一角的樟樹底下一樣，想把所有情感的秘密葬在上帝的領地，祈求神諭不會把這些昭告天下，願這些密語隱入天聽，除了上帝以外沒有第三人知見，然後枕著彼此的手臂安穩成眠。

翌日，在雞啼犬吠之下覺醒，我想著《海邊的卡夫卡》裡頭說的「一覺醒來，就會是全新的世界了」，感覺整個部落和昨天完全兩樣，那當然是心情舒坦了，對我和 Y 都是如此。我們更深入部落的山中，如同我們更深入彼此一樣。為了千年的神木群而徒步五公里，途經可以媲美京都嵐山的竹林、險峻的碎石峭壁、雨夜過後的泥沼山路，一邊在幾乎沒有人煙的林間行軍，一邊繼續把自己和對方的靈魂交換，同時拉著 Y 的手深怕滑倒在泥淖中或跌下峭壁深淵，最後我們來到不見樹頭的巨木之下。這時覺得自己跟部落的石頭一般小，在神木面前甚至談不上年輕，只是受精卵。十層樓高的檜木在完全無人的林中顯得有些鬼魅，在步道裡頭走著像是被完美地監視，它們在盯哨，揣想旅人何以至此，怕是山老鼠來盜伐那些未成年的童樹，而我們只想偷窺它們的雄姿如同小心翼翼翻閱天才物理學家的論文一般，神木的高深莫測難懂如公式艱深，我們一面讚嘆欣賞卻無法理解那樣的美到底是怎麼製成。圈護神木的圍欄旁到處是野生蕨類，那些自卑與自嘆弗如根本對比兩千五百年的樹齡，在巨木面前抬不起頭，連青綠色的葉子都在閃避樹冠遺漏的陽光，於是我們也跟著低頭前行，入境隨俗。

步出林境已是午後三時，鞋底鞋邊都沾滿了泥土，我們就是那泥土一樣的存在，神聖的領地之中我們就是泥土，小情小愛或轟轟烈烈都敵不過千年的不變。洗去汙泥後，我們向部落告別，同時祈禱昨夜的七星北斗能將我們輕輕舀起安放，形式上成為養分撒在櫻樹底下，讓下一次春季到來能變成見頃時刻的肥料，接著穿過牌樓像是經過時光機器回到現世，沒想到回程連一點霧都不再有，隱喻一樣的霧散、隱喻一樣的撥雲見日，這時已近驚蟄，冬眠的熊快要甦醒，春天就要來了。

散文類｜第二名
◦我的房間沒有窗戶

張靖玟

休閒與觀光管理系

得獎感言

　　在大學生涯當中獲得這項殊榮令我極其興奮，更多了一份感動，談到創作，不論是繪畫、舞蹈還是今天的文學，都是相當主觀的東西，文筆上有人喜歡細膩勾勒；有人偏好豪邁大方揮灑出的文采，因作品是由不同感官審視著，故不是每一次報名投稿都能夠抱回佳績。感謝評審老師賞識我的文章，著實給了我大大的肯定，讓我多了信心及動力繼續朝創作這條道路邁進。

評審意見

・李宗定老師：

　1. 題目頗吸引人，具有深意。

　2. 觀察景物入微，文字亦見創意，可惜有時稍嫌雕琢。

　3. 各段落之間的連結較為鬆散，如能另加副標題或強化「封閉」、「孤獨」意象，將使主題更集中。

・林天祥老師：

　　文字流暢優美，以圖畫式的意象呈現，富有想像力，主題也好且有詩意。

我的房間沒有窗戶

我的房間沒有窗戶。

原因是窗框外的一切事物：雨後漸層色的山巒，被黎明喚醒的向日葵、一顆降落在鄰居小狗鼻頭上的球狀灰塵，每一絲變換轉移都能夠成功拾起我散落在書桌紙張上的目光，不論當時的我是在寫詩或是作畫。

每逢渴望放鬆的情緒高漲，我便會留下寫鈍的鉛筆和已蓄勢等待褪去鉛筆外衣的削鉛筆機，走出家門輕轉鑰匙確定上鎖後，坐上搜尋記憶的時光機，沒有目的地亦無必要留意的項目，只管狂放地撫摸沿途風景，浸泡、連結。

今天的雲是橢圓狀的，工整排列酷似外婆從烤箱拿出一盤起酥蘋果派，老人家唯一擅長的甜點卻是世界上最美味，質地細膩鬆軟，我偏好用舌頭將酥皮頂至上顎，讓口感變得緊緻有嚼勁，藉由壓迫表層使得溫熱蘋果醬爆開隨之融化口腔。中間那朵附帶怪異突起是鮮少出現的失敗作品，通常依據此種狀況可以推斷出這糊畸形是出自最小的姪子之手，迷你手心實在難以掌控巨大麵團。

花瓣劃開初夏高密度熱氣牆，用盡全力綻放醞釀一個年頭的魅力，看著眼前花浪旖旎搖曳著，充分削弱了氣力去阻擋回憶湧現。夏日百花當中妳是白色馬蹄蓮，宛如皇室御用白馬毛髮流露金色光輝。身穿白紗踩步於紅地毯的少女們幸福滿面，手捧輕盈馬蹄蓮花束以冀望未來美好，看著一手白色傾倒在好幾世紀前的熟悉胸膛，借助妳的雙眼我看見他眼眸裡我曾經居住過的小小星球，如今一旁多了一座刻上安息的墓碑，將過去全部注入心臟，隨著祝福之鐘聲敲響迴盪，然後完整飽滿地塵封掩埋。

人們至終仍議論著那位被葬者入棺前流下的淚珠嚐起來究竟是苦還是澀，是愧悔還是釋放。

幾日不見仙人掌先生，好像多出了幾根新長的小刺，相比成年刺更加鋒利堅硬。稱之先生是因為那一年四季斜斜冠於頭頂的紳士帽，以及不同於其他植栽的黯淡色澤，骨子裡散發出低調沉穩的氣質，簡直是一名不折不扣的成熟男人。仙人掌隸屬於隔壁提供西式輕食的親子餐廳。總會為了逃避空虛而情不自禁地走進充滿有別於孤獨日常的防空洞，獨自坐在被兩、三對家庭

圍繞的位置，猶豫該選哪樣三人以上套餐的我顯得格外突出。我熱愛觀察餐廳周遭張張面孔起伏變化以及遭嘈雜掩蓋過無聲的唇加以推敲人們當下心境，依靠想像力構成一幅專屬動態畫像。記憶中僅有過一面之緣的中年男子曾坐在看得見仙人掌先生的靠玻璃窗角落，兩人帶著同款紳士帽。愁眉下的黯然神色發散著憂傷，鵝黃燈光照射下靈魂黑色透明，美式咖啡在眼前冰塊融盡，直到最後都沒有喝下任何一滴，也沒有一滴淚水漫出眼眶。

是同一個人吧！男子和仙人掌先生，看來是靈魂借住在裡頭不肯出來了，那天發生後將近一百多個日子我都這麼想著。

直搗湖水打撈起彩色石子，即使從表面紋路可以推斷色彩來自小學生人手一盒的十二色蠟筆，仍懷抱童心執意相信一顆顆為外星人離開前留下的特殊信號。蜻蜓輕敲或藍或綠或紫的波光粼粼，泛起連續性波紋朝向落於湖面的圓狀澄黃延伸直至消逝，夜幕將一切通明趕盡殺絕，唯獨留下星空脫落後墜下的碎片，光亮暴露毫無規律性的蹤影，亂舞、穿梭在寧靜枝椏。

那條魚兒少了鱗片卻也發下毒誓不再羨慕鯨魚、海豚能夠沐浴深海；青蛙遙望老鷹懸掛高空，已經難以叫人心動，況且自己還有被稱作為井的家。真相迫使人在溫柔夢鄉流離失所，甦醒後耗費一整個早晨注視著雙腳才驚覺人類永遠不會變成人魚，森林找不到獨角獸留下的彩色腳印或是住有長髮公主的磚紅色高塔。

回到家中，進到書房，來到書桌前，三兩下功夫筆尖便恢復往常銳利，攤開新的一片紙張，賦予今日囊括眼底的景象意義和想像，化作文字及符號，收藏。

散文類｜第三名
◦童年小鎮

高晟欽

動畫與遊戲設計系

 得獎感言

　　這次能夠獲得筆會的散文優秀作品獎，我深感榮幸，內心很激動。此時我最想說的是「感謝」，感謝學校的老師們提供的這個平台，並將這個重要的獎項頒發給了我。我曾經對自己的文字很不自信，這次獲獎，對我來說是極大的鼓勵，進一步堅定了我在散文道路上繼續走下去的信心。

　　我從高中開始寫文章，算起來至今已經七年多了。寫的最多的就是散文，其中大多是鄉土散文和親情散文。我很喜歡散文這種體裁，散文是內心的獨白，一種最自由的文體，可以抒情、敘事、論理，也可能是生活中的一件小事，一次感悟，一回經歷，不拘一格。它能夠讓寫作者的內心更近地、更好地貼近生活。我也曾嘗試過別的文學體裁，但覺得還是散文寫起來順手。就像一位作家說的那樣：「我選擇寫散文，就像一個本分的農民在自己的耕地裏種莊稼，這塊地適合種什麼就種什麼，而不是什麼賺錢種什麼。」我認 ，好的散文應該思想上有厚度，文字上有張力，語言上有靈性，讀來能給人以美感，讓人回味無窮，有所受益。我的散文格局還比較小，文章還不夠大氣，離好散文還有很大的距離，我知道評委老師們能將這個獎項給我，是對我的鼓勵和期待，我將以這次獲獎動力，多讀多寫，努力提升自己，朝著好散文的方向繼續邁進。

・林天祥老師：

1. 文字流暢，淡雅宜人。

2. 寫家鄉小鎮，遠景近觀，安排有序。

3. 文章寫記憶中的童年小鎮，帶領讀者穿越時空。可惜置身小鎮，卻少見作者「童年」。如能再增加作者自己於文中當更切題。

・李宗定老師：

描繪如畫、平淡中卻有濃厚印象與濃厚情感、文字優美流暢。

● 童年小鎮

　　記憶中的小鎮，有一條古老的小街，長長的，總感覺望不到盡頭似的，用青石板鋪成的街面，被一代代小鎮人踩的光滑而圓潤。街面很窄，兩邊屋簷相接，中間只見一線天光，晾衣桿可以穿街而過，對門人家隔街隔窗都可以相談。沿街是各式各樣的店鋪，還有代表小鎮最具文化經濟性的郵局、信用社、供銷社。不開店的人家的屋門也是一律敞開著。房子都是磚木結構，都是兩層樓和幾進之深的小院，對不熟悉小鎮的外面人看著，卻總有著那「庭院深深深幾許」的神秘感。

　　小鎮的外面是一條灣灣的沙河，沙河的兩岸是那倒垂的水柳，河岸有人家的地方，在河邊都有青石鋪就的洗衣和淘米用的條石板，那彎彎的沙河把小鎮一分為二，沙河的上面，建有一座小橋，年代並不久遠，但也為小鎮平添了一份景致；小鎮和眾多地處皖南山區的小鎮一樣有著相同的格局；也都是處在群山的環繞中。它沒有沈從文筆下那湘西吊腳樓組成的小鎮那樣渾樸奇險，也沒有蘇州小鎮那具有文化意味的精巧雅致，比之余秋雨筆下的江南小鎮，我家鄉的小鎮其實也不過是條古老的小巷吧。但是對於我來說，那童年的小鎮，卻是刻在我生命裏的，總在每一個落寞的時光如昨日重現；一眸的記憶遠望，心靈所觸的就是那些細雨如絲的仿若夢境的時光，那小巷、那老屋、那石板路。

　　杏花煙雨的江南，青草長滿河堤時，是江南最美麗的時節，記憶中也是小鎮最美好的時光。因小鎮是地處皖南沿江的交界處，閉塞中常略顯繁華。童年時的小鎮民風平和安祥，且依然是遵循著古老的生活方式，日出而作，日落而息。

　　最喜歡的是小鎮的早市，當清晨的第一縷陽光從山那邊升起，小鎮最忙碌的時候也開始了，四方的鄉民們從家裏挑來各色的新鮮蔬菜，在小巷街面的兩旁排開。且總有一些為了生計而奔波的南來北往的行人，在小鎮逗留，給小鎮帶來陌生而新鮮的面孔。這時的街面總顯得擁擠而繁華；每每這個時刻，總喜歡早早的起床跟在大人後面去買菜，喜歡在街面熙攘的人群裏鑽來鑽去，找著自己喜歡的東西看著，雖沒錢也沒想著去買，但內心卻特別的快樂。

小鎮早晨集市買賣的時間很短，城裏人稱為「露水市」，當 8 點過後，所有鎮機關都到了上班時刻，小鎮集市的人群也慢慢地散去，只有那街面固定的店鋪開著，悠悠的等著顧客，這時街巷總有一些老人和閑人在街檐下打牌下棋，而愛聊天的女人們，則喜歡捧著瓜子，閑閑的在一起，有著說不盡的陳年舊事，道不完的街面新聞，聊到情深處，常忘了去回家做飯。溫暖、恬靜、慵懶、舒緩、這就是小鎮民居的生活方式，時光也就這樣如流水般緩緩走過。在走過的記憶時光裏，卻留給我一個難忘而快樂的童年。

　　「自在飛花輕似夢，無邊絲雨細如愁」。江南的風是溫柔的，小鎮的雨是纏綿的，纏住了過客的思念，但卻留不住那匆匆的腳步。江南的杏花在煙雨中開了又謝；江南的柳枝在春天的陽光下，綠了又青；只是我那童年的小鎮，早已在新時代文明的衝擊下吞沒，彈指間消逝在江南的煙雨中，成為了遠逝的一片風景。任時光荏苒，任歲月變遷；那童年的小鎮記憶，依然如夢般收藏在我生命的畫頁中。

　　常在那天淡夜涼，月光滿地的惆悵時，想起那童年的小鎮，想起那美好的時光，那裏的一切依然清晰如昨，那小巷、那老屋、那石板路；那裏的一切像一張淡淡的水墨畫一樣，深深的定格在我的腦海裏，如夢似煙。

散文類 | 佳作
❷生命中的一塊淨土

莊忠弘
流行設計系

得獎感言

　　這是我第一次參加樹德科技大學文藝創作獎，很高興能夠拿到散文組的佳作，雖然沒有進入前三名，但對於多年不曾執筆寫作的我而言，這個佳作也算是一種鼓勵吧！

　　對於任何一個人而言，每個時間和地點的出現，都是生命中的一種無法形容的巧妙安排，在宗教的觀點上就叫做緣分，今天很高興能有緣和這麼多喜歡文學的朋友同聚，感謝大家。

評審意見

・李宗定老師：

　1. 文通字順，故事性強。

　2. 題目訂為「生命中的一塊淨土」，雖以服役中「鵝鑾鼻聯勤中心」對比「墾丁」，然而既是「生命中」，理應突顯此意。

　3. 部分段落（如退伍前）可刪減，方能使行文緊湊。

　4. 結尾可對比現今生活。

・林天祥老師：

　　文字敘述流暢，有故事性，應加強動人的摘述，如景、人、事……等因素，讓文章的凝縮與強力得到發揮。

生命中的一塊淨土

我想應該很少有人能夠這麼幸運得到這樣一個機會吧！

當兵準備下部隊的那天拂曉，大地都還是一片寂靜和漆黑，班長喚醒了我們這批睡眼惺忪的待宰羔羊，說到待宰還真不為過，自從抽完籤後，看著一批批的同梯次同袍走了，到哪裡呢？三個字，不知道。

無法預知的未來總是會在團體中發酵出一種詭異的氛圍和謠言，當時最害怕的就是聽到外島、關東橋、車輪埔這些地方，可是沒有一個謠言能夠得到真正的答案，所以在等待之中的心情當然就更加的無力感。

收拾好早已打包好的行囊，在昏暗的連集合場上坐定，伙房送上了在成功嶺最後的一顆饅頭，第一次看到已經熟透卻完全沒有膨脹起來的饅頭，放在掌心上感覺像溫熱的火柴盒小汽車，放到嘴裡只能死命地嚼著，場上二十四個同袍都是同樣的動作，沒有人交頭接耳。

在平快車的車廂中，大家才能開始隨性地閒話家常，那時長官是不管我們的了。隨著火車一路往南走，天色也悄悄地由矇矇亮的黑白變成了大太陽高高掛的彩色景象。

當押隊的長官命令我們下車時，大家心裡面不禁想著：「慘了！」因為這裡是高雄站，也就是說接下來可能是轉往左營去，而左營正是準備搭船到外島的地方。

到了月台上站定，長官只叫我們在月台上坐下，並沒有離開的意思。接著我們上了一輛開往屏東的平快車，這下子大家樂了，因為確定不會到外島了。

一輛軍卡在屏東火車站把我們載到了師部報到，折騰到了下午才又由一位押隊官帶我們走出師部，然後這位長官竟然叫我們這一群大菜鳥在晚上十點前自行坐車到枋寮火車站等他，完全不顧我們會不會碰到憲兵，或者會不會逃兵，他就這麼走了。

二十四隻大菜鳥站在人生地不熟的地方，連搭公車都不會，我們就這樣也真的混到了晚上十點前到達枋寮火車站，而且還一個都沒遺失，不知道是我們太乖還是太傻了。

隨著公車轉換到了最終站時已經是凌晨左右，一下車仰望了天空一秒，

然後在心裡「哇！」了一聲讚嘆，滿天的星斗，一顆比一顆來得大又亮，彷彿低到用手就可以摘得到，我在這夢幻的情景當中來到了風景優美的恆春當兵，對！是當兵沒錯。

然後我在美麗的墾丁海邊班哨上每天接受落山風的愛撫；和一批又一批絡繹不絕的遊客們打招呼；用超大型望遠鏡看著地平線那端的船隻，或者是沙灘上的美女吧！這是阿兵哥們的最大享受，不是嗎？

一個月後，被強迫拉進了師部的幹訓班，人生一下子如同從天堂掉進了地獄一般，我就這麼在地獄之中，每天從早晨五點多被操到晚上十點闔眼，度過了人不如狗的三個多月短暫生涯，接著被分發到鵝鑾鼻聯勤活動中心旁的空軍基地，幹起了警衛排的下士班長的職務，這下子人生又向上爬進了天堂。

這裡地處台灣最南端的制高點，可以同時俯瞰台灣海峽、巴士海峽和太平洋，四周都是草原，視野相當遼闊，比起喧囂的墾丁而言，這裡的遊客相對地稀少許多，也格外寧靜。

這裡除了可以看到振奮人心的日出，也能目睹七彩的夕陽。白日的紅土草原襯著湛藍海洋，再加上水藍的蒼穹底下行列成陣的雲朵，完全沒有人工雕琢的美景不正是畫家們最想展現的畫作嗎？

有時站在龍磐公園的懸崖邊，俯瞰著底下的太平洋，都會想起已故詩人——余光中的詩句：我好像一隻待飛的巨鷹，張翅要衝下浮晃的大海。

海面傳來陣陣「啵啵」的馬達聲，那是漁民們的舢舨在辛勤打拚的聲音，渺小的形影在廣袤的海面上相當不起眼，得費心去尋找一番，可是到了夜晚，四周一片漆黑，舟子紛紛點起了燈，與天上的萬點星芒相互輝映，融成了一片，使人無法辨出那裡是海？哪裡是天空了。

有時穿著輕裝，順著崖邊尋路而下，鑽過一株株割人的林投樹，跳過長相奇特、大小不一的礁石後，就可以直接站在大海邊，聽著海浪拍擊在石塊上的旋律，看著浪花在天空中被陽光照射的絢麗光芒，伸手還可以撫觸那股孕育無數生命的大海的溫暖，順便看看那些在清澈海水中徜徉遊玩的熱帶魚。

應該很少有人能夠這麼幸運得到這樣一個機會吧！

我在這裡悠閒地度過了一年多的軍旅生涯，後來改編制到野戰師的時候，已經是個待退役的資深班長，通常這種身分的士官在部隊裡已經是每個班長的老大了，而在陸軍的體制裡，班兵最挺的也是班長，在沒人敢惹我的

環境中，我輕鬆地走完了最後的軍旅生涯，也帶走了很多回憶。

多數人的潛意識裡，回憶總是選擇美好的那一部分。

多年之後，又隨著友人探訪墾丁，墾丁不再只是一個美麗的觀光景點，海灘上佈滿了水上遊樂設施；沙灘邊有許多的酒吧；街道邊林立著各色的泳裝和民宿的招牌；馬路上充斥著小販和雜沓的人群，這裡已經變成了一個南洋風味十足的商業景點。

我強拉著友人共同朝著龍磐公園而去，一路上心中忐忑不安，就怕是看到了和墾丁相同的情景。

隨著車輪爬坡而上，我逐漸看到了那片熟悉的大草原，還有那點綴其中的紅土，除了原來的聯勤活動中心和空軍基地，我沒有再看到多餘的建築物，人群呢？三三兩兩的在各自的定點拍照著。

我笑了，打開車窗，輕閉著雙眼接受海風拍打我的全身，那風舒服得就像一個溫暖的懷抱，這片大地用她不變的面容，也是我最懷念的樣貌歡迎我的來訪，怎麼不令我感動莫名呢？

當我盡情展開雙臂，走向懸崖邊時，再也忍不住地對著大海一遍又一遍狂吼：「我來了！好久不見！」

朋友見了我的傻勁，緊張地拉著我猛問：「你怎麼啦？別嚇人好不好？」

我轉頭對著他大笑說：「嗳！你不懂的。」

真正的美景其實是我心中的那段回憶，無關於滄海如何桑田、事過如何境遷，之所以如此激動，就像是離鄉多年的遊子見到老母，而老母依舊健康無恙一般，若沒與我共同經歷過，怎麼能夠體會到我此時的悸動呢？

散文類｜佳作
☉鄉的光景

曾怡箏

表演藝術系

第

1

部分　文藝獎

得獎散文

得獎感言

　　很榮幸能夠入選這次的文藝獎，因為對於主題非常有興趣及想法，所以在構思文章內容的時候，能夠很快進入狀況，同時也在寫作的過程，透過主題「鄉的光景」不斷回憶自己的成長過程，字裡行間更是有滿滿的思鄉之情。很感恩有這樣的比賽機會，當初只是覺得如果可以藉由比賽，讓自己回想過去的生活點滴，也是不錯的機會，沒想到真的得獎了，也希望藉由自己的成長故事讓更多人發現自己是否也曾走過那些童年的光景！

評審意見

・李宗定老師：

　1. 寫家鄉，有回憶童年，同時帶入離家求學，較為一般格式。

　2. 文字尚稱通順，結構亦完整。

・林天祥老師：

　　首段引入題旨，有讓人想窺探下文的引誘力。對於其間幼時的趣事應加以深化描繪，才能回應鄉的光景。

❀鄉的光景

　　區間快車一路從高雄站經過了屏東站再到達佳冬站，最期待也熟悉的就是台鐵列車廣播聲中用國、台、英語說出的「佳冬站到了！」我的家鄉，在屏東，一個充滿綠色稻田與濃濃客家味的小鄉村，不論是街上路過的行人還是沿街擺攤的小攤販，都能因為彼此暖心的問候，感染一天的好心情。

　　還記得兒時居住的古厝裡，有玩捉迷藏的小巷弄、石頭鋪成的小型游泳池，在大祠堂前還有一大片空地，只要準備好一隻粉筆在地上筆畫幾秒，就能在午後玩上跳格子的遊戲，甚至鄰居的小孩們也會一同加入。相較於都市的寸土寸金，每每為了維護自我財產而畫上「私人土地不得佔有」那樣的限制，竟阻擋了某些人之間交流的機會，實在有天壤之別。

　　夕陽西下，各戶人家中的米飯香撲鼻而來，提醒著我天色已晚，該回家吃飯了！簡單的佳餚卻是與親人共度的時光，飯後在澡堂準備盥洗前，偶爾會看到一些「不速之客」，像是從水溝誤闖的癩蛤蟆、從家門旁邊的田裡竄出的老鼠，都會嚇得我不敢洗澡。但是在阿嬤的安撫下，慢慢也習慣那樣的生活環境！

　　當大部分的人都在玩跑車、玩洋娃娃的年紀時，我的童年比別人多了一些體驗，那就是阿嬤的檳榔園。前往檳榔園的途中，最熟悉的是那肥料的味道，大部分的人總嫌它臭，但現在想想那就是童年的記憶！阿嬤在噴灑檳榔園的農藥時，我能夠和枯萎的檳榔葉做朋友，玩起扮家家酒的遊戲；等到阿嬤休息時，請她為我的菜餚做評分，祖孫之間非常愉悅。

　　每逢特殊節慶時，老一輩的親戚總會自製年糕、發糕及客家紅粄……等，並且分送給鄰近的人家，那樣年復一年無私地給予，讓人備感溫馨！因為吃下的每一口小點心都是用心手工製作的，沒有添加化學合成物，只有最單純實在的用料！

　　正值青春在外頭唸書的我們，所追求的風景往往趨於發現新事物，挑戰不可能的極限。漸漸的，很難有時間陪伴家人，回家路途有些遙遠，卻也讓人最期待踏進家門的那一剎那，一句「我回來了！」在外頭幾個禮拜的壓力，瞬間像是被家的溫暖帶走一樣。空閒時，能夠去離家最近的幾個景點走走已經心滿意足，那些景點過去可能時常光顧，但此時此刻重要的已經不是

那些風光明媚，而是家人之間排除萬難、想方設法聚在一起的日子！

　　即使天色已黑，到家前那少數還亮著燈火的人家，是等待我回歸的家人。

　　對我來說，最美的風景不是我去了多遙遠的國度、看見多壯麗的世界美景，而是成長過程中的那些風景，那些陪伴我長大的回憶！

散文類｜佳作

：煙火花樹

鄭伊珊

國際企業與貿易系

得獎感言

　　很驚訝我的作品竟然在這次的文學創作投稿被選中，一開始只是因為老師說要以這次的投稿作品作為期中作業的成績而寫的，根本沒想過會得獎，其實在寫這篇文章的時候我回想起很多的兒時回憶，文章裡只是一部分的回憶，那些年我經歷過的事，還有當時的煩惱，很多早已忘記了，但是在寫文章時，我又重新回憶起那些事，只是在多年後看待那些事的心情和感觸都變了，或許是我的思考變成熟了，這篇文章充滿我的感性，很感謝老師給我的機會，和我老媽珍藏的家庭相簿，讓我能夠寫出這篇文章。

評審意見

‧李宗定老師：

1. 能集中焦點，主題明確。
2. 文字過於枝蔓，宜適度精簡，並應適時使用標點符號。（如句號，不該逗號到底）
3. 各段落的內容稍嫌雜亂，宜重新調整安排，結構方能流暢。

‧林天祥老師：

　　以煙火花樹為主角，描寫生活心情與生活的一部分，平淡中有豐厚的情感。文字流暢敘述力強。彷彿在說人生無「償」。

● 煙火花樹

　　老家外面的花園種了一棵煙火花樹，花期從過年前到清明後，它的葉子是長橢圓形，正面是正綠色，背面則是暗暗紫紅色，而花是由細長的紫紅色高腳杯形的花冠連接五片細長對稱的白色花瓣，中間有三根突出的花蕊，花形是由朵朵小花團團聚集，就像在夜空中看到爆發的煙火。這棵樹的歷史悠久，它從奶奶嫁進來就一直在待在那了，附近的房子、農田、道路等場景都變了，唯獨這棵樹，自始至終都待在那，就像固執的老奶奶一樣，守著這塊土地，因為有那棵樹才有了現在的花園，我跟它的緣分也就是這樣開始的。

　　翻開小時候的相本，每張照片都可以輕易找到那棵樹的身影，那棵樹就像我的家人一般，看著我從嬰兒時期成長到現在，記得小時候，我常跟奶奶在花園一邊唱歌一邊澆水，有天，奶奶問我：「你覺得這棵樹每天都長得一樣嗎？」我回答她：「一樣啊！」她搖頭，她告訴我：「一年四季，整個春天、夏天、秋天、冬天，它們難道只有這些變化嗎？所有的樹和花都是隨著每天的氣溫和氣候在變化，從農曆看，一年有二十四個節氣，可以知道這二十四個節氣裡這些樹和花的常態，這些平常你們都沒關注到而已。」說完，她笑笑地摸了我的頭，我告訴奶奶，我只知道四季，二十四節氣沒聽過，她沒說話，只是笑笑的。多年過去了，當時的場景到現在還清楚的印在我腦海裡，雖然我依舊不瞭解二十四個節氣，但是我明白了奶奶的細心。

　　那棵煙火花樹，立春之後樹葉開始長新的，顏色也比較嫩綠，過年前開始開花，那團團花開真的就像煙火爆發一樣，花姿珍雅奇麗，花期到清明後，清明時這段期間天氣會比較陰涼，偶爾下點小雨，藉著這股淡淡哀傷的氣息，花開始凋謝，彷彿在說人間無常，不須因為誰的離開而感到憂傷，立夏的時候葉子又綠又大，血氣方剛的，葉子多到看不到樹枝，立秋時因水氣不像夏天那麼充沛，枝葉開始逐漸乾涸，看起來也沒有夏天時那麼茂盛，立冬開始天冷，它看起來灰灰暗暗的，樹葉漸漸凋零，枝幹因水分少變的乾巴巴的，像個無精打采的老人。這是這些年來我看到，並且感受到的，樹也像人一樣，它也需要有人照顧它。

　　這棵煙火花樹就像我的心靈夥伴，每當我難過的時候都會過去看看它，寫下現在的心情在一張小紙條上，並且吊在樹枝上，等過幾天去看的時候，

那張紙已經被風吹走，頓時你會覺得心情好了很多，因為不好的負面情緒都被吹走了，就這樣我小學三年級開始不知道寫了多少次紙條，一直到現在，雖然我媽常常念我這樣會讓人家附近鄰居撿到，都不會不好意思嗎？但是我不這麼覺得，因為附近的鄰居也不知道這是誰寫的，也沒有人會去注意看上面寫甚麼，這棵樹守護我的家這麼多年，雖然它不像一般的樹這麼的高大，但是因為它不大顯得更平易近人，聽奶奶說這棵煙火花樹可以當作藥材使用，雖然我一次都沒試過，但是這棵樹確實療癒了我的心，每天都在市區過著煩悶又無趣的生活，一回到鄉下老家，看到那棵煙火花樹，就會想起小時候跟奶奶學唱歌，跟媽媽在花園種花拔草，和爸爸、妹妹和狗狗們在院子裡玩飛盤的幸福時光。這麼多年過去了，我的爸媽也老了，我和妹妹也長大了，有的狗狗也不在了，剩下幾隻乖乖地陪著奶奶看家，奶奶年紀也大了，行動不太方便，但她每天都會去花園澆水，細心的照顧那些她辛苦打造的花園，我偶爾也希望時光能停留在我小學的時候，那個時候我真的很幸福。

三年前和爸媽搬離老家去市區住，只要放假或是爸媽有空我們就會回去老家，市區的家離老家不遠，雖然是住市區很方便，但是，市區的塵囂讓我想念鄉下的寧靜，離開繁榮市區，離開熱鬧的街道，每次回老家，我都期待不已，看到那棵煙火花樹，彷彿在等著我們，並且歡迎我們回家，花園裡的花花草草散發著一股清新淡雅的香味，看到這個景象，讓我覺得好像回到從前，過的無憂無慮的童年，頓時，讓我浮躁的情緒變得安穩平順。好幾次，我問自己，有多久沒有這樣接觸大自然，沒有到戶外走走，沒有看到這些美麗的景色，除了上課之外，放學回到家也都只待在房裡不出來，忙著做作業、看書、聽音樂、用手機跟朋友聊天等……，看到那棵煙火花樹之後又再次找回心中的平靜，現在，我心中最憧憬的風景就是和家人一起待在花園，在煙火花樹前圍坐在一起，聊聊天，無所事事的度過一天，其實「風景」隨處都有，只是我們都在追求現在很紅的那些網美所謂「拍照打卡風景勝地」，而忽略掉身邊周遭美好的景物。

散文類｜佳作
○雨韻

王欣
室內設計系

得獎感言

　　很高興能在文藝創作中獲獎，感謝老師對我們的栽培，又不斷的為我們傳授知識，才使得我們有了今天的成績。今天的獎項對於我們學生來說是一種肯定，對於我們在今後學習中起到激勵的作用。也很感謝在身邊支持的同學。我們仍會願意為施展才華而付出汗水，也相信著我們的種子能夠發芽，會成長為一棵棵的參天大樹，會連接成文學的森林。

評審意見

・李宗定老師：
　1. 過於雕琢。
　2. 如何通過「雨」，引發生命的思索？

・林天祥老師：
　　情感細膩、觀察入微，書寫雨的韻緻，有令人感動的力量，文字流暢，有詩意。

⚇雨韻

「沾衣欲濕杏花雨，吹面不寒楊柳風」，春伴著細雨而來，褪去了冬日裡的厚重衣衫，吹散了藏於在空氣中的涼意，帶著陣陣清香，宣布它的到來。

撐著傘，聽著雨，走在煙雨季裡長長的街巷。

小鎮的春天伴著雨，帶著清新的土壤味兒，藏著細細的花香，在鼻尖遊蕩。青石板路上積著小小的水窪，「滴答──」「滴答──」的吟奏著小曲，蕩漾在古老的街道裡，像是美人輕撫手中琵琶演奏著。

小石橋下的水面也輕快的拍打的節奏，慶祝著春的到來。水面倒映著小鎮，倒映著雨中紛紛而生的鮮綠，如同水墨畫般，想悄悄地珍藏起來。

細雨中的苗兒漸漸甦醒，吸收著雨水的滋潤，如同活潑的精靈般，爭先的露出她們小巧可人的枝芽，如同翡翠般點綴著朦朧的小鎮，增添了些許新意。枝芽在風中，在雨中輕晃著，又同翩翩起舞的少女，讓人沉醉，感歎著生命的渺小與美妙。

雨簌簌的下著，落在屋簷上，落在青石臺上，落在石橋上，落在柳葉上，落在手上，在光下折射出珍珠般的光澤，悄然的落在了心上，像是琴弦上的餘音，帶走了纏綿的、惱人的瑣事，使人心安。不禁想像自己似水中的游魚，輕晃著尾，肆意的遊走，親吻著水面的花瓣，沉溺與春雨的迷人清香裡。

伸出手，雨輕輕落在手心，從指間劃過，滴落在青石板路上。指間還存留著雨水的溫度，些許的清，與些許的涼。

雨總在不經意間，濕潤輕柔的髮、光亮的額、粉嫩的唇、潔淨的衣，淋濕了柔軟的內心，散開了纏繞的愁緒，清晰了雙眼，轉而又模糊了雙眼。分不清是雨水打濕了眼眸，還是淚水浸濕了眼眶。也分不清是為了這初春的新生，還是內心的柔軟。

雨似乎是多愁善感的，引得人感傷。雨又是生機著的，伴著青翠的綠，讓人心曠神怡。這似乎是矛盾的，卻也是理所當然的。

喜歡著眼前朦朧的雨，綿綿地澆灌心中的所愛。那些惱人的思緒，在漫漫和悠長的歲月中漸漸消失，而浮現眼前的依然是生機勃勃。

因此，歡喜著春雨的綿綿，春雨的多情，春雨的生機，歡喜著眼前朦朧而清晰的雨。歡喜它散開了眼前的迷霧，牽動著心弦。似乎自身在雨水中如同綠葉一樣的伸開枝芽，與雨水共舞。就這樣靜靜的，在春雨中體驗著人世間的美妙，讓細雨輕撫疲憊的心，慢慢品味這大自然給予的輕快。

　　生活中處處都是美好的，拋開那些惆悵，將自身處於自然之中，用心去品味這些美好。

第

1

部分　文藝獎

得獎散文

短篇小說類｜第一名
◦ 終點的豬

魏笙戎

生活產品設計系

 得獎感言

　　很榮幸獲得這次文藝獎小說組第一名，很感謝評審願意給這份作品這樣正向的評價。

　　本次的靈感有一部分來自於二〇一五年的喜劇片《意外製造公司》，以及少許的《楚辭》〈大司命〉和〈少司命〉，還有「如果人，能在想死的時候就死去，那就是最大的幸福吧。」這段突然閃過腦海的字句。而文中提到的困擾，多數是我和我認識的人有遇到過的，不特別但依然令人糾結苦惱。

　　近年，台灣跟其他先進諸國，幾乎都面臨類似的問題，下滑的出生率和攀升的自殺率，特別在東亞地區（日、台、韓、中等等）更為明顯。原因呢，或許就是這些不甚特別的困擾吧。

評審意見

· 馬琇芬老師：

　　借《楚辭·九歌》中的大司命與少司命為故事角色，以其司掌命運之職，虛構「終點司」，提供顧客選擇自己的「人生終點」。

　　小說中，借由「方小姐」的處境，呈現當代人對未來的無希望、缺乏受挫力，以及以愛為名的虛無關懷：一成不變的自己、薪水，償還到疲憊的債務，永無止境的貶低和厭倦。

　　人類是一種擅長折磨自己的生物。所有一切應該拋諸腦後的，通常都殘留在大腦最容易想起的那一區塊。而所能犯下每一個錯誤都是如此相

似，就像是那些愚蠢的責罵，總是千篇一律的一再刻劃入骨，當時記憶深深咬進骨髓。

這不是她的錯，也不能說是她身邊任何一個人的錯，畢竟她身邊每一個人都是愛她的。所有一切的出發點都是如此濃郁而深沉的愛，也或許沒有那麼濃郁而深沉，卻依然是愛。

作者似乎對於「沒有特殊成就的平凡人」，特別有所感受，描繪出他們缺乏生命力的人生觀：「雖然不是特別優秀的學校，但也是從大學畢業；雖然薪水不多，姑且還是有一份穩定工作；父母健在，過去愛賭的習性也算改了，債務在親戚的協助下逐漸還清，雖然還要一段不短的時間；深受上司、同事、下屬的信賴，雖然不是很喜歡的工作，一切也都還過得去；雖然現在沒有，但過去也曾有過幾次戀愛經驗。」小說中提到，對於人生有這種感受的人很多，「這幾年更多」！

作者在小說中所反映出來的角色感受，是否是當代大學生的感受呢？雖然方小姐在確定自己的生命還剩三天的時間裡，拜訪了長年就診的心理醫生，並且說了善意的謊言：「我現在就覺得自己之前怎麼那麼傻，其實只要好好做眼前能做的事就好。」然而小說結局，她還是死於和大司命所簽的契約。

作者未能提出建設性結尾實屬可惜，但從「豬」這位簽了契約又反悔的少司命的角色來看，已具有警戒、反諷的效果。尤其小說結尾以大司命的對話提出當代社會的現象：「這樣疏離而欠缺的時代，類似你（豬）的人會逐漸增加。」在某種程度上可看出作者對於社會現況的批判。

本篇小說敘述流暢、角色鮮明、寓意明確，足以列為前三名。

・康靜宜老師：

作品表述抑鬱症者的心靈，描繪其厭世的狀態，試圖呈述不被理解（其實是難以被理解）的「我」，也許被完全理解並非厭世者的終極願望，但也不希望胡亂被貼標籤或評價，所以呈述是解釋，也是離世的交代，還是作品的企圖，但題目設計不佳，「豬」，雖意有所指，但作品中並無成功塑造。

● 終點的豬

給親愛的○○：

我想死。

但是，我不能告訴你，我因為甚麼而想死。

因為，你聽到這個原因，一定會笑我的。我承認那的確是個愚蠢至極的理由。我猜你不會介意，也不會在乎。可能還會用你美好的所有一切，讓我暫時的遺忘掉這些。

喔，對，暫時的。

親愛的，我深深愛著你，這世上你再也找不到像我這樣愛你的人了。很可惜的是，我沒有辦法像是愛你一樣，深深的愛我自己。

我希望你嘲笑我的愚蠢、懦弱、固執，更希望你恨我。

不管是因為甚麼而恨都好。

親愛的，我想死，只是因為我想死，你只要知道這點就好。

這樣就好。

*

「在中正路的第七個十字路口左轉，直走過兩個紅綠燈之後右轉……」女子拿著一張略微泛黃的筆記紙，在夏天不合時宜的穿著高領的衣物，手上掛著一個大而粗劣的廉價手錶，嘴中唸唸有詞，「在前面第四根的電線杆底下，會站著一個穿著全套西裝，頭上戴著黑色禮帽的男子……」

她抬起頭，在心底輕輕默數著。

那點滿了徵信社、教會、房仲業者廣告的第四根電線杆底下，一個如同影子的男性，就這樣浮了出來。從前一秒還空無一物的地方，靜靜地浮現。

「早安、午安、晚安。」影子一次將一天能用的招呼語全都說出口，像是毫不在意正上方那閃耀的恆星，行了一個完美而浮誇，在這座島嶼從來沒有流行過的脫帽禮，「您好，女士，接下來，由敝人為您帶路，方便向您請教您的尊姓大名嗎？對了對了，還希望您原諒這浮誇的語氣，這也是一些，

沒辦法的事。另外，還請您親切又不吝嗇的稱呼敝人『豬』就可以了。」

「……所以是朱先生是嗎？」不確定的語氣透漏些許不信任感，對於這樣浮誇而又快的語調，令人提不起信任。她開始懷疑自己做的這個決定，一邊試探的向豬伸出手，「你好，我姓方。接下來就麻煩你了。」

「喔，不不不，不好意思，因為一些緣故，敝人不能跟您握手，還請您見諒。」豬眉頭微皺，輕輕的揮手致歉，「另外雖然稍嫌麻煩，但是敝人的豬是『豬』而不是朱色的朱，造成您的誤解，實在是萬分的歉然，還希望您不介意。」

豬用誇張到幾乎愚蠢的動作擺動手臂到胸前，不帶善意和惡意的行了一個略大於九十度角的鞠躬禮。

「好吧！那就麻煩你帶我到……該說是公司還是店鋪呢？」

「這是個非常棒的問題。」豬淺笑了一下，鞋跟喀的一聲撞了一下，他更加挺直本來就如同操練般筆直的身軀，眼神帶上些許哀愁，「關於這點我、敝人能夠這樣告知您：來日無多的旅人，何須在意如此枝微末節的小事呢？敝人的……上司。對，上司是這麼說的。」

說完，豬俏皮地眨了眨眼，對此方甚麼都沒有說，空氣僵硬在話音剛落的那個瞬間。兩人就這樣呆立在街道旁，彼此凝視。

「那麼，還請您跟著我來吧。」

或許是受不了這尷尬的空氣，也可能是終於想起自己應該做的事。豬略顯慌亂的將黑色禮帽戴回原位，轉過身敏捷卻又不失優雅的走向街道前方。

見此，方也抬起腳步跟上。

每走過或轉向一個路口，豬的腳步就越踩越快，雖然偶爾會回過頭確認方有沒有跟上，卻從未停下或者是稍稍放慢腳步過。在穿過不知道幾個路口後，方已經得要用小跑的才能勉強的跟上，本來打算稍微記下的道路，也隨著豬漸快的腳步，而從腦海中遺落。

——他不是帶路的人嗎？這走的也太快了一點……這樣的念頭才剛掠過方的思緒，豬就突然的停下了腳步。

周遭再無其他建物，在分不清是農地還是荒地的一旁，那棟建物就這樣突兀的佇在那裏，一九七〇後這座島最常見的那種透天厝。

方注意到，在豬帶路前還高掛的太陽，不知何時已經垂落到不用刻意抬頭就能看見的地方。至於路程究竟有沒有久到足夠讓太陽西沉，還有是不是遠到能從建物林立的地方，來到這樣的荒郊野外？疑問一閃而過，方輕笑了

一聲，決定不去在意。

　　畢竟，自己已是來日無多的旅人。

　　「方女士，我們已經到了。」豬轉過頭，看向方，拉開眼前獨棟民房的門，做了一個依然浮誇且愚蠢的示意禮，「歡、喔，我不該這麼說。抱歉，總之還請進。終點司，關於您此生自己所選的終點。」

　　「豬……別搶我台詞了。」坐在客廳，隨意紮著一束馬尾的男子，無奈的說著，接著對上方的眼睛，「方小姐，你好，這邊坐吧！」

　　他指向自己正對面的位置，中間隔著一張長方形的老式茶桌，那是一張北歐風的單人椅。整間客廳的裝潢顯得不中不西，時代感也十足的混亂。泛後現代主義的電視櫃上，擺著一台日廠的映像管電視，旁邊掛著令人懷疑還能否撥打出去的轉盤式電話，幾片錄影帶壓在某一款新型的電子遊樂器上。

　　而男子身後擺著一排如同藥材行的櫃子，在房間的邊角卻又有張前幾年推出饒富新意的書桌和老舊的太師椅，整個客廳擺滿了莫名的東西，充滿不同時代衝突的古怪房間。

　　豬隨手把禮帽和西裝掛上的衣架上，漢服、馬褂還有法國大革命時期剪裁的衣著，以及一些近年流行的韓風長版大衣交錯著，一如房間的古怪。

　　在這樣掃過室內一圈後，方終於入座。豬則靜靜地站到男子的右後方。

　　「我叫司，是終點司的負責人。」

　　「我是方，來選擇我這一生終點的。」

　　話音落下，方摘下不合襯的手錶，捲下遮掩脖子的高領衣物。

　　錶帶下有著深深劃開皮膚和肌肉，留下宛如肉蟲一般蜿蜒的疤痕，反覆切割在鄰近的部位。纖細的頸子上，有因粗麻繩纏繞後的粗皮和瘀青消退後，比其他部位要更暗沉的皮膚，雜亂的重疊。看向那雙幾近死白細瘦的手，會發現指甲上的縫隙卡著竹籤碎屑和少許蠟渣，還有一些暗褐色的斑，令人不願去細想是甚麼原因沾上的。

　　「……在大腿動脈上，也有類似的痕跡。」司直勾勾的與方對視，像是要深深的看進彼此的靈魂一般，「那麼，在妳至今的生命裏。除了這些和逐漸增加的工作和藥量之外，也都沒有甚麼特別的了。一成不變的自己、薪水，償還到疲憊的債務，永無止境的貶低和厭倦，而妳自己——」

　　「……而我自己，深切的清楚。」方放緩了呼吸，嘴唇徒勞的蠕動幾下後，乾涸的喉嚨發出缺水的乾燥嗓音，「這一切其實沒有甚麼大不了，每個人都或多或少發生過，錢不夠、家人的責罵爭執、永無止境的工作、沒有愛

情和可以稱作執著的東西，這都很常見。不過就是我不夠有用、不夠優秀而已。對，就只是我、不夠優秀而已。」

話語深沉的落入壓抑的空氣之中。

方訴說的，聽在那大多數人耳裏也不過就是那樣的煩惱，愚蠢的庸人自擾。可惜的是，人類是一種擅長折磨自己的生物。所有一切應該拋諸腦後的，通常都殘留在大腦最容易想起的那一區塊上。而所能犯下每一個錯誤都是如此相似，就像是那些愚蠢的責罵，總是千篇一律的一再刻劃入骨，當記憶深深咬進骨髓，要怎麼回想快樂的事情呢？

最後，悲傷會逐漸渲染，即便在美好的當下，也終將愚蠢至極的——迷失在抑鬱的海。

豬不合時宜的端出茶，在那張常見的茶桌上，擺上有低調卻細緻裝飾的紅茶杯，違和的令人發笑。茶湯的顏色則是半發酵的烏龍，清香隨煙霧裊裊，旋即飄散。

「而妳已經累了。對於繼續呼吸這件事。而每次都半途而廢，也僅僅是累到做不完而已。」

「……是。」

應答完，兩人同時舉杯，喝下小半口的茶。牆上的吊鐘輕輕搖擺，還不到報時的時候，還不到。

那麼一件小事的重量有多重呢？是不到一根稻草重的，畢竟那終究只是一粒微塵。不拍掉是因為相較之下，掛在身上等風吹走它還比較省事一點。遺憾的是，不是每一個人都能遇到順風。更甚者，某些惡質的風夾帶著不屬於她的灰塵與哀傷，深深咬進她裸露的每一吋，然後鑽入肌膚旋即腐化在那，隨著曾經滾燙的鮮血，流入心臟。

她以為自己穿戴整齊，實質上那一切就如同裸身在沙塵暴中前行。

最後，她終究成了哀傷的俘虜。

這不是她的錯，也不能說是她身邊任何一個人的錯，畢竟她身邊每一個人都是愛她的。所有一切的出發點都是如此濃郁而深沉的愛，也或許沒有那麼濃郁而深沉，卻依然是愛。她身邊也沒有誰做錯了甚麼，就只是和大多數類似的人一樣，用同樣的話語去關懷她而已。

「別在意啦，妳要開心一點啊！」「好啦，我知道妳很難過，但我們總是要往前看吧？」「我說妳還不都是為你好？做媽的會害妳嗎！」「我怎麼會有妳這麼蠢的女兒啊！」「這不是都過去了嗎？別在意啦！」「妳怎麼這

麼愛鑽牛角尖，那種東西隨便好嗎？」「妳可不可以樂觀一點。」「別在意，我們先去玩吧。」「啊，出社會就是要面對這些啊！不管怎樣，人都是要往上爬的嘛！」「別這樣鑽牛角尖啦！」「妳已經很優秀了啦！」

光影閃爍，瞳孔映照出彼此的身影，在方深棕色的眼珠深處，如同皮影戲中人影倏忽間穿梭、閃爍。砂礫與微塵堆積成塔，建築在沒有島嶼的海洋上。她已然悄悄地把自己鎖上，並且遺失了鑰匙。旁人也沒有能夠撬開門的鐵撬或炸藥，也不該有。最終，她逐漸沉淪，逐漸溺死在不存在的憂愁之海。

那景象，一如在水裏溺死的魚一般，逐漸發脹而後邁向腐爛。

當活著，沒有目標沒有夢想，也沒有想做的事。或者是有，但卻明知道自己甚麼都做不到，只剩下滿滿的無力感充斥全身。耳旁傳來的聲音，已經分不清是善意還是惡意，最終所有一切都淪為失去連結的電波雜訊。

感覺逐漸消散，呼吸的力道逐漸加重，開始愛上患病與自殘時的自己，因為如此的疼痛，這樣才能證明自己的生命，感受到血液蒼白的流動。

是從哪次受傷時，去親吻傷口，飲下自己的血液，又是甚麼時候開始愛上那種鐵鏽味？凝望燭火時，有感覺到油滴落在身體上的溫度嗎？下意識的剝開指甲啃咬，刺入竹籤是甚麼時候開始有的嗜好？把白色的肌腱從傷口翻出來玩弄的惡質，又是從哪裏學來的呢？

還記得最一開始，是用自己曾留長的辮子輕輕繫在咽喉上，不知不覺拿起拔河用的粗麻繩繞在頸骨第三與第二節之間。

這一切，都只因為想要某些刺激嗎？

「那麼，這還算是活著嗎？」

「是啊，是活著的。至少在書面上來看，妳是活著的。」

眼神失焦的看向司，那其中並沒有包含求助的意味，或許連任何一點足以稱為正面的情緒，都不復存在。她其實並沒有在物質上失去甚麼，至少該有的物品都還有，但是其他的東西呢？

雖然不是特別優秀的學校，但也是從大學畢業；雖然薪水不多，姑且還是有一份穩定的工作；父母健在，過去愛賭的習性也算改了，債務在親戚的協助下逐漸清還，雖然還要一段不短的時間；深受上司、同事、下屬的信賴，雖然不是很喜歡的工作，一切也都還過得去；雖然現在沒有，但過去也曾有過幾次戀愛經驗。

這樣大略來看，也沒有甚麼特別嚴重的問題。

喔，是的，大略來看。

沒有甚麼特別的平庸，說穿也只是甚麼事都沒做得特別好，也沒有甚麼事做得特別糟糕而已。

對，就只是這樣而已。

「會太過於奢侈嗎？」

「也不會，很多人這樣，這幾年更多。」

司沉穩不變的嗓音略悶地回應了方。證明了她這最後一次奢侈，也不夠特別。這樣也好，首尾呼應的一生。不特別的出生，不特別的成長，不特別的興趣，不特別的專長，就連最後的一點點奢侈，都還不夠特別。

她已然想好自己的墓誌銘，雖然在這島國上沒有這樣的風俗，她親人想來也不會為她提上這樣的句子。她長眠，一個無需去記的人。

「好的，我清楚了解妳到今天為止的人生了。」

司闔上不知道甚麼時候拿上手的線裝書，書皮是深沉近黑的藍，沒有光澤的那一種。書被遞給豬，豬拉開藥櫃眾多抽屜的其中一個，鄭重的將其置入，隨後豬無聲的關上抽屜。

司深呼吸一次後，開口說道。

「也了解過妳想要結束的原因。那現在我想請教兩個稍嫌愚蠢的問題，妳想要在甚麼時候結束呢？又想要甚麼樣的結束方式呢？」

「還真的是，有點不需要問的蠢問題。」方扯動嘴角，僵硬的笑了一聲，「越快越好。可以的話，就下一秒或明天最好。然後我想要一個，不會麻煩到太多人的結束，這樣就好。」

司點點頭，拎起細楷毛筆在薄土黃、猶如冥紙的單子上，寫下一些文字。

「關於時間這點，得跟方小姐妳說一聲抱歉。」

「怎麼了嗎？」

「依照一些不方便和妳詳細解說的原因，就當作是程序問題……或者是跟豬那愚蠢而又浮誇的說話方式，是不可抗力。」司思量了一下，避重就輕的帶過原因，「因此，終點司這邊最快，也得讓妳等待三天左右的時間，才能夠完成『結束』。」

「……好，時間的部分我了解了。那麼方式應該是沒有問題吧？」

「是的，這種要求蠻常見的，想著能不麻煩別人，就不麻煩的旅人不少。」

「那沒有關係，就這樣吧！」

「謝謝妳的體諒，那現在已經決定好妳的『終點』，請問妳想要現在就知道方式跟詳細時間地點，還是要等到當下那個瞬間再知道呢？不論是哪一種，都不會影響程序或其他事項的。」

「不，不用了。到時候再知道就好。來這裏已經是一種逃避問題的抄捷徑，還請讓我保留一點未知吧。」

說完，方搖搖頭，而司卻是輕笑了一聲。

「好的，那就這樣。妳會在程序結束的三天後某時在某地，被某個不影響他人的方式離開，請在這邊簽名。」

方挑了一隻廉價而長銷的按壓式藍色原子筆，用工整而秀氣的字跡寫下名字。

＊

「啊，方小姐！」診療室的醫師抬起頭，看到進門的方，不禁詫異的喊出聲，「妳肯再來回診，真是太好了。看到這個名字，我還以為只是單純的同名同姓而已，沒想到真的是妳。」

「楊醫師，好久不見。」方淺淺一笑，笑得穩重而沒有那抑鬱的空虛，「其實我主要是來打個招呼，不算是回診。我現在的狀況就像你看到的一樣，還不錯吧？我這陣子精神狀況很穩定，感覺沒甚麼問題了。」

「的確，妳整個人看起來好多了。」楊醫師認真得端詳在圓椅坐下的方，寬慰的笑著，「看起來也沒有新的傷疤，精神狀況也不錯的樣子，比起半年前好太多了，妳已經靠自己走出抑鬱症了。」

「是呀，我現在就覺得自己之前怎麼那麼傻，其實只要好好做眼前能做的事就好。」

「嗯，那真是太好了。能夠自己痊癒，之後復發的機率也會比較小。要來點巧克力或糖果嗎？」

楊醫師遞出擺在桌上滿滿一大碟的甜食，這是過去多年方從來沒有吃的，而這次的方輕笑著打開來吃，開了幾個巧克力和傳統市場那種袋裝雞蛋糕。

「其實就跟以前醫師說的一樣，這就像是感冒，只是不是身體感冒，而是心感冒了。」

「是呀，抑鬱就是心受寒，久了也就像身體一樣感冒了。」楊醫師自己也開了巧克力吃著，笑咪咪的說著，「感冒是沒有特效藥的，而抑鬱症也是一樣的，只有自己好好休息，才會慢慢康復的。」

「嗯，我也是這陣子，好好的曬了陣子太陽，美美的睡好之後，就覺得……啊啊，可以了呢。」

方淺笑著，然後楊醫師不禁摘下眼鏡，低下頭揉了揉眉間，相識多年的方知道，這是楊醫師掩飾自己眼眶內淚水的小動作，即便知道卻一次也沒有直接點破。

「真的……太好了。」

「好啦，那就先這樣吧。我晚點還有其他事，就先走了。」在楊醫師抬起頭之後，方再開了一顆巧克力吃下，接著說，「楊醫師你也要好好保重身體，已經不再是剛上任的那個年輕人了。記得要多運動，做大夫的病倒還怎麼救病人呢？」

「哈，別看我這樣，我可是有好好的去運動的，不然怎麼能每天吃糖。」楊醫師笑了笑，作勢要秀個肱二頭肌出來，「那就不耽誤妳時間，路上小心。如果還有甚麼狀況，要記得來找我。」

「當然。」

方看著楊醫師那頭曾耍帥的染過，後來回到大眾的黑，再到現在夾雜著遠多於同齡人的白髮，最後輕輕點頭就當作是跟他的道別。

走出醫院，拐過一個彎。那身不合時宜的墨色厚重西裝與禮帽突兀的佇著。

「早安、午安、晚安。」如同上幾次一樣，豬說出三種問候語，也姑且在不知不覺間習慣了，「這樣安排下來看，國小時期的好友、國中社團裏熟悉的學姊、高中來實習的心理系大學生，您都相約過一回後，接下來您要找的是大學的誰嗎？還，因為那位楊醫師出社會也有建立關係，所以是已經都問候了呢？敝人有些好奇，您是怎麼打算的？」

「……那與你無關吧？話說，我還以為你只會跟個一天而已。」

「不，這三天敝人都會跟著您的。」豬動作浮誇的聳聳肩，「不過您也可以拒絕。畢竟這算是敝人個人的行動，不影響終點司和您的契約。」

「這樣啊。」

「是的，雖然您昨天沒說甚麼，讓敝人能夠跟著您一整天。但是，您今天又覺得如何呢？」

「無所謂，你想跟就跟吧！」方的眼神，不如剛才洋溢活力，而是前天那雙空洞荒蕪的眼神，「畢竟你也沒打擾到甚麼。」

「那真是萬分感謝您的寬宏大量。」一個浮誇的脫帽禮，方就像是沒有看到一樣，豬也毫不在意的繼續說，「只是，您接下來的打算是？」

「回診過讓楊醫師放心的現在，其實也沒甚麼其他事了。」

「喔，楊醫師在您的生命裏，的確是個重要的人。」豬做出像是要細數甚麼的，扳起手指頭，「高中時，愚蠢而衝動的青春期與愛情和競爭的壓力總和，是當時在輔導處實習的楊實習生陪伴的。大學快畢業時，第一次的心理醫療，剛好也是楊醫師，第一次披上正式醫師白袍的患者。就敝人來看，這還真是相當有緣呢。」

「同時也是他，少數一直還從來沒好轉的患者……好吧，唯一一個。」

他是個優秀的心理醫師，很少有像他一樣能完全設身處地去同理患者的醫師。在其中能一直堅持下去，而沒有一樣落入抑鬱海洋的醫師，更是少之又少。而在此之上，又能把人拉出那片海洋的醫師，也許只有他一個人吧！

不過，雖然毫無根據，但是方想相信……是相信這樣的醫師，不只有他一個而已。

「只是他是個太溫柔的人，所以我稍微的撒了點謊，這樣應該不會被判決吧？」

方想起前陣子火紅的韓國電影，半開玩笑的說。

「這個嘛，我、敝人現在還不能夠告訴您，畢竟時間還沒有到。」

「這樣也不太意外就是，畢竟也還沒有真正的迎向『終點』。等到那個時候，自然就會知道了。」方掛上一個微笑，「就讓我保留一點點的未知吧！」

「那回到問題，您接下來的預計是？」

「等等跟明天中午，分別有一場大學跟高中的同學會。很偶然的都選在這個時期，大概是因為又看見鳳凰花了。」提到鳳凰花，方像是突然想到了甚麼，「還有一些時間，夠我繞去國小一趟，我想要去看一眼鳳凰花。」

＊

三天後，平日。

清晨，天剛亮不久，路上行人無幾，方的雙手掩著胸口倒地。

「……年六月某日周一，上午六點零七分五二秒一三，契約流水號009653553517號，契約履行完畢。現場見證人，少司命代理——豬。」

*

翻過小學後方一片圍牆，是一塊大的出奇的空地。誇張的拂去根本沒有沾上身的灰塵，豬不解的凝望眼前的空地，還有那個站在空地中，仰著頭深呼吸的方。

「你想問為什麼，要特地來一塊空地深呼吸，對吧？」

「啊啊，敝人是想問的，只是不好意思打擾您的……深呼吸。」

「這本來，是一整片的鳳凰花木林。在每一年的畢業季，都盛開的很漂亮，不管是不是花期，孩子都很喜歡在這裏玩，只是實在是太茂密了一點。我畢業的那一年的某一個連假，有個女生失蹤，找了很久很久，都沒有找到。等到上課的那一天，來這裏玩的學生，發現她就……像是睡著一樣的，躺在最中間也最老的那一棵鳳凰花木下，花朵落在她的身上的樣子，就是一件軟軟的毯子一般。明明是夏天，卻離奇的沒有腐壞，連蟲子、鳥啃咬都沒有。」

方勾起一抹淡淡的笑，不如以往的空泛，卻也沒有太多的情緒在裏面。

「流言一下子爆發，如同都市傳說一樣的故事也紛紛出爐。在每一篇的故事最後，都會說上這麼一件事。」

「是鳳凰花保護她嬌小稚嫩的身體，讓她能夠完好的跟其他人告別。」

「你這不是知道嗎？」

「啊，敝人只是聽過這樣一小段而已，也不知道實際上發生在哪裏，所以您說的，基本上都是敝人不知道的事。」

「……這樣啊。雖然在故事裏，鳳凰花木被歌頌成那樣，還有過去回憶的加成。不過，最後在教職員與家長會決議後，這裏所種植的鳳凰花木，還是都被砍伐了。也有聽說是被分別移植到不同的地方去。不過，這所學校就再沒有鳳凰花木林，我們那屆也沒有離別的花語。」

豬點點頭，像是了解了些甚麼。

「那個時候，是我第一次看見『終點』。在那個當下，我沒有說出口……」

大風颳起，沒有草皮的空地上，沙塵紛飛，方最後一小段話的聲音太過

細微，就這樣被輾碎在空氣裏，不過，那嘴唇細微的動作，就已經讓豬知道了。

＊

高中同學會結束後，時間來到了傍晚。薄暮把街道染的橙紅，影子踩著影子，因為夏天的關係已經過了下班尖峰時期，微醺的方和豬一前一後的緩緩走著。

「您意外的蠻受歡迎的啊！」

「因為，每個地方都沾一下呀！」方腳步有些虛浮，但還能走出直線，豬也就沒有伸手扶她，「也不過就是，誰的小忙都幫了一點。跟誰都還算熟悉，卻也沒有熟到那種真的很熟很熟而已。」

「……」

「是也有幾個，特別熟的人啦！只是，對他們來說，多的是比我關係更好的人。不那麼特別，卻也不那麼平庸，就只是這樣子而已。就像剛那個，說以前覺得我還不錯的，他呀！從來就沒有缺過女友，只是提出來，熱絡熱絡氣氛而已的。」

方身體微醺的搖晃，戲謔的把嘴角勾起。

「你不也是一樣的嗎？我覺得你跟我，是很相似的類型。」

「這個，或許吧！最起碼，敝人不能夠完全否認就是了。」

或許是假借酒意，也或許單純只是剛好得覺得這時間點適合，對於這樣戲謔卻意外指向核心的問題，豬試著避重就輕的回答。

「這樣子的答案，就跟肯定差不多呢。豬呀！你是否如此深愛這個世界呢？如此的執著在他人生命裏頭，只是因為……」

「不，妳始終不愛這個世界，因為妳所深愛的一切，都沒能回饋妳。縱然愛從來不該奢求回報，但那樣的話，就不是妳我這樣愚蠢的羔羊了。」

「而你不同，你愛這個世界愛的遠比我深沉。」

像是被說中了甚麼一樣，豬愣了愣之後，不禁放聲大笑出來。

「哈哈哈，或許吧！也或許吧！大概是這樣吧！」揉揉鼻頭，好擦去因為大笑而擠出的淚水，豬毫無意義的摘下帽子，狠狠的抓緊那用高級質料做的帽子，帽緣綻出線，「敝人可能跟妳很像，一樣的愚蠢。不過，我覺得我還是不夠深愛這個世界。因為此時此刻的我，雖然說幾近乎不存在，但卻依

然在這裏呀！」

　　兩人沉默了一會，在這樣寂寞的街上，過了尖峰的此時，日照讓影子稍稍拉長了一點，薄暮染紅的柏油上，映著兩人和街道的影子。

　　「不談這麼愚蠢而又令人不快的話題，行不？」豬拍拍帽子，高檔的質料與合適的剪裁，一下就彈回原樣，「妳就沒有一些，想要問的問題嗎？」

　　「不是沒有，只是問了難道就能獲得回答嗎？」

　　「不一定，至少我能回答的部分，都會回答妳。只是除此之外就沒有辦法了。」

　　「畢竟也不是甚麼東西都有答案。」

　　「啊啊，一如我們是為何愛這世界。」

　　「問個俗氣而又愚蠢的問題吧！」拍了拍臉頰，試圖讓自己的精神清明一些，「這種自殺協助的服務，不是免費的吧？但是，世俗的金錢對你們應該也沒有甚麼太大的意義，所以你們收的報酬到底是甚麼呢？」

　　「妳還真是乾脆就直接講了啊！」豬露出咬了口黃連的苦笑，信手翻玩一下帽子，「算了，也無甚所謂就是。首先，金錢對我們來說不是沒有意義的，至少我跟司還是要吃飯的，不過更上面會分配資金下來。至於報酬，我們收的東西，嗯……就是妳的『命』吧！」

　　「命？」

　　「啊啊，這並不是指性命這種東西，畢竟在妳死了之後，那也就沒有用了。性命這種東西，只有還活著的人才有意義。」

　　「還真是低劣的諷刺。」

　　「不，對妳我而言只是個如同打招呼的笑話吧！先繼續，在台語有句俗諺叫『一命，二運，三風水』，對吧？我說的命就是那個，我們收的報酬就是把妳生命裏剩下的機緣還有壽命一類的東西，換算成數字儲存起來。」

　　「還真是有點隨便的感覺。」

　　「讓司來解釋的話，會更加詳細，不過我實在懶得說那麼細呀！簡單來說，就是把妳的因果收斂之後再做裁縫，最終成為另外一種東西，只是這種東西不管怎麼精算，都還是會剩下三天左右的差額，這就是剩給妳的時間了。」

　　豬從西裝的暗袋，掏出一個造型簡約的沙漏，稍微展示了一下，用迅捷的手法，變出了第二個沙漏，毫無意義的把戲。

　　「第二個問題，有人簽約之後，反悔的嗎？」

「不能說沒有，只是畢竟我們報酬已經收了，所以之後等著那些人的，是怎麼樣的生命，也可想而知，對吧？」豬輕佻的笑出聲，「不過會選擇這項服務的人，也都不太會想反悔，所以到現在為止，我所知道反悔的也就只有一個人而已。」

那唯一一個是指誰，方敏銳的察覺到了，於是她沉默。

*

路過的行人，通報了救護車，醫護人員在試圖搶救後，搖著頭把方抬上了擔架，不過接下來在醫院會發生的事，就只剩下開立死亡證明。

「又是死於心肌梗塞，上面的還真是毫無創新感啊。」站在街角陰影的豬，對著緩步走來的司這樣說著，「雖然說，也算是約定俗成就是了。」

「契約寫要盡可能的不麻煩和驚動他人，這方式已經是最好的了。」

「真是官腔，不愧是我親愛的上司。」

「……從以前就是這樣，別太在意。」

司冷漠地看著響起警鈴，朝著遠方疾馳而去的救護車，「做好你少司命該做的就好，這樣疏離而欠缺的時代，類似你的人會逐漸增加，你會慢慢習慣的。」

「真不愧是大司命，看得有夠開呢。」

「不用諷刺我，送她最後一程吧！」一彈指，豬和司換上一襲古漢服，和和服有些許相似，卻相對質樸無華，只有腰間和頭上那不甚綠的翡翠能稱作裝飾，「送靈，這樣離開的人，不用受審會直接入輪迴。」

刷的，司把散亂的馬尾豎成冠，戴上墨色附水的紗帽，豬亦然。

梆──梆梆，玉石敲擊與鑼鼓聲奏起，在薄霧未散清晨的街，手上搖鈴，司和豬踩的腳步一如將首、家將，卻是少了幾許殺伐，帶著一種陳舊而古老的氣息，鈴鐺越搖越緩，清晨颯颯的冷風捲動衣袖。

故人命兮有當，孰離合兮可為？

生無戀兮，死乎亦兮。

孰愚惠兮。

鈴聲最終，落在一個寂寞的節拍，而後與清晨的霧氣一起消散。

豬沉默，不言語。

短篇小說類│第二名
○寒意

鄭筑娟

休閒與觀光管理系

得獎感言

　　從小到大喜歡做的事情很多，但都沒有特別厲害的。一直喜歡表演，但真的投注全力在這上面就不覺得那麼快樂了，可能是太怠惰了，永遠追不上想要的成就感，我也不喜歡做讓自己沒什麼成就感的事，像是讀書。

　　也是從小就寫作呢，想像力也是隨著長大開始變得沒創意，有一陣子根本都是在寫作文般的賣弄修辭或為賦新詞強說愁，長大開始寫很淺白的內容，這是頭一次這樣得獎，很高興，謝謝喜歡的大家。

評審意見

· 馬琇芬老師：

　　描述兩名沉溺於毒品與性的男女，對未來感到迷惘、對生命感到孤單、對自己感到無能為力。19 歲的女主角將飄渺微小的各取所需，當作了和「阿人」一樣膚淺的人，又無法克服生活的空虛，最後發現自己一直在忍受孤獨，甚至認為沒有東西可以麻痺孤獨。

　　兩個對人生茫然的人，沉淪於性愛中，然而內心的「寒意」無法在狂熱的肉體歡愉中消除。

　　通篇寫赤裸的性愛細節，但讀來能感受到對生之困惑、對寂寞之難以忍受。遣詞用字能經營出黑暗的情境，亦具有壓抑和沉痛的風格。

·康靜宜老師：

很誠實地敘述失序、走調的人生，表述者「我」對於自身行為、情欲的無能為力，對照內心對自我欲念、感受的清澈洞悉，聚集出主題「寒意」，這樣的剖析相當深刻。

文中另一主角名喚「阿人」，亦清楚地點出對於做為「一個人」的追尋與探索。

寄情湖畔的情與思 樹德科技大學 2018 文藝創作獎得獎作品暨師生作品集

◖寒意

　　在每個夜晚，划著船去過從未去過的大海。人們說這根本不是船，也不是浮木，那是如曇花一現，比煙火還不如的（事實證明快樂和煙火是那麼像）。

　　你沒住過我的心，你不知道我看出去的是甚麼。在每個夢醒時分，我總是親吻著任何一個我不愛，也不愛我的人，並以此為樂。

　　原以為會是煙霧瀰漫，以為自己變成了城市黑暗一角的可愛角色。但也只是一如往常的旅館房間，試著把平常那種交合當散散心的心情壓抑此刻緊張的心情。我第一次見到他，他在中午已經自己先嗑了一堆，然後暴躁地打電話吵著我過去的。被藥弄僵整張臉讓他沒辦法有具體表情，板著一張不耐煩的臉，頭髮應該是沒梳理過的亂成一團，不知道在我來之前他用了多少。他一個人走到廁所將粉末和水和好拿在手上走了出來，遞給了坐在床上的我。

　　「可能有點苦。」他試著擠出幾個字。

　　我毫無猶豫的接下他手中混著各式顏色粉末的液體直接喝下，一陣強烈的苦澀我了解到，人類為了維持生命可以耗費多大心力，要摧毀，僅需粉塵般渺小一擊。

　　人總以為自己是神，不會被世俗魅惑。然而現實是不到三十分鐘理智的世界直接被敲得支離破碎，身上每一點撫觸變得敏感而強烈，頭被緊緊壓住下身緊緊吸吮著他的陰莖。用藥過後的陰莖變的疲軟短小，含在口中像是變成一種逗樂我的玩物，無法正常發出言語的我只能咿咿喔喔表達自己的興奮，那聽起來不像惹人心癢的春心蕩漾，反而像是一個人以不規則的嗚咽發出呼救。

　　「你小聲一點，你以為玩這個可以開玩笑？」

　　他憤怒又汙濁的雙眼怒視著我，他那時要是將我掐死我一定一點痛苦也沒有。換到了相較房間隔音更好的浴室，再次壓住我的頭用陰莖塞住我已經失去控制的嘴，陰莖時而充血時而又因藥效退軟，在我嘴裏如蠕動的蟲子搔刮著我敏感脆弱的咽喉，他滿足的緩緩發出嘆息撫摸著我的背，僅僅只是背部，就讓我刺激的發出尖銳的嗚咽聲。

「你先冷靜一點。」他將我推開後打開了浴室的燈，日光燈線射進我汗濁模糊的雙眼，眼前漸漸清澈了起來。

「冷靜，你先深呼吸，你剛剛叫得太大聲了。」直到這時我才看清楚他的臉孔，明明是一張年輕人的臉卻硬被藥弄垮了，以前是不懂為甚麼人類要為殘害自己身體的事物奔波，就為了那短暫的歡愉。

而我現在全身無力像是一團粉紅色的爛泥攤在他身上。

「你知道我以前是做甚麼的嗎？」他坐在馬桶上冷靜地點起了菸。

「不知道。」我仍跪趴在地，希望有一點點的力氣可以讓我坐起來。

「我在國外當詐騙集團。」我不知道他提這段的用意是甚麼，但那至少讓我找回了一點理智，他試著把我扶成坐姿。

「你以前讀甚麼啊？」手不自覺的摸著他的大腿內側，手漸漸能使力。

「企管，跟你同校。」他小心翼翼地發出聲音，一舉一動變的更加小心。

「但我一直喜歡畫畫，所以想學設計。」為了讓我能有片刻的清醒他開始找起了話題，他的樣子明瞭而具體，但我的身體仍然像是要掉進深淵不斷往下墜，下意識地抓住他的下身。

「那為甚麼不讀？」

「太高了考不上。」他後來補充了很多原因，不過我心裏是明瞭的，在大學期間每天都跑夜店，曾經在一學期只拿兩學分，儘管怎麼愛設計，也沒辦法把他的心拉回正軌，然後，就一直歪到現在。

「我們回床上。」見我意識漸明，他逕自躺回床上張開雙腿。一回到昏暗的房間我的視線變又天旋地轉起來，將陰唇對準他的嘴唇，同時我大口含進他的陰莖。兩三個小時過後來到了藥效的另一波，我將他的下身緊緊纏進我的臉，睪丸壓住我的鼻子幾乎要窒息卻樂此不疲，因為一旦躲開後，口中的空虛便可以直接殺了我。喉頭幾乎成了最敏感的一點，我抓著他的大腿，雙手如同鋼索緊緊攀住，我的雙腿因興奮緊緊夾住他的頭。

旅館門前微弱的燈光照著床上交纏如爛泥的軀體，時間沒有或快或慢，沙漏裏的砂礫停止掉落。隨著入夜微幅下降的溫度帶來的寒意像是一場大雨稀釋掉土地上稠爛的泥巴，下巴因長時間未閉合產生劇痛出現了間隙的清醒，像是說好似的鬆開彼此躺回休息的姿勢。我知道了他的名字，聽了就覺得難過的那種，我擅自的認為原本的名字可以讓他活的更好，他卻要改成像是要孤單一生的名字。我問該怎麼叫他，他說就叫阿人。

「你知道通往女人心的道路，是陰道？」中間休息腦子還是使不上，我為了逞強清醒開始談起看書的興趣，臉已經略僵的他不斷點菸想盡方法讓自己放鬆，他想讓自己像個活人般思考我的話。

「你認同嗎？」對於這種話他就是隨意回答帶過，我說我不知道。

「你知道我爸媽做甚麼嗎？」我拉著阿人的手開始撫摸我的大腿。

「醫生？」

「怎麼可能，這樣我就不用出來辛苦工作了，但你會嚇到。」他放下菸頭在裝水的塑膠杯裏，不給我猜測的時間了。

「是警察。」他似乎想起了甚麼抿起了嘴，並低下頭。

他上個月因在家趁家人不在連續三天用藥，完全沒有進食，體力不支直接倒在廚房，所以父母一看到等同被逮捕了，他過幾天還要去聽戒毒課，所以原則上父母是限制他不准在外面過夜的。

卻在最後一次殘餘的藥效，在浴室裏，身體裏滾動的灼熱使我像是個努力吃著母乳的幼兒不斷吸吮著他的陰莖，他好像捨不得回去了。

其實出於善意應該要讓他回去，但襲來的強大空虛感與結束的恐懼讓我也沒辦法讓他走。

「你手機借我傳個訊息。」我毫不猶豫地教他我的手機如何解鎖，然後就轉身去拔隱形眼鏡了。那樣強烈的歡愉是要付出很大代價的，我變成個永遠在往下墜的自由落體，我們背著彼此睡不著，承受著相同的痛苦。他一直不斷起來抽菸，我雖然是蓋著棉被想辦法讓自己入睡也睡不著，自己活像是個在脫水機裏被胡亂甩亂的絨布娃娃。

越入深夜寒意漸深，我忍不住抱住他，痛苦越強烈我抱越緊，他也是，感覺上像是正在一起分擔這份痛苦，然而並沒有任何改善，只能讓時間一點一滴消耗掉骨子裏的每一份難受。後背漸漸滲出冷汗，我和他緊貼的身體變得黏答答的，偶爾可以正常的呼吸，但大多時候我只能緊抓著他讓難受啃咬著我的腦袋，腦子裏像是住滿了噁心黏膩的蛞蝓在吸食我的腦漿。不知道過了多久，窗簾似乎透出微弱藍色的光，那個快將我揉成一團爛的夜晚終於過去了，清晨微微的曙光讓我舒服些，呼吸逐漸穩定。

「要做嗎？」天終於亮了。

「好，我先去刷牙。」房間透著白色光芒，像是沒有過夜晚一樣，我照著鏡子以為會看到憔悴醜陋的自己，沒想到竟然還是一如以往的有精神，拿掉瞳片的眼睛看起來還是活的。我以為我會死，沒想到我還能在鏡子裏看到

自己。

　　我忘記我還感冒著，每一下撞擊都讓我發不出聲音，只能如溺水般喘著粗氣，發出如撕裂一般的嗚咽。不知道是藥帶來的後遺症還是性器相投，從頭到尾腦子都是一片空白，在他身下的時候雙腿緊緊夾著他的腰與他舌吻，張口含住他的嘴唇，雖然已經天亮了，我們仍然像一灘爛泥，我出乎意料的很喜歡。

　　我要他射在我嘴巴裏，最後我坐在他身上的時候他拔掉了保險套，肉壁與肉器緊緊貼合，我上身無力的往前倒。

　　阿人味道比想像中還苦，該覺得不意外嗎？

　　他拉開窗簾說著需要一點陽光，明亮的我們很赤裸卻也很陌生，他的臉頰上布滿凹洞，額頭多了條皺紋，看起來比昨天更老，我也跟他這麼說，他似乎很驚訝。

　　「我二十六歲了，我不應該這個樣子。」他又點起了菸。旅館來了電話提醒還有一小時，我再次無力的倒在床上，疲倦感正密密麻麻的攀上我的全身。

　　他從後頭抱住我，粗魯的揉捏著我的胸部，我原以為只是在最後一點時間裏掙扎尋求一些撫摸，沒想到他跨上我要我脫掉褲子。

　　「來不及做了。」他看起來比昨晚猴急的多。

　　「脫褲子就好了。」

　　事情沒有想像中順利，他頂著我始終硬不起來，最後說著不做了不做了自暴自棄地把我的腿放下。

　　再次穿好衣服是真的要離開了，那是我頭一次像個殘廢要人幫我穿褲子，他不耐煩的幫我穿了，碎碎唸道頭一次幫人穿。我的內褲是粉紅色底和鯊魚印花，看起來幼稚又好笑，都被他看到了，我覺得很丟臉，但他似乎不以為意。但我很高興在這個房間裏終於有了正常人的情緒。

　　搖搖晃晃上了搖搖晃晃的客運，從家鄉到城市沒有火車，總只能搭客運來找他，回家那段路上是矛盾的，殘存的幻覺讓人覺得喉頭很痛，從外頭灑進大把的南部陽光又讓人覺得清醒。

　　一到家便全身無力的倒下了，給家人營造只是舟車勞頓的假象。兩點半到家的，醒來的時候是六點，醒的時間比我想像中早多了。下巴痠疼的無法正常開合，咽喉裏不斷存在龜頭衝撞的幻覺，鼻頭還殘存阿人下體的氣味。剛醒來的那一刻，視線都是灰色的，就像自己還身在那個充滿寒意的房間

裏。手機的通訊軟體有未接來電。

「打給我幹嘛？」

「問你到家沒。」

「兩點就到了。」一般事後我是厭倦與他人聊天的，要擅長這個世界對人的壞，尤其是對容易感性的女人。

「其實不知道為甚麼，會想你。」

「想甚麼？」

「奶子。」

「沒啦！想你的人。」

「你可以想啊！但你大概只能想個兩天就忘了。」

這個世界是巨大的投影像，人間的情愛更是品質甚好的投影機射出的，當你想醒的時候，你已經被射得滿臉，只有自己才是真實存在的。

「其實我早把你當朋友了，兼砲友那種。」

「上一個這麼說的隔天就人間蒸發了。」那是一個跟我同年紀的排球選手。

「其實我不太想知道你那些事，我一向占有慾很強，即使變成砲友我也不容許他跟別人。」

「這陣子只跟你啊！」

「沒要你改變甚麼，只是有也別讓我知道。」

他說過他吃完藥會變得很多忌，疑心病變很重，精神狀況也會很不正常，我並不害怕，這樣的過客一旦相處不下去就當作沒認識過，我似乎還以為我自己無比堅強勇敢。

我突然對他說你很特別。這是真心話，心中有著甚麼顫抖了一下。

一般事後是不會聊那麼多的，可能是藥後極大的空虛感作祟，兩人的訊息都回得很快，明明阿人也算是一個人生失敗的人，還是耐心地開導我怎麼讀大學，雖然他讀了六年。

午夜睡著的時候又會出現阿人在舔我下體的感覺，我驚醒了過來。其實我討厭這樣，不該對阿人停留這麼久的印象，但是身體會自己去想。

那是一道洶湧的熱浪，我一直以為沒有人可以突破我的心防，看透床上男歡女愛後的人情冷暖，盡是逢場作戲，各取所需。房間總是雜亂無章，以為沒有人會想過來，年紀輕輕卻覺得能夠和自己共處一室的人渺然無存，所以就放任房間狼藉依舊。偏偏阿人只是在外頭晃著，他沒有對你笑，也不是

你想要的那種人，就不要說是嚮往的那種愛了，儘管自己裝的怎麼成熟，但面對社會我就只是個十九歲的小孩子。

阿人漸漸坦露了一些實情，他沒有工作，之前找的臨時工也常常曠班或請假，今年二十六歲的他一事無成，他沒吃過苦，家裏要求的也不多，只希望他可以養活自己。但就現況，他就連最基本都做不到。

我以為我是個聖母，每天給他投注正能量，他就有機會改變自新。阿人到晚上情緒會變得非常不穩，會開始冷言嘲諷我是個不要臉的女人，我不知道十九歲的軀殼裏的我到底裝的是誰，我對他說的話一字一句換成同情，我總比我想像中博愛。有一個晚上我哭了，因為我頭一次希望這樣逢場作戲的男人可以相信我的話，即使我知道在他面前已泥濘不堪。

「我不曉得我是真的很喜歡你這個人還是怎樣，就很想占有你。但我越來越不愛自己，當我又做了一些不好的事情時，我會覺得自己很醜惡。」當阿人越負面，我越覺得我可以救得了他。

人在失重過後會把安全感全託付在第一個抓到的人，當天空透出魚肚白，睜開雙眼看著阿人同樣痛苦的蹙著眉頭，我向他討了一口菸來抽，吞雲吐霧的迷茫雙眼，我就像是幼雛看見母親一般將自己託付給眼前的人了。

吃藥或跟人上床其實都不是最危險的，而是迷失其中，被人趁虛而入，就像阿人拿著藥一口氣從陰道衝進心裏，並誤會是愛。

我答應了阿人下次的邀請，他終於面試到一份他喜歡的工作，但由於要到北部實習會有好一陣子沒辦法玩樂，所以趁著上班前的幾天空白找上了我。

他很少是清醒的，我一開始也把他當吃太多藥的神經病，但我也只是個被藥沖昏頭的庸俗女性，明明知道他對我說的喜歡只是想要和我做愛而已，我仍把勇氣一吋一吋拿去想換取一點他對我的憐愛，並樂此不疲。

阿人去拿藥回來時總會沿路吃一點藥，一邊聽音樂讓自己保持精神。當我在後座抱著他時，他將外套反穿讓外套能掩蓋他的下體，抓著我的手給他撫摸陰莖，我抱怨我真的等了好久，他也只說了路途真的很遙遠啊，然後笑著說你要變成大毒蟲了，氣氛一下快活了起來。

這一次並沒有像第一次一下子就翻雲覆雨起來，藥效使人非常嗜睡，使我一下子握著他的陰莖睡著了。中途有過幾次口交和談話，我們甚至在房間唱起歌來，房間備有算不錯的歌唱音響設備，歌曲也很新，讓呈現半昏迷的我也開始唱起歌來。

雖然一直半睡半醒但比上次舒服的許多，阿人倒就難過了，全身跟我一樣無力，更多的時候只能在我旁邊自慰，或是跨上來要我給他口交，但他似乎睡不太著。那個房間的隔音很差，可以聽到隔壁釣蝦場放的流行歌，但我仍然睡著了。

做了很不舒服的夢，我記得是我衝破了農場的柵欄插得滿身木條血肉模糊，那陣子常做這樣的夢。

「早點回去吧，我要調整心情隔天要上班了。」離退房時間還有一段，阿人已衣裝完整坐在沙發上等我換衣服。我沒有對分離任何不捨，因為我發自內心希望阿人真的可以振作變得更好，雖然他完全不知道。

我還是很清醒的，我知道要學著走出房間當一個世界最寂寞的人。

我覺得我就像電視上的名嘴和政客，常常滔滔不絕自己根本不懂的領域，只是我沒那麼難堪，沒被扯下面具或假髮。人在越寂寞的時候是不能靠性來取暖的，雖然我總是在阿人面前說著跟別人上床的事，讓他甚至我自己看起來玩世不恭，讓自己完美的千瘡百孔。但阿人一輩子都不會想到我曾經為他流淚，一想到就覺得好笑。

在阿人上班以後我們的談話少了，我也不主動找他。

「那我們這樣的關係很怪，既不是朋友也不是情人，卻這麼關心？」我繞了一大圈解釋我熱愛與人聊天的心才讓他化解誤會。

阿人下禮拜就要到台北受訓，他說好上班就不會再碰藥的，但他又找了我，在上北部前最後一次，大概也是我的最後一次。

一如既往我在車站等他，電話打不通，訊息也沒有已讀，我沒辦法做其他行動。

一下子一個小時過去，我有點懷疑阿人死了，就像很多小說裏寫的，在旅館用藥過量而暴斃。雖然人生如戲，但還不至於，兩個小時後阿人打給我，藥效太強了他完全起不來，我獨自走去旅館。

房間是我見過有史以來最簡陋破爛的一次，房門甚至鎖不起來，牆壁滿身斑駁管線外露，這都不糟糕，糟糕的是我還懷著一顆想見到阿人的心。阿人戴著眼鏡在床邊抽菸，是我沒有見過的樣子，然後我跟他要水也吃了一些。很可怕，感覺這輩子和下輩子的睡意隨著食道一路到胃最後灌入在我全身的血管，我感到阿人連坐都坐不穩的無力了。

在片刻的清醒，阿人坐在椅子上撐開雙腿要我給他口交，才舔了幾口阿人便直接從椅子上摔下來，而且他好像還不知道自己摔下來。

電視的聲響時有時無，並不是有人開開關關，而是我對周圍的聲音和動靜變得很遲鈍，朋友打來電話問我明天要不要去吃飯，我重複問了五次要去哪裏吃，阿人一直在抽菸，我們似乎什麼都做不了。但我還是陸陸續續聽到阿人跌跤的巨大聲響，那像是要把這兒脆弱的家具全撞爛摔爛的直接。

阿人背對著我問，還是第一次的最好吧，我說對，但他應該聽不到了，不知道天黑了沒，我和他都和這個世界失去任何感應。

那是唯一一次平靜的睡著，我還抱著阿人埋在他的胸口，平常不修邊幅也不洗頭的他胸口卻有著好聞的味道，我勉強感覺的到他的手淺淺的勾著我的背，這一切感覺都很冰冷，像是一場沒有印象的夢。

清晨阿人叫醒我，因為他摔跤撞在椅角，眉毛摔出一道口子滲著血。他好像也覺得很荒謬，用手不斷摸著眉尾，疑惑著為何會流著紅色的液體。恍恍惚惚中聽到行李拉鍊的聲音，阿人正整理行李準備離開。

我勉強打起精神問了問眉毛的狀況，他說沒有大礙，他逕自拖著行李走了，他也沒有說再見，我也沒有，這也大概是永別了。我在房間一路昏迷到退房時間便自己離開了，就像成熟的人習慣一個人，門仍然沒有鎖成功，不過也沒做到什麼，只覺得阿人戴眼鏡的樣子很好看，但也沒辦法再記得了。

從那天起我就決定不碰化學藥品了，因為不想再和他聯繫上，但很矛盾的是，為了找一份取代阿人的感覺，我偶爾會約人抽些大麻後親熱，但都沒有當初的感覺了。

好像對你已經不是任何外物的吸引，而是單純的喜歡骯髒的你，失敗的你，希望你可以成功，都很難了。

阿人曾經在我心中有過確切輪廓和溫度，我也知道他根本是社會的敗類，我也以為我一直能做到性愛分離用性來填補生活的空缺，但凡事總有例外的。我也想恨我一直以來被性所囚禁，然後更糟糕的是我把飄渺微小的各取所需當作人生壯麗豪邁的詩篇，大家其實都只是陰莖想找洞鑽。

我都知曉，我們也都是同路人所以才碰頭。我想，我因為你成為了一個膚淺的人，那是我唯一可以記得你的感覺，畢竟我現在也漸漸忘記你長什麼模樣了。

某一次我的工作結束後我收到你的訊息，你說你離職了，在北部還沒結束受訓便回來了，我回了一些肯定的應答語，但事實上沒那麼認同，因為我不知道該說些什麼。突然想起你突然說你不需要一個十九歲的屁孩開導你，還丟了一句髒話。

我走在馬路上，想著以前我還會幻想我們可以平安健康的在大街上行走歡笑，但都沒有發生。最後我當不了像你一樣膚淺的人，所以最後連這樣的感覺都忘了，我給阿人的最後一個回覆沒有已讀，他大概封鎖我了。

仔細回頭想想，我活在這世上不過幾十年爾爾，和人談甚麼男女無關情愛呢？偶然看到一個研究，女人在性高潮的時候，身體會產生一種名為「催產素」（Oxytocin）也被稱為「擁抱激素」的關鍵賀爾蒙，會讓女人對另一伴放下戒心，並更加信任、依戀對方。當時你問我認不認同，我蒙混過去了，可能我當時也有點緊張，因為我沒辦法保證這件事不發生。我總是以為我是習慣孤單，才做得起總是在夜晚裏尋歡再走出房間習慣當一個世界最寂寞的人，根本都是騙人的。

高中有一次模擬考的作文題目是「享受孤單」，我胸有成竹的寫了我總是一個人坐車回家的故事並且獲得不錯的成績，我就以為我是可以一個人吃飯看電影逃離社會喧囂的那種大人了。過幾年我才發現，我只是在適應形式上的孤單，或是根本在忍受孤單，尋找很多看似很歡愉的事物掩蓋，假裝自己是一個成熟的人。

令人發笑的是，沒有東西可以麻痺的了孤獨，酒不行、性不行、毒不行，愛也不行，一廂情願的那種，儘管阿人是這樣的使人快活，可是沒有他，日子便也這樣過。

短篇小說類｜第三名
◦粉爭

鄧慈璦

室內設計系

得獎感言

　　非常感謝所有評審老師的認可，從沒想過自己的作品可以得獎。

　　靈感來源是一些動畫電影，他們將生活中的物品擬人化，並且搬上大螢幕，讓人覺得十分有趣，所以我就效仿他們。

　　我的文字不是很優美，內容也有待加強，對於參賽一直不抱得獎的希望，看到名單上出現自己的名字時，我感到非常訝異。

　　再次感謝所有支持我作品的人，以及推薦我的指導老師。

評審意見

‧康靜宜老師：

　　以擬人方式，透過「餅乾」世界提出真實社會的諷諭。

　　童趣的敘述使得這篇充滿想像力的故事，有別於其他參賽的小說，而具有獨特性。

　　「蘇打餅大臣」因擔心自己平淡的口味失去眾人的喜愛，讓「品客王」沉溺於「重口味調味粉」的「粉癮」中神智不清，暗喻社會上的各種聲光刺激，也給予「反派角色」行為偏差的「合理化原因」。

　　餅乾要「脆」才有價值，以「吸管」為地牢，適量的「調味粉」為受歡迎的理由。這些刻畫都具有鮮明的意象，令小說在看似童話故事般的敘述中，具有值得省思的深意。

・馬琇芬老師：

　　以擬人化的餅干王國演繹人的社會，饒富創意與趣味，內容旨在揭露、諷喻人間組織結構的問題，試圖提出反省與評論。

　　唯作品的題目設計不佳，盼重新構思以符作品趣味。

粉爭

「脆餅市，一個繁榮的大都市，在這裏有來自世界各地的餅乾，並且有各式各樣的商店，我們最常講的一句：『脆餅市，天天有樂事。』因為這句，所以樂事族總覺得自己高『餅』一等：他們的穿著是所有餅乾的指標，他們的審美觀比其他餅乾敏銳。或許，他們真的比較高尚吧！」滿天星低著頭，無奈地說出。

「對了，對了！說了這麼多，看到那間高聳的捲心酥大樓嗎？都還沒介紹呢！那是每個餅乾都嚮往的工作地方：調味粉公司。」他的眼神散發出跟他形狀一樣的光芒，直盯著那棟高聳的建築。

「能進入這間大公司，是極高的榮耀，這裏控管了所有調味粉，或許你不了解調味粉對我們的重要性。我們用它來交易、裝飾自己、讓自己更耀眼，當每天工作完，我們就會去調味粉發放機領取今天的薪資，如果你進入輸送帶，卻沒被撒上調味粉，那就代表你不認真工作，而下場就是……」突然，氣氛凝重，跟剛才完全不一樣，像是被宣布得到嚴重疾病似的。

「被丟進吸管地牢……」滿天星用氣音講出這幾個字。

「這種事情沒人願意多談。」

「總而言之，調味粉是我們不可或缺的。」氣氛又突然轉變回活潑的狀態。

「而我，就是這麼榮幸的在這裏上班，走吧，可不能遲到。」他展露牙齒，自信地笑著，邁開步伐，大步向前，甚至雀躍的小跳一下。

「噢～你看看他高聳的樣子，就算每天進公司的我都還是忍不住讚嘆它的美，我第一次看到的樣子就是像……對，就是你現在的樣子，收好你的下巴，該去工作了！」

「嗨！捲捲，今天還是一樣『捲』喔！」滿天星用那迷人的笑容，搭配一個眨眼向捲心酥打招呼。

「嗨！滿天星。」捲心酥微笑一下，回應著說。

「那是全公司最美的接待：捲捲，她就像這棟建築物一樣美，親切的笑容、高挑的身材，看到她身上那件條紋洋裝了嗎？簡直是為她量身打造的啊！」他激動的像在跑步比賽得第一名的小孩。

寄情湖畔的情與思 樹德科技大學 2018 文藝創作獎得獎作品暨師生作品集

「噢！抱歉，讓你看到我失態的一面，我會這麼欣賞這棟建築物，應該是因為捲捲吧！從我家看向這裏，就像是看到捲捲在窗外對我微笑一樣。好了，不跟你多廢話，今天早上有重要會議，先去忙了！」於是他急忙進入辦公室。

「呼～終於完成今天的工作了！」拖著疲憊的身體走向發放機，還打了個呵欠。

調味粉機轟轟作響，一如往常，刷了自己的卡片，輸入密碼。自然地躺上輸送帶，滿腦子都只想著今天努力了多少，以及自己那舒服的家。

輸送帶平穩的轉動著，滿天星舒適的等待發送，發送口對準滿天星，機器「叮」的一聲，準備發送⋯⋯

一秒、兩秒、三秒，發送口遲遲沒有撒出任何調味粉，也沒有任何完成發放的聲音，滿天星在輸送帶上越躺越不對勁。他睜開眼睛，看看四周，怎麼沒有調味粉撒在我身上？難道說⋯⋯

「不可能！我今天非常認真工作，一定是發生什麼問題。」滿天星急忙跑出發放機，想要尋求協助。就在他跑出去時，剛好被值班的警衛發現，警衛一眼就看出他沒有被撒上調味粉，當場把他逮捕起來。

滿天星掙扎著想要逃出警衛的壓制，並不斷說著：「是機器出意外，我很認真工作！我沒罪！」但警衛完全無視他的抗議，硬是把他上銬，並且帶到皇宮裏面，讓他去接受審判。

到了皇宮內，蘇打餅大臣高高的坐在王位上。

蘇打餅大臣往下看了一眼滿天星：「哇！看看是誰，居然是滿天星⋯⋯調味粉部門的員工、大家的好朋友，是什麼風，把你吹來皇宮內呢？」

滿天星沒注意到大臣的問題，直接說出心裏的疑問：「怎麼是你坐在這裏？品客王呢？」

蘇打餅大臣語氣平和，像在為小孩子解惑般的回答：「品客王最近身體不適，所以就由我來為他代勞，讓他可以安心休養。」

「所以，你能回答我的問題了嗎？為什麼⋯⋯」

滿天星心裏有太多疑惑，還沒等大臣把話說完，就又搶著開口：「那為什麼⋯⋯」

眼看著大臣就要按耐不住性子，警衛急忙向大臣說明事情的經過，並強

調自己值班時多麼的認真，看能不能藉此獲得一點賞賜。

　　大臣聽完整件事情，沒有多問什麼，拉拉自己的領口，輕咳一聲，直接宣判結果：「滿天星，由於工作態度不佳，未獲得調味粉，判於重罰，將他丟進吸管地牢。至於警衛，工作態度認真，努力維持國家秩序，給予調味粉一包。」

　　滿天星聽到要被丟進地牢，這時腦袋才清醒，剛剛那些疑問瞬間消失，連忙為自己解釋：「我沒有！我今天很認真工作，我絕對沒有偷懶！」

　　但這些解釋已經無法改變事實，他早已被架在空中，準備丟進地牢，再怎麼大喊，大臣依然坐在那裏，眼神堅定地看這整件事情，他相信自己的審判是最正確最適當的。一旁的警衛聽到自己的獎賞，思緒早飛到九霄雲外，根本不理會到底發生什麼事。

　　滿天星就這樣從吸管地牢頂端往下墜落，他的心，也跟著墜到谷底。他閉上眼睛，不知道是因為害怕，還是因為這一切都太像夢境般讓人不可置信，希望再次睜開眼睛，是在舒適的床上……

　　這個味道……不是我所熟悉的家，是一種潮濕、卻又帶點不自然的香味。這床……不是柔軟的床墊，是一種粗糙而且過度堅硬的感覺。滿天星睜開雙眼，看著周遭景物，沒有一樣是他熟悉的，他努力讓腦袋運作，想要想起一切，但卻沒任何記憶。

　　「年輕人，你終於醒了。現在沒記憶是正常的，不要強迫自己，過幾天就會想起來了。」一個滄桑且溫柔的聲音說著。

　　「你是誰？我在哪裏？」滿天星迫切的想要了解情況並想起一切。

　　「唉.……我叫酥酥，是方塊酥族的，擔任地牢護士已經很多年。但我早就不酥脆了，或許該去改名叫濕濕，這樣的名字我還比較講的出口，都是因為地牢的潮濕害的。」滿天星什麼也沒聽進去，地牢兩個字，讓他確定不是一場夢，而是真的被丟進地牢裏……

　　滿天星康復之後，就有人來接待他到新的住所。住院的這段時間他再也沒問過任何問題，總是躺在床上，直盯著某處，一開始還會有幾位護士來關心他，詢問他的需求，但滿天星只是搖搖頭，一個字都不說。護士們也漸漸的不去打擾，他們知道如果有需要，他自己就會開口。

　　到了新住所，滿天星就將大門牢牢鎖上，不願與任何人接觸，甚至小孩子玩球時不小心將玻璃打破，他也只是把球丟出窗外，再度拉上窗簾，整個

住家安靜無聲，偶爾開盞燈，沒多久就又關掉。

附近的小孩開始造謠：「聽說裏面住的是餅乾鬼魂喔！」「而且會半夜觀察誰在搗蛋，要是被看到，隔天你的身體就會少一塊，因為被他吃掉了！」「對啊！我有聽過裏面發出喀、喀、喀的聲音喔！」

在這之後，完全沒人敢經過那裏，庭院就像叢林般，建築物外也有許多剝落的碎片，跟鬼屋沒什麼差別。

滴、滴、滴⋯⋯水滴聲不斷，吵醒睡夢中的滿天星，他不悅的睜開雙眼，去查看是什麼情況。

原來，是屋頂在滴水，因為長期不去理會房屋的問題，所以許多地方都已殘破不堪，滿天星看了看，嘆了一口氣：「再這樣下去，這棟房子將無法住下去，是時候把一切重新整理好。」

於是滿天星開始打掃地板、將庭園的雜草剷除、整修房屋，敲敲打打的聲音把附近的居民都吸引過來，大家這時才發現，原來不是什麼鬼魂，是真的有住人，內心的恐懼瞬間消失。

看到滿天星自己一個忙進忙出，大家都想給予幫助，但因為不了解他，遲遲不敢與他交談。

直到有天，滿天星突然對一位路過的小孩說：「不好意思，可以請你幫我一個忙嗎？」這樣的舉動剛好被一位鄰居看到，大家漸漸地比較敢接近他。

一開始滿天星還是很封閉自己，不願接受他人幫忙，但有太多事情自己無法完成，所以他也慢慢打開心房，甚至主動參與活動。他也終於接受被丟進吸管地牢的事實。

滿天星甚至主動去了解地牢聯盟的運作，知道聯盟一直都在解救這些被丟進地牢的餅乾們，並且申請加入，藉此報答聯盟的恩情，也讓自己的生活在地下也一樣充實，滿天星逐漸變回那個活潑熱情的他，也漸漸的展開笑容。但一切似乎沒有這麼順利⋯⋯

最近越來越多餅乾被送進病房，而他們都是從吸管地牢中解救的，滿天星發現這件事情，卻遲遲沒說出口。他一直對自己說：「這一切只是巧合，餅乾王國的大家一定都很認真工作。」雖然這樣說服自己，但內心的聲音卻無法揮去⋯⋯

地牢聯盟每個月都有一場會議，會議只是個名稱，不如說是場聚會，大家會圍成一圈，提出意見讓地牢世界更美好，或是最近有什麼發現。

而滿天星在前幾次的會議中都沒說出自己真實的想法，但這次，他再也無法壓抑自己內心的聲音，他終於說出：「我覺得……最近好像越來越多餅乾被丟進地牢。」滿天星臉色凝重的說，就像當初在地面提到吸管地牢那樣的嚴肅。

一陣沉默之後，當初治療滿天星的酥酥首先打破這陣寂靜：「沒錯，我也發現到了，確實最近進入地牢的餅乾變多了。」酥酥用溫柔的眼神看著滿天星，給予他無限肯定與支持。接著也有一些聲音陸續加入「沒錯，我也發現了！」「我以為只有我這麼想。」其實大家都有發現，只是沒人敢提出。

看到大家都有相同的發現，滿天星覺得安慰許多，原來不是他自己多想，而說出壓抑許久的想法，這也讓他心中的那塊大石頭終於能放下。

自從滿天星的疑問提出之後，聯盟內的各位就一直想辦法找出原因，但始終沒辦法得到答案，唯有回到地面，才能查出到底發生什麼事情，但，要怎麼再回到地面呢？

這已經不知道第幾次召開緊急會議，每當成員有什麼辦法，就會召集大家。大家都已疲憊不堪，但還是準時到達會議地點，而這次，事情似乎有了轉機。

「我記得，在地面上有一條繩子，長度剛好可以到吸管地牢，他是將在地牢暴動的餅乾綁上去，給予處罰。」巧巧說，他是巧克力球族的，是一名律師，同時也是三名小孩的媽媽。

大家聽到這裏，似乎都明白下一步該怎麼做，他們，將要發起一場暴動，並且將兩名餅乾送上去調查。

「警衛！上面的警衛在嗎？警衛！」酥酥用盡力氣向上大喊著，喊到臉都紅了。

「怎麼了？地牢發生什麼事情嗎？」其中一名警衛冷漠的回應著。

「我們……發生暴動了！」酥酥慌張的說。

「我們已經將兩名犯人逮捕，請把他們帶上去接受處罰。」

「知道了，我們馬上把繩子放下去。」兩名警衛馬上把繩子丟下去，深怕錯失這個為自己增加功勞的機會。

「好了，你們可以拉上去了。」酥酥抬頭對警衛說，並且流露出充滿感激的樣子，彷彿兩名警衛就是救世英雄般的偉大。

警衛這下更高興了，說不定可以獲得酬勞，還被當成英雄般地看待，就像第一次釣到大魚般既興奮又迅速的將繩子往上拉，他們明白這種機會不常有，要好好把握。

地牢聯盟的成員經過開會後，決定讓滿天星跟脆脆上去地面，脆脆是巧巧的大兒子，是一名巧克力脆片，也是滿天星在整修房屋時請求幫忙的那位小孩。現在脆脆也已經長大成人，因為當初跟滿天星的緣分，所以他們倆個一直很要好，因此他們是最適合的人選。

到了地面，蘇打餅大臣生氣的問道：「真大的膽子，你們居然在地牢裏引起暴動，要是讓品客王知道，他會多麼的生氣？」

「我就是不滿意在地牢的生活！」滿天星大聲地對著蘇打餅大臣怒吼。

「對！為什麼我這麼年輕就要在地牢度過！」脆脆也學滿天星，甚至瞪著大臣。

大臣這下更加憤怒，發生暴動本來就是大罪，現在連基本禮貌都沒有，居然大聲吆喝，看來，不給他們一點苦頭是沒辦法消除心中的怒氣。

於是，下令讓他們去洗刷皇宮的地板，這項工作在餅乾王國是最受污辱的工作，餅乾一旦讓自己全身濕軟，那就幾乎沒有用處，如今他們將要每天碰到水，全身濕軟是無可避免的了！

但這些他們都不在乎，只要能查出原因，不讓更多餅乾被丟進地牢，這點犧牲根本不算什麼，況且還能趁機打聽到一些消息，正合他們的意。

「是的……我知道……」滿天星的態度馬上轉變，露出一副不敢再叛亂的表情。

「我會認命的接受處罰。」脆脆也低下頭表示認罪。

蘇打餅大臣看到兩位的態度轉變，一臉得意的樣子，「果然，我也能管理這個國家。」他內心這麼想著，嘴角不經意的微微上揚。

隔天便開始了處罰，一開始他們幾乎把全身弄濕，但是聰明的脆脆發現，只要在中午的時刻靠近窗戶，讓陽光照在自己身上，就可以讓自己的身體不這麼潮濕，但是，不論如何，他們已經無法變回最初的模樣。不過這些都不影響到他們，對他們來說，得到答案比什麼都還重要。

而打掃的日子就這麼日復一日，他們始終無法獲得重要資訊，或打聽到

什麼。

正當他們因事情毫無進展而煩惱的時候，上天終於注意到他們的請求，伸出援手，默默的從中幫助他們。

這天，他們被分配到跟以往不同的區域，而那裏，正是品客王寢室前的走廊，這彷彿讓脆脆和滿天從黑暗中看見一道曙光。

他們在這邊打掃的速度比起之前都還慢許多，這也讓監督的警衛起了疑心：「你們今天怎麼這麼沒效率！小心我跟蘇打餅大臣說！」警衛斜眼看著他們。

「抱歉，抱歉，我們想說這裏是品客王的房間前，所以要更認真。」滿天星一臉委屈的說。

一旁的脆脆也跟著點頭，附和著滿天星的話：「是啊！這裏如果乾淨，蘇打餅大臣應該會更高興吧？」

警衛聽到他們這番話，也就不疑有他，加上他們之前的表現也都不錯，所以就讓他們繼續工作，不去催促。

眼看著這天的處罰時間就要結束，但卻沒聽到什麼內幕，他們以為上天只幫到這裏，看來，這次的任務是失敗了，正當滿天星這麼想的時候……

品客王的房門打開了！

滿天星及脆脆迅速的把頭轉向品客王的房門，並想盡辦法要把裏面看透，雖然無法看的很詳細，但，他們看到了一件事，而這件事足夠解釋一切。

終於，完成了懲罰，也得到答案。他們將要回到地牢，把地面上所看到的事情與聯盟的成員討論。

回到地下，他們立即召開緊急會議，滿天星和脆脆把在地面上看到的所有事情都一五一十說出來，而最重要的那件事情，滿天星則是留到最後才說：「我們發現，品客王已經神智不清了。」滿天星嘆了一口氣，沒有再多說什麼，似乎無法承受這樣的打擊。這時脆脆把詳細的情況描述出來……

原來，當時品客王的房間內，還有蘇打餅大臣，而蘇打餅大臣正拿著重口味調味粉給品客王。重口味調味粉在餅乾世界是不被接受的，那是一種會讓人神智不清、甚至害身體變虛弱。

如此可怕的東西，蘇打餅大臣居然拿給品客王，聯盟的各位都想不透，但這件事情實在太嚴重了，他們必須立刻解救品客王，並且讓蘇打餅大臣接受制裁。

於是他們將要再度發起一場暴動，他們知道，地面上的警衛都想為自己增加功勞，一定不會放過任何一個發起暴動的餅乾。

這次，他們必須派更多餅乾上去地面，因為任務更重大，也更困難，所以他們訓練了一些年輕餅乾，不再只是簡單地蒐集情報，他們將要拯救這個國家。

事情跟預期的一樣，警衛們看到這麼多暴動的餅乾，就像飢餓的猛獸看到獵物般，每個都想湊一腳幫忙。

到了地面，他們一樣接受清洗地板的懲罰，有了脆脆的經驗，大家都知道要讓太陽光把自己曬乾，因為大量的人分布在皇宮各處，所以情報蒐集的非常快，大家也會互相交流，並且共同擬訂計畫，與上次相比，這次可說是順利許多。

沒多久，他們就打聽到品客王房間的鑰匙放在哪裏，也了解蘇打餅大臣每日的行程。他們決定，等到蘇打餅大臣去城裏增添新衣服的那天，他們要把品客王救出來，也就是隔天。

許多餅乾內心都緊張不已，深怕這次任務失敗，遭到警衛逮捕，另一方面又為自己即將拯救國家而感到自豪。

隔天蘇打餅大臣一出門，餅乾們便發出暗號。他們製造假意外，讓一些警衛忙於處理事情，無法專心監督，接著請一位跑最快的餅乾去拿鑰匙，並送給品客王房間前的同伴，這時其他同伴們已經把守在品客王房間的警衛給迷昏，就這樣，他們順利的打開房門。

一進入房間，馬上就有一股嗆鼻的味道，很明顯就是重口味調味粉。眼前的情況果真的跟脆脆所形容的一樣，品客王虛弱的躺在床上，手裏還握著重口味調味粉，就算神智不清，嘴裏還是念著：「重口味調味粉……重口味……」不斷的重複，大家看到這個情況都感到非常難過，一位國王，現在居然變成這樣……

地下餅乾們雖然難過，卻不忘任務在身，立即將品客王抬離房間。

出發前酥酥有說過，在那種環境下不能待太久，很快就會被調味粉影響，他們也都謹記在心。離開那個環境不但可以讓品客王更快恢復，也能保

護自己不被影響，所以大家的動作都非常迅速，恨不得趕快逃離。

品客王一離開自己的房間，眼神馬上變得跟以往不同。嘴裏也不再念念有詞，但他的身體還是一樣虛弱，由於無法適應外界的環境，品客王離開房間沒多久就昏倒了。

正當大家不知該如何解決的時候，一位年紀很小的餅乾說話了：「別擔心，媽媽有跟我說過，要是品客王昏倒，就給他喝下這瓶藥水。」原來她是酥酥的女兒，因為長期跟在媽媽身邊，所以她現在也是一名護士。

他們馬上讓品客王喝下藥水。

過一陣子，品客王的眼睛微微睜開，腦袋還是昏昏沉沉的，沒辦法搞清楚發生什麼事，但他清楚地感覺到，自己的身體不再像以前一樣沉重，四肢變得更靈活。

看到自己身邊圍了一群年輕餅乾，這讓他更加疑惑了：「我發生什麼事，怎麼不是在自己房間？」

其中一位餅乾說：「品客王，你被蘇打餅大臣關在房間裏，並且被重口味調味粉……」說到這裏，品客王就舉起手，示意他不用再繼續說下去了。

「所以，是你們救了我，實在是太感謝了，要是沒有你們，這個國家可能會因此毀掉！」品客王眼眶含著淚水，看著這些年輕人，多虧他們……

蘇打餅大臣心情愉悅地坐在車上，甚至哼起歌。每個禮拜的採購日是最開心的日子，能夠無憂無慮的購買自己喜歡的東西，完全不用考慮價錢，以後，他將會有更多調味粉，他一定要讓自己過得更享受！

蘇打餅大臣踩著輕快的步伐進入皇宮內，很自然地走向王位，一打開大門，蘇打餅大臣臉色瞬間轉變，原本那半月形的笑容立即成為兩片嘴唇緊閉，眼睛睜的特大，那雙眼睛快速的掃描整個情況，想要藉此搞清楚狀況：品客王坐在王位上，那些遭到懲罰的餅乾們站在兩旁。現在是……

沒等蘇打餅開口，品客王就先說話了：「向前吧，我的臣子，別距離我這麼遙遠，來吧！」

大臣像是被施了魔法般，眼神呆滯且雙腳無法控制地向前。到了品客王面前，大臣小心翼翼的開口說：「品客王，您身體恢復了啊……」視線完全不敢與品客王交會，深怕被看出什麼。

「是這些年輕人解救了我，我恢復正常，很訝異嗎？」品客王冷冷地問道。

「當然不是，您的身體恢復，我比誰都還開心。」大臣依舊低著頭。

經過一番對話，品客王不客氣的說：「不用再裝了！就是你害我變這樣！你這麼做是為什麼？」他的聲音變得更加氣憤，語氣也不像之前一樣溫柔。

從未看過品客王變得如此憤怒，大家都被嚇傻了，蘇打餅大臣也不例外。

於是蘇打餅大臣不再裝傻，老實地說出所有事情……

蘇打餅大臣從小是在貧困家庭長大，因為越來越多新的餅乾，他們的種族漸漸被遺忘，大家也越來越不願意雇用他們。

每次從自家窗戶看出去，總是看到其他餅乾擁有許多裝飾調味粉在身上，再低頭看看自己，除了嘆氣，還是嘆氣。所以他決定，長大後一定要讓自己過得比他們都還富裕。

因此他努力進入皇宮內，就是為了推翻現在的一切，他要讓蘇打餅族再度成為頂尖族群，並且掌控所有調味粉，他要讓自己是最富裕的，沒人比得過。

所以他才會不斷給品客王重口味調味粉，使他神智不清，如此一來，自己就可以設計陷害更多餅乾進入地牢，而自己將會擁有他們的調味粉。

他不想再當那個身上一點調味粉都沒有的蘇打餅，他要讓所有餅乾聽命於他！

品客王聽到這裏，感到非常痛心，當年最得意的臣子，居然有這如此邪惡的計畫。卻也因為這件事也讓他察覺，有些政策應該要重新制定。

最後，蘇打餅大臣被罰永遠洗刷皇宮廁所，而品客王也改變一些政策，並且將地牢的所有餅乾拉回地面，甚至幫他們找到工作，讓他們擁有新的人生。

品客王最先改變的就是：廢除吸管地牢，在那不見天日的地方，不論對誰來說都是極度殘忍的一件事。

接著是調味粉的分配，每戶在每年都會有基本的調味粉，讓他們至少能生活，如此一來，就不用擔心有些餅乾因為世代的變遷，而無法維持生活能力。

而地下聯盟依然存在，就算回到地面，為了維持初衷，他們還是叫地下

聯盟。他們的成員越來越多，各種職業都有，他們還是定期開會，不過現在，他們是跟國王一起開會。

品客王聘請他們為皇家智慧員，一起讓這個世界更美好。

微風從窗戶吹進來，滿天星躺在自己的床上，他的眼皮無力再睜開，這些日子是多麼的漫長，現在終於可以好好休息了，而明天將會是全新的一天。

一切是如此的熟悉，這，才是脆餅市。

短篇小說類｜佳作

❸我們所不知道的故事

邱玟騰

動畫與遊戲設計系

得獎感言

　　對於喜歡閱讀小說的我來說，能參加這次比賽令我十分雀躍，我很感謝老師給了我這個機會，讓我能試試自己的寫作技巧，能拿到佳作真的非常開心，但我認為自己的技巧並不熟練，我也對自己的表現不甚滿意，在之後的時間我會繼續嘗試寫小說，希望下次還有機會參加文學獎，這次，我會寫出更加的精彩的作品。

評審意見

· 馬琇芬老師：

　　這篇小說從「自然保育」的角度出發，描寫一株老樹幻化為女孩，遇到一名獵人的故事。這個巧遇，連結獵人另一個巧遇；獵人年輕時，曾喜歡由一棵柳樹幻化為人的女性，甚至結婚，育有兩名女兒。

　　或許因為受限於篇幅，所以情節在「巧遇」中得到鋪陳，但也因為使用「巧遇」削弱了故事的張力。

　　本篇主題究竟是要強調「自然保育」的重要，還是要描繪「愛情」的可貴（人與樹精）？未能在小說中明確呈現出來。

　　小說中的「對白」也缺乏力道，僅是鋪陳事件的發展，較無特色。

· 康靜宜老師：

　　文章格式、符號、結構有待改進。

物化為精靈，再化為人的主題可以好好的發揮。

　　「巧思」很重要，到底要表達什麼「主旨」呢？「我們」所不知道的
故事，真的很多啊！可以好好的構想。

⦿ 我們所不知道的故事

在廣大世界的某處，有一個美麗的島國，島上有一座連綿不絕的山脈，山脈中生長著許多的動植物，其中有一棵比周圍樹木大上數倍的神木。

活過百年的它不知從何時開始有了意識，他開始感受得到鳥兒在他的枝頭上嬉戲，看得到附近有獨角仙在其它樹上角力，甚至能聽到風吹動自己的枝葉傳來的沙沙聲響，他不知道自己為何在這裏，也不知道自己叫什麼，但是他很喜歡待在這裏，所以從不去思考那些複雜的東西。

就這樣過了數年，原本寧靜的森林傳來了陣陣的轟隆聲，天空中傳來了數道閃光，他不知道那是什麼，但他感受到動物們正在恐懼，原本吹來相當舒服的風，夾帶著雨水，化為最兇暴的野獸，瘋狂的拍打在他的身上，他用葉子保護著在他身上躲避風暴的鳥兒們，可是風暴實在太強，他的葉子根本無法抵擋風的肆虐，有許多鳥兒都被強勁的風給吹走，他知道他無能為力了，只能靜靜的等待風暴過去。

「希望牠們沒事。」。他默默的為鳥兒們祈禱著。

突然，他覺得自己的身體好像被東西抱住。

「阿誠，我們會不會回不去了！」在從未見過的兩名動物中，看起來像是雌性的動物滿臉水珠的說。

「別哭，我們不會有事的！」另一名動物一手抓著他的身軀，一手抱著雌性安慰著她。

看著這兩名不知道在說什麼的動物，他直覺到他們是來尋求庇護的，於是他盡全力將根固定，默默的守護他們。

片刻後，更高處的土石開始崩塌，破壞力無比驚人的土石流向著這兩人一樹襲來。

「阿……阿誠……」雌性的雙腳直接跪了下去。

「可惡！完全沒有聽說這個時候會有這麼大的颱風啊！」阿誠拉著雌性的手邁開腳步，但雌性動也不動。

「來……來不及的。」阿誠看著跪在地上的雌性，再看向一旁的他。

「只能拜託你了嗎？」

話一說完，阿誠抱起了雌性躲到了他的身後。

滾滾土石的聲音越來越大聲，土勢也越來越驚人。

沒過多久，猛烈的撞擊聲傳到兩人耳中，兩人彷彿要用對方的呼吸驅除恐懼般緊緊相擁。

而用宏偉身軀阻擋土流的他，第一次感受到名為「痛」的情感，這種感覺令他全身出現裂痕，但是他依舊挺直著自己的身軀，不讓躲在他身後的兩名小動物受到任何傷害。

這時，有一顆巨石從山頂上被沖了下來，原本能阻擋土流的主要原因在於，沖積物大部分都是泥土、小型岩石或根基不穩的小樹，這些東西無法傷到他的根，所以他才能屹立不搖，但是擁有前者數倍破壞力的巨石就不一樣了。

巨石的速度極快，馬上就衝到了他的面前，一瞬間撼動了深植地下的根基，他拚盡全力承受衝擊，身軀卻因為那一撞漸漸的傾斜。

「只能這樣了嗎？」感受著身軀逐漸傾倒，他跟所有的大樹一樣，打算接受自己的命運。

「還是躲不過這一劫嗎？」

看著慢慢倒向自己的大樹，阿誠緊緊的握著愛人的手，把她擁入懷中，不讓她看到即將發生的一切。

就在這對伴侶即將跟大樹淹沒在砂土之中時，大樹突然不動了，沒錯，大樹不再向下傾斜。

「這是……」阿誠驚訝的看著距離頭頂不到一公尺的大樹，死命的盯著他看，直到周圍的土石停止流動，阿誠才回過神來。

「我們得救了？」

阿誠拉著女友從樹底下走了出來，費了一番功夫爬上高處，這才知道他們能活下來有多麼的幸運。

附近原本茂密的樹林被夷為平地，而他們躲藏的那棵大樹，有一半以上拔地而起，感覺隨時都會倒下。

「真的非常謝謝您。」他們對著救了他們一命的大樹深深的鞠躬後便下山了。

留下他一人默默的思考。

為何他沒有倒下？

是命運的安排，還是他身為樹木不屈的生命力，抑或是他想要保護兩名小動物的情感？

他不停的想著，日以繼夜的思考這個問題。

一天又一天過去，他的枝葉越變越小，暴露在外的根也漸漸的消失，最終形成了四肢，龐大的身軀也跟著縮小，變成十四歲左右少女的身軀，粗糙的樹皮早已替換成了白皙的肌膚。

「啾啾！」一隻青藍色的鳥兒停在了少女的肩膀上。

少女微微偏頭看了看，一眼就認出牠是時常在她身上玩耍的小傢伙。

「你沒事啊～太好了～」少女一邊慶幸小傢伙平安無事，一邊伸出手指撫摸牠的羽翼。

「咦？」突然間，她意識到了什麼。

「啊！」她看著手指驚訝的大喊，差點把小傢伙嚇得跌下肩頭。

「啾啾啾！」小傢伙抗議似的在肩膀上跳了好幾下。

「對不起啦～」她輕輕拍了拍小傢伙的頭表示歉意。

接著又看了看自己的雙手，捏了捏變得光滑的肌膚。

「這是……我嗎？」她笨拙的向前走了幾步後，將腳掌往泥土下翻了翻。

「好奇怪的感覺……」

她繼續往前走去，走出被土石流淹沒的區域，走進了另一片樹林。

「我以前摸起來也是這樣嗎？」她摸著一棵綠意盎然的樹心想。

「對了，我長什麼樣子呢？」看著眼前的樹林，她不禁這麼想著。

想著想著，又不知走了多遠，原本一直跟著她的小傢伙也早就離開了。

太陽漸漸的落下，森林的能見度開始降低。

「怎麼開始看不到了？」她努力的把眼睛睜大，但能看見的東西還是越來越少，最後因為看不到路，只好靠著一棵身軀寬大的樹坐下。

「好麻煩的身體……長這麼矮都看不到東西。」默默抱怨的同時，她的心中也升起了前所未有的興奮感。

究竟自己為何會擁有意識？自己當時為何沒有倒下？她深信自己就是為了找出答案才會變成現在這個樣子。

「我一定會找出答案的！」她在心中堅定的吶喊著。

過了一會兒，就在她閉上眼睛打算休息的時候，卻隱隱約約聽到周圍有東西移動的聲音。

「應該是夜晚出沒的動物們吧。」她稍微換了個姿勢，不去理會那些聲音。

不料聲音卻越來越靠近，她不得已只好張開眼睛，看看到底是誰在打擾她休息。

一睜開眼，她看到一雙雙發亮的眼睛在漆黑的樹林裏盯著她看。

「是想要到我的附近休息嗎？」

或許是長久以來的生活習慣所致，她還保持著樹的思維，忘了自己已經不是植物，換言之，她在某些動物的眼裏變成了食物。

「還不過來？」她站起身來，想看看是什麼動物這麼磨磨蹭蹭，完全沒發現危險正在逼近。

「嗥嗚～」伴隨著一聲狼嚎，狼群撲向化身為人的她。

「痛！」狼群撕咬著她的身體。

「走開！」她拚命的揮舞自己的雙手，可是狼群一點也沒有要放過她的意思。

「不要！」她感到如此的無助，除了哭泣以外，只能看著狼群撕咬她的肉體。

「我不想死啊！我還沒有獲得解答，連自己長什麼樣子都不知道啊！」

她倒在地上掙扎著，領頭狼覺得差不多了，緩緩的走了過去，對準她纖細的脖子，打算給她致命一擊。

「吼嗚！」在領頭狼即將終結她的生命時，有一道黑影從樹林裏衝了出來，直接跟領頭狼廝殺了起來。

「阿克！阿克啊！你發現什麼了？」有一道亮光隨著聲音穿透樹林照了出來。

光線不像太陽那樣舒服，卻讓她覺得無比安心。

「阿克！你在幹什麼？」一位滿臉鬍鬚的老獵人拿著手電筒跑了出來，一出樹林他就看到自己的愛犬跟狼扭打在一塊。

「砰！」

獵人一槍轟在了領頭狼的腳邊，嚇得牠倒退了好幾步，跟名叫阿克的灰狗隔空對峙。其他狼也畏懼著獵人，若不是狼王還沒撤退，牠們早就逃跑了。

獵人聚精會神的瞪著狼群，經驗豐富的他知道，這個時候如果示弱，狼群就會一擁而上，最後落得慘死的下場。

就在獵人打算再開一槍逼退狼群的時候，他的眼角瞄到了右邊好像有東西在動，於是他將手電筒微微的向右偏了一點，在光線照到那東西身上的時

候，他馬上理解到那是個孩子。

「混帳東西！」怒不可遏的獵人不再手下留情，一槍將領頭狼的頭部打得粉碎。

其他的狼看見這一幕，紛紛嚇得落荒而逃，阿克也在一旁大聲吠叫，警告狼群不準再回來。

「這該怎麼辦才好？」獵人趕走了狼群後，急急忙忙的跑到了她的身邊

女孩一絲不掛的身體皮開肉綻，全身到處都是鮮血，但奇蹟似的還有呼吸。

「可憐的孩子……」獵人趕緊將大衣脫下來包住她，接著馬上抱著她往自己的屋子跑去。

一路上，她一直緊緊的捏著獵人的衣服，彷彿一鬆手獵人就會不見一樣。

「沒事的，沒事的。」獵人一邊安慰著女孩，同時也安慰著自己，如果這條年輕的生命就在自己手中逝去，他一定會自責到死。

不久後，一棟小木屋出現在眼前，獵人熟練的從門邊的石頭下拿出鑰匙。進門後，他把女孩放到了自己的床上，然後馬上開始打電話。

「快接，拜託快點……」獵人擔心的一直跺腳，阿克感覺到主人的情緒，也不安的來回踱步。

「喂？」電話那頭終於通了。

「喂，小玲啊！」獵人打給在醫院工作的女兒。

「是我，爸怎麼了？怎麼半夜突然打來？」電話裏傳來疲倦的聲音，想必是剛結束工作，正在休息吧！

「妳剛在休息吧？辛苦妳了，我剛剛要回家的時候……」獵人把找到女孩的過程簡短的說了一下。

「那你先幫她把傷口消毒包紮一下，避免傷口感染，跟她聊聊天，盡量讓她保持清醒，我馬上叫救護車過去。」

該說不愧是醫務人員嗎？一聽說有人需要急救，小玲剛剛疲憊的語氣通通消失不見，冷靜的告訴父親應該做什麼。

「我現在馬上去做，叫救護車快點。」

「我知道。」

掛了電話後，獵人迅速的從櫃子裏拿出急救箱，再衝到浴室裝了一桶水回來。

「嗯？」

才剛到床邊，獵人就看到少女已經坐了起來，眼神呆滯的看著前方。

「妳一定嚇壞了吧？別擔心，野狼是不會靠近這裏的。」

獵人慢慢的靠近她，摸了摸她的頭，幸好野狼們沒有攻擊到她的臉跟頭，不然長這麼漂亮就白費了。

「我等等要幫妳清理傷口，會有點痛，忍一忍喔。」

少女不發一語，依舊注視著前方。

獵人也不知道該怎麼辦，只好默默的拿出生理食鹽水，準備替她消毒。

「汪！」

阿克坐在床邊，彷彿要鼓勵少女一般叫了一聲。

少女注視著前方的視線，第一次受到了牽引，她轉頭看著地上的灰狗，眼神稍微恢復了些光彩。

「他叫阿克，是他發現妳的喔，要不是他啊，妳現在可能已經變成食物了」。獵人向少女介紹他引以為傲的愛犬。

「阿……克……」

「沒錯，順帶一提，我叫鄭凱，叫我凱爺就好。」趁著她有反應的時候，獵人趕緊找話題聊天。

「凱……爺？」

少女的聲音相當好聽，有如新鶯出谷一般的悅耳，這讓鄭凱更加的心疼這個女孩子了。

「沒錯沒錯～妳叫什麼名字呢？」凱爺一邊跟她聊天，一邊開始清理她的傷口。

「名字……不知道……」少女若有所思的低下頭。

「妳沒有名字嗎？妳的爸爸媽媽呢？」凱爺驚訝的看著少女。

「爸爸媽媽。」少女指向地板。

身為植物，自己的父母就是這片大地，這個道理想都不用想，她不明白為什麼要問這個問題。

「父母都去世了嗎？不會是在剛剛那片樹林裏吧？」凱爺不禁如此心想。

「阿克……」少女指了指乖巧的坐在一旁的阿克。

「怎麼了？」凱爺不解的看向自己的愛犬，這才發現阿克其實也渾身是傷。

「這孩子⋯⋯都傷成這樣了還有心情擔心阿克。」

凱爺越來越感到驚訝，一般孩子遭到這種事，不是昏死過去，就是大哭一場吧？可是這女孩從回來開始就非常安靜，絲毫不擔心自己，而是先擔心素未謀面的小狗，這是要有多溫柔啊！

「我接下來要清理妳的下半身，妳不會告老頭子我性騷擾吧？」凱爺扭著沾滿血跡的毛巾打趣的說。

少女偏了偏頭，一副不知道對方在說什麼的表情。

凱爺笑了笑，再次感嘆這名少女的淡定。

一掀開包覆著少女下半身的大衣，觸目驚心的血漬，讓人懷疑她怎麼沒有失去意識。

「這⋯⋯妳都不會痛嗎？」

說實話，凱爺覺得她可能失去知覺了，受到這種傷，成人也會痛到慘叫，更何況是個孩子。

「沒有比之前痛⋯⋯」比起被土石流撞擊，這點痛真的沒什麼。

「是嗎？」意思是忍受得了嗎？真是堅強的女孩。

凱爺小心翼翼的擦拭少女的雙腿，避開皮膚被撕開的部分，盡量不讓她的傷口感染。

「真的非常謝謝您。」

她突然想到，當初她保護的那兩名動物離開前，曾經對她這麼說過，凱爺保護了她，她總覺得自己也應該這麼說

「不用道謝，這是應該的。」凱爺毫無猶豫的回答，他認為，救助他人本就理所應當。

「保護是⋯⋯應該的？」

「當然啊，是人就要互相幫助，不然如何為人？」凱爺微笑著說

「所以我⋯⋯是人？」少女看著專心替她擦拭身體的人說。

「哼哼～不然妳是什麼？木頭嗎？」凱爺覺得這個問題很有趣，於是反問道。

「是啊，我是人，不可能其他東西了。」

她保護了別人，又有別人保護了她，人是會互相幫助的，所以自己是人，困擾自己許久的其中一個問題，就這樣獲得了解答，她高興的笑了出來，笑容跟夜空中的星星一樣燦爛。

凱爺被突如其來的笑聲嚇了一跳，正想問她是什麼讓她笑的這麼開心，

但看到符合她年紀的可愛笑容，他就不想特意去問了。

「哈哈哈！笑吧～盡情的笑吧！」凱爺也被她的笑顏所影響，面帶笑容的說。

阿克也在一旁搖著尾巴，整個屋子裏洋溢著歡樂的氣氛。

一段時間後……

少女受傷的地方已經都用繃帶包紮好了，凱爺也從衣櫃裏拿出女兒以前的舊衣服給她穿上。

「喔喔～剛好合身呢～」凱爺看著好不容易打理好的女孩，滿意的點了點頭。

「以前我的女兒們受傷的時候，我也是這樣幫她們包紮的，不過都是些小傷，她們也沒有妳這麼乖巧，常常搞得我焦頭爛額。」凱爺一邊幫阿克處理傷口，一邊說起往事來了。

「但是你並沒有不開心。」她坐在床上靜靜的聽了一陣子，然後笑著說。

「是啊，畢竟是自己的女兒嘛，現在孩子都大了，一個在當護士，另一個跑去當警察了。」凱爺輕輕的摸著阿克，老邁的臉上浮現出自豪的表情。

「人真的很有趣呢。」少女對自己身為人而感到高興，而她現在打算解決另一個問題。

「那個……」她小小聲的開口。

「怎麼了？」凱爺幫阿克的治療正好告一段落，剛好站起身來回答。

「我看起來長什麼樣子？」她一直很想知道這件事，但是她看不到自己。

「呵呵呵～妳等我一下。」凱爺走到一個箱子前面，從裏面翻出了一面做工精美的小鏡子。

「就算再怎麼堅強，骨子裏還是個女孩嘛。」凱爺將鏡子遞給她，以為她是想整理自己的容貌才會這樣問，雖然問法有些奇怪就是了。

「這是我嗎？」她摸著自己的臉頰，看著鏡中的自己，感覺有一股異樣的新鮮感。

「喂喂～沒這麼誇張吧？我綁的有讓妳認不出自己嗎？」為了方便包紮，凱爺將女孩飄逸的長髮綁成了馬尾。

少女左右晃著自己的腦袋，時不時還捲著頭髮。

「如果不好看可以把頭髮放下來。」凱爺看女孩盯著鏡子看了許久，開

始懷疑自己綁頭髮的技術了，雖然他是看不出來好不好看啦，可能對女孩子來說真的很難看吧？

「不用，我很喜歡這種感覺！」她開心的甩著自己的馬尾，她覺得這就像阿克的尾巴一樣，甩來甩去的很好玩。

「是嗎？妳喜歡就好。」

凱爺鬆了一口氣，那個髮型是他從小幫女兒綁到大的，如果很難看的話，不知道會對他年老的心臟造成多大的打擊。

「妳喜歡那個鏡子嗎？」他看著女孩對鏡子愛不釋手的樣子，忍不住向她問道。

「喜歡！非常喜歡！」女孩想都沒想，珍惜的握著鏡子回答。

「那就送你吧。」

「真的嗎？！」女孩高興的在床上彈了一下，差點沒把凱爺嚇死。

「真的啦！妳別太激動，傷口會裂開的。」

凱爺沒想到她會這麼高興，其實那面鏡子是他自己做的，原本要送給妻子的，可惜妻子還沒收到就過世了，看女孩這麼喜歡它，這面鏡子就給她吧！

女孩抱著鏡子開心的晃來晃去，凱爺看了也很開心，讓他想起了自己的女兒們，他的女兒們已經有多久沒有帶孫子孫女回來看他了呢？

叩叩叩！

就在凱爺懷念起家人的時候，屋子傳來了敲門聲。

「來了！」凱爺走過去開門，門外站了一男一女兩個戴著口罩的救護人員。

「不好意思，您是鄭凱爺爺吧，路上的道路被之前的颱風吹斷了，我們是徒步走上來的。」背著一個大背包的男性滿頭大汗的說。

「原來如此，夜晚的山路不好走，辛苦你們了。」凱爺慰勞了一下兩個拼命的年輕人後，馬上請他們進屋。

「這就是病患嗎？」戴著口罩的女性看著女孩說。

「是的。」

「看起來氣色不錯，不知道傷口怎麼樣，方便看一下嗎？」女救護員靠近女孩，想看看傷口。

她往內縮了一下，看起來有點排斥救護員。

「別怕，我不會咬人。」女救護員很有耐心的試著跟女孩溝通，但女孩

並不領情，抱著鏡子又往內縮了一點。

「別擔心，他們是來幫妳的。」在救護員一籌莫展時，凱爺坐到床邊溫柔的說。

「嗯……」女孩似乎只聽凱爺的話，主動朝著救護員靠近。

女救護員朝著凱爺點頭致意，隨後像是想到了什麼，轉頭跟站在後面的另一個救護員說。

「轉過去。」

「對齁！」男救護員恍然大悟，忘了對方是個女孩子，他連忙轉過身找阿克玩去了。

「好了，我看看喔。」女救護員謹慎的把繃帶拆開，仔細的檢查每一道傷口。

「看來是沒什麼大問題，多虧您處理得當，傷口才沒有進一步惡化。」看著血液已經凝固的傷口，女救護員稱讚凱爺。

「我以前當過軍醫，處理傷口的手段還記得一點。」

「原來是這樣啊，您真了不起呢。」女救護員邊說邊從包包裏拿出針筒跟藥膏。

「等等要注射狂犬病的疫苗，然後重新上藥包紮，等天亮後，再麻煩您帶她到山下的醫院檢查。」救護員流利的準備等等要用的東西，同時跟凱爺說明清況跟治療過程。

「對了，您在處理傷口時用的止痛藥可以給我看看嗎？」女救護員要確認凱爺使用的藥物名稱。

「我沒使用止痛藥，就算曾經當過軍醫，也不會隨時在家備著止痛藥吧？」

「所以您是在她昏過去的時候完成包紮的囉？」

「也不是，這孩子全程都醒著。」

「真的假的？正常來說應該是痛到無法忍受才對。」救護員驚訝的看著凱爺。

「一開始我也不敢置信，但這女孩堅強的超乎想像。」凱爺一臉認真的說。

結果直到治療結束為止，救護員一直保持著目瞪口呆的表情。

「我還是不明白，到底要經歷過什麼，才能忍受這種痛楚。」在離開前，女救護員對自己的伙伴說道。

寄情湖畔的情與思 樹德科技大學 2018 文藝創作獎得獎作品暨師生作品集

男救護員看向坐在床上的女孩，而女孩也正好看著他。

「非常謝謝你們。」女孩低頭感謝他們的幫忙。

「可能有些人的心智比外表要強上數倍吧。」男救護員拍拍搭檔的肩膀，語重心長的說。

「也只能這樣解釋了。」

凱爺感嘆著送走了兩名救護人員。

關上門，凱爺看了一下時間，距離天亮還有一段時間。

「那麼，也該休息了吧。」凱爺走向一直低著頭的女孩，微笑著讓她躺下。

原來少女的體力已經到了極限，居然保持低著頭的姿勢睡著了。

「折騰了這麼久，辛苦妳了。」看著女孩的睡臉，凱爺再次想起了自己的女兒，想著想著，他的眼睛也緩緩的閉上。

「哈哈哈！阿克別鬧了。」

「汪！」

「好啦好啦，我投降，你別舔了。」

「汪！」

凱爺慢慢的睜開眼睛，天已經亮了，昨晚趴在床邊睡覺令他全身酸痛。

「凱爺您醒啦。」女孩抱著阿克跟他問好。

「妳可以下床了嗎？」凱爺關心的問。

「我覺得好多了。」為了證明自己沒事，她站起來走了幾步。

「不會痛不代表傷口好了，還是別亂動的好，阿克你也是。」凱爺把女孩再度抱回床上，然後命令阿克坐好。

她也沒說什麼，乖乖的坐在床上。

「妳應該餓了吧？」凱爺覺得是時候做點東西吃了。

「餓？」她知道動物會餓，可是她不知道餓是什麼感覺。

「別客氣，餓就要說，我現在去做午餐。」凱爺認為她是不想打擾他睡眠才沒說，真是個體貼的好女孩。

快速的盥洗完後，凱爺打開冰箱，熟練的拿出食材。

「很多年沒做給別人吃了，我就來做我的拿手絕活吧！」

凱爺處理食材十分迅速，看得出來是個時常下廚的人。

「以前總是我做菜給家人吃，不是我自誇，我的老婆女兒都讚不絕口呢！」凱爺很有自信的說。

女孩目不轉睛的看著凱爺做菜，她從不知道食物是可以料理的，應該說，她只看過別的動物吃東西，通常是生吃。

「這孩子果然餓了。」瞄了一眼直盯著自己看的女孩如此心想。

食物的香氣占據了整間屋子，這個味道跟葉子的氣味不一樣，有著一種特別的香味。

沒過多久，一道又一道美味的菜餚陸續上桌。

「大部分都是野味，你不介意吧？」女孩搖搖頭表示無所謂，她只想趕快嚐嚐味道怎麼樣。

「好了！」凱爺把最後一道菜端上桌，女孩早就自己跑到椅子上坐好了。

「快吃吧，吃完告訴我感想。」凱爺盛了一碗飯放到女孩面前，想知道她吃完後的感想。

「啪！」少女直接把臉埋進碗裏咬了一口飯，接著馬上就往其他盤子撲下去。

「等等等等等等等等！」凱爺被少女突如其來的行為嚇了一跳，急忙阻止她脫序的行為。

「妳在幹嘛？！」凱爺拿出紙巾擦著她的嘴巴。

「食物不是拿來玩的妳知道嗎？」凱爺決定教訓一下女孩，但是……

「？」女孩似乎完全不知道自己做錯事，呆呆的望著凱爺。

「妳忘了怎麼用餐具嗎？」凱爺忽然覺得，她可能受到的創傷太嚴重，有部分記憶遺失了。

「餐具？」她只看過野獸進食，完全不知道餐具是什麼。

「餐具是這樣用的。」凱爺握著她的手，耐心的教她怎麼使用餐具。

「這樣想起怎麼用了嗎？」想著幫她恢復記憶，凱爺溫柔的摸了摸女孩的頭。

「嗯～」聰明的她馬上就學會了如何使用餐具。

「看來還是必須盡快帶她去醫院才行。」凱爺默默的擔心女孩內部的身體狀況。

在吃完午餐後，凱爺馬上帶著女孩準備下山。

「等等如果走累了要跟我說。」

由於路上的道路被破壞，凱爺打算先徒步下山，再搭車前往醫院。

少女小心的跟在凱爺後面，感覺搖搖晃晃的。

「嗯……」

她還是不太習慣用雙腳走路，而且現在腳上還穿了叫做鞋子的東西，讓她的腳非常不舒服。

走沒多久，凱爺怕女孩負擔太大，就把她背了起來，不得不說，一把年紀的凱爺身體還是很硬朗。

就這樣走著走著，沒過多久就到了山下，他們坐在山下的公車站，等著公車來接他們。

「嘻嘻嘻～」這是她第一次正式進入人類生活的地方，她興奮的偷偷笑著。

「不知道這孩子又在開心什麼了？」凱爺看著笑容滿面的女孩默默的心想。

公車比想像中來的早到，當它抵達時，女孩眼睛發亮的看著它。

「這是什麼？」

「妳不知道公車嗎？」

「從沒看過。」

凱爺訝異女孩常識的匱乏。

帶著女孩坐上車，凱爺開始思考，如果她不是因為創傷導致失憶，那她以前是怎麼生活的？

一路上，女孩都乖乖的坐著，但是問題卻一個接一個，讓凱爺回答到頭昏眼花。

「好了好了，有問題等看完醫生再問。」

隨著公車到站，凱爺也有了喘口氣的機會，他牽著女孩走進醫院，並希望女孩別再問問題了，讓他老人家休息一下。

奇妙的是，女孩真的沒有再問任何問題，乖乖的坐在凱爺身邊，漂亮的眼睛四處看阿看。

「真是懂事。」凱爺瞇著眼睛感嘆道。

所幸醫院人不多，馬上就輪到凱爺他們了。

「請坐。」一進門，和藹可親的醫生禮貌的請他們坐下。

「那麼，我這裏的資料說，她是被野狼咬傷對吧？」

「是的」凱爺回答。

「可以讓我看一下傷口嗎？」

女孩這次沒有像上次一樣抗拒，她已經明白這種人叫醫生，是一種專門

治療人的人。

「這是……」拆開手臂的繃帶，醫生發出了困惑的聲音。

「醫生，怎麼了？」凱爺靠了過去，目光看向女孩的手臂，然後，他震驚了，因為女孩的手臂上沒有任何傷口，連疤都沒有，傷口神奇的消失了。

「怎麼可能？」拆開其他繃帶也是這樣，彷彿從沒受過傷一樣。

「那個……請不要浪費醫療資源。」醫生皺著眉頭，有點生氣的說。

「這……」凱爺不知道能回他什麼，因為一夜復原這種事是不可能做到的，除非……

「真的非常抱歉！」凱爺道完歉，急急忙忙的離開了醫院。

女孩追了出來，跟之前一樣跟在凱爺後面。

走到了一個人煙稀少的地方，凱爺停了下來，轉身面對女孩。

「妳到底是什麼東西？」凱爺語氣沉重的說。

「我是人啊……」她不知道凱爺為什麼突然變了一個樣子，她應該沒做錯什麼啊？

「人不會擁有這麼強悍的自癒能力。」凱爺直接駁回了她的答案。

「人沒有嗎？」

凱爺點了點頭表示肯定。

「那我到底是什麼？」女孩抱著頭閉起眼睛，頭跟要裂開一樣疼痛。

「妳一開始不是人對吧？」凱爺的聲音再次傳進耳朵裏。

少女慢慢的睜開眼睛點了點頭。

凱爺走過去摸了摸女孩的頭。

「緣分啊！」凱爺的聲音變得溫柔，就跟以往的凱爺一樣。

「嗯？」她抬頭看著凱爺，感覺他的眼裏多了許多複雜的東西。

「跟我回去吧，給妳看個東西。」

凱爺再次牽起她的手前往回家的路上。

他們到家後，凱爺開始說起了以前的故事。

以前，在我（凱爺）年輕的時候，當時剛從軍中退伍，想要找一份工作卻四處碰壁，就在走到山上散心的時候，正好撞見一位美若天仙的女子坐在山上望著星空，我默默的躲到她旁邊，直到她離開，之後的每天晚上，我都會前往那座山上，她也每天都在那裏，我甚至為了不讓任何人發現這個地點，努力的應徵到了山的管理員，就這樣日復一日，白天工作，晚上陪著她

看星空，我始終沒有勇氣跟她搭話，直到有一天，我如同以往的準時前往山上，可是她卻不在那裏，就在我疑惑的時候，背後突然傳來了聲音。

「你是？」

「我……我……是……」我當下緊張得說不出話來。

「你就是每天晚上都在旁邊偷看的人嗎？」

我簡直是要昏過去了，原來從一開始就被發現了。

「妳……我……」

「呵呵呵，別緊張啦，我並不介意喔～」可是我介意啊！

「說實話，一個人看星星也很無聊，你也一起來吧！」她完全不問我的意見，拉著我的手就坐到了原本屬於她的山坡上。

一夜過去了，又到了她離開的時間。

「好啦，我要離開了，再見咯！」

「那……那個，妳明天還會來嗎？」我好不容易鼓起勇氣說了句話。

「當然會啊～你呢？」她露出甜美的笑容說。

「我一定會來！」我瞬間意識到自己太亢奮了，害羞的低下頭。

「那～就約好囉～」留下了這句話，她消失在了森林中。

自從那天開始，我跟她天天晚上都坐在一起看星星，慢慢的也可以自然的跟她聊天了。

「我好想下山看一看喔～」她躺在一旁嘟噥著說。

「妳不能下山嗎？」我覺得奇怪，她不是每天都從山下上來的嗎？

「我不能下山……」她露出相當憂鬱的表情。

「為什麼？」

「我可以告訴你，可是你不能跟別人說喔。」

「我保證！」我認真的說。

「其實我不是人……」她看著天空默默的說。

「其實我也不是。」

「真的嗎？」

「怎麼可能？」

我當時以為她是在開玩笑。

「是啊，怎麼可能嘛！」

年少的我沒有意識到她說的是真的。

「所以是為什麼不能下山？」我再次問她。

「這是秘密～」她笑著說。

我不知道自己將犯下大錯，就這樣將話題帶過了。

過沒多久，我便說要帶她下山，她只是笑著答應了，我至今後悔著當初的決定。

我在一次的長期休假中，帶著她遊山玩水，絲毫沒有發現她一天比一天虛弱，直到我們回到山上。

「這次下山好玩嗎？」我們又坐在那座山丘上，我興奮的問她。

「好玩啊，我沒有像這次這麼幸福過了～」她躺在山丘上微笑的跟我說。

「那我下次再帶妳去更多地方玩好不好？」

「……」

遲遲沒有聽到回應，我轉頭看向她，這才發現她的臉色蒼白，呼吸緩慢，我當下才意識到不對勁。

「妳沒事吧？！」我急忙的抱起她，往山下跑。

「妳等等我！馬上帶妳去醫院！」

在戰場上，我或許還能用手邊的設備救人一命，但在那種什麼都沒有的地方，不可能救得到人。

「別……」她虛弱的似乎想說什麼。

「妳別說話了，我一定會救妳的！」突然，我抱著的她用力一轉，直接滾落地面。

「妳不想活了嗎？」我對她的舉動不解的大吼。

但是她完全沒有對我的吼聲起反應，只是在地上朝著某一個方向爬。

「妳……」我直覺到她要去的地方可能會救她一命。

「我帶妳過去！」我再次抱起她，這次她不再抵抗，只是用虛弱的手臂指引我該怎麼走。

跑著跑著，我跑到了一處山泉的旁邊，她指著山泉旁的小坑要我將她放下，我小心的把她放了下去，接著，神奇的事發生了，她的皮膚漸漸的改變顏色，體形也慢慢變大，最後變成了一顆柳樹。

我驚訝的看著柳樹，這才發現她說的是真的，她真的不是人。

之後的每天，我都會來看她，最後我還在她旁邊蓋上一棟屋子，就這樣過了五年，就在有一天我工作完回到小屋後，屋子旁的柳樹已經消失了，我急忙開門進屋，一個熟悉的身影坐在屋內對我笑著。

「你回來了啊～」她彷彿沒事一般的說著。

我當下衝過去用力的抱著她。

「太好了！太好了！」我一邊哭著一邊抱著她。

「我沒事了，謝謝你一直照顧我。」她輕輕的抱著我，安慰著我。

過了一陣子後……

「跟我結婚吧！我想要照顧妳一輩子。」冷靜下來後，我向她求婚了。

「嗯！那就說好囉。」她毫不遲疑的答應了。

就這樣，我們生了兩個女兒，直到她去世前，我們都過著幸福的生活，她也跟我說許多關於她的事情，原來，化身為人的植物不能離開原生地的土壤太久，不然就會快速衰老，她也是變為人很久後才學到了這些知識。

在屋內，女孩靜靜的聽完整個故事。

「沒想到我這輩子竟能遇到第二個樹木化身的人。」凱爺感嘆自己命運的同時，也慶幸著自己有救到這個女孩。

「妳應該有很多事想知道吧？但是妳還有很多事不知道，妳就先留在這裏吧，我會把我知道的都教給妳。」

「謝謝您，真的非常謝謝您。」

她的運氣何其好，如果沒有遇到凱爺，就算沒被野狼咬死，也會自己枯死在路邊吧！

就這樣，少女留在了凱爺身邊學習知識。

一年後……

「是在這裏嗎？」阿誠帶著女友回來感謝之前救了他們一命的神木，但是原本神木在的地方空空如也。

「會不會走錯啦？」旁邊的女友問道。

「不可能啊？」在阿誠還懷疑自己是不是走錯路的時候，他發現迎面走來一個少女。

「不好意思，請問妳知道原本在這裏的神木在哪裏嗎？」阿誠決定問少女。

「不知道耶，請問你們找一棵樹幹嘛呢？」少女邁著輕盈的步伐說。

「那棵樹曾經救了我們一命，我們想來感謝它。」阿誠不假思索的說。

「哦，太陽快下山了，這座山晚上野狼很多，你們要不要到我爺爺家過夜呢？順便也和我說說你們怎麼被一棵樹給救了的。」少女指著小屋的方

向，邀請他們去作客。

「嗯……好吧。」阿誠想了一下，晚上下山確實有點危險，所以答應了少女的邀請。

「那，走吧～」

少女意味深長的笑著，而接下來發生的事，則是另一個故事了。

短篇小說類│佳作
○白影

李虹儀

動畫與遊戲設計系

得獎感言

　　其實在完成這篇文章後，經過不少事也努力去鑽研寫故事的技法，現在回來看原本寫的故事都覺得有點不好意思。

　　但還是感謝評審們願意給我佳作，我很清楚我的文章還不夠好，但也非常感謝評審給我這個機會，讓我清楚自己的定位在哪。

　　關於我的作品，現在的我還有更多想寫的，也還有更多想修改的劇情。

　　文學獎只是開始，而我為了我所愛的角色，以及他們的世界繼續努力寫作，直到有一天真正滿足。

評審意見

・馬琇芬老師：

　　情節簡單明確，以相似的重複事件，揭露主角對於白影的困惑以至於了解，具有鮮明的層次。

　　相較於〈寒意〉，敘述較為平淺，場景的描繪也較為模糊。

　　然主題頗為清楚，透過白影的提示：「你的人生很短暫，但足夠去享受。」引發主角對於人生態度的轉變。

　　每個人終究會面臨「死亡」，但死亡又彷彿遙遙無期。本篇以「可預知死亡」的關鍵，描寫主角如何積極面對人生。

　　然小說中所述的事件，總有輕描淡寫之感，未能深刻。例如「雷伊」這個角色對主角而言，應有重要的啟發，但讀來總缺乏深意。

・康靜宜老師：

　　作品探討「死亡」，創作者給予作品的企圖心很值得肯定，文中另有死神與陰陽眼的構思，甚有創意，但「雷伊」一角到底是貓靈亦或現實的人？兩者的塑造都不成功，故顯得又臭又長，殊為可惜！

♀白影

我從有記憶以來，就會一直看到一個純白的影子。

當我還是一個剛理解爸爸媽媽工作很忙，所以才常常不在家的孩子時，偶爾就會看到這個影子。

「吶，你是誰？為什麼在我家？」傍晚時分，總管阿姨還在廚房忙，一個人在客廳的我出口詢問了這個純白的影子，它的樣子非常模糊，除了白、純白、彷彿沒有一點汙漬的白，根本沒有其他能辨識的特徵。

白影沒有開口，就一直在我的身邊，好像在看著我。

我嘗試抓住它，它卻默默移開，與我保持距離。

「哼，小氣鬼。」有些失望的收回手，純白的身影在我身邊晃了晃，接著又消失了。

「喬，吃飯囉——」廚房的總管阿姨叫喚了我的名字，我搖搖頭，將白色的影子拋到腦後，「來了！」我跑了起來，準備享用好吃的晚餐。

在那之後，每次從學校回家，一個人的生活，除了看影帶、家裏的書，就是等待偶爾才會出現的白色影子，與它說說話，說些在學校發生的事，或是做夢夢到的事情，就算那個身影從來沒有開口，但它也一直站在我身旁聽我說話。

雖然看影帶的時候，劇情裏面的角色都會稱白色的人性漂浮物為「鬼」，對著它大叫、恐懼，但我並不覺得在我身邊的那個影子不恐怖，反而像是玩伴。

我一直以為那個影子就會一直站在我身旁，就這樣陪我一輩子，直到那天。

＊

那是一個夢，四周漆黑，只看得到熟悉的影子跟某個人。

白色的影子開始變得比較清晰，開始看得出是個人形，隱約看得出擁有白色的長髮以及飄逸的衣裙。

它伸出像是手的白影，拉住了那人的手。

我知道的，那個人是誰。

就算很少有機會看到他，我也知道是誰。

——被稱為爸爸的男人。

白影與爸爸走在一起，越走越遠，我追了上去，「喂 —— 要去哪裏 ——！」我大聲的喊著，想叫住白影跟爸爸，但他們完全沒有停下，也完全沒有轉頭回來。

怎麼跑都追不到，我有點慌張的哭出來。

「——你很快就會懂，什麼叫死亡。」

並非前方的人發出的聲音，而是在自己的腦中迴盪的句子。

非常清晰，讓我一字不漏的記下了這個句子。

我停下來看著兩人成了點，消失在盡頭，一切被黑暗吞噬，卻獨留我一個人，並沒有讓我感到恐懼，只有一個人的寂寞。

*

醒來後，只聽到外面吵雜的聲音，推開門只見家裏多了很多的人，見過一面的大人、不認識的大人，還有許久不見，卻一直哭泣的媽媽。

依稀聽見「過世」、「節哀」的字眼，我在書裏讀過，那是人「死亡」時活著的人會使用的字眼。

怎麼張望都看不到爸爸的身影，我走出房間，茫然的看著人們。

媽媽看到走出來的我，眼淚撲簌的流出來，抱著我大哭。

周邊的大人細語著，只聽到「這麼小就沒了父親了」、「真可憐的孩子」，諸如此類的話。

對媽媽的不停的哭泣與大人們的細語，我不太能夠理解。

這時突然想起做的夢，白影帶著爸爸離開了，還留下了一句話。

白影是想跟我說，「死亡」就是「沒了」？

他把爸爸帶走，所以爸爸死亡了。

爸爸死亡了，爸爸沒了，所以媽媽才要哭，因為沒了爸爸。

我得出這個結論，學著媽媽，努力擠出眼淚。

「喬……乖，沒了爸爸，媽媽會陪著你的，別難過……」媽媽看到我流下了眼淚，含著淚摸著我的頭說著，接著再次抱緊我。

……為什麼媽媽一直哭，我卻感到開心呢？

明明，書上都說哭是因為發生了壞事所以很難過，但我卻因為媽媽抱著我而感到開心？

我還是不太理解自己的開心的感覺，心裏只想著這樣媽媽是不是會比較常回家看我了。

那天下著大雨，爸爸開車時因為打滑自撞而去世，這是總管阿姨告訴我的。

*

在爸爸死去之後，媽媽開始比較常回家，陪我說話、看我寫作業，以及抱著我訴說她所希望我做的事情。

我照著媽媽所希望的，在學校將各項科目都取得滿分，也積極的與老師、同學交流，儘管這一直是我在做的事，但只要拿了滿分或是交到朋友，媽媽都會很開心的摸摸我的頭，所以我更想努力做給媽媽看。

這樣就不會是一個人了。

在這其中，白影還是偶爾會出現，但我忙著達成媽媽的願望，一點都不想找那個不會理我的東西聊天。

在學校會被老師稱讚，下課時會有很多同學跟我一起玩，回到家之後也會有媽媽陪我，不會像以前只有一個人，我很開心。

但在某天下午，黃金色的夕陽灑在地面上，一閃一閃的，我與認識許久，每天都在一起玩的萊西道別後，白影又出現了。

這次它好像有什麼目標似的，往另一頭移動，「喂，怎麼了，等等我啊！」我喊了出來，跟著白影走著。

突然四周陷入黑暗，只剩我與白影。

白影轉過了頭看了看我，這次又清晰了點，似乎能看到位於頭部，淺紫色的兩個點，似乎是眼睛。

很快的有個身影出現現在白影身旁，小小的身軀抓著白影的衣擺。

那是萊西，我的好朋友萊西。

「萊西！」我叫喚他的名字，他卻連看我一眼都不肯，與白影一同離去。

與爸爸那時候一樣。

白影帶走了萊西，意味著萊西死亡了。

我會沒了萊西嗎？

眼前突然一亮，溫暖的夕陽打在我的臉上，將我的意識拉回，我似乎在不知不覺中往萊西離去的方向走了一段時間，但在眼前的，是一輛橫靠在路邊的汽車，以及躺在地上，扭曲變形的綠色腳踏車。

那是萊西的腳踏車，假日時，萊西總騎著這輛腳踏車找我出去玩，他很喜歡這輛綠色腳踏車，總要騎著他上下學及找我玩。

較遠的地上到處都是血跡，在那盡頭好像躺著人，一動也不動。

我知道，那是萊西，萊西「死」了。

但我這時才知道，死亡不是消失或是突然沒了，而是再也不會活動、不會與我一起玩樂、不會在我面前跳上跳下。

這就是失去，我失去了最好的朋友。

腦筋一片空白，努力想重新瞭解死亡的意義，但就是無法再思考更多的事情。

不知經過多久，等到再回過神，我已經在車子裏，有個人緊緊抱著我，從味道上判斷似乎是媽媽，但眼睛腫脹的幾乎睜不開。

「我……」我想開口說些什麼，而媽媽摸了摸我的臉頰，濕潤感擴散開來，並非媽媽的手上有水，而是我正在哭泣。

終於意識到自己流著淚，因為失去了好友，所以正在哭泣。

「我幫你請了幾天假，先在家裏好好休息吧，媽媽會陪著你，別怕，一切都不會有事的，覺得難過就說，想哭就哭出來。」我茫然的聽著媽媽的話，點了點頭，將頭埋入媽媽的懷裏。

酒駕肇事害命，一名小學生慘死輪下，這是後來我偶然在圖書館的舊報紙上看到的新聞。

*

在家休息的這段日子，媽媽似乎將工作全排掉，專心照顧我，每天陪著我看影帶、閱讀，以及寫總管阿姨幫忙從學校拿回來的作業，雖然不是一個人，但我知道與我膩在一起的萊西再也不會回來，沒了他會很寂寞。

「──每個人都會死去，最後只會是一個人，包括你。」

此時一個句子清晰的在腦內迴響，我猛然抬頭，看到白影站在自己面前。

「喬，怎麼了？」發現我盯著前方，媽媽好奇的問問，也朝著我盯著的方向看過去，「你在看什麼呢？」

媽媽似乎看不到白影，剛剛的句子也不像是白影說出來的，而是直接在我的腦內輸入想給我的訊息。

我搖搖頭，繼續低頭寫著作業，但那句話在腦袋裏不斷迴響，一個人，最後只會剩下一個人。

就算自己討厭、自己不想一個人，最終還是得接受，白影想要告訴我的似乎是這個。

我偷瞄媽媽一眼，看著她低頭翻閱課本的認真神情，我思考著失去了媽媽，又或是失去了照顧我的總管阿姨，我該怎麼辦？

一個人，如何一個人活下去，對我來說變成很重要的事情。

回到了學校，一直被輔導老師找去談話，隨意回答了一些關心的問話，繼續做起媽媽口中的好孩子，但我也開始執行計畫。

決定先學習照顧自己的方法，我開始跟總管阿姨學習煮飯、打掃，以及各種家事，加上升了國中，課業與社交都開始重了起來。忙碌的生活，總是讓我遺忘默默在旁邊看著我的白影。

白影總是突然出現在視野內，我知道它來了，但我並沒有空理會。

媽媽因為公司的要求需要到國外很久的時間，詢問我的意見後，帶著總管阿姨一起離開了。

真的只剩下自己一個人了，雖然每個月媽媽都會寄優渥的生活費讓我還不用思索工作的事情，但確實已經剩下自己一人。

將隔天考試該讀的書讀完，洗了個舒服的澡，我拿起媽媽寄來，她新主演的電影影帶坐下來觀賞時，白影又默默出現在旁邊。

「喂，你啊，是死神嗎？」終於注意到白影，它變得更為清晰──更像個「人」。

五官開始立體，擁有蒼白卻標緻的臉蛋，淺紫色的眼眸盯著我看，依舊不開口。

「可以說是。」

熟悉的感覺從腦中閃過，這即是白影對我傳遞的訊息。

已經不是帶來刺痛的死亡訊息，而是日常般的對話。

「欸欸──你竟然還會跟我聊天啊，太高興了。真的是死神嗎？那你知道人什麼時候會死？」很興奮的盯著白影看，我也不顧電視上播映著的是媽

媽主演的電影，此時只想與這個「死神」對話。

白影微微的點頭，我忍不住驚嘆了一聲。

「真的假的？！那我呢？我什麼時候會死呢？我會怎麼死？」脫口說出藏在心底的問題，一直以來，接觸了白影以及刻在心中的死亡，我一直很想知道，我什麼時候會死，怎麼死，我在死前需要做點什麼？

白影沒有給我任何的訊息，只是直直盯著我看，並沒有打算告訴我。

我有些失望，將注意力轉回電視上。

媽媽主演的新電影的主題是一個流浪歌手，為了撫慰失去親人的人們的心，一邊旅行一邊歌唱的故事。

這個電影深深了吸引我。

不只是用著擅長的歌喉與演技精湛演出的媽媽，劇情編排、音樂搭配，甚至鏡頭轉場，都讓我深深著迷，如此完美的電影，我下意識的屏住呼吸。

結局後，連工作人員清單都牢牢記下的我，突然腦中閃過了一句話——

「你的人生很短暫，但足夠去享受。」

白影依舊站在原地，盯著我，但傳達給我一直很在意的事情。

短暫，但足夠我享受人生。

聽到我的人生很短暫的衝擊其實非常大，或許我會像爸爸一樣，又或是像萊西一樣，突然在人生路上消失了。

但白影卻說了足夠享受的話。

我並不清楚白影為何會告訴我享受這兩個字，但「他」卻給了我機會。

因為短暫，所以更要趁早享受自己的的人生，活出不會讓自己後悔的人生。

電影的結尾音樂落下最後一個拍子，我看著回歸黑暗的螢幕，做下了決定。

我也能做出這樣完美的電影嗎？

不，我想。我必須做出來。在這個短暫的人生裏，我要留下屬於我的心血，讓別人也感動的電影。

我站起身，將影帶收好，看了白影一眼，「謝謝你。」不知為何的謝謝，我只想向這個一直只會盯著我看，不曾從我人生消失的死神道謝。

他明明帶走了我的爸爸和好友，卻像是一盞白燈，給了我在茫然中的一個指引。

死亡帶來的意義超越人所能承受的程度，所以需要更早瞭解。

每個人都會死，所以更要學習自己一個人生活的能力，以及適當與人相處。

　　人生短暫，所以更需要為了自己去享受人生、去達成自己心之所向。

　　白影沒有再說話，消失在我的視野裏。我獨自站在原地，感受由心而生的澎湃與實感，活著，這就是活著，小時書上給我對於活著的解釋一直都沒辦法感受，但現今，好像感受到書上所要帶來的意義。

　　不會再繼續徬徨無助，我決定開始在人生這條道路上衝刺。

＊

　　大考過後，我花了很多時間尋找任何有關戲劇電影教學的學校，目標是了解更多知識及實際操作，但舉動似乎驚動了學校。

　　一直以來保持全校第一的我，大考成績足以輕鬆進入最頂尖的高中，但我卻一心一意的想進入戲劇的世界。

　　每個曾經教過我的師長，甚至主任、校長都特地找我會談，希望我放棄就讀戲劇學校，以頂尖高中為目標。

　　但白影的話一直在我的心中，「享受人生」，那便是唯一目標。

　　下定決心不再，我可不能說改就改。

　　當晚，就接到國際電話。

　　「親愛的兒子，聽說你大考考的不錯，恭喜你。」許久沒聽到的媽媽的聲音在電話的另一頭傳出，不禁五味雜陳。

　　媽媽會支持我，還是反對我？不安爬上了心頭，我吞了吞口水。

　　「是啊，滿分呢。」我提心吊膽，媽媽想必收到學校的訊息，她一定知道我想要讀戲劇學院了。

　　「學校跟我說了，雖然你考滿分，但你卻堅持讀戲劇學院呢。」果然媽媽說出了自己正擔心的事情，「是……自從看了媽媽演的電影，我就決定有一天也想做出這麼完美的電影。媽媽會反對嗎？」

　　「喬，你聽好了。」電話那頭的媽媽收起親暱的語氣，用我從沒聽過的認真語氣叫了我的名字，「……是。」緊張的好像快讓心臟跳出來似的，等待媽媽的話，但我也決定好，就算媽媽反對，自己也要就讀，自己也有能力打工，半工半讀支付學費就好。

　　「如果你這麼堅持，那以後我不只是你的媽媽，也是你的學姊了。我不

知道你想讀的是哪系，但你說的那間戲劇學院我太了解了，可嚴得很。你準備好了嗎？」媽媽說出讓我非常驚訝的事情，想上的學校竟然就是以前媽媽所讀的學校？

媽媽是個很出名的女演員，又有歌唱實力，常常會有國內外的演藝邀約，如此成功的媽媽將會是自己學姊，不知為何讓我感到很放心。

名演員的兒子跟隨母親的腳步也上了同一間學校，那幾乎是沒有任何破綻的劇情。

忍不住笑了出來，正好被媽媽聽到，「喂，別高興得太早啊，皮繃緊一點，不然會很慘啊！」

「好、好的！」聽到媽媽的訓斥趕緊回應，換成電話的另一頭傳出了笑聲。

「好啦，我相信我寶貝兒子一定可以的。你就儘管去做吧，等你出人頭地，我會考慮為你的戲劇演出的，加油，媽媽先掛電話了。」為我打了氣，表示支持，媽媽的反應讓我放下心中的石頭，在我夢想藍圖內勾下強而有力的結構線。

於是，無視學校師長，通過面試及入學資格考的我，就這樣如願以償進入了夢想中的戲劇學院，以執導的方向學習著。雖然家裏的書籍資源以及戲劇資源非常豐厚，讓我至少在學院裏不至於太糟，但人外有人，天外有天這句話在戲劇學院裏切實的感受到了。

這所學院是歷史悠久，且是目前國內少數橫跨兩種學制的學校，先就讀三年後通過資格考可再進行下一階段的四年學制，創校以來培養無數優秀導演、編劇以及演員，每個前來就讀的同學都是擁有夢想與能力的人們。

為了自己的目標，我努力投下所有的精力在學校，無論是學習上或是與同學的社交活動都是，畢竟媽媽曾說過，在這個行業裏不只需要技術，人脈也是很重要的一項實力。

今天要與昨天約好的女同學一起聽上午的講座、找同系學長吃午飯、下午再與表演系的同學一起修課，晚上再與新生茶會上認識的朋友們一起出去。

忙碌的生活讓我非常滿足，知道自己的目標以及每天需要做的事情，很有活著的感覺。

很快地天空便染上墨色，結束了一天的學習，吃了些食物當晚餐，換上輕便的衣物，我前往與朋友們約定的地點。

「哇塞，喬你這麼早就到了喔。你準備好了？有沒有經驗？」過了一段時間，一群少年才從對巷走來，問了讓我有些不解的問題？

「什麼來著？」

「咦？你不知道？」棕髮的少年也帶著疑惑的表情看著我，「等等，崔斯坦你沒有告訴喬我們今天的行程嗎？」他轉頭問染成一頭不自然金髮的少年，「啊！忘了。」

「你這蠢材！」棕髮少年捶了崔斯坦一拳，回頭看著我，「今天是要去找女人玩的，玩女人你知道嗎？」棕髮少年對著我比了比動作，我馬上理解了。

……曾經看過那類的影帶，也嘗試過學習自己解決自己的好奇心，不過與女人做那種事……是第一次。

「哎，別緊張，記得帶夠錢就好，我會叫小姐特別關照你的。」棕髮少年大力的拍了我的肩，要我別緊張，不過怎麼可能不會緊張……我吞了吞口水。

穿過繁華的大街，在一家速食店拐彎，穿過擁擠的防火巷，換成了較為寬敞的路。

隱藏在鬧區內的小巷，竟然別有洞天。

香水與酒精的味道撲鼻而來，一些女人站在建築物門口前，和著桃紅色的昏暗燈光聊著天。

一看到一群少年，許多女人立刻湊了上來。

濃到發暈的香水味以及尖著嗓子的吵雜聲讓我有點迷失方向，但前方的同伴抓住我，從女人堆中擠出，鑽入一家小店裏。

「啊啦——小迪爾，帶了朋友來啦。」剛踏入店裏，一位穿著性感的紅髮女子立即抱住棕髮少年，親暱的招呼。

「我可說過會帶人來光顧的啊。對了，看到最後頭那個留著金色長毛的傢伙了嗎？那傢伙是處男，好好招待他啊。」名叫迪爾的棕髮少年指了我，紅髮女子立刻放開迪爾，湊到我面前。

「第一次啊？呀——人家最喜歡跟第一次的孩子做了，超可愛的啊！這孩子由我親自招待。」開心地將我的頭一抱，塞入自己的雄偉雙峰中間的鴻溝，香水、汗水以及窒息感立即填滿我的腦，讓我無法思考。

站在周遭的女人們似乎嬌聲的抱怨紅髮女子的任性，但紅髮女子充耳不聞，硬是將我拉到了一個小小的房間內。

「你好啊，小可愛，叫甚麼名字？」將我丟在床上，紅髮女子一邊詢問著一邊解開我的衣釦，與剛剛不同，甜甜的嗓音讓我有些沉迷。

「……喬。」

「喬嗎？真可愛的名字呢。叫我莉茲吧，我今天會教你如何享受的。」輕笑了一聲，褪去衣物，露出凹凸有致的身材，莉茲湊上我的唇。

昏暗的燈光，讓我摸不著時間，跟隨莉茲的節奏，一陣陣的刺激讓我好像失去身體的主導權，任由莉茲擺布。黏膩溫暖的纏綿，我的腦筋在那瞬間一片空白。

──「性」，擁有創造生命能力的一個詞、一個行為，讓我打從心底迷戀。全身都記下那樣的痠麻感，渴求著再一次的刺激，不過令人暈眩的嗓音告訴我結束了。

在激情過後感到暈眩的我，支付了數目不小的金額做為代價，我再次與朋友們會面。「喂，莉茲很貴的，竟然悶不吭聲就付錢了，你還真不簡單啊。」迪爾大力往我的背上拍下，才讓我回過神，「……還算能夠接受。」莉茲說的沒錯，這的確是享受。我迷上了這種與女人交纏的行為，無法自拔。

在一群青春期男孩的起鬨下，我拖著有些疲憊的身軀回到住處。

一推開門，就與白影面對面。

「……你嚇誰啊。」壓抑自己差點叫出聲來的驚嚇，我打開了燈，繞過白影，將隨身物品放置好，準備沖澡休息。

「──過多的邂逅只會換來更多的失去。」

白影的紫色眼眸不帶任何情緒，但好像知道我今天所做的事情似的，傳達給我訊息。

如果想要享受這樣的刺激，意味著會接觸到更多的人。但白影的意思是，未來我會用雙眼記錄失去他們的訊息，隨著認識的人越多，越有可能見到更多。

「反正不是第一次看到了……這也是一種考驗嘛。你不是說過每個人都會死亡嗎？這是必然的結果。如果你讓我看到了，也已經是我無法挽回的程度了不是嗎？不過是緣分到此為止了而已，這樣想的話就能夠釋懷了。」我聳聳肩回應了白影，思索著以往的經歷。爸爸與萊西都是在我的舞台裏先行退出的角色，而我只不過是飾演主角的演員，無法控制角色們的去留。這麼想的我，對於死已釋懷不少，再讓我看見更多的死，我也只能默默哀悼。

「而且嘛……我覺得邂逅這個過程，也算是享受人生嘛，這樣也不好嗎？」我揚起了嘴角，這麼舒服的過程難道不是享受人生嗎？至少那當下能夠拋下思緒，專注享受身體帶來的刺激。

像是接受我的回應，白影消失了。

……往後的日子應該會充滿香水味吧。我不斷回想稍早的刺激，嘴角不禁露出笑容。

*

在那之後的生活變得更為忙碌，多了一層名為慾望的需求，我總是在師長、朋友以及女人的交流中度過每一天，但我卻覺得，在各種事物交織而成的每一天，都能夠成為豐富舞台的基底，讓以我為主角的故事演出更加完整。

但隨著我認識的人越來越多，在夢裏越來越常踏入黑暗。

正如白影所說的，邂逅越多失去的越多。先是沒甚麼印象的女人，再來是與我聊過幾次天的同學，甚至連那個帶我享受人生的迪爾，在我就讀戲劇學院的日子裏，都出現在我的夢中，與白影一起離去。

一個一個，連看我一眼都沒有，就這樣消失在盡頭。

雖然已經能夠接受人們突然的死訊，但離去的人們，就算曾經與我再熟，最後連看都不看我一眼。

還是有點寂寞啊。在夢的結尾，我站在黑暗中想著。

鬧鈴叫醒了我，今天要與製作組討論畢業製作的方向。

混雜著寂寞夢境的充實校園生活也即將進入尾聲，我也開始進入實習階段，夢想的藍圖越來越清晰。

今天非常冷，還下著雪，外面被覆蓋了一層銀白，整個街道的顏色都被白色奪去。

跟白影的顏色一模一樣呢……一邊看著窗外，一邊換上了厚外套與圍巾禦寒，我前往與組員約好的咖啡廳。

因為天氣寒冷，整個咖啡廳只有我們一組客人，也讓我們放心的討論一整個上午。

「那就先這樣了，大致主題走向與以及資源配置都先決定好了，我會轉達沒來的組員的。那麼關於談贊助跟資金調度就先拜託你了，喬醬。」組長

伸了懶腰，接著拍了拍我的肩開心的說，「喬真的很可靠啊，什麼都會，人還這麼好，真是幫我們大忙。有你在我們的作品一定會很順利的！」另一個似乎感冒了的組員，一邊擤著鼻涕一邊興奮的說著，讓我有些害臊。

「這沒什麼，如果都沒事的話那我先走了，你們也注意安全。」我起身與組員們道別，踏出咖啡廳。

雪似乎變得有點大，才剛離開沒幾步，身上就沾上了雪，深色的厚外套上多了一點一點的白點，我伸出手接下了從天而降的雪。

白色莫名讓我安心，也許是因為那個白影一直都沒有真正離我而去，我還不至於如此寂寞。

突然腳邊掠過一個小身影，小身影停了下來，用著圓滾滾的雙眼看著我。

一隻有些骯髒的白貓用著寶石般的藍色雙眸盯著我看，全世界最完美的動物正在看著我。

我很喜歡貓。貓的優雅與抬起頭帶著傲慢自信的身軀讓我著迷。好幾次說想養貓，最後都因為太忙而把想法拋在腦後。

我蹲下來想近距離觀賞這隻似乎在街頭許久的白貓，但白貓發現我的動作後一溜煙地往前跑。

「等、等一下啊！」我趕緊起身追著逃跑的白貓，而白貓也絲毫不給我機會，以牠靈敏的腳步遠離我。

白貓拐進小暗巷內，我趕緊追上去，但已經不見白貓的身影，我追丟了那美麗的動物。

停下來喘著氣，「果然還是追不上啊……」突然在一旁傳出了碰撞的聲音，我趕緊轉頭確認是否是剛剛的白貓，只見一個包裹著破布，帶著傷與汙漬的白髮男孩，用著他藍色的大眼瞪著我，眼底盡是敵意以及畏懼，縮著身子在防備我的一舉一動。

……跟剛剛的貓很像呢。我蹲下來與男孩對視，「這麼冷怎麼會一個人躲在這裏呢？你沒有家嗎？」

男孩搖搖頭，依舊盯著我看，想了解我與他搭話的目的。

「你看起來滿身是傷，需要我送你到醫院或是警局休息？」我伸手想碰觸男孩充滿傷口的臉，卻被他躲了過去。

男孩聽到醫院和警局兩個字，大力地搖頭，似乎害怕著什麼。

他似乎不想去，但又不能放這個孩子一個人在街上，現在下著雪，這孩

子一定會凍死。

有了救人的機會，我可不想放棄，不想看到白影帶走這個孩子，而自己什麼都沒辦法做。

「你叫什麼名字？」首先詢問男孩的名字，「……雷伊。」稚嫩的嗓音回應了我的問題，天氣太冷又或是害怕，聲音顫抖著。

不過就是孩子，為什麼得縮在巷子裏，蓋著破布發抖著？

「雷伊啊……」我低語這個名字，接著連詢問都懶了，直接把這個孩子抱起，任他在我的懷裏掙扎，往回家的路走。

……他的掙扎非常無力，不知道是流落在街頭多久的時間，似乎已經沒有體力了，讓我有些心疼。

單手打開門，將雷伊抱往浴室沖洗，而懷裏的孩子好像也已經沒有掙扎的力氣了，只剩充滿恐懼的大眼盯著我看。

「沒事，我不會害你。」褪去雷伊幾乎成了碎布的衣服，在碎布底下藏了許多的大小傷口。

我只能忍著心底的波瀾將雷伊清洗乾淨，原本髒兮兮的模樣亮了起來，猛一看倒挺可愛的，如果沒有身上的傷口的話。

翻出孩提時留著的衣服，套在雷伊身上，對於瘦小的雷伊，我的衣服還是稍嫌大了些。

看了看不斷觀察衣服的雷伊，我笑了出聲。對於終於有孩子該有的反應，我鬆了口氣。

要雷伊先在沙發上坐好，先拿了一些儲存的麵包遞給雷伊。看著埋頭猛吃的雷伊突然覺得有些開心。

不知道是因為看到孩子純真的樣貌而暖心，還是睽違已久，一個人的生活多了其他人。

「這裏只有我一個人住，在你康復之前盡量住在這裏吧。這裏所有東西你都能用，別弄壞就好。康復之後想要的話也能住下來，我無所謂。」我一邊說著，一邊摸了摸對方的頭，柔順的白髮被弄得有點亂，翹了起來。

雷伊抬起頭望著我，「為什麼……要對我好？」小聲地詢問，雷伊還是用著懼怕的眼神盯著我看。

「什麼為什麼？孩子本來就是要快快樂樂長大的吧，你一個孩子縮在小巷子裏，任誰都會心疼吧。」我不假思索地回答，甚至覺得讓孩子受這麼多的傷的傢伙非常冷血。

想起家裏有空房，整理一下給這孩子睡吧。「我等等整理房間給你睡，還需要甚麼記得跟我說。」看著孩子呆愣的點頭，我離開了客廳。

一切事情都忙完後也已經入夜了，今天也落了幕，新的一幕很快就會開始，但明天開始自己的舞台就多出了一個孩子，對於往後的日子我必須還要多學習養育孩子，就像父母一樣，在自己短暫的人生扮演父母的角色，是新課題。

……不過在睡前走出房門看到與貓一樣，蓋著被子縮在客廳毛毯上的雷伊，我決定暫時把這孩子當貓養。

*

那個像貓一般的孩子，確實帶給我的人生新的感受。

雖然話很少，也不太搭理我，但偶爾我坐在沙發上觀賞電影或思索畢業製作的進展時，他會默默坐在我身旁，縮著身子，伸手撫摸他的頭也不會躲開，就這樣讓我順著他的頭髮一段時間就跳走。

這樣的舉動總能讓我一整天的疲憊消失，只要摸著雷伊的頭心情就會放鬆不少，讓我整理雜亂的思緒構思往後的事情。

在與這孩子相處下，每天的日子雖然忙碌但很開心，很快的在一整年的時間將影片拍攝完成，交由後製組後製處理。

殺青當天與組員們狂歡，喝了不少酒，我拖著被酒精侵襲的疲憊身子回到家。

夜幕低垂，回到家時已經是三更半夜，卻沒有看到雷伊的身影，到房間找也沒。

「……出門了嗎？」這孩子是可以去哪裏……雖然不解，但並不想思考這麼多，反正養貓的朋友常說，貓都是自己會出門散步然後自己回家的生物。

懶得進浴室沖澡，將自己丟在床上，富有彈性的床很快就將我帶入夢鄉。

──又是黑暗。

已經見過許多次的我已經習慣了，這次是誰，誰又要死了？

但這次似乎不太一樣。

低頭往地上看，隱約能看見滿地的碎玻璃。

碎玻璃上開始出現模糊的影像，著實嚇著了我。

每片碎玻璃上，都有不同的影像。

我猛然抬頭，看到這些碎玻璃的中央，坐著熟悉的人影。

那是被碎玻璃割傷，滿身都是血的雷伊，他背對著我，低頭看著碎玻璃。

碎玻璃上的影像開始清晰，通通都是被一刀斃命，慘死之人的最後影像。

拿著刀的是與雷伊長得一模一樣的青年、有時候則是還是孩子的雷伊。

殺人，一直不停的殺人。我顫抖著，往雷伊的方向走去，影像越來越多，但越接近雷伊，影像卻又開始不同。

到雷伊周圍時，碎玻璃變得少而大塊，上面播映的影像也是將死之人的最後身影。

但主角換成了雷伊，又或者是說是與雷伊長得相像的青年。

被抓起來毆打致死、被槍殺、被刀捅死，怎麼樣的死法都有，主角都是他。

我完全無法置信眼前如此駭人的景象。

——這個孩子，簡直是死的集合體。

白影此時晃了出來，面對著雷伊。

「……我說過我不需要你們吧！給我滾，時間還沒到。」稚嫩的聲音對著白影吼道，接著轉頭，與我對上眼。

我震驚的不是雷伊看到我之後，露出的笑顏，而是在我做了許多相同場景的夢時，只有這個孩子轉頭回來看了我。

「很恐怖對吧？這就是死。」雷伊站了起來，赤腳踏在碎玻璃上，碎片刺傷了他的腳，他卻絲毫不在意，就這樣走到我的面前。

「——現在後悔還來得及。」

雷伊開口說了這句話，但我聽來卻又像白影給我的訊息，我不知道這些只是夢還是現實，只感到呼吸困難。

一瞬間，所有事物消失無蹤，只剩下黑暗與自己，讓我回了神，這意味著夢的終結，但一直以來這類型的夢都如此真實，代表著那孩子的背景真的不簡單嗎？在我想知道更多的時候，我張開了眼。

夢結束了，但我的新挑戰卻開始了。

想知道更多，關於那個孩子的事情，以及關於生死的新解釋。

我將昨日的酒味與疲倦沖洗掉，換上乾淨衣物，走出房間，看到熟悉的身影縮在毛毯上，我鬆了口氣。

稍微查看一下才注意到雷伊身上的新傷口，有點像是被割傷。

我倒抽了口氣，與夢境的他非常相似，同樣都是被割傷，但我不清楚，這只是偶然，抑或是夢境成真？

望著他的睡顏，我有些不安，卻又放棄了現在詢問雷伊問題的想法，先讓他睡吧，有機會再問。

我離開了客廳，準備開始新的一天。

＊

我們的作品獲得了好成績，我也成功從實習生的身分變成了正職，交流對象也越來越廣闊。

開始實際建構起計畫，是一項很大的挑戰。

業界的運作，與在學校製作影片時根本是兩回事，隨時都會摔一跤，我小心翼翼地處理著每件事。

踏出了學校就不會有單純的世界了，實習階段很照顧我的前輩這麼說著。

我銘記在心，並與所有人盡量保持友好，能夠擁有的人脈越多，資源就越多。

媽媽難得從國外回來，說是慶祝我的畢業，也打算為我再擴展一些人脈。身為名演員的她，利用她在國外新認識的音樂家男友巡迴演出的慶功宴，讓我取得認識名流的機會。

……雖然比較在乎的是媽媽的新歡，不過自從爸爸死後媽媽也寂寞很久，有了新歡也很正常。

宴會上非常愉快，雖然每個來賓的歲數幾乎都是我的兩倍之多，但因為平時涉獵的興趣廣泛，也聊得上一陣子。

正當要與聊開的對象交換名片時，眼前一片黑暗，熟悉的感覺襲來。

與當年萊西那次相同，並非經過夢，而是直接顯現。

這次非常簡潔有力，原本站在我面前的中年男子像是被聚光燈打光一樣亮了起來，白影出現在我的視野裏。

「沒救了？」我簡潔的問了白影，白影點了頭。

「應該不是我害的吧。」有些開玩笑的詢問，而白影沒有回答，馬上意識被拉回現實。

在對方一臉疑惑的表情下，我無奈地笑著並交換了名片，對方是一個科技廠董事。

「有機會的話再聊吧，真是非常感謝您抽空與我聊天。」明知道沒有機會，但我還是選擇將客套話說滿，送走了準備離開的董事。

最後與媽媽的新男友寒暄了一下，我離開了宴會，回到家。

已經入夜了，小不點似乎是剛回家，坐在客廳的地板上咬著麵包，身上又有新的擦傷。

「怎麼又受傷了？」我抓起雷伊的手臂詢問著，突然對上了他冰冷的眼神，雷伊看著我笑了一下。

「你想知道些什麼？」那眼神簡直看穿了我的內心，看見了我的夢境，那個滿是碎玻璃的黑暗空間，以及露出無邪笑容卻滿身是血的雷伊。

「你到底……是誰，能告訴我更多嗎？」我戰戰兢兢的問了雷伊，我想知道那些碎片的影像的真實性，雖然只是夢境，卻直直刺入了我的思緒，雷伊冰冷的眼神，與影像殺了人的他一模一樣。

雷伊用另一隻手指著地上，示意我坐下來聽他說，「我唯一會做的事情，只有殺人。除了殺人，就是被打，所以我逃離了那個爛地方。」簡單解釋自己的經歷，小小年紀就說出了殺人兩個字，比起知道他會殺人，談論自己時冷漠的神情更讓我感到驚訝。

「但我終究只是殺人機器，什麼都不會，也什麼都沒有。想跟我拿房租的話，我現在也只能為你殺人。」

頓時語塞，聽了雷伊的話，我只覺得非常沉重。自己人生走來幾乎很順遂，但這個孩子卻只剩下殺人一條路，艱苦的行走著。

「……我要你給我的房租就是在我能給你的所有事物下，開心的活著。我不管你是做什麼的，至少在我的屋簷下給我活的像孩子一點。」沉默許久，我忍不住拍了對方的頭，換了語氣訓斥道。

悶得無法忍受，面對雷伊的冷靜，我卻無法控制自己的情緒，我不能放著這孩子不管。

聽了我的話，雷伊張大了眼看著我，有些不知所措，只好點了點頭。

我稍微放下心，但又突然想到，圍繞著雷伊的玻璃碎片，那些慘死的他的影像。

「⋯⋯還有⋯⋯死去的你又是⋯⋯」我小聲的詢問,因為不知真實性,有點忐忑不安。

「怎麼知道的⋯⋯」雷伊瞪大了眼,對我的詢問感到震驚,「雖然我不知道你從何得知,但我受了詛咒,不會忘記前世的記憶。我知道前世的我怎麼死,也記得那些感受。」

記得死的感受⋯⋯?死的瞬間的感受,又或是死後的感受?只要人死了,他們再也無法說話,那麼也不會有人得知死是什麼感覺。

但這個孩子同時了解殺人以及被殺的感覺,死對他而言就是家常便飯,對於死,他非常清楚。

「死是什麼感覺?」再次沉默許久,我詢問了雷伊,算是為自己短暫生命做準備,我想先讓自己有心理準備迎接死亡。

「當下像是跌入水池一樣無法呼吸,會覺得自己一直往下沉,周遭開始陷入黑暗。會有一瞬間所有感受突然消失,周遭換成白色的世界,那就是確認完全死亡的一瞬間,不再有任何感覺遺留在世界上。」雷伊思索著,回答了我的問題,「不過,這只是我的部分。據說會有人在死時能看到自己的回憶,但我不會,這對我來說只是日常。」

「⋯⋯這樣啊,謝謝你的回答。」我再次摸了摸雷伊的頭,站起身來,「我去睡了,你也早點休息,記得我說的話。」故作鎮定的離開客廳回到房間,但我完全睡不著。

我躺在床上努力想像他所描述的死,但都會嚇得睜開眼睛。我一直以為我對於死已經看開了,但一次次冒著冷汗睜開眼睛只讓我理解,我還是對死感到恐懼。

那些被白影帶走的人們,也經歷了這樣的感受嗎?我痛苦的躺在床上,思考這件事。

*

隨著年齡增長,我的事業開始一步步步上正軌,從廣告、微電影,一步步開始監督、執導到能接下影劇等級的實力,期間認識了許多人、也失去許多人。

雷伊越長越大,也越來越像個正常的人,擁有豐富情緒,看上去倒挺可愛的,每天回家的樂趣就是逗逗他,看他紅著臉大聲吼我。

新企劃提案定下來了，接下來的題材是女歌手的奮鬥記，我一想就想到了媽媽。前些日子媽媽透過社交軟體傳送她與新老公蜜月旅行的照片，看似保養得宜，讓她來替我的劇演出應該不錯吧。

　　當年媽媽答應了我，等到自己有能力了，就考慮演出我的劇，現在或許有資格了吧。

　　我坐在床上，拿起電話，現在她那邊應該是白天，應該可以接電話吧，我一邊輸入媽媽的電話號碼一邊思考著。

　　突然眼前一黑，這次非常乾淨俐落，顯示出了媽媽的影子。

　　「……媽？」白影依照慣例，帶走了媽媽，我只能呆愣的看著背影。

　　手機鈴聲將我拉回現實，上面顯示的是媽媽新老公的名字。「喬啊……你媽媽稍早……」意料中的開頭讓我嘆了口氣，隨意回覆之後打開了訂機票的網頁。

　　「計畫是趕不上變化的。」

　　白影在旁邊提醒我，「……我當然知道。」我煩躁的預定了機票，開始收拾簡單的行李，白影就這樣一直盯著我。

　　「喂，我能知道我還有多少年嗎？有十年嗎？」我拉上行李，轉頭過去看了白影，而白影點了頭。

　　現在的我二十七歲，加上十年，也就是三十七。

　　還有十年可以衝刺與享受，聽上去算足夠，但又覺得很少。

　　「……那雷伊那孩子呢？他還有多久。」不知覺的問了白影與自己同住屋簷下的少年的時間，而白影沒有回答。「算了，我想時間到了你會告訴我。」我搖搖頭，想也不想的倒頭就睡。

　　隔天坐了十來鐘頭的飛機到達目的地的教堂，葬禮與她華麗的一生不同，佈置的非常低調，也沒有請太多的親友來參加。

　　「要來一根嗎？」簡單的葬禮結束後，我與媽媽的新丈夫站在墓地看著母親的墓碑，我點了根菸，並問了對方意願。

　　憔悴的男人接過了我的菸，「你不會難過嗎？她是你媽媽耶。」

　　「難過嘛……我見了太多了，但最終只能哀悼，什麼事都做不了。難過就是過不去，死去的人應該不樂見吧，可不是嗎？」我看著從手上冉冉升起的煙，反問著對方。

　　「……是啊。」陰鬱的天氣就如同站在墓碑前的我們一樣，沉重無比，我不清楚死去的人的心思，只能說這樣的話欺騙自己。

*

　　父親去世了，而母親也離開了，在這世上只剩我一個，最親的人是住在家裏的小伙子，距離自己的大限時間也越來越近。

　　白影越來越常在我身邊，而許久沒認真看過白影的我這才發現白影已經看起來像一個真正的人，去除掉直接傳達訊息給我這點外，無論哪一點都與正常人無異。

　　白影可能從前也是個人，只是現在只會跟在我身邊了吧。

　　在最後的時間裏，我要怎麼過才不會後悔？

　　在有了事業成就，拍攝邀約不斷時，我仍舊思考著這件事。

　　過了三十，我在少年時期所許下的願望已經成真了，一路上結識許多人、受過許多幫助，也送走許多人。

　　在參加了老同學與身邊同事的婚禮後，我又領悟了一些事。

　　結婚誓言所說的，一同度過下半輩子，以及結婚代表著雙方想穩定下來，與認可的對方度過餘生。

　　穩定的與認可之人度過餘生，或許這是我在短暫的人生中最後的課題。

　　雖然我在這段人生中遇過許多的女人，但終究沒有一個能讓我有這個想法的，最後的一個也已經分手了。

　　唯一可以的……只有那個像貓一般的孩子。

　　雖然對他的情感並不是與女人交往時所說的「愛」，但想在剩下的日子裏與他度過的心情是真實的，最後我擅自的對他許下諾言。

　　那孩子一樣以他瞬間通紅的臉迴避我，卻也沒拒絕我，我笑著將他擁入懷中。

　　白影不再開始投放別人死亡的訊息，而是通知我更確切的時間。

　　三十七歲，那就是我劃下句點的日子。

　　不知道是否有感覺到，那孩子每年總是不坦率的為我慶生。

　　生日，我名為喬的生命，被生下來的日子。

　　從那時開始，命運已經決定好一生的框架，但細節是由自己的雙手去刻劃，草草的完成這場戲也好，華麗的完成這場戲也好，我所看到的人們，每個人都有自己面對人生的方法。

　　而我，也確實用自己的雙手為自己的舞台建構成自己想要的面貌了。

　　這樣就足夠了，對，已經足夠了。

如果什麼都不知道、如果白影什麼也沒說，或許今天的我不會在這裏思考這些事，或許會是完全不同的我，但因為有白影而造就了現在被大家喊喬叔，監製許多影視作品的我。

　　也因為有了這段人生，也多了一個毫無防備，睡在自己身旁的人。

　　我點起了菸，細數自己的過往，三十七年的生命，的確是稍嫌短暫但足夠的時間吧。

　　白影又出現在身旁，「我知道，時間到了對吧。」我沒有看著白影而直接詢問，而白影點點頭。

　　「那你現在可以告訴我這個孩子還能活多久嗎？有十年以上？」不再思考自己的事情，而是開始詢問雷伊的時限，現在對我來說，比起自己，睡在自己身旁的人更重要。

　　白影沉默了一下，點了點頭。

　　最後放在心上的事情也得到解答，「真的非常謝謝你。」這樣一來，就沒有遺憾了吧。雖然不清楚這孩子會對我的離去怎麼想，不過他一定可以自己活出新的人生的。

　　窗外墨色的天空逐漸被染白，太陽探出頭來，我忍不住揚起嘴角。

　　「……？怎、怎麼現在就醒了。」似乎聞到菸味，身旁的雷伊揉著睡眼望向自己。

　　也長得這麼大啦……時間過得真快。我摸了摸對方的頭，「沒事，你再睡一會，今天帶你吃好吃的。」

　　我起了身，準備每天都會做的晨跑，最後一次。

＊

　　「今天你有點怪怪的，不夠下流耶。」時間接近下午，帶了雷伊到自己覺得非常美味的餐廳吃了愉快的午餐後，雷伊邊走邊詢問我。

　　「……我又不是每天只想做那種事。」無奈的回應雷伊的詢問，而雷伊也馬上反駁了我。

　　在旁人眼中看起來一定像老夫老妻吧，我心中這麼思考。

　　突然，一切好像慢了下來，我察覺到了異常，以及唯一沒有慢下來，往自己方向開的黑色轎車。

　　「小心！」我看到了，坐在黑色轎車上的人，以及手上的槍，下意識將

雷伊拉開，只聽到一聲巨響，自己的腹部就感覺到一陣熱辣的感覺。

並不會特別的痛，但從雷伊幾乎快哭出來的表情，以及自己躺著的地板染上鮮紅，終結的時刻似乎到了。

「為什麼！為什麼要推開我！你明知道我沒問題的！」雷伊的大吼有些遙遠，或許是意識開始渙散。

「……我怎麼可能會讓你接子彈嘛。」我努力揚起笑容，可能有點醜，雷伊的眼淚掉了下來。

「答應我，你不能死！」第一次看到這個孩子哭，不過也是最後一次了吧，到最後也是不坦率的孩子。

「……我答應你，我會回來的，所以你要堅強。」在最後，一向不說謊的我對雷伊撒了謊，任何事已經救不了我，眼前的景色開始黑暗，如同雷伊所說的，我開始在下沉。

最後混雜著人聲及救護車的聲響，我的世界黯淡了下來。

＊

「呦，又見到你了。」再一次回神，白色的世界，以及背著光，面對著我的白影。

「── 死亡就是進入虛無，你了解到了嗎？什麼都沒有，只有一個人。」白影開口說了話，分辨不出性別的聲音讓我有些驚艷。

「是嗎？我不這麼覺得。因為這些死亡，我才知道我不是一個人。我從舞台上下來了沒錯，但我不覺得我是一個人。失去不代表完全不存在，在回憶裏他們還是好好的。我從不是一個人，到了最後也不是。」我伸出手，要白影帶我離開。

「現在可以觸碰你了吧，小氣鬼。」對著白影露出笑容，而白影也舉起手，握住我伸出的手。

並非預想中的冰冷，意外非常溫暖，忍不住笑了起來，跟著這位被自己稱作死神的引路人離去，

與他一起，走向彼端的那道光芒。

短篇小說類｜佳作

●不滅之物

洪季情

動畫與遊戲設計系

得獎感言

　　這是我第一次伸展翅膀想要飛到更高的地方去。

　　雖然僅僅只是隻雛鳥，但看見了更高的空，就會想要知道從那望去的風景。

　　完成這份作品時的喜悅、有人能喜歡這作品的感動以及現在──知道我能做到的遠遠比我自己想得還要更好。

　　同時，也要謝謝那群相信我的朋友們，不然，我想我一輩子也完成不了任何一件作品。

　　但願下次我展翅飛翔時，我能飛得更遠些，讓我的翅膀能夠掀起讓人驚艷的更溫暖舒服的微風。

評審意見

・馬琇芬老師：

　　「阿傑」的自殺，應是本篇小說的重要關鍵。但情節的鋪陳未能安排得宜，導致「死因」的力道無法彰顯。

　　故事快結尾處，揭露阿傑的死亡，是為了拯救小璟免於被霸凌；但以「死後執行報復」的想法，缺少說服力。

　　「小璟」的特殊能力：看見幽靈，只讓她幫助了小女孩，將手鍊拿去給小女孩的母親，有些可惜。

　　阿傑的父母期待化未能成為醫生、律師，「以愛為名」的壓力，只在

情節中提了兩段，未能真正與阿傑的自殺緊密關聯，又是另一可惜之處。

　　全文多處情節斷裂、混亂，與〈聲音〉一篇相較，〈聲音〉在情結的敘述上，至少還能清楚交待。

・康靜宜老師：

　　這是一篇「通靈少女」的故事，表現陰陽眼特異體質者的世界，其中有對人生的探索、成長的摸索，提出省思。但敘述角度部署紊亂，創作者敘述角度經常轉移、錯亂，稀釋了作品的內涵。

⚫ 不滅之物

「有些事實即使說出來，就連自己也不一定會相信呢，畢竟人們的回憶很容易就會被自己的感情加油添醋、又或者是被時間逐漸淡化，最後只有最美好、最動心或是最心痛的感覺會被留下，那就是所謂『不滅的回憶』。」

就如同，那被熾熱火球慢慢染上緋紅的樹葉、微微涼風吹來，暑假最後，即將離別的那段日子——

廟前，代表日夜交替的夕陽，穿透兩道佇立在我面前的半透明影子，那一瞬間周圍的聲音、影像、溫度，彷彿一切都到達了絕對零度，冰冷、靜止。

「死者『李琉傑』，曾於十年前墜樓自盡，屬自我了斷並非他人所迫，本應成為孤鬼、從此漂流人世，但念在死者與生者『陳璃璟』幫助了許多怨念深重之亡魂，放開心中仇恨離開人世，因兩位善行，上頭決定給予機會——讓您投胎轉世。」身著全白衣裳的身影如此說道。

「……自殺？阿傑？」要不是氣氛如此嚴肅，我想身旁的「他」絕對會嘲笑我目瞪口呆的表情以及語氣吧。

但此時「他」卻露出鮮少冷靜且正經的表情：「那……鬼差先生，我還能再見到璃璟嗎？」

鬼差瞥了我一眼，接著說：「命運自有安排，黃湯下肚後沒有誰能記得從前曾經、前世又或者今生，況且兩位從多年前早已相隔兩界。」

「……」臉色一沉，阿傑閉上了眼睛。

「若閣下仍執意待在現世，將永無超生之日。」

望著剛剛發話的人：「鬼差先生，能夠……再給我一點時間考慮嗎？」

「……可，當明日朝陽落下第一道光之時，無論君擇如何，老身將再臨現世。」說完，白衣鬼差轉了個身，隨著夏末微涼冷風消散的同時：「但這是閣下最後的機會了。」

那若有似無的聲音逐漸消失，吹起的陣風停下，我倆陷入了沉默。

「哈，小璟，你怎麼一臉好像死了人一樣？別露出那麼難過的表情呀！」良久，如同過去的每一次，身旁的人打破了寂靜的僵局，用不在乎的語氣開了口。

明明與過去並沒有任何差別，但我卻覺得，此時，眼前只有魂魄的少年比平常更加透明。

「阿傑……」

在我喊了他的名字以後，他用滑稽的姿勢彎下腰來看著我：「嗯？怎了？？」臉上依舊是那張在生前從未出現過的笑臉──瞬間，那條綁住我叫我冷靜的理智斷了線。

「不要鬧了！我現在不想開玩笑！」我推開了阿傑，但如同過去每一次碰觸他時，我的手穿過了阿傑。「鬼差是不會騙人的！他說你是自殺！」

「……」我現在的視線看不見阿傑的表情，但他一句話也沒說，這讓我更生氣了。

我退後了幾步，幾乎是咆哮著說出了這些話：「你說過，你沒有自殺！你只是錯過了投胎的時間，你說等到我死了以後，我們可以一起去到另一個世界，在那之前能夠一直一直、一直一直在一起，這些話，是騙我的嗎？」眼淚滑過我的眼角、我的臉龐。

「為甚麼不告訴我實話啊！阿傑！」重新抬起頭來看著阿傑，那雙半透明的雙眼無法映出我的模樣，但當我喊出這句話時，看起來一定像一隻對他亂吠的瘋狗。

「……我們一人一鬼一起生活七、八年了，明明一起幫助了那麼多幽靈，替根本毫不相干、素昧平生的女冤魂找到殺害她的兇手？我們甚至還替小狗的幽靈找到牠的主人？說我們要一起幫助更多幽魂了結心願，事實卻是你根本投不了胎？李琉傑，你是在跟我開玩笑嗎……！」

「我還是……第一次聽到小璟用這麼生氣的語氣對我說話呢。」

我知道我的憤怒，只是來自我的無力，即使我問他，為甚麼不告訴我這些呢？

但告訴我後，我又能辦到甚麼呢？我甚至連碰觸他都無法辦到。

阿傑嘆了一口氣：「是啊……我沒有將事實告訴你，因為能和你一起生活真的很快樂，為了讓你能夠相信我，也為了讓我自己相信這些謊言，承諾了這樣不可能的事情……」

此時即使有千言萬語，我倆之間卻又如此沉默。

時間總是過得很快，不等待任何人，代表期限的日輪也不停止的向山下沉，黑夜將這座無人問津的小廟宇逐漸吞沒。

「不過我們現在還能笑著、哭著一起生活這麼久，也不見得所有『不可

能』都不會成真，不是嗎？」阿傑朝旁邊的木板凳坐了下來：「小璟，你希望我留下來，對吧？」

「阿傑……」我緊緊盯著他：「我不能替你選擇，你必須自己決定……無論留下或是離開。」

「唉，我知道啦……」阿傑閉上了雙眼：「明天日出是甚麼時候？」

我坐到阿傑旁邊，拿出手機，點開天氣裏面日出的預測：「大概十二個小時後吧。」

「嘻嘻……如果我去投胎，就可以玩手機了耶！」阿傑聽到手機碰觸的震動後，重新睜開眼睛，看著我手上的動作，一臉開心的說著：「現在想想我死了的那個時候，還是智障手機的年代呢？」

「……阿傑，當初你到底是怎麼……」怎麼死了的？為甚麼自殺呢？

「對了！小璟！」阿傑沒有回答我的問題，反而從還沒坐熱的板凳上跳起來：「我想去個地方，能陪我一起去嗎？」不等我回答，他已經跑了起來。

「咦？怎麼突然……？」由於他的速度實在太快了，我不得不加緊腳步朝著阿傑的方向跟上：「等等！阿傑你別跑那麼快啦！」

在第一顆星星亮起的同時，記憶在腦海閃爍著，提醒當初第一次見面的那天——

放學打掃時間結束，我被同班同學鎖在掃具間裏。

還只是小學生的那時，並不會知道「霸凌」這個詞的意義以及其行為的嚴重性。

我很害怕的拍打著門板，直到有個面無表情的小男生，打開了門鎖。

「怎麼會有人在掃具間裏？」那是最初認識時，阿傑對我說過的第一句話。

「被同學關起來了？你就是三年三班的那個女生？」在我們班上，沒有人願意跟我說話。

「你看得到幽靈？」我看得見幽靈，但是沒有人願意相信我。

「等等……我不是說你很奇怪的意思啦！你別哭啊！」我就是因為這件事情而被排擠。

「我只是覺得很酷啦！沒有覺得奇怪啦！」那個時候——

「你沒有朋友？……不然，我當你的朋友好嗎？」只有他願意伸出手對我這麼說。

比年紀相仿的同學還要更加成熟一點，卻也比其他人更加溫柔一點，只是……那時的他臉上總是嚴肅且面無表情，從來沒有露出笑容。

就在認識之後的隔天下午，阿傑跑到我們班門口找我聊天。

「呃……不好意思，我想找你們班的一個同學……我忘記她叫做甚麼了，頭髮長長的——嘿！你們在做甚麼啊！」

而時機非常剛好的，班上的同學正扯著我的頭髮，大聲的謾罵我是個每天都在說謊的騙子。

或許是第一次有班上以外的人制止他們，領著大家欺負我的大塊頭也嚇了一跳，阿傑才有辦法牽著我跑出教室吧。

直到我們到了大禮堂後面的花圃後，停了下來。

「嗯……你沒事嗎？」他擔憂的看著滿臉淚痕的我問道。

「我沒有說謊……」我低下頭來，不想讓對方看見自己狼狽的面容。

「我知道。」他伸手幫我整理被同學弄得一團亂的長髮，一邊說：「我的奶奶跟我說過，看不到不代表不存在，所以我相信你喔。」

「真的嗎？」小孩子的童言童語，總是伴隨著大人說過的話，但是理性的大人們，很少會說出這樣的話，就連母親也不相信我「看得見」那些特別的存在。

「嗯，我很喜歡奶奶……」從眼角餘光中，我看見表情有點落寞的阿傑，接著他又說：「欸，我奶奶他有沒有在我身邊啊？」

「嗯……？」對於當下還沒反應過來的我，只有給了一個疑問的語音。

「就是……我媽媽跟我說『重視你的人，即使已經去了另外一個世界，當你遇到了困難、遇到危險，依然會留在身邊保護你。』……這個是真的嗎？」阿傑非常認真的說著，停下原本整理頭髮的手，半蹲下來想辦法對上我的眼睛。

我一時間有點驚慌失措：「抱……抱歉……你的身邊……我沒有看到你的奶奶……」

「……那就好。」但明明淚水已經在眼中打轉，但他還是努力的讓水珠停留在眼眶。

「沒……沒關係嗎？」

「當然，要是奶奶留在世界上不去投胎的話，那才不好呢，奶奶生前可

是大好人啊。」聲音冷靜卻充滿了不捨、以及難過：「不在我身邊，才是最好的啊。」可是卻十分有力。

不在我身邊，才是最好的啊。

回憶中，只剩下這句話清晰的盪漾在腦中——

「呼……呼……」終於跑到了目的地，但我也快喘不過氣來了。

在都市生活的人們，通常都被成堆的作業忙得不可開交，在休息的時間，無論是休閒還是運動，都變得沒有躺在床上多賴一下床來得舒服以及重要。

這時就很羨慕沒有體力限制的幽靈們了。

阿傑臉不紅氣不喘的看著用手臂支撐膝蓋的我：「哈哈，還記得小璟你以前在班上可是跑步前三快的呢！」

「呼哈……班上的同學也只有在大隊接力的時候才會想起我而已。」

「啊，小璟的頭髮被汗水沾濕黏在一起了。」

「沒關係啦！」直起身子，用手臂將臉上的汗水擦掉。

「但小璟不是很珍惜自己的頭髮嗎？」

「那是因為某位設計師阿傑說我長髮比較好看啊。」

「哈哈，那位阿傑說的真是太對了！」

抬眼一看才發現，我們正在曾經一起就讀的小學正門口。

「你想去的地方就是這裏……嗎？」我疑惑的看了看阿傑，又朝學校裏看了看。

晚上的學校，總有種讓人有點害怕的緊張感。

老舊的匾額掛在黑色大理石製的大門上方，大大的寫著學校的名字；一旁樹枝被風吹動，張牙舞爪的示威，張狂地對我們叫囂。

「我想回來看看！我覺得這更能讓我好好思考我的答案。」朝著門口，走了進去。

吞了口水，我也跟了上去。

可能是腦中為了驅散夜晚帶來的恐懼感，突然萌生了個問題：「是說，我們離開那裏後，鬼差能夠找得到我們嗎？」

「他們能夠找到所有生者的位置，是很厲害的使者唷。」阿傑看起來講得頭頭是道。

「這個也是你奶奶說的嗎？」

「不，是我瞎猜的。」

「喂！」

「噓！小聲點，會被發現的喔！」阿傑比出噤聲的姿勢。

我們偷偷摸摸繞過警衛室後，經過穿堂終於成功進到學校裏面。

走廊上，除了我清晰的腳步聲以外，其他一切都靜悄悄的沒有任何聲音。

要是以前我可能會怕得一步也不敢往前走吧。

小時候想像力總是能天馬行空，雖然擁有特別的眼睛，可膽子卻沒多大，害怕各種妖魔鬼怪，甚至覺得看得見另外一個世界的東西是一件很可怕的事情。

印象裏，剛升上國中不久的我，打排球跌倒受了傷，住院的時候，發生了一個意外的小插曲，同時也是我第一次幫助幽靈——

阿傑的後面跟了一個小妹妹。

喔，不，讓我更正一下，是一個「沒有腳」的小妹妹。

「小璟，病房門口有條是這個小妹妹她媽媽很珍惜的手鍊，必須去還給她媽媽才行。」

「欸……會、會有護士看到撿起來的！」我僵硬的微笑著。

「可是那條手鍊看起來很貴呢！而且也不保證他們知道失主，更可能會被別人撿走，又或者護士看到喜歡就自己收起來了也說不定呀。」阿傑你就不能相信人是善良的嗎！

「不要啦！我真的真的真的覺得幽靈很可怕！」即使對象是一個不到五歲的小孩子，我還是膽小的蜷縮在棉被裏只露出一顆頭來。

「嗯……那小璟，我可怕嗎？」阿傑指著自己。

「你、你跟我生活多久了，我都把你當活人了……」

「其實人跟鬼沒有太大的差異的。」阿傑笑了笑，又說：「小璟，當你找不到爸爸媽媽的時候，難道會希望被這樣冷落嗎？」

「……唉。」他總是能用各種理由說服我，但確實有他的道理。

因此我只好嘆口氣，妥協的從床上走了下來，開門撿起手鍊。

「啊，好漂亮的手鍊。」那是一條藍色的、有著一顆一顆珠子串起來的手鍊，珠子裏面看起來就像是在流動的液體一般，只是凝固了。

「那個是爸爸送給媽媽的手鍊。」不同於阿傑歡快的聲音，小女孩的聲音聽起來柔弱且冰冷，在我聽來只想打寒顫。

「嗯……我們快點找到你的媽媽吧。」被那聲音起了雞皮疙瘩，只想快點結束這趟類似經典恐怖電影中的醫院驚魂。

由於我行動不方便，於是由阿傑查看著房間的名牌，我被阿傑要求：好好和小女孩聊天，分散走失的緊張感，但一時之間也不知道該說甚麼，剛開始我還會口吃，漸漸地不去注意女孩漂浮的雙腳後，終於可以稍微正常交談了。

「吶，妹妹，我可以問妳問題嗎？」

「嗯！」

「一般……幽靈不都會投胎嗎？那……你呢？」

雖然問這個可能有些不太禮貌，但小女孩也沒有排斥回答我的問題：「嗯……有一個穿白色衣服的大哥哥告訴過我，我必須去……『投呆』，但妹妹快要出生了，我問他可不可以等到妹妹出生的時候再去『投呆』，大哥哥說可以，所以，我就留在媽媽身邊了。」

「嗯……」白色衣服的大哥哥，是指牛頭馬面還是黑白無常一類的嗎？投呆……發音不太標準，但應該是想說投胎沒錯。

「媽媽說，我是姊姊，要好好保護妹妹，所以想等到妹妹出生，再『投呆』。」

「嗯，妳真是溫柔的好姊姊呢。」我沒有多說甚麼，原本想摸摸這孩子的頭，才想起我碰不到她。

「嘿！小璟！」不遠處傳來阿傑的叫喊聲：「我找到她媽媽的病房了，也已經確認過了，裏面沒有其他人，妹妹的媽媽也睡著了。」

「喔。」我小小聲的回應了大聲喊叫的阿傑——幸好沒人聽得見阿傑的聲音，不然可能整座醫院的人都醒了吧。

悄悄推開了病房的門，同時看著不會被障礙擋住的兩魂魄飄進房間。

我特地把拖鞋脫在門外，想盡量不發出任何一點腳步聲的走到病床前，將手鍊放在一旁的桌上。

這樣應該就可以了吧——我在心裏想著。

「謝謝大姊姊。」背後傳來那細小的聲音。

嬌小的人影爬上床，趴臥在母親的懷裏，……卻穿透了過去——對啊，我在傻甚麼呢，如果我碰不到小女孩，小女孩也不可能碰得到她的母親。

女孩在媽媽的臉上親了一口，雖然或許那位母親永遠也不會知道這件事情了。

「小璟，別發呆了，走吧？」阿傑小聲的在我耳邊提醒。

在我關上門的那一瞬間，彷彿看到那個小女孩落下了眼淚——但事實上，那滴淚掛在了我的臉上，我的心情向下沉。

我伸手抹去臉上的水珠，穿起鞋子，慢慢走回我的病房。

「小璟，你想媽媽了嗎？」阿傑突然問起。

「呃……！沒有啦！」我搖了搖手，一邊回答：「畢竟我媽媽是廚師啊，為了明天能煮出好吃的料理，她得好好休息才行，如果讓她在醫院陪我那多不好，何況我們家就只有我跟媽媽而已了，我還受傷需要支付醫療費呢。」

「嗯……」阿傑默默聽著我說。

「……我很希望偶爾能夠跟媽媽吃飯呢。」我沒有注意到，隨著話語我的聲音哽咽了起來：「雖然是廚師的女兒，但實際上，要常常在吃飯時間吃到母親親手做的料理卻很困難呢，畢竟，那是工作最忙碌的時間點了啊。」

回到了我專屬的病房，有著朋友送來的鮮花、以及被我留在桌上吃剩的微波食品。

「那麼你可要好好跟你媽媽說你有多想她的菜，叫她煮給你吃啊，傻瓜！」說完，阿傑直接跳到我的床上，雖然床並沒有因為這樣而產生搖動，反而阿傑被彈了起來。

「喂！你在幹嘛，那是我的床耶！」本以為他會開始嘲笑我的感性，但我的預測錯了。

「小璟，你知道嗎，我有點後悔『我死了』這件事。」阿傑坐起身如此說道。

我有些驚訝，自從阿傑死後很少擺出正經的表情，他總是說，生前的正經八百是因為他的父親總是要他嚴肅的對待生活，要他不要開玩笑，說這是解放內在自我之類的話。

「我原本以為我對爸媽來說，只是拿來跟別人炫耀的工具而已。」阿傑抱著膝蓋，縮著身體：「認真念書將來做醫生、律師甚麼的鬼話，這種話從小聽到大。」

「當我真的……不小心死掉的那一瞬間，以為我能掙脫以愛為名，把屬於我的自由綁著的那些話。」

「那⋯⋯然後呢？」我看著阿傑，等著他說出下一句話。

「⋯⋯那天，喪禮上，我用盡各種方法開玩笑，因為沒有人看得見我，大家都在哭，只有我一直笑著，把那天當作是一場鬧劇。」他將頭埋入了膝蓋中間：「直到大體即將被火化時，媽媽她突然大哭了起來用力大喊：『我願意用我的一生交換我的兒子能起死回生，求求你，讓他回來吧！』，而爸爸抱著母親不發一語。」

「那晚，我尾隨他們，回到家裏，從來不放縱自己的爸爸，喝了十二瓶玻璃裝的啤酒，一整個晚上未曾闔上眼瞼⋯⋯最後他將手中已經空掉的玻璃瓶向前一扔，我本來以為，會聽到爸爸的咒罵我、說我不孝，但是 —— 」阿傑抬起頭來，面無表情，但是一滴淚也沒有落下。

「他責怪的卻是自己⋯⋯」阿傑緊抿著嘴唇，好半晌才又開口：「當時，我才知道，他們愛我，只是不知道該如何表達他們愛自己的孩子。」

聽了阿傑說著，我的眼角不知不覺變得更加濕潤了。

「當下我真的非常希望奇蹟能夠發生，但是人死不能復生，而且 —— 」阿傑抬起頭，用那雙映照不出這個世界的雙眼看著我：「那時我才發現，身為幽靈的我們，是沒有眼淚的，我連為自己的過錯、為自己的至親哭泣的權利，也沒有。」

阿傑重新露出屬於他死後的表情 —— 笑容：「所以我認為，無論是話語又或是感情，都要及時，不要等到哪一天再也無法傳達了，你會後悔的。」

我揉了揉眼，希望止住我的淚水。

「小璟，你不需要止住你的眼淚，哭泣也是讓你活著的一部分，我們的眼睛無法因為『現實』而動容，所以能夠哭泣，是多麼美好的事情呀，對吧？」

能夠哭泣，是多麼美好的事情呀？

現在想想，擁有這雙眼睛多麼幸運的事情。

雖然因為這雙眼睛被欺負，卻也因為這雙眼睛才能認識阿傑；雖然因為這雙眼睛必須看到各種各樣的幽靈，卻也讓我與不存在的他延續了朋友的緣分、甚至幫助了各式各樣的靈魂能安心離開這個世界。

這雙眼精采了我的人生，對我有著非凡的意義。

但這也只是屬於我與另一個世界的回憶，會記得這些事情的「人」，或許只有我了。

「小璟。」伴隨阿傑輕聲的呼喚，我發現我們停在廁所旁掃具間的門口：「你看，是我們第一次相遇的地方耶！」

小學座位表上自己的名字早已不覆存在；熟悉的遊樂器材全部替換成了充滿色料的塑膠設施，但總有一些角落是永遠也不會變的。

「唔，真是超級不浪漫，廁所的味道很……精彩呢。」我揉了揉鼻子，想讓臭氣不那麼明顯。

「唉呀，幸好我聞不到。」接著阿傑跳上一旁的樓梯：「吶，小璟我們上頂樓去吧？」

「頂樓？」我記得頂樓對小學生來說很危險，所以學校把唯一通往頂樓的門封起來，因此是不能上去的：「能去嗎？而且……去那裏做甚麼？」

「能。」阿傑原本一階一階跳樓梯的腳步沒有停了下來：「因為太陽升起時，無論我接下來的選擇如何，我都希望你能知道我一直以來沒有將事實告訴妳的原因。」

「……」我沒有說話，從他的表情我就知道：一開始他就決定，在此時此地會將一切告訴我。

「當時從這裏的頂樓跳下去了——」

「最後老師們也不清楚我們到底是怎麼打開那扇門的，直至今日，一個十塊錢銅板依舊可以打開這裏。」停在樓梯末端的門前，阿傑如此說道。

啊啊，現在要對小璟妳講述這件事，或許妳不會相信吧。

從哪開始說好呢……

第一次，見到哭著被鎖在掃具間的妳那時，想說世界上真的有跟奶奶所說，看得見另一個世界的人存在。

於是我就想，這個人是不是能讓我再見到奶奶一次呢？

知道奶奶不像別人說的在我身邊守護我時，其實我難過了好一陣子啊，嘿嘿。

妳應該早就聽我說過了，我的家教很嚴格，因此我沒有甚麼機會能跟其他小孩一起玩。

剛開學因為成績而崇拜我的人，後來也會因為我總是在看書以及面無表情的形象逐漸疏遠，最後也不怎麼聊天了。

對，除了妳以外，我並沒有特別要好的朋友，除了會跟我一起看書、聊天，甚至偷偷帶遊戲機來學校借我。

甚至覺得我和妳的相處時間，比父母的互動還要多上更多。

妳比我的家人更在乎我的夢想、更在乎我的看法，因此我下定決心會好好保護我的朋友。

——我唯一的朋友。

而有一次我去班上找妳時，發現欺負妳的那幾個固定班底跟那個高個子拉著妳離開了教室。

本來我決定先確定他們要去的地方，再去找老師過來處理。

「嗚嗚嗚……」

「這個騙子女吵死了～」

「啊啊、嗚！」傳來了巴掌的聲音，我忍住了即將衝過去的腳步，因為我一定無法打過那高個子。

「欸，看！天臺的鐵門用十塊錢的硬幣就能打開唷！」

「欸！真的假的？騙人！」

「噓！我才不會騙人，專心看啦！」

「喔！真的打開了！」

「哇，真的耶！」

我聽見他們走進去的聲音，原本我打算立刻去找老師。

「放……放開我！」

「吼！你這神經病！不要亂動啦！」

「嗚……不要……嗚……扯我的頭髮」

「呵呵呵呵，這麼寶貝妳的長髮？妳知道上一次跳體操的時候，妳的頭髮可是甩到我的眼睛了！我還沒算帳呢！你看我手上這是甚麼？是剪刀喔？知道要來做甚麼嗎？」

「剪掉剪掉！」

「把她的頭髮剪掉！」

「那你們把她給抓好啊！」

「嗚啊！！——不要！不要！」

我不清楚當下說話的人是誰。

但都無所謂，因為接下來他們所說的話、所做的事，讓我無法抑制理性。

我不顧一切衝上了樓頂，攔住了那把剪刀。

「放開她！」我的手掌被利刃劃破，血從手中濺出，阻止了那欺人太甚

的女孩。

　　那大概是我生前第一次也是最後一次，覺得原來我的聲音也能夠包含著冷淡以外的情緒。

　　「哎……哎呀？還以為是誰呢？這不是一班那個常常跟神經病混在一起的孤僻鬼嗎？」

　　「自以為英雄救美很帥嗎？哈哈哈哈，蠢死了。」那個抓著小璟頭髮的女生，將手中的頭髮用力甩動，使讓你的頭朝水塔撞去，「砰」的一聲，接著你就朝地板倒去了。

　　我因為這一幕氣憤的原本要衝上去，卻被一旁的高個子一掌拍開。

　　「哼，這麼弱雞一隻，去死啦！」

　　「哈哈，像小蟲一樣沒用呢。」

　　「重視你的人，即使已經去了另外一個世界，當你遇到了困難、遇到危險，依然會留在身邊保護你。」

　　跌在地上看著躺在地上暈倒的你，我突然想到大人們所說的──

　　那奶奶，你現在在哪裏呢？

　　我受傷了啊，你怎麼不保護我呢？

　　我很需要保護我重要的人啊！

　　……我重要的人？

　　如果我重視小璟的話，那麼即使不是家人，我也能留在她的身邊保護她的，對吧？

　　於是我站了起來，慢慢地退走，靠近頂樓的邊緣。

　　「或許是這樣沒錯，或許我很弱小沒錯，但給我記住了，如果再欺負小璟，我會在半夜的時候，去找你們喔。」有記憶以來第一次，在有意識的情況下我露出了燦爛的笑容。

　　或許我很弱小沒錯，但是我想保護那個對我最好的你。

　　下一秒我閉上眼睛的同時，腳也騰空了──

　　「……對不起，小璟，雖然我很想說，剛剛說的都是開玩笑的，一個連我自己都不相信的笑話。」阿傑睜開雙眼：「但這一切都是真的。」

　　良久，我們之間除了沉默，還是沉默。

　　「能跟我一起前往這扇門後嗎？」彷彿度過了百年的時間，才又聽見他的聲音

　　「阿傑……」我的內心從來沒有這麼複雜過，我望著阿傑，欲言又止。

感覺像是欠了一生也還不清的債務一般。

「我希望，能在這裏和你一起決定我該何去何從，拜託你。」

我看著他，最後一句話也沒有說，慢慢的走了上去，從口袋掏出硬幣撬開門鎖。

夜晚的風從門灌入，刺骨的涼意如同針尖般，清晰地讓我明白這一切都不是一場夢。

阿傑深吸了一口氣，走了出去：「呼！這裏應該很涼很舒服吧，哈哈……可惜我再也感覺不到了。」

我留在黑暗的佇足不前，握緊了手中的銅板：「阿傑……你在醫院的時候，曾經看著我的眼睛對我說『你後悔死掉了』，那個時候……你後悔和我成為朋友了嗎。」

與無法受到影響的靈魂不同，因為氣流的關係，我的長髮在風中飛揚，就像在狂舞一樣。

我望著阿傑的背影，就像靜止一般，無論是頭髮，還是衣服，聞風不動。

「不，小璟，我喜歡你。」阿傑轉過身。「無論是生前還是死後，我都是這麼想的。」

「我從來沒有後悔與你成為朋友。」阿傑走了過來，將手撫上我的臉：「我後悔的是我無法再給予我珍惜的人以及珍惜我的人任何一點溫暖。」但我們依舊感受不到對方的觸碰。

「……阿傑。」對不起，我也喜歡你。這句話卻無法說出口。

遲來的告白，千萬個抱歉，再多言語也無法挽回他逝去的生命。

收回了手，眼前的人大大地舒了一口氣。

「很久以前我就想告訴你這件事了，但跟你生活越久，就越難說出口。」收回了那隻手：「本以為說出來你會很開心我成為你的守護靈，或許還能一直守護你的子子孫孫，現在卻覺得當時從這裏跳下去的我是個超級大白癡。」

「讓家人難過了，甚至無法遵守永遠在一起的約定。」

「怎麼會呢？」我看著眼前的人，這張從七年前就跟我形影不離、沒有變過的那張臉：「阿傑，你確實遵守了約定，直到現在、當然今後——」

「小璟，那未來，你還願意將我這個騙子繼續留在回憶中嗎？」阿傑的表情，看起來就像要哭出來一樣：「因為，我不能留在這裏，對吧？」

我看著他，看著那張不曾長大的臉，或許我的時間，也停留在那段記憶裏。

但如果我不可能一直活在這個世界上，我會衰老、有一天也會離開這個世界，縱使有多少不捨，我也不能讓阿傑的故事永遠沒有一個美好的結局。

「當然了，曾經是，現在也是，當然，以後也會是。」

我們已經擁有比早該結束的時間更多的回憶了，是時候長大了。

阿傑露出了微笑，與生前和死後都不同，那是十分溫柔的笑容。

「對了……小璟，你能答應我一件事情嗎？」

「嗯？」

「能跟我聊聊以前的事情嗎？」

「為甚麼，突然……？」

「因為我希望如果我離開了，你也會有足夠的回憶永遠記得我。」阿傑笑著：「你看我們頭頂上的星星，就像是你的每一段記憶，至少在有生之年，那些光芒永遠也不會消逝，或許我會忘記你，但你會記得的。」

夜晚過後，我們一同迎接劃破天際的曙光。

在白色的身影出現在我們面前之前，甚至都還在笑回憶，每一段美好往事。

彷彿早就知道我們的選擇，鬼差並沒有說話，只是伸出了修長的手要求阿傑跟著他走。

「阿傑，謝謝你。」我還是忍不住的開了口，原本希望，黎明的曙光升起後，能夠不流眼淚的，看著阿傑離開，但眼角依舊還是不爭氣的落下淚水，但同時又想到了他曾經所說的：能夠哭泣是一件幸福的事情啊。

再見了，阿傑。

世界上沒有能讓人起死回生的藥、沒有能錄製死人說話的錄音機。

是的，或許我無法永遠記得我們所經歷的一切，但那份感動會銘刻在靈魂上，永遠不會消逝。

正因為如此，每一時每一刻才會如此珍貴。

有些事實即使說出來，就連自己也不一定會相信呢，畢竟人們的回憶很容易就會被自己的感情加油添醋、又或者是被時間逐漸淡化，最後只有最美

好、最動心或是最心痛的記憶會被留下。

　　就如同記憶一般的你一樣，或許我再也碰不到、看不到、聽不到了，但我們的友誼，確實存在著──

短篇小說類｜佳作
向日葵

吳佩柔

餐旅與烘焙管理系

得獎感言

　　這次的作品是我第一次認真完成的一個作品，而靈感是來自於一些關於戰爭的報導，希望大家能在我的小說中探討「英雄」這個詞對我們而言到底是什麼，是只要在後方指揮的指揮官？又或是在前線砍殺的士兵？我很感謝支持我以及給我意見的老師及同學們，這次的得獎對我是莫大的感動，在寫作的過程當中我遇到了不少瓶頸，但我還是一一克服，我不光是得到了一個獎狀，我也得到了一個自我認可以及能力提升，相信在未來我能夠逐漸向上，向前邁進。

評審意見

· 馬琇芬老師：

　　此篇作品有史詩的影子，顯見作者有文學創作的潛力，辭語行文亦頗有可觀之處，但內容卻流出教條、俗爛，這是此作失敗之處。

　　作者若能持續研習創作，假以時日，必有佳作，盼加油！

· 康靜宜老師：

　　敘述雖然可以說是流暢，但情節的鋪陳有些冗長拖杳。

　　第一段以「第一人稱」敘述，第二段以後改為「第三人稱」。

　　句子的描述太長，大量使用逗號，閱讀起來有些辛苦。

　　戰爭背景不明確，製造毒氣的中國人（丹娘）也缺乏說服力。

「埋葬死者」是個「大動作」，敘述時卻描述「因為怕會有太大動靜，我將他埋葬在河邊後」，才逃走。這有點不合邏輯。

小說主題元要呈現芙蕾納在戰爭中的愛情悲劇，以及戰後扶養難民小孩的義舉，可惜沒能刻畫成功。

♀ 向日葵

　　我獨自坐在曾與你相偎的白色長椅上，周圍盛開著你最愛的向日葵花海，一樣的藍天，一樣的視野，不一樣的是你不在這兒。我還記得你對我說的結婚誓言，也記得你遠赴戰場前，對我說的最後一句話：「我會在最後一朵向日葵枯萎前成為英雄回來，我保證。」一字一句，深深刻印在我心裏，你仍帶著你溫和靦腆的微笑，在我的目送下，和軍隊離開了，而我相信著你的承諾，在這漫長的歲月裏，默默等待你的歸來。我芙蕾納無盡的愛，只屬於你阿爾傑・羅肯頓一人的。

　　「好冷……」，芙蕾納不自覺的輕聲說出這句話，她獨自坐在柔軟的雙人床上，看著窗外的風景，即使蓋著厚重的羊毛毯，她仍感受不到溫暖。玻璃上反射著她精緻的面貌，深邃的碧眼，挺俏的鼻子，微捲的金色長髮，一身潔白的長裙襯托著她的美，但她卻沒有一絲笑容。因為窗外，她看見他的向日葵花海早已枯萎，枯葉漸漸掉落，一顆晶瑩的淚珠也從她的眼中滑落。「喀啦喀啦」房外傳來一陣抓門板的聲音，芙蕾納回神並擦去眼淚，掀起毯子朝房門走去，寵溺的說：「我要開門啦，萊兒特，別再抓門啦。」打開房門，一隻比芙蕾納腿還高的雄性聖伯納犬咬著一封信件溜進了芙蕾納房裏。領著萊兒特走到窗旁的紅色雙人沙發坐下，萊兒特安靜的趴在芙蕾納腳邊，芙蕾納拆開微皺的信件閱讀，內容是說由於戰爭所需物資不足，所以政府要求人民上繳可用金屬以及加重稅金等訊息。一聲嘆息落下，芙蕾納隨意將信件擱置在一旁的小圓桌上，便起身走向衣櫃，褪下身上的白裙，換上了一件精簡的白色襯衫以及紅色的長裙，簡單將頭髮綁個馬尾後，微笑向萊兒特說道：「我們出門買點東西吧！」她再次打開房門，和萊兒特一起離開了房間。

　　這裏是位於俄羅斯貝加爾湖畔的羅肯頓大宅，在戰爭開始前，阿爾傑帶著芙蕾納遠從英國藏匿於此，過去兩人經常前來休閒度假的地方，現在竟然變成了逃難的避難所，想想便覺得淒涼。大宅裏現在只剩下芙蕾納一人了，阿爾傑獨自回到英國參戰，他想守護英國，守護他的故鄉，也想守護他最愛的那朵向日葵——芙蕾納。也許是羅肯頓軍官世家的血液在他體內咆哮著吧，他無法放下英國，躲藏在安全的地方觀戰。而原本打理大宅的幾名僕

人，他們原本想留下來照顧芙蕾納的生活，但是被芙蕾納婉拒了，她讓宅裏所有人回到親人的身邊，希望他們能陪在自己親人身邊，便給予他們一些資金後，與他們道別。曾經歡笑聲不斷，充滿生氣的大宅，如今只剩下萊兒特陪伴芙蕾納。站在大廳樓梯上的芙蕾納，看著牆上掛著兩人的巨大肖像畫，畫裏的阿爾傑有著棕色的短髮，炯炯有神的金眸以及俊朗的臉，兩人並肩微笑站在一起相當幸福。看著看著芙蕾納又想哭了，她晃了晃頭振作精神，離開大宅，和萊兒特前往附近的港口城鎮。

和位於郊外的大宅不同，四處都是人擠人的大街，原本應該是歡樂的街道，現在卻瀰漫著刺鼻的硝煙味，每個人都在搶著乾糧和生活用品。芙蕾納領著萊兒特避開人群，走在街道的邊緣，當快走到十字路口的中心時，「碰」一發子彈對空鳴槍，原本就吵雜的人群開始慌亂起來，芙蕾納蹲下護著萊兒特免得他們被人群沖散。這時一臺掛著國旗的悍馬車隨著槍聲開到的十字路口的中央，「碰」又是一發子彈對空鳴槍，一位少尉跳下車，俐落的攀上引擎蓋，四周圍的人安靜的看著他們，芙蕾納扶著牆站起也看向悍馬車，黑髮的年輕少尉開始說道：「我是駐紮軍隊的吉爾少尉，有人密報這裏出現了異國叛逃犯，如果你們有人發現任何不是我國的居民或是沒有我國居住證的異國人士，就可以把他們抓來我們駐紮軍隊。」這時三個士兵下車拿著一大堆的通緝單，走向一旁的其中三間民宅，面無表情的直接闖入並站在頂樓向下揮撒著手上的通緝單。芙蕾納拿起萊兒特從地上咬起的通緝單，上面是一個年紀看起來和芙蕾納差不多的女性，芙蕾納將通緝單隨意的折起後放在籃子裏，她有點不捨這位女性，她不懂為何就因為是不同的國籍就要受到如此對待。這時少尉用力的踏了一下引擎蓋「磅」，大家的注意力從手中的通緝單回到了少尉身上，少尉用相當不屑的語氣：「凡是被我們發現有人包庇這些罪犯，我一律處刑，就算是老弱婦孺，我也會動用極刑，懂了嗎？你們這群只會躲在這種地方的雜碎。」少尉一臉厭惡的說出最後兩個字，卻沒人敢反駁他，因為他說的對，這裏是安全區，每天只能躲在這等著軍人運送補給品，或是旅行商人偶爾到這裏做生意買賣。

少尉和士兵又回到車上離開了城鎮，街道回到了一開始的吵雜，彷彿剛並沒有發生什麼事，但地上許多被踐踏過的通緝單證明了軍隊來過的痕跡以及空氣中多了一股警戒防備的氣息。芙蕾納很慶幸自己出門前把居住證帶在身上，路上不時有人看向她，但她也沒怪誰因為她的碧色雙眸和金髮實在是太顯眼了，這裏是金髮的人實在是太稀少，碧眼更不用提。芙蕾納每到一家

店，當老闆開始用警戒的眼神看向她時，她就開始解釋自己是俄羅斯和英國的混血兒，並且出示她的居住證，老闆才半信半疑的結帳。芙蕾納根本不敢靠近駐紮軍隊的補給站，她知道軍方根本不會相信她的解釋，甚至會強辯芙蕾納的居住證是偽造品，所以芙蕾納寧願選擇在街道花多一點錢買補給品。

時間接近中午但天空開始灰暗，和萊兒特回到了大宅將剛剛採買完的生活用品仔細的清理乾淨後，芙蕾納在飯廳簡單準備一些水煮的雞胸肉，和萊兒特一起享用完了一餐。萊兒特從飯廳慢慢走回到了大廳角落的狗窩，而芙蕾納收拾完後離開大宅，萊兒特並沒有跟上，因為他知道每到下午他的主人都會去那個地方散心，所以萊兒特不想打擾他的主人。芙蕾納獨自前往後山的向日葵花海，儘管它們已經枯萎在等待下一次盛開的時刻。途中會先路過一條在樹林中的小路，才會抵達向日葵花海，芙蕾納走在小路上，這裏很安靜只有一點蟲鳴聲，所以有一點聲響芙蕾納就能發現，這時在一旁的灌木叢深處，芙蕾納似乎聽見了非常微弱的悲鳴聲。雖然很害怕，但是芙蕾納擔心是不是有人受傷，所以還是了踏進雜草叢生的地方朝著聲音前進，芙蕾納一直沒有看見那悲鳴聲的來源。當她開始懷疑自己是不是聽錯時，不遠處的草叢裏似乎有個臥倒的人影，芙蕾納趕緊向前查看，一個全身是傷的黑髮東方女性昏迷在草叢裏，芙蕾納驚覺這不就是通緝單上的那個人嗎？但芙蕾納也不管會被軍隊嚴懲的風險了，立即扶起受傷昏迷的人回到了大宅，吃力的回到大廳後，芙蕾納將她扶到二樓的客房後安置在床上。鮮血開始漸染在雪白的床單上，芙蕾納趕緊拿了把剪刀剪開她身上髒亂的衣衫和破舊的長裙，芙蕾納被這場景嚇壞了，原本屬於東方人健康的小麥色皮膚，被一層厚厚的汗垢覆蓋著，一道又一道怵目驚心的傷痕充滿她的全身，誰知道她受到多可怕的折磨呢？仔細幫她清理並包紮好傷口後，芙蕾納替她換上一件合身的米色睡袍後，就靜靜的守在她身旁。

傍晚，女子慢慢睜開清澈的黑眸轉頭看向芙蕾納，長及腰的柔順黑髮滑落臉頰，芙蕾納替她拿下額頭上的冰毛巾：「妳還好嗎？有哪裏會痛嗎？要不要喝點水？還是要吃點東西？」面對芙蕾納一長串的問題女子有點慌張，女子慢慢撐起身體，芙蕾納也將她扶起靠在枕頭上，芙蕾納從旁床頭櫃遞了一杯水：「我是芙蕾納，這裏是羅肯頓大宅，妳能說說妳的名字嗎？放心，我不會去向駐紮軍隊告密的。」也許是芙蕾納溫柔的微笑和堅定的語氣，女子放下了警戒慢慢開口用流利的英語說道：「我叫丹娘」，芙蕾納：「妳怎麼會到在那？還受了那麼嚴重的傷？」丹娘低頭沉默一下便開口：「我和我

丈夫朱郎原是軍方實驗家，國家逼我們製造增加人體機能的禁藥以及生產大量致死毒氣，我們不肯，所以軍隊嚴刑拷打逼我們製作，他們知道除了我們沒有別人有如此精湛的技術，各種凌虐的方法他們都做過了，我們趁獄卒不注意時逃了，但朱郎他卻倒下了……，他最後握著我的手，在我懷裏叫我活下去後他眼睛閉上了，我甚至不能為他哭泣，因為怕會有太大動靜，我將他埋葬在河邊後，不知逃跑了多久後就暈過去，現在醒了就遇見妳了。」芙蕾納緊皺眉頭將丹娘擁入懷中：「沒事了，妳現在可以好好休息了。」丹娘一愣，一直懸在心頭的大石終於落下，丹娘開始小聲抽泣，最後忍不住心裏的委屈開始嚎啕大哭：「嗚……朱郎……我好想念你……」芙蕾納只能靜靜的擁著丹娘，拍拍她的背安撫她。

　　芙蕾納打開燈照亮了昏暗的房間，坐回丹娘床邊的小圓椅，芙蕾納和丹娘聊了很久很久，包括彼此失去能依靠的愛人，兩人都能理解這種傷痛是如此的折磨心靈，丹娘握住芙蕾納的手語氣堅定的：「芙蕾納，妳要不要去找阿爾傑？」芙蕾納睜大雙眼不可置信的看著丹娘：「我當然很想，但阿爾傑在先鋒部隊，而且現在正確的位子我根本沒消息。」丹娘微笑：「我和朱郎還在中國的實驗室時，有聽說英國的軍隊已經靠近西藏，我不太確定因為那時我和他不怎麼離開我們的實驗室，妳要不要賭看看，若照時間來看應該是已經抵達西藏了。」，芙蕾納低著頭：「丹娘，妳覺得什麼是英雄？」丹娘想了想回答：「能為人民犧牲自己的，我認為都是英雄。」芙蕾納：「我也是這麼認為呢，但如今我仍然不理解，為何只因為我們是不同的國籍就該互相攻擊對方搶奪領土？我們明明都是來自不同的家庭，為何並無仇恨的我們要為了國家的自私，就得前往戰場？他失去敬仰的父親，她失去摯愛的丈夫，我好怕阿爾傑犧牲成為人們口中的英雄，我是不是太自私了？」丹娘緊握芙蕾納的手：「妳是真心愛著阿爾傑，而且妳太善良了，還為了其他人著想，妳看我們彼此明明就是敵國的人，但妳選擇了救我而不是通報軍隊，沒有人會責備妳的。」芙蕾納知道如果完全沒有戰爭，人類的文明、醫療技術、電子設備等許多事物是不會增進的，但她仍然不希望失去上萬的靈魂來換取這些進步，芙蕾納：「我會仔細想想的，丹娘妳該休息吧，明天一早我們再一起去戶外散步好嗎？」芙蕾納將丹娘安置好後就離開了房間，在外頭等待許久的萊兒特搖著尾巴向前，芙蕾納蹲下摸著萊兒特的頭：「你也是我的英雄呢！」芙蕾納站起走向大廳，瞄到了萊兒特狗窩附近地上的髒亂，芙蕾納趕緊上前一看，是一顆被萊兒特咬爛的萵苣，萊兒特開心的搖著尾巴上

前正要低頭繼續咬這個被摧殘的萵苣時，芙蕾納制止了牠，並搖晃著萊兒特的臉：「你很餓也不要偷吃我的萵苣啊！」

　　幾天過去了，丹娘的傷有明顯好轉，走路也不用芙蕾納攙扶，午後她們和萊兒特一起延著湖畔散步，丹娘：「這裏的風景真美，只可惜有股淡淡的硝煙味。」芙蕾納：「我早已習慣了，阿爾傑身上總是有這點味道。」丹娘笑而不語，彼此默默的陪伴對方，回到大宅用完餐，兩人就像平常一樣待在書房安靜的看書。突然，樓下的萊兒特開始吠叫，芙蕾納和丹娘警戒起來，因為萊兒特平常是不會如此凶狠的咆哮，芙蕾納要丹娘躲在這，她先下去看看，丹娘蹲在窗戶旁看著昏暗的外面有什麼動靜。芙蕾納前往大廳安撫萊兒特後，大門被敲響，萊兒特又開始低吼，芙蕾納正猶豫要不要開門時，外頭傳來聲音：「我們是駐紮軍隊的士兵，受吉爾少尉指派前來搜查此大宅，有人在嗎？」，芙蕾納冷靜思考這時候若不開門肯定會被懷疑然後強行搜查，他們說話時的聲音丹娘應該已經聽見了，丹娘應該能隨機應變躲在什麼地方，芙蕾納：「請各位稍等一下，我過去開門。」給丹娘一點時間躲藏後，芙蕾納打開大門，五個攜帶槍械的士兵站在門外，最靠近門口的士兵拿起一張紙：「這是吉爾少尉親筆簽名的搜索票，請配合。」語畢，另外四個士兵要動身時，芙蕾納擋住了門口：「但我們是英國人，而且我們已經申請了俄羅斯的居住證，這次是英國和中國的戰爭，為什麼俄羅斯也要如此緊張呢？」芙蕾納明知故問鄰國在戰爭，有哪國不會擔心波及到自己的？但為了拖延時間怎樣都好，同一個士兵說：「很抱歉，這是上級的命令，請配合。」便不理芙蕾納說了什麼，一把推開她，進入大宅開始搜查，萊兒特對著他們低吼，但是沒有芙蕾納的准許牠不會攻擊別人。看著士兵漸漸將一樓搜查完畢，有三個士兵要分開搜查芙蕾納主臥室的三樓，另外兩個士兵要搜查丹娘所在的二樓書房，芙蕾納開始緊張便跟著士兵一起去二樓，一打開書房的門，桌子上只有幾本書，兩邊的深紅沙發也沒有人，芙蕾納放心的嘆了口氣。士兵四處張望後原本要離開了，但有一個士兵發現了不對勁的事，桌上怎麼有兩只紅茶杯？便開口：「羅肯頓夫人，您的狗應該不會跟您一起翹著小拇指喝茶然後悠閒的看書吧？」芙蕾納驚訝，竟然被發現了，她正要辯解時，士兵大喊：「有叛逃……」話還沒結束，丹娘突然從後面冒出來，用一本又厚又重的世界史往那士兵的後腦勺狠狠的敲下，而另一名士兵被萊兒特狠狠咬住了小腿，來不及開槍就重心不穩，面朝下的往書桌撞下去，兩個人就昏過去了。但沒時間讓芙蕾納為他們倆的精彩表演鼓掌，便拉著丹娘和

萊兒特一起往一樓跑，這動靜一定吸引了另外三個士兵前來查看。在芙蕾納她們對面前往二樓東側的樓梯遇見了其中一個士兵，三人愣了一下，芙蕾納和丹娘趕緊繼續跑，士兵則大聲呼叫其剩下的兩個士兵前來支援，芙蕾納她們終於抵達一樓，背後傳來開槍的聲音「碰碰碰」，士兵朝著他們開槍但沒有擊中她們。她們跑向一樓的會客室，將一個不起眼的角落地磚掀開，是一個地窖，將丹娘藏進去後，芙蕾納趁士兵還沒抵達時，拉著萊兒特的項圈，要牠一起進去，但萊兒特抵抗不肯進去，芙蕾納急了：「萊兒特，乖，聽話，別鬧了。」萊兒特掙開了芙蕾納的手，跑向門後躲在那，芙蕾納瞬間明白萊兒特是為了保護她們：「萊兒特，快過來，我們能撐過去的。」眼淚開始流下，在下面的丹娘聽見了士兵靠近的腳步聲：「芙蕾納快呀，士兵靠近我們了。」萊兒特堅定的眼神看著她們，芙蕾納擦去眼淚：「萊兒特，活下去。」她只能賭一把了，賭士兵不會殺了萊兒特，也不會發現她們躲在這。芙蕾納躲進去鎖起地窖的門後，帶著丹娘躲藏在木板梯後面。士兵打開了會客室的門，當三個士兵走進去時，萊兒特從後面衝出來，用龐大的身軀撞倒了其中兩個士兵，撕咬著他們的手臂，站著的士兵往萊兒特的腹部用力一踢，堅硬的軍靴突然襲擊，痛得萊兒特離開另外兩名士兵身上，「碰」，一個士兵朝萊兒特開槍，打中萊兒特的後腳，但萊兒特沒有因此倒下，且向前攻擊他們，躲在地窖的芙蕾納和丹娘一起祈禱萊兒特沒事。但外頭的槍聲卻證明萊兒特是凶多吉少了。一番搏鬥後，士兵用力的踢開已經奄奄一息的萊兒特，萊兒特已經渾身是血，卻還想站起來，士兵們身上也是掛彩，他們看看四周發現一個窗戶是開著的，他們猜測芙蕾納她們應該是逃到外面了。一個士兵向前看著萊兒特：「抱歉，我們也是逼不得已的。」三個士兵朝城鎮的方向繼續搜尋。沒了動靜後，芙蕾納和丹娘離開了地窖，看見倒在一旁的萊兒特，趕緊上前，萊兒特發現主人過來了，還是開心的想搖尾巴，但牠只能輕微的晃動尾巴，芙蕾納抱起萊兒特開始哭泣：「萊兒特，萊兒特，拜託，不要，不要離開我。」萊兒特看著芙蕾納，舔了一下芙蕾納的臉後，還是閉上眼睛了，芙蕾納放聲大哭，外頭也開始下了綿綿細雨。

芙蕾納將萊兒特埋葬在向日葵花海旁，並在墳上埋下一把向日葵的種子，來年，萊兒特也會看見這一片美麗的花海。丹娘靜靜的站在後面看著芙蕾納，原本想要說點什麼，但她認為還是給芙蕾納一點時間沉靜一下，芙蕾納對著萊兒特的墳墓說：「謝謝你，萊兒特，好好休息吧，我的小英雄。」轉頭，依然是那溫暖的微笑：「走吧，丹娘，我們回大宅吧。」但眼神裏卻

多了一絲傷痛，丹娘也微笑點頭回應，她們不怎麼擔心那三個士兵會向軍隊舉發，因為吉爾少尉是出了名的脾氣暴躁，被他知道三個大男人身上掛彩全因為一隻狗，吉爾少尉不處死他們才怪，況且他們所謂的叛逃者有很多，不差丹娘一人。快到大宅門口，一隻獵鷹「嘎」從天而降，芙蕾納認出那是阿爾傑飼養的獵鷹格尼斯，芙蕾納伸出手臂讓格尼斯停在手臂上，在格尼斯的腳上綁了一個信封，芙蕾納拆下了信向格尼斯，將格尼斯交給丹娘照顧後，便拆開信件閱讀。是阿爾傑的字跡，芙蕾納認真的閱讀信件，信裏內容：「我再過一陣子就會回去，我很想妳。」簡短的幾句話，就讓芙蕾納流淚：「你還是跟以前一樣，不懂什麼浪漫呢。」將眼淚擦去，打起精神，準備將大宅整理乾淨。

　　幾天過去，大宅回到原本的寧靜。這一天下午，芙蕾納和丹娘同時聽見外頭傳來軍用卡車的巨響，這次沒了萊兒特的保護了，芙蕾納不能讓萊兒特的犧牲白費。正當她們要躲在角落觀察時，芙蕾納聽見了她朝思暮想的聲音：「芙蕾納，我回來了。」芙蕾納二話不說直接從大宅跑出去，丹娘知道是阿爾傑回來了，便起身慢慢跟著走出去，芙蕾納直接抱住阿爾傑：「我好想你，真的真的很想你，我有好多事情要跟你說，萊兒特為了保護我跟丹娘死了，等等你也去牠墳前說點話，啊！丹娘是我的朋友，她雖然是中國人，但你不用擔心，她不會傷害我們的，還有還有……歡迎回來，阿爾傑。」看著愛人寵溺的看著自己，芙蕾納緊緊的抱住他，希望他不再次離開自己，丹娘站在後面看著他們心想：「朱郎，若你還在，一定也會像這樣緊抱著我吧。」向阿爾傑簡單打招呼後，阿爾傑：「芙蕾納，我希望妳能幫我個忙，也許再過不久我就會離開了，所以我只能讓他們待在這了。」芙蕾納從阿爾傑全副武裝的穿著就發現，阿爾傑似乎不會待太久，芙蕾納笑說：「都當多久的夫妻了，你還在客氣什麼呢？」阿爾傑微笑的點頭，金眸裏倒映著他最愛的向日葵，便領著芙蕾納和丹娘往卡車後的帆布棚走進去。車上載了兩個大木箱，阿爾傑打開了箱子，芙蕾納和丹娘都很詫異，因為裏面全是年幼的孩子，看起來不過八歲，甚至有孩子抱著熟睡的嬰兒，阿爾傑解釋：「他們全都是孤兒，被國家用來秘密做先鋒部隊的砲灰，我不能接受國家做這種事，就帶著他們出來了，雖然沒有帶走全部……」芙蕾納和丹娘開始一個一個將孩子抱離木箱：「阿爾傑，你還是一樣的善良呢。」將約三十個的孩子帶進大宅後，阿爾傑放下了背負許久的槍械，稍微放鬆一下，而芙蕾納原本想稍微安頓一下孩子們時，丹娘制止她：「現在有個人更需要妳的陪伴。」

芙蕾納眨了眨眼，便小聲的向丹娘說：「謝謝。」芙蕾納走出房門看見坐在大宅門口階梯的阿爾傑，只穿著一件簡單白襯衫和黑西裝褲，和剛剛一身軍裝的他不一樣，多了許多憂愁和疲憊，芙蕾納坐在他身邊：「丹娘在安頓孩子們，要不要一起去看萊兒特。」阿爾傑笑著牽起芙蕾納的手：「好啊！」到了萊兒特的墳前，阿爾傑蹲下對著萊兒特的墓碑說：「嘿，兄弟，我回來了，你真的是個英雄哦，你可以好好休息了呢，你在那裏有很多萵苣可以吃哦。真的很謝謝你呢，保護了芙蕾納，兄弟，希望下輩子我們能當真正的兄弟。」語畢，像兄弟擊拳一樣，伸手用拳頭輕輕撞一下萊兒特的墓碑，這時他們都好像聽到萊兒特開心的吠叫聲，阿爾傑和芙蕾納相視而笑，牽著彼此的手，走回大宅。

孩子們漸漸恢復元氣，他們都叫阿爾傑「爸爸」，叫芙蕾納「媽媽」，叫丹娘「阿姨」。對他們來說，阿爾傑他們等於自己的親人，尤其是阿爾傑，阿爾傑是他們的英雄，是他們的救命恩人。孩子們在大宅前的草皮玩耍著，大宅好久沒有如此的歡樂，阿爾傑和孩子們一起光著腳追逐玩樂，芙蕾納和丹娘則是坐在樹蔭下看著他們，芙蕾納：「阿爾傑真是個長不大的大孩子呢。」丹娘則是笑她：「妳還不是很愛他呢，總比朱郎總是想著用理論來認真和我調情好吧。」芙蕾納：「但妳不還是很愛他呢。」芙蕾納和丹娘一起大笑，有多久，她們沒有如此快樂過呢？但也許是上帝在捉弄他們吧，這段快樂的時光並不長久，僅維持了一個月。

阿爾傑在每個房間裏藏了把槍和子彈，芙蕾納並沒有多問什麼，因為她知道阿爾傑一定是為了保護自己。這天夜裏，阿爾傑和芙蕾納在書房裏看著書，丹娘則帶著孩子們睡覺，阿爾傑似乎聽見了外頭有點腳步聲，開始警戒了起來，便拿著一旁的步槍和子彈，拉起芙蕾納離開書房，往孩子們的房間走去。丹娘站在孩子們的房間外，神色緊張，顯然丹娘也聽見外頭有人的腳步聲，而且不是一般的腳步聲，而是軍靴的腳步聲。阿爾傑要她們躲進房間裏，芙蕾納緊緊抓抓阿爾傑看著他，眼裏是充滿不希望他離去的淚水，阿爾傑輕輕落下一吻在芙蕾納的唇上，輕聲說：「我說過我會成為保護妳的英雄，我已經不再是國家的羅肯頓上校，我就只是妳的阿爾傑。」語畢，他放手讓丹娘拉著芙蕾納進入房內，外頭傳來人聲：「阿爾傑·羅肯頓因犯下叛國罪，所以我們前來緝拿，若是反抗就以武力緝拿。」語畢，一個士兵踩到了地面的突起物「磅」，原來是踩到了阿爾傑設下的地雷，瞬間一半以上的士兵被炸傷，剩下前排的士兵，阿爾傑躲在二樓狙擊。外頭的可怕槍聲讓芙

蕾納和丹娘得不停安撫孩子們，一陣子彈雨，阿爾傑射殺到只剩下三名士兵，當然阿爾傑身上也許多傷口。在士兵闖入大宅前，阿爾傑跑到大廳門口躲在門後，士兵進入安靜的大廳，阿爾傑趁他們不注意便開槍射殺了一個士兵，又馬上用槍托撞開了一個士兵的腦袋，最後就只剩下當初宣讀緝拿令的士兵。但士兵並沒有慌張，而是冷靜的拿下頭盔和護目鏡，黑髮落下，是吉爾少尉：「嗨，好久不見，羅肯頓上校，曾被譽為史上最年輕有為的年輕上校，怎麼會落得如此下場呢？」阿爾傑怒吼：「閉嘴，吉爾，別以為我不知道就是你把這些孩子送上戰場，還給指揮官不少賄賂，還躲在俄羅斯裝成是俄羅斯少尉的間諜。」吉爾大笑：「哈哈哈哈哈哈，原來你都知道了，那就去死吧！」語畢，彼此開始不停朝對方開槍，直到子彈沒了後，是一場激烈的肉搏戰，彼此朝要點攻擊，吉爾也很憤怒，他恨眼前這個霸佔自己軍階的人，恨這個害自己委屈從英國中校被指派到俄羅斯當少尉間諜的人。阿爾傑趁機撿起槍，用槍托狠狠往吉爾的頭甩下去，吉爾晃了晃頭，抽出藏在軍靴中的小刀，往阿爾傑的胸膛踹了一腳後，將阿爾傑壓制在地上，阿爾傑用力的抓住吉爾拿著刀的雙手，以免刀子刺進心臟。突然，丹娘從後方冒出，用那本厚重的世界史往吉爾的頭敲下去，但吉爾並沒有像那名士兵一樣昏過去，拿刀往後一插，不偏不倚的插入丹娘的喉嚨，丹娘盤好的黑髮如瀑布般散落，嘴裏和傷口不停冒著鮮血，丹娘抓著吉爾的手，看著阿爾傑：「你，要，保護好，大家……朱郎在等我了呢。」語畢，丹娘永遠的閉上雙眼了，阿爾傑憤怒的看著一切，吉爾甩掉手上的鮮血嘲諷的說：「羅肯頓上校您可真丟臉，還需要女人保護。」阿爾傑安靜的站起，拆下槍前的軍刀，兩人朝彼此衝去，兩把刀刺進彼此的身軀裏，吉爾不停的加重力道，而阿爾傑卻抽出小刀，往吉爾的喉嚨插了進去，吉爾驚恐的睜大眼，傷口不停噴血，呼吸漸漸的停止了。阿爾傑放開吉爾，自己也倒下血不停流失，芙蕾納從樓上跑下來看見一片狼藉，她趕緊抱起阿爾傑：「沒事的，沒事的，你會沒事的。」她慌張的壓住阿爾傑心頭的傷口，但血仍然止不住，芙蕾納開始哭了：「怎麼辦，怎麼辦，丹娘呢，我去叫丹娘來幫你。」芙蕾納正要抬頭叫丹娘，卻發現她倒臥在血泊當中，芙蕾納不可置信：「怎麼會，丹娘，妳不是跟我說妳只是出來看看情況而已，怎麼會……」阿爾傑努力微笑輕輕摸著芙蕾納的臉：「很抱歉，只能陪妳到這了……」芙蕾納蓋上阿爾傑摸著自己臉的手，眼淚不停流下：「拜託，不要，不要留下我，阿爾傑。」阿爾傑漸漸無力：「芙蕾納，我的，向日葵，希望妳永遠笑著，謝謝妳出現在我的生中，我，

愛妳……」阿爾傑的眼睛閉上了，永遠的閉上了，芙蕾納抱著阿爾傑逐漸冰冷的身體不停痛哭著，她愛的人都離開她了……。

幾年過去了，勝利的號角吹響，芙蕾納一點也不快樂，她的摯友，她的摯愛都不在了，孩子們是她最後的慰藉，阿爾傑雖然成了叛國賊，但他仍是他和這三十個孩子的英雄，她獨自一人撫養著孩子們，雖然辛苦，但這是阿爾傑最後給她的禮物。六十年過去了，芙蕾納美麗的金髮逐漸變淡，歲月在她臉上留下痕跡，卻無法遮掩她曾經的美麗。孩子們都各有成就，格林成為了英國政治議員。阻止了幼童上戰場；菲勞德成為了國際醫生，不分國籍的拯救許多人的生命；愛琳成為了律師解決了許多司法改革……。孩子們逐漸離開大宅，最後又剩下芙蕾納一人，但她並沒有孤單，她知道她會回到阿爾傑身邊。那晚她夢見了自己站在向日葵花海中，她回到自己最美的時刻，凝望著眼前，徐風吹起，她聽見後面傳來她最熟悉的聲音：「芙蕾納！」伴隨著狗愉快的叫聲，芙蕾納往那身影跑去，緊緊的抱住他，芙蕾納終於能永遠和他在一起了。

我與妳坐在白色長椅上，周圍盛開著我們最愛的向日葵花海，一樣的藍天，一樣的視野，我們一樣彼此相愛，萊兒特也快樂的在這奔跑著，向日葵盛開著，我們的愛是如此的璀璨，我，阿爾傑·羅肯頓無盡的愛全屬於妳芙蕾納一人的。

第 1 部分 文藝獎

得獎短篇小說

報導文學類｜第二名
○無聲也有一片天

邱子柔

餐旅與烘焙管理系

很感謝我的爸媽給了我一個這麼好的故事可以分享給大家，也感謝柯莉純老師空出時間幫我修改內容，讓文章更通順。我會寫這篇報導最主要的動機，單純只是想跟大家分享聲啞人生活的是比一般人更來的辛苦，而身為聲啞人的女兒，我最希望的是，讓同樣為聲啞人的朋友們看到這篇報導，可以給他們一些自信，及面對社會的勇氣，也希望大眾可以多了解一些聲啞人的文化，不要再看不起他們了，他們是很偉大的一群。

評審意見

·鄭瓊月老師：

文章中的主人翁是一對瘖啞夫婦。作者描寫筆法平實，點出夫婦認真堅持堅持品質態度，是客人絡繹不絕來品嘗台東地瓜球的原因。本篇報導清晰地呈現它的核心價值：努力改良堅持好品質到茁壯成長。即使微不足道的小人物，亦可辦到的。

·蘇福男老師：

1. 主題以瘖啞人士在夜市擺攤為內容，取材頗有可看性，報導主題，取名「無聲也有一片天」相當切題。

2. 前言以淺顯易懂的文字，平鋪直述瘖啞人士在現實生活當中遭遇的困境，進而帶出台東瘖啞夫婦在夜市找到立足點，能吸引讀者繼續閱讀。

3. 內容稍嫌平淡，如能更深入描寫瘖啞夫婦夜市擺攤看到的人生百態，討生活的辛酸等細節，將更有可讀性。

無聲也有一片天

　　在台灣，瘖啞人士在社會上普遍很難占有一席之地，因為他們在溝通上先天就已經處在較為弱勢的立場。因此，偶爾會在新聞中看到有瘖啞人士去偷或搶，造成他們有這樣行為的原因，一部分是他們在社會上找不到可以立足的地方，這讓他們經濟拮据，一部分可能是他們自暴自棄。

　　在台東，有一對瘖啞夫婦，克服了這項缺陷。他們憑著自己的手藝跟堅持，以及對市場的觀察，在台東夜市找到了立足點，也做得有聲有色。

（左起）老闆娘周月琴、老闆邱俊煌

台東地瓜球的起源

　　老闆原是一位油漆工人，老闆娘則是家庭主婦，老闆娘為了增加收入撫養兩個女兒，透過友人介紹到蘭花園工作，但蘭花園的工作環境不太好，因此老闆娘與老闆討論要找個穩定的工作，跟女兒們討論後，決定要在夜市擺攤。在觀察夜市販售的產品後，選擇了沒有出現的地瓜球。

　　親人知情後，介紹了在高雄賣地瓜球的友人，老闆遠赴高雄向友人學習如何製作地瓜球，學成歸來後，夫妻倆又重新研究了材料的比例，才有現在的「台東地瓜球」，也因為老闆娘愛吃芋頭，所以後來還研發出了芋頭球。

老闆娘（左三）以前在蘭花園與其他同事的合照

對品質的堅持

　　老闆娘說：「這是要給客人吃的，所以皮及一些黑點都要清乾淨，這樣做出來客人才不會覺得不乾淨。要讓客人吃得安心。」

　　他們到現在已經賣了六年左右，為了不讓客人覺得「昨天很好吃，但今天怎麼……」，所以他們堅持當天現做現賣。在地瓜與芋頭的選擇上，都要選最新鮮的，有些人會預先去掉芋頭不易煮爛的地方，但老闆娘反而不這麼

做，她說：「芋頭球就是要靠這些不易煮爛的地方來增加口感，讓客人覺得有吃到芋頭。」地瓜球也是一樣的，他們不只在食物上很堅持，連炸地瓜球的器具，只要沾上油垢的地方，每次收攤回家不管多晚，都一定會清洗乾淨，一方面維持攤位的整潔，給客人好印象，另一方面藉由每天清洗反而省去清理頑垢的時間及體力，一舉數得。

客人的肯定

他們對地瓜球的堅持與用心，讓不少客人對他們讚譽有加，曾經有位香港遊客因為在網路上看到其他客人對地瓜球的評論，特地不遠千里來「台東地瓜球」嚐鮮，也因為每次製作都嚴格維持品質的穩定，絡繹不絕的客人就是最好的肯定。

台東地瓜球的未來

現在越來越多人知道「台東地瓜球」，也開始需要增聘員工了，起初開始賣地瓜球的目的是要供應兩個女兒的學費及生活費，現在只剩下小女兒還在讀大學，老闆說：「我已經老了，未來地瓜球攤位會傳給兩個女兒，至於她們怎麼處理就尊重孩子們的想法了。」

無聲也有一片天，瘖啞人士跟一般人毫無差異，就算無法開口說話，跟客人仍然溝通無礙。就像老闆與老闆娘，將產品標示清楚，跟客人比手畫腳也是行得通的，就算找工作不容易，也可以自己創造機會。跛鱉千里，即使有缺陷也沒關係，仔細觀察機會，把握住機會，只要堅持不懈，也能有一番成就的！

第1部分　文藝獎　得獎報導文學

報導文學類｜第三名
●「棗」尋不平凡的陽光——劉枋

劉家吟

國際企業與貿易系

得獎感言

　　聽到這個比賽時，正好是棗子園最忙碌、最需要人力的時刻，就如同文章提到的，我沒能回去幫忙……於是我想，也許能寫一篇文章，抒發這種阿公與孫子相互掙扎、矛盾的立場，以及許多人心中，返鄉與自我實現的抉擇，希望透過這篇報導讓大家了解，農業的缺工斷層，並不只是新聞上的一小段落，而是實實在在的隱身在每個農村裡。最後，感謝教授們舉辦這個比賽以及評審的青睞，得獎之後勢必要包個紅包給阿公了！

評審意見

・蘇福男老師：

　　本篇作品試圖講述一位小農的平常生活，對日漸沒落的農業心中的無奈，可惜限於作者寫作功力，整篇文章架構鬆散，抓不到重點。

・鄭瓊月老師：

　　文章結構分兩大段，前段透過主人翁妻子和孫女口述之剪裁安排，頗能適切地表現主人翁的性情與生活態度，一個平凡的老阿公對家人對土地的愛意自然地流露。次段場景拉到果園，寫出農村人力的窘迫與種植事業的傳承困境，表現出作者細膩的人文關懷。

○「棗」尋不平凡陽光──劉枋

車子行駛在高速公路時，總會與許多風景擦身而過，像是叫人歎為觀止的懸崖峭壁，讓人心曠神怡的農田花卉，甚至是令人毛骨悚然的墓園墓地，但誰也不知道，距離全長 300 多公里高速公路的不遠處，有著一片果園，蘊藏著一位老農民一生打拚的痕跡與故事。

他是劉枋，一位再平凡不過的農人。

「他們家裡從小就『足散赤、足艱苦』。」一提到過去，先開口的並不是劉枋，而是他的「牽手」，劉林緞女士。小時候的他，家境並不富裕，現在擁有的農地，都是年輕時候一點一滴打拚來的。「一開始沒什麼錢，都在幫人家做工，等錢存夠了，就把家裡附近的地給買下來。」劉枋說道。一開始只是因為便宜才買下那塊地，完全沒料到，農地不遠處會興建起高速公路。

「阿公在初一的時候還帶我們到陸橋上看車子呢！超酷的！」提到高速公路，一旁的孫女興奮的和我們分享道。

和其他傳統的老年人一樣，農民曆似乎在他們心目中都有著特別重要的份量，除了平常兒孫結婚娶媳婦需要「看日」之外，今年特別的是在初一那天，因為農民曆上的一段文字「出行：取卯時向西北生門大吉」。

兩老特地各騎一台機車，載著孫子，繞到正好位於西北方的果園以及高速公路橋上走走看看。

「一直印象很深刻的，是那時候，看著公路上的車來車往，阿公和我說『足水ㄟ駒』的眼神，從裡面我看到了自信與驕傲。」從孫女的描述中，彷彿能感受到劉枋當時對這從小到大所生長的環境，那份深厚而無法言喻的感情……

而那樣對土地的認同與感恩，似乎正是現在年輕世代心中缺少且無法感同身受的悸動。

劉枋這樣保守、惜情的個性，從家裡客廳的擺設也能看出一些些端倪。

「這張是大兒子、這是二女兒的……。」他指著一字排開的相片，一一細數著四個孩子們的結婚照。跟著他瀏覽著牆上照片的同時，注意到在老式辦公桌旁，長鏡子上的角落，一張照片正靜靜地貼在那。「那是我們近年母親節拍的全家福，阿公拿到時沒特別說什麼，但過了一會兒，就看到他默默的把它貼在離他桌子最近的位置。」孫女一面看著那張照片一面回想著。

「阿公他是懂得珍惜的人。」一旁的孫子也跟著補充道。也許是因為母親早逝，劉枋對身邊的人格外的愛惜，其中特別是和他一起生活超過半輩子的牽手劉林緞，「今年剛好是我們結婚的第六十年。」翻開看似破舊卻記載著生命中許多重要日子的「簿仔」，劉枋說。「用現在的說法，阿公就是一個暖男呀！上次他們兩個各騎一台車出去，在前面的阿公，遇到比較難走的路段，自己騎過之後，就會默默地停下來等在後面的阿嬤呢！」兩位老人家這種內斂、相知相惜的感情，在看到劉枋鑰匙圈中的兩人合照之後，就不言而喻了。

場景轉到了果園……農夫，一個看天吃飯的行業，選擇種棗子，主要也是因緣際會，當時，買了土地的劉枋，剛好遇見一位果樹師傅，還跟著師傅跑到高雄學習如何栽種，問他有沒有失敗過、怎麼面對，只見他直爽的回答：「著慢慢仔研究啊！」，從劉枋身上能看見，也許農業的入行門檻並不高，但還是必須要具備耐心、能吃苦的個性，才能從一次次失敗與學習中，累積出屬於自己的經驗值吧！

棗子是屬於冬天熟成的水果，而採訪時間正值冬末春初的三月，沒有見到想像中結實纍纍的果樹，只剩下光禿禿的樹幹，與剛剛冒出的新芽。「是因為前陣子才剛剛把多餘、茂密的枝葉全部鋸掉！」劉枋解釋道。每年，為了能讓果樹全部重新生長，以及底部的主樹幹能照射到陽光以及通風，會把每棵樹全部修剪一番，像是「砍掉重練」的感覺。

「今年為了這個大工程，還請了五個外勞來幫忙拖那些鋸下來的樹幹。」這次有返鄉幫忙的孫子說著。「講起來也挺慚愧的，這些年我們這些孫子都大了，各奔東西，忙著自己的事，而能幫阿公阿嬤的，反而是那些非親非故的外勞……」看著孫子落寞的眼神，似乎能感受到，在自我夢想與返鄉之間，那種為難、力不從心的沉重和無力感。

那，棗子園未來的去向呢？

「都吃到這個歲數了，哪還有什麼目標？只是天天在等死而已！如果有人願意回來接手，這就是最大的夢想了！」劉枋激動的說著。在這段直白而寫實的話中，隱藏著他既希望有人能承接衣缽，又想要子孫們在外都各有成就的矛盾和心酸，我想，在這個農業落寞的現在，這不僅僅是劉枋一個人所遇到的抉擇，如何解決台灣農業斷層的問題，達到和諧、雙贏的局面，是我們這個世代的大家，需要共同思考、解決的難題吧！

他是劉枋，一位再平凡不過的農人，正找尋著不平凡的陽光。

寄情湖畔的情與思 樹德科技大學 2018 文藝創作獎得獎作品暨師生作品集

報導文學類｜佳作

◦暫時的父母，永恆的阿嬤

蔡易桓、周嘉國、李怡璇、林美彤、陳冠廷

行銷管理系

得獎感言

　　在沒去採訪之前，對育幼院的印象總是先入為主的觀念，但在這次的採訪，讓我們了解到院長的理念，到原本的育幼院到現在乾淨整潔有紀律的他們，育幼院的小孩，父母也是愛他們的，基於某些原因，而不能養育。在很多假日，許多父母都會來探望小孩，帶他們出去玩來彌補受傷的心靈，若出去遊玩，也是像陌生人一樣，真的有彌補到嗎？後來，發現陪他們整理內務，這種陪伴，才是孩子要的吧！

　　為什麼要採訪慈德育幼院？是因為我們自己不了解，想窺探先入為主的事情。很榮幸獲得佳作，也謝謝院長接受我們訪問，以此讓更多的人了解他們，院長表示：要來採訪小孩，就要可以給他們帶來什麼學習的機會，之前有某科學生為了功課，才來訪問，院長就希望那些大姊姊們可以給女同學帶來有關於月事（的常識）。

　　之後我常常在想，陪伴是所有人生中需要的一件事，陪伴，也關聯了很多事，先入為主就真的是正確嗎？很開心可以榮得佳作。

評審意見

・鄭瓊月老師：

　　本篇人物專訪，能夠清晰呈現主人翁的選擇與態度。文中描述育幼院院長與孩子們的互動，適時引述院長與孩子的口白，傳達出院長對無依孩子們的大愛。

‧蘇福男老師：

1. 本篇報導本題為育幼院院長，主題取名「暫時的父母，永恆的阿嬤」頗具創意。

2. 從內容可看出，作者有親自訪談院長，也盡可能深入了解院長的身世背景，工作資歷和家庭背景，基本上已具備報導寫作要件，但部分細節不夠正確，例如蘇院長之前曾任鳳山市公所秘書……退休後才轉任慈德育幼院院長一職。

3. 內文有多處錯字：女性的第三人稱應書寫為「她」非「他」、「妳」非「你」、「沒有很大的印象」應書寫為「沒太深刻的印象」或「沒什麼印象」、「另一伴」應為「另一半」、「會不會讓孩子們留下傷害」應寫成「會不會對孩子們造成傷害」。

4. 結尾沒有書寫「蘇院長說」、「蘇院長語重心長地表示」，直接就寫「人生不就這樣嗎？」感覺太突兀。

◦暫時的父母，永恆的阿嬤

慈德育幼院——蘇淑慧院長

一絲不苟 果斷的

耳順之年——慈愛奶奶

　　院長是在一個嚴謹但有愛的家庭長大，父親是一位警員，母親則是全職的家庭主婦，由於父親工作忙碌，時常不在家，所以院長對父親沒有很大的印象，唯有一次，哥哥因氣喘而不舒服，父親就騎著孔明車載他去看醫生；母親同時扮演著嚴父和慈母的角色，在媽媽嚴格的教育下，造就她嚴謹的個性。從小到大，總是兩位哥哥及附近的男孩子，一起玩耍長大，而在這樣的環境中成長，讓她比起其他女孩多了些果斷和魄力。

輾轉來到慈德育幼院，追求挑戰性的生活

　　院長因畢業於社會學系，之後的工作都是社工。在工作了十年後，覺得所學已經無法應付現在的社會環境了，而前去考取研究所。在東海研究所的第一年院長就有放棄的念頭，她說「一邊照顧小孩、一邊工作，一邊打報告好累。」而她的教授一直鼓勵著，她才咬牙撐過。畢業之後接

到一個職缺是尚未開墾的服務中心——縣政府社區中心。她很能在荒蕪中拓出一片新天地，但有一位同事總為了各種小事來找她的碴，終於熬到中心開幕，她不想再浪費生命在跟人吵架，就也離職了。輾轉之際，院長來到自己最不拿手的數字領域——保險業過了一陣子，她想：「這樣是我要的嗎？」所以她辭職了。仔細想想自己最喜歡的就是幫助別人得到的那種快樂，正好

慈德育幼院有缺院長，就到了這裡。

　　在這之中，院長並不會擔心自己做好，豐富的工作經驗，以及知道育幼院需要的是什麼，讓她很有自信，知道自己做的沒有錯。大多數民眾總先入為主而否定育幼院的孩子，院長以服裝儀容、乾淨整潔、如何管理、整頓自己，來改變大家對育幼院的偏見。

因材施教，來自挫折
換個環境，就變得不一樣

　　院裡大多數都是二到十七歲的孩，每天也很開心地坐在階梯等校車。某天，有個老師跑來找院長，憤怒的表示：妳的小孩都是問題人物，上課竟然拿彩色筆畫自己的眼皮。然而透過院長的了解，才發現到這個小孩只是在學大人化妝而已，院長驕傲的跟那位老師說：「你不覺得這樣很有創意嗎？」

　　某次，她跟一個漂漂亮亮的女孩說：「妳怎麼滿嘴髒話？」女孩說：「我爸爸就是這樣啊！」院長後來決定，把她送進競爭力較大的楠梓高中就讀，也讓她到英文補習班補習。女孩不諒解，院長說：「妳的嘴巴那麼漂亮，我希望妳以後講出來的是一口流利的英文。」

　　而人也會有想打退堂鼓的時候，但令院長打退堂鼓的是「職員」，最難改變的是人心，這裡就像一個大家庭，如果爸媽不合，孩子怎麼會快樂？就在去年，她的母親生病去世。在這其中，一邊要照顧母親、一邊要打理育幼院，向母親傾訴去意，母親躺在病床上握著她的手說：「辛苦都走過了，現在已經不那麼辛苦了，妳要為這些小孩繼續努力下去，有沒有妳會差很多。」

　　家人也是挺她在這裡持續下去，院長的孩子也都長大，另一半也將家裡整頓得很好，讓她無後顧之憂。

簡單，卻銘心的感動

　　有天，送來一個跟媽媽相處不好，而離家出走的男孩，正值讀高中的年紀，卻因為會考後沒有填學校而無法上學，院長選擇讓他留在院裡協助。但這個叛逆的男孩，總是把收走的手機偷回來，誇張的是，他那天不假外出甚至沒有回來，從其他小朋友的口中得知，他去了網咖。本應該送走他的，院長不捨，再給了他一次機會，送去戒備特別嚴謹住宿學校，院長一再的提醒：「這是最後一次，機會是不等人的。」到了周末，院長親自去接他，他

臉上表情很是開心，為何會那麼開心？是以前的他被放棄，現在他找到家的感覺了。

　　孩子的父母來探望，總想著帶孩子出去玩，為了彌補自己不在身邊，但院說：「假日孩子們要整理自己的內務空間，陪陪孩子做家事吧！讓孩子知道你是愛他們的。」透過實際的行動和孩子們一起整理平時住的空間，這種平凡的幸福是花錢買不到的，而這種陪伴也正是孩子需要的。

　　院裡有雜貨店，孩子們可以用點數累積兌換自己想要的東西，其中，有個小孩把他累積的點數兌換了好多東西，跑到院長懷裡，「阿嬤！阿嬤！我買這個要給妳，謝謝阿嬤對我那麼好。」

　　某天園長工作到很晚，用廣播對孩子們說：「晚安，阿嬤等等要回家了喔……」正當園長走到屋簷外，女孩們這房就說：「院長謝謝你，院長再見～」隔壁房的男孩子們也不甘示弱地說再見，院長雖然知道這些小感動是職員教的，但她相信裝久了，就會成真。

鐵之紀律

院中有男有女，要防止的很多

　　霸凌、性侵害為首，不論是員工對員工、或者員工對孩童、孩子對孩子們都是不應該出現的，所以院內將房間分成男孩房跟女孩房，守夜的老師也是男老師顧男孩子、女老師顧女孩子這樣嚴格的區隔開來，徹底的保護院內的孩子不會受到傷害。

　　實質上的保護要有，同時心靈的輔導也很重要，孩子們總是會自卑，院長不服輸地說著：「人家會笑你是育幼院的小孩，是因為你看上去就是那個樣子，你唯有讓自己看起來不像育幼院的小孩。」所以在院內院長非常注重三點，第一個就是外表，穿著打扮很重要，要讓自己看起乾乾淨淨的；其次是禮貌，看到人要問好，隨時保持笑容，才會人見人愛；最後一個是不要耍脾氣、要爭氣。

此外，如果是大學生或是什麼人要採訪孩子，她都會以會不會讓孩子們留下傷害為優先考量，其次則是能否給孩子們帶來知識，深思熟慮後才會讓為了報告而來的人採訪。

小愛化成大愛

院長人生中最重要的第一是工作、第二才是家庭。院長說：「工作給我帶來無限的快樂跟能量，我如果在家裡不上班，就一邊看電視一邊打哈欠；我把家庭排第二不是說我就不愛這個家，我是覺得說我可以把小愛化成更大的大愛，能愛兩個人跟二十個人，我會選擇愛二十個。」

痛苦不要太久 轉個念就好

院長給挫折的人一段話

人生不就這樣嗎？怎麼可能一帆風順？一帆風順不見得好，當你沒有面對挫折和逆境的能力時，一個大浪打來就真的死了，難過可以，但不要沉溺在難過中，每一個挫折，每一個狀況，都是在讓你進步、讓你學習，如果沒有這些狀況，怎麼會知道原來發生事情要這樣處理？

報導文學類｜佳作

廣進勝紙傘——林榮君先生

朱珮瑩

資訊管理系

得獎感言

　　文學一直都圍繞在生活周遭，卻又與生活隔了一小段距離，感謝學校提供這樣一個展示文藝創作的平台，讓學生除了所學的專業知識外，還能發揮其他潛質。

　　我並沒有意料到自己會獲獎，但獲獎確確實實是一種肯定，讓我多了自信和感動，也希望藉由這篇報導作品，讓更多人了解美濃油紙傘的美好，並且給予支持，更希望臺灣傳統文化能夠繼續傳承下去。

評審意見

・鄭瓊月老師：

　　作者文筆流暢，常有佳句：如「庭院裡晾曬著許多美麗的紙傘，每一把都像藏了什麼唯美的傳說」。結語「不然找個時間去美濃走走吧」，則以輕鬆的方式將美濃紙傘與文化串接成回味無窮的行旅，頗有瀟灑氣息，讓人感受到面對文化，「美的追求」是一種堅持，而「輕鬆以對」也是一種態度。

・蘇福男老師：

1. 以美濃油紙傘技藝傳承者為報導對象，具可看性，可惜只點到為止，並未深入探討油紙傘這項技藝的傳承歷史，目前面臨的困境等問題。
2. 結尾不夠有說服力，且與前方為呼應。

⦿廣進勝紙傘——林榮君先生

提起油紙傘就會想到美濃，提起美濃，相信不少人腦海裡也會浮出油紙傘的模樣，美濃油紙傘被眾人熟知，外型美觀、色彩豔麗，其中以「廣進勝油紙傘」最負盛名，如今已傳承至第二代，林榮君先生與妻子吳劍瑛女士，共同傳承這份家族事業。

那日林榮君先生特地抽空接受我們的造訪，他嘴角含笑，眉宇間透著淡定從容，或許是看出我們的緊張，林榮君先生笑著告訴我們別太拘謹，便帶著兩個略顯毛躁的孩子在院子裡，庭院裡晾曬著許多美麗的紙傘，每一把都像藏了什麼唯美的傳說。

林榮君先生從事油紙傘事業已長達十年之久，已經數不清手中創造出多少把紙傘，他為油紙傘做出的貢獻大家有目共睹。林榮君先生雖然是個文化產業裡的大前輩，卻不擺任何架子，能用簡短幾句話消除初次見面的尷尬感，對談過程裡，他彎著眼睛說：「妳是哪裡人？花蓮阿，我年輕時候在花蓮當兵，那裡的風景很漂亮呢。」就像在和家中的長輩對話，林榮君先生的語調平穩而輕鬆，十分平易近人。

近距離觀賞廣進勝油紙傘，內心是感動的，看上去作工精細，傘紙上濃

彩淡墨勾勒出各式圖樣，林榮君先生悠然介紹著自己的作品，庭院中的紙傘大多都要花上超過半個月的時間才能完成，一聽之下，我們對林榮君先生更是佩服。

「認知文化的同時，是充實的，有文化，你的態度會不同。」

對於林榮君先生而言，油紙傘並不只是為了傳承父業，更是為了不讓民族文化在時代洪流中消失。

談起文化，林榮君先生侃侃道出許多辛酸，他將一生奉獻給油紙傘，對傳統手工的堅持與熱情從未衰減過，然而台灣對這文化產業卻沒這麼重視。

在我們前往廣進勝紙傘前幾日，大陸央視也不遠千里、特地跨海到美濃，請教林榮君先生關於油紙傘手工製作的程序。

林榮君先生在接受完大陸央視的採訪後感觸很多，他用一種深遠的目光看著我們兩個年輕人，語重心長地說：「人們在沒錢的時候就把文化擺到一邊，甚至丟棄不用了，現在有錢了，才想著要把文化找回來。」林榮君先生嘆了口氣，輕描淡寫將文化大革命的話題草草帶過，也不再討論關於台灣的現況。

民國 50 年後，台灣工業急速發展，化學製的洋傘不僅價格便宜有耐用，逐漸取代油紙傘。直到民國 60 年，廣進勝製做油紙傘的名聲遠播到國際，並拿到來自加拿大的合約，才開始走向上坡。林榮君先生認為，既然接下了這古老的記憶，那就不能半途而廢，如今廣進勝紙傘結合了剪紙藝術及版印藝術，為傳統文藝創作增添了新的風味，讓油紙傘繼續發光發熱。

　　「傳承文化不能用錢，傳承文化需要的是勇於去做的人，並且抱持著不畏風雨的傻勁，我相信，一定會有人抱持著這樣的理念，將文化傳承下去。」

　　採訪到最後，林榮君先生笑意盈盈地看著我們，他說他不怕將來沒人傳承這份文化，也不怕人們忘記油紙傘這美麗的藝術。

　　訪問林榮君先生僅短短半個小時，卻讓我們回味無窮，有時候和朋友們分享討論生活趣事，我都會不自覺的說一句：「不然找個時間去美濃走走吧！」

報導文學類｜佳作

○「磨練即是你的貴人」 執剪的二十六年間

吳佳玟、李例慧、林可欣、羅婉寧、陳怡君

動畫與遊戲設計系

得獎感言

　　很榮幸能夠參加這個文藝創作比賽，並且獲得佳作到這個獎項。對我來說，這並不僅只是文筆被給予了讚美，而更代表著撰寫的這篇故事、淑美女士的故事，受到了更多人的肯定。

　　和我的組員們一同採訪了一位我不曾相識過的女士。這本只是為了完成作業的一趟小旅行，我卻於其中獲得了超過預想之外的感動，因此撰寫了這篇文章。

　　感謝學校給予了這個機會，讓我們能夠有個契機去嘗試從未做過的事情，並將這份感動書寫下來，甚至獲得肯定。十分感謝。

評審意見

・蘇福男老師：
 1. 同學社會生活歷練有限，能從周遭親朋好友訪談以人物的生命故事，進而撰寫成報導文學，是不錯的取材方式。
 2. 建議發問的問題，以散文寫作方式呈現，而非以制式的問答方式書寫，如此較符合報導文學的寫作樣式。
 3. 內文有許多錯漏字：例如「所要」不僅是技術、「四處走走」、幾「計」耳光、一直「練練練」、「難得地再次想了許久」的寫法很奇怪。

・鄭瓊月老師：

　　這是一篇小組採訪，事前有做充足準備，提出五個問題，依序呈現如：職業選擇、學徒生涯、面對困難、如何化解、奧客為貴人……等等。敘述平實，能夠表達鍥而不捨的生命韌性。

● 「磨練即是你的貴人」執剪的二十六年間

本次的採訪對象——陳淑美女士，是我們組中一位成員的親戚。

幾經討論，我們針對陳淑美女士的職業擬定了五個問題。準備充足後，選在週六的午後、恰好正臨午休結束的時間，我們啟程前往了陳美女士所開設的理髮廳。

那是坐落在幾棟住宅中的一間小店面。要說不顯眼的話、那倒也不，因為

貼在巷口的一張海報，大大寫著「APPLE 美髮」、並附有指向理髮廳所在位置的箭頭，讓我們一眼便明白接下來該往哪個方向前進。

推開了掛有「營業中」牌子的門後，伴隨著門上掛鈴的清脆聲音響起，接著而來的是陳淑美女士和丈夫的招呼聲。和在車水馬龍的大街旁設立的美髮院裡、令人感到距離的客套話不同，那帶著閩南語腔調的聲音、以及些許的隨意，對我們這樣在南部生長大的孩子來說，是格外的親切。

或許是因為由身為親戚的組員打頭陣的關係，也可能是陳淑美女士本身那份親和力和開放的態度，在接下來的問候之中，都彷彿是在和自己的親友談天一般，令人感受不到一絲疏遠感。

於此同時，我們也在招待之下找了位置坐下來。理髮廳設置在陳淑美女士夫妻倆所住的透天厝中、一樓迎著大門的廳室。各有面鏡子的三個座位、

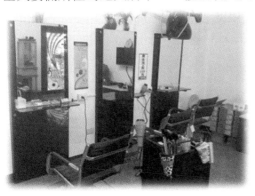

兩張沙龍椅，琳瑯滿目的理髮工具。儘管還看得到一些夫妻倆的個人物品、自宅擺設，但並沒有因此就讓這個地方顯得雜亂，反而是增添了一份親切，讓人覺得待在這個地方是輕鬆、自在的。

在這不大的空間裡，除了可說是五臟俱全之外，從廳室一處的櫃子中，看到幾乎放滿了每個隔層的美容用具、型錄，牆上也淨是掛著電卷棒、圍兜……等，都感受得到經營者對於這個地方的種種用心。

「好，那要問什麼問題就問吧！」

寒暄過後，切入主題的人並不是身為採訪者的我們，反而是陳淑美女士率先起了頭，那豪爽的態度不禁令我們相視笑了出來。一邊感謝著陳淑美女士如此的大方，我們也不多怠慢的將事前所準備的問題拿出來，開始這次的訪問。

「那第一個問題：想問阿姨為什麼會選擇這個職業？」

或許是話題轉變得突然，陳淑美女士聽到問題時，首先是皺了下眉頭、轉了轉視線，像是要在思索答案之前、先給自己一些時間消化題目。

「其實也就是因為聽媽媽的話呀！」半晌過後，陳淑美女士這麼回答了。「我媽媽說：女孩子要有一技之長，日後就不需要靠別人，自己就能靠自己生活。」

這看似單純的字句，在望向陳淑美女士那始終帶著微笑的面容後，這些話語頓時是如此地飽含重量。

陳淑美女士表示，當年因為種種複雜的家庭因素，十六歲、才剛自國中畢業的她，就聽從了母親的建議，去學做了理髮師的學徒。

說著這些的同時，也恰好的呼應上了我們所想問的下一個問題。

「第二個問題是：在成為這個職業之前，曾有過怎樣的經歷呢？」

「就是做學徒啦！」陳淑美女士笑答。「做學徒本身就是一件辛苦的事情。」

「當學徒，就是一直洗、一直洗，洗到手都爛了也還要繼續洗下去。」

告訴了我們這些，陳淑美女士還說，做完學徒後也不是直接就能去開店的。

做一位理髮設計師，所要不僅是技術，還需要累積經驗。結束了學徒生活的她，在那之後還有過四處走走到別人的店裡工作當設計師的一段日子。算上當學徒的時間，這前前後後總共有二十六年的時間。

　　這二十六年間裡頭，也是有在別處開店、卻失敗收尾的經歷，又出來替別人工作了一段日子後，最終還是選擇了出來自己開一間店面經營。

　　「剛好也是第三個我們想問的問題：阿姨在開店之後，有遇到過什麼困難嗎？」

　　「沒有困難——當然你用輕鬆的心態去想，就是沒有困難啦！」

　　這麼回答的陳淑美女士依舊是開懷的笑著，但語意中卻感受得到——之所以讓自己保持輕鬆正面的心態，那背後肯定也是走過了坎坷和辛酸。

　　面對我們露出的不解，為了緩解尷尬，陳淑美女士便為這個答案繼續補充了她的故事。

　　陳淑美女士說，在當年的社會，並沒有像我們現今這般普遍的技職學校。若想要習得一項一技之長，就必定得拜師學藝、去當人家的學徒。且拜師之後，也不是直接就能學技術的，為了要去學人家的這項技術，自己所要付出的不僅是時間，還有誠意。

　　陳淑美女士說，考量到要節省通勤的時間，並且得隨時能夠上工，當時她是離開了自己的家，選擇去住在她的師傅、同時也是老闆娘家中。

　　拜師後成為學徒的她，美其名是助手，但在實際上在人家的店裡、最初也只是打雜工而已。早上五點就要起床整理店面、準備營業，一整天幫忙做東做西的，下班之後還得替出門去玩樂的老闆娘照顧孩子。

　　除了無理的要求尚年輕的陳淑美女士一些職責外的事務，工作上，老闆娘也是十分的嚴苛。陳淑美女士表示說起最印象深刻的，是某次不小心剪壞了一位客人的頭髮，老闆娘過來當場就是賞了她好幾記耳光，並壓著她拚命地和客人道歉。

　　在外頭，遇到這些困難委屈又想家的時候，也只能晚上躲在被窩裡偷哭。

　　說到此，聽者的我們儘管只是點點頭，不多表態，但因

聽見這段經歷而感到的那股心酸，肯定還是被陳淑美女士所注意到了，於是她便再次以那精神奕奕的語氣，示意我們接著下一個問題。

「第四個問題是：面對這些困難，您都是如何去化解的呢？」

「想辦法解決。」彷彿是理所當然一般，陳淑美女士並沒有太多的猶豫就給了我們答覆。「遇到困難就是不要放棄，去自己努力的想，想該怎麼進步，然後就是一直練練練，練到會了為止，不放棄進步。」

身為理髮師的陳淑美女士所指的，當然也就是關於美髮設計上的問題了，並分享了只要自己沒有靈感，就會選擇去百貨公司到處走走、看看，去了解現在的流行設計，一有想法就用隨身攜帶的紙筆做紀錄，好做為下次的靈感。

當我們接著問起要怎麼看出自己做得不好時，她則是說了：一看就知道了！

哪裡剪的不好，對自己有所要求的話，當然就是一看就能知道了。不僅自己，別的學徒也肯定看得出來，更別提客人或師父。所以，絕對不能放棄對自己要求。

陳淑美女士還說，像剛才提到的那段學徒生活，自己就是為了能快點脫離那般苦日子，不僅上班時間，下班之後也會一直用假人頭來做練習，一直剪、一直剪，經常練習到半夜，就是為了將當學徒的時間壓縮到最短。

也正因為如此，她當時僅花了兩年時光當學徒，就有了能力出來做設計師，自立門戶。

「那麼就是最後一個問題了：在這段歷程中，曾有過幫助過您、對您意義重大的貴人嗎？」

問到這裡，陳淑美女士則難得地再次想了許久，也和丈夫聊了兩句開了玩笑。在心裡確定了答案後，陳淑美女士接著這麼說了：

「那些對我不好的客人、各式各樣的奧客，就是給了我一種幫助。」

聽到這樣的答覆，我的心裡是驚訝的。

老實說，這樣的勵志的話語並不稀罕，甚至在那些隨手可得的報章雜誌、電視節目中都能夠看見、聽聞。而我之所以會如此驚訝，是因於陳淑美女士神情的那份坦蕩、真誠，而帶出的無比說服力。

「面對那些奧客，我就是不服輸，一種『你越是挑剔，我就是做得更好給你看』的心情，然後繼續做下去。」

「因為不可能永遠都是順境。」陳淑美女士說。

「遇到困難，那就去把逆境變成順境。」

「要嘛，就是自己躲在廁所裡哭一哭，哭完了出來再繼續做、繼續生活。」

「重點是不可以讓別人看到我脆弱的那一面。」

「因為現在看笑話的人一堆，但會去同情你、幫助你的人，說真的是沒幾個啦，所以倒不如就靠自己比較實在。」

那天下午在愉快的氣氛之中，懷著陳淑美女士以自身經驗轉化成的寶貴話語，我們結束了訪談。

如陳淑美女士所說的，人生不可能永遠都是順境，無論是誰都必定會在這條道路上歷經種種磨練與挑戰。

但最重要的是，面對這些困難該如何調適自己的狀態，讓自己得以堅強去改變現況、改變困境。並且在最後能夠展開笑容，和陳淑美女士一般，以最為真切、耿直的態度，迎向自己所爭取得的美好生活。

第 **2** 部分

師生作品

黃文樹

通識教育學院　教授

孔孟教我們自省

一、前言

　　教育的本質，主要在引出受教育者內蘊的智與德等種子或潛能，並輔導他們向上向善。因此，教育工作的一個核心任務或功能，即在協助個體得以順利健康的自我省察（以下簡稱自省），進而不斷開展生命正能量，以實現理想生命的我，自立主人，己達達人。

　　自省既是一種心理機制，也是一種修養功夫。孔子為首的儒家普遍相信人有自省力，自省功夫體現的多寡，非但影響一個人進德成學程度的高或低，而且制約一個人生涯發展的順或餒，其關鍵意義與樞紐作用不言可喻。

　　作為「至聖先師」孔子與「亞聖」孟子，都重視教導學生自省，可從《論語》與《孟子》二書中看見其豐采。本文旨趣除了挖掘孔孟與其門生和諧互動過程裏散郁出來的自省修養與主動好學的精神，同時加以延展、運措於我們身上，盼能做到古為今用，得其益以滋養身心。

二、孔子的自省之教

　　孔子曰：「見賢思齊焉，見不賢而內自省也。」（《論語・里仁第四》）思齊者，即向賢者看齊、學習，冀己亦有是善；內自省者，恐己亦有是惡。他又云：「已矣乎！吾未見能見其過而內自訟者也。」（《論語・公

冶長第五》）已矣乎，意指完了，乃恐其終不得見而感歎之語氣詞；自訟，即自責，也就是口不言而心自咎之謂。這裏，孔夫子自恐終不得見而歎之，其警醒作用是頗為深切的。

《論語‧顏淵第十二》載：司馬牛（姓司馬，名耕，孔子弟子）問君子。子曰：「君子不憂不懼。」曰：「不憂不懼，斯謂之君子已乎？」子曰：「內省不疚，夫何憂何懼？」此處之關鍵字「疚」，指內心慚愧。這表明一種道理：一個人平日所為正正當當，仰不愧於天，俯不怍於人，心中毫無羞愧，故能內省不疚，而自無憂懼。

由於孔子兼善身教言教，故門下翕從，才德皆優者輩出，曾參便是當中之一。曾子云：「吾日三省吾身，為人謀而不忠乎？與朋友交而不信乎？傳不習乎？」（《論語‧學而第一》）盡心盡力之謂忠，守承諾、務實行之謂信，受學於師之謂傳，熟習於己之謂習。曾子以此三者日省其身，有則改之，無則加勉，其自治自律之誠切如此，真得孔子自省之教的精髓。

三、孟子的自省之教

孟子師承孔子的孫子子思（一說孟子師承自子思的學生），孟子作為亞聖，提出四心說——惻隱、羞惡、辭讓（恭敬）、是非等四心，意在闡發孔子的「仁」義。因此，在中國思想史，孔孟總是形影相隨，既有大成至聖，則有亞聖。

《孟子‧公孫丑上》載，孟子曰：「仁者如射：射者正己而後發，發而不中，不怨勝己者，反求諸己而已矣。」以射箭比賽為喻，指出對失敗的正確態度，是自我反省力求改進，而不是埋怨比自己優勝的人。

此外，孟子在〈離婁上〉從修身為起點道：「愛人不親，反其仁；治人不治，反其智；禮人不答，反其敬。行有不得者皆反求諸己，其身正而天下歸之。」這裏，「愛人不親，反其仁」，意謂自己愛別人卻得不到別人的親愛，這就要反省自己是否仁愛。

如何由自省到求仁、踐仁，孟子在〈盡心上〉云：「萬物皆備於我矣。反身而誠，樂莫大焉。強恕而行，求仁莫近焉。」此處，「萬物皆備於我」，意指一切事物的道理（即人倫物理）都在我心中（性分內）具備。「反身而誠」，是說反省諸身而能真實無妄——「誠」。「強恕而行」，是努力按照推己及人的恕道去行動。對〈盡心上〉此段話。朱熹有下面精闢的解說：「此章言萬物之理具於吾身，體之而實，則道在我而樂有餘；行之以

恕，則私不容而仁可得。」這應是中肯之論。

四、結語

　　綜上可知，孔子說過「內自省」修養論，孟子則提出「自反」、「反求諸己」的思想，在在指向反省自己的言行意趣。在他們看來，自省是人心內蘊的精神性存在，非有形相可指之物，必須是自家體認乃得。人能自省，故人或多或少或深或淺的有其人生觀、價值觀，而其他動物不能有此。如何讓蘊於內之自省力，由昧弱轉趨明強，當是吾人成長、學習的根本原則與方向。這種強調自我省察的教育觀，無非是要人經常反省自己的思想和行為，辨察自我意識和言行中的善惡是非，嚴以律己，並能及時勇於改過向上向善。此種自我要求、駕馭自己的學問，可說是人生最寶貴的。

曾議漢

通識教育學院　助理教授

● 循循善誘的助人工作

　　驀然回首，在大學工作已經 22 年了，再加上高中、大學、研究所階段長期參加建國中學「國學社」擔任辛意雲老師的助教超過 12 年，現在回想起當年如沐春風、樂在其中的「愛、學習與生活」社團生活，現在應該歸類為「生命教育」吧！當時確實是身在福中，且能夠享受浸潤在此「生命教育」及「人格教育」的幸福之中，以至於到現在超過 34 個年頭了，每天從事這種樂在其中的教育工作，心頭總是「喜孜孜」，如同《論語》首章「不亦悅乎？」的提問，是啊！答案是肯定的，答案隱藏在 36 年前第一次領受辛意雲老師所傳授的儒家快樂哲學課程之中。從那天辛老師教授「大學之道，在明明德，在新民，在止於至善」開始，生活中總是充滿了新奇新鮮的學習，呼吸中總是帶有喜悅與甜美，同學說我睡眠中也在微笑，原來是那天起我找到一生想要從事的助人工作，而且有了著力點，那時間點正是我處在我「徬徨少年時」的高峰，如飢似渴地閱讀，思想上充滿了存在主義的疑問與困惑。

　　求學過程中，雖然有了目標不那麼困惑，但也是挫折重重，在台灣求學受教育，首先遇到的是「大學學店化」，即使我讀的是建國中學、政治大學，學校比較像是發給我沒甚麼用的文憑，大概只能用來往上考試的證明吧！另外的一個難題是「大學課程無用化」，大學課程看起來琳瑯滿目、五

花八門，除了語言課程有助於新知的學習，其他的課程大多是概論式的介紹，都值得打問號？當然其過程也遇到許多很有學問的老師，如政大的尉天驄教授、台大教《史記》的阮芝生教授、教《楚辭》的周鳳五教授等等，都是非常能啟發學生的老師。還好我遇到很多很精彩的老師，如華梵大學創辦人釋曉雲法師、愛新覺羅毓鋆太老師、讀研究所的老師孫長祥教授、石朝穎教授、姜允明教授、周春塘教授、政治大學教育學程單小琳教授、導師心理系李良哲教授、美術系的李蕭錕教授。我也在認真思考，將來我進入教學教書的行列，也一樣和大多數教師教學著「無用」的課程嗎？就像最近有學生在期中報告提問：「這樣的創意課程對他們現在的生活與工作有甚麼幫助？」我的反省思考是現在的學生是大不同於三十年前的學生，但相同的是缺乏自我學習的能力，如何誘發他們自我學習的能力呢？如何增強他們這種能力呢？更何況我無法像我的老師們這麼會教書！當然我也羨慕我的同事老師們如此有效率地作育英才。

老師們也會遇到困境啊！趕快到學校諮商中心接受「義輔老師」的訓練，學習更多的助人技巧與訪談技巧，十多年前分發到產品設計系擔任導師，更多的機會和導生晤談，南部學生不難麼流行泡老人茶，趕快學習沖泡黑咖啡，每學期和學生導談的方式必須有新的花樣，趕快參加義輔老師訓練課程的「生涯卡」、「故事卡」的晤談技巧，當然我的茶葉種類逐年增加，沖泡咖啡的技術也逐年長進！

另外我也感覺到我內心服務他人的熱情不曾澆熄，就開始一系列的在大學職場上「愛、學習與生活」社團式的教學生活，首先是始終擔任產設系與「樹德書院」的導師工作，可以更多在課堂以外的時間與學生互動學習成長；接著在學校首創圖書館的「讀書會」，把「閱讀」、「交友」與以「以友輔仁」的學習成長理想，落實到全校師生共同的平台——圖書館，已經持續辦理六年了，舉辦全校性讀書會超過 36 場次，參加人數超過 350 人次，圖書館持續贈書，鼓勵同學閱讀，陪伴學生享受閱讀的樂趣。

三年前又首創圖書館的「電影欣賞」，希望透過一部又一部的電影欣賞與討論，和學生共同經歷電影中的每一趟人生，深入電影中生命情懷的舒展，滋長自己生命中最真實的喜怒哀樂，閱讀電影中刻骨銘心的對白，開拓更寬廣的人生視野與理性思考，尋找寄託自己的生命理想。

自從九年前通識教育學院成立「樹德書院」，主要目的是想要多陪伴書院生學習成長，打破課程與時間的限制，把兩學分的課程延長為兩學期，四

學分就有兩年的學習時間，內容包含「英文多益輔導」、「校外鄉土服務學習」、「電影欣賞與討論」、「書法心經抄寫」、「專家演講講座」等，以多元多師方式進行。期間書院學生也連續四年參加了深水觀音禪寺與暑期舉辦的大專學生佛學生活營，我和張清竣老師負責規劃執行生活營的課程。因為天性上喜歡和學生聊天，自然也比較容易關心學生的生活與學習狀況，樹德學務長顏世慧教授認為很適合到諮商中心與特教中心來服務，擔任主任的工作，擴大關心照顧學生的範圍，尤其是特教學生更需要關照。從兩年多之前，參與學生事務各項會議，更加了解現在學生的學習與社團生活的樣態，諮商中心也不斷地主動推出各種諮商服務與人際關係情愛主題的活動，提供大學生探索自己的情感動向與未來生涯的規畫。每天來到諮商中心，總是「喜孜孜」的心情，原來我又走在「愛、學習與生活」助人工作的路上。

劉幼嫻

通識教育學院　助理教授

⚬ 半截腳趾

　　經歷一年多難分難捨的糾纏，爸爸終於還是和他的半截腳趾告別了。

　　原先只是腳趾上一處小小傷口，久傷不癒，恐有感染之虞，醫生好心動刀處置，迅速將肉挖去一層；才要感謝醫師的明快果決，沒想到術後傷口面積擴大，更不好癒合，才覺事有蹊蹺，到大醫院就診。

　　抗生素吃了許久不見效，趾頭上的肉從發紅、化膿再逐漸潰爛壞死，轉眼已過半年，醫師也換了第二個，始終沒有好轉。

　　直到妹妹找到台北長庚楊瑞永醫師，爸爸的心才有了著落，放心聽從楊醫師的醫囑治療。

　　其實，楊醫師接手後不但沒有驚人的進步，潰爛壞死的面積反而日益加深擴大，終至發黑見骨，看來是保不住了。然而，爸爸為什麼還是心甘情願跟著楊醫師，沒有換醫生呢？說穿了不過就是醫病關係中常常被提到的「信任」二字。

　　爸爸第一次看診，便彷彿找到知音，因為楊醫師充分理解爸爸所受的折磨與痛苦。他話不多，也不怎麼熱情，每回只是專注看著爸爸的傷口，細細尋思，多方嘗試。爸爸年紀大了，這種麻煩耗時又沒賺頭的 case，多數醫師並不想接，楊醫師卻不推諉應付，一肩扛起這個艱難任務。他審慎評估，耐心等待身體其他條件具足的最佳時機，才準備開刀。爸爸找到足以安心托付

的醫師，自然也願意好好調整心態，全力配合。

果然，在裝完支架、打通血路後，腳趾原本的小傷口漸漸結痂，大拇趾也在前幾天開刀切除，一切順利。

佛教修行中有一種叫「白骨觀」，要人刻意觀察死屍自腐爛以至成為白骨的種種狀況，使人心生厭離，放下執著貪愛。爸爸這一年來所受，也和白骨觀修煉的精神類似，都是逼著自己觀見肉身一步步腐朽敗壞的崩解過程。他每日固定換藥二到三次，紗布一揭，再怎麼不忍觀都得看，還得仔細看，把長膿生瘡出水處都清乾淨了才行。爸爸幾回去醫院做的檢體都是「零檢出」，你就知道他多麼認真「面對」了。換藥還是小事，更折人的是無時無刻自腳底傳上來的陣陣抽痛，以及半夜加碼附贈的神經痛與缺血痛，讓人食不下咽夜不成眠，就是要不斷提醒你它的存在。

陪伴也好，考驗也罷，經歷一年多的等待與適應，終與「它」好好告別了。如今，捨下半截腳趾，爸爸即將重新出發，踏出不一樣的人生風景。

劉幼嫻

通識教育學院　助理教授

浪浪情事

其一　「看破」的大熊

　　幾年不見的王家祥老師，在 2 天的文藝營中擔任我們的導師，還是一樣的率真豁達。下午的導師時間，我們原本該認真討論作業，但聽王老師的「狗故事」聽得津津有味，早把報告拋諸腦後。

　　王老師目前養了 60 幾條狗、20 幾隻貓，其中最多的是哈士奇（流行之後的棄養潮所致）。今日聽到其中一隻叫「大熊」的故事，深深覺得王老師真是狗兒的知音呀！

　　大熊固定出現在小鎮的 7-11 門口，炎熱的夏天，只要「叮咚叮咚」響起，牠便能偷偷享受玻璃門裡的一隙清涼。王老師看牠一身髒兮兮的毛色，猜想大概是沒人照顧。聽附近的人說，大熊原某個阿婆家的狗──更精確的說，應該是阿婆的孫女養的狗。小孫女長大，不稀罕狗狗的陪伴了，於是自己跑到城市裡，把狗狗留給故鄉的阿嬤。

　　年邁阿嬤無力養狗，卻也沒能力趕走牠（得把狗狗載到很遠的地方，才不會一直跑回來），索性讓牠自生自滅，只為牠留了一處睡覺的地方。大熊既聰明又爭氣，懂得找到 7-11 這樣的好所在，竟也能自謀生路，獨立自主。牠白天靠客人的好心施捨，晚上便回阿嬤家睡覺，日復一日。王老師徵得阿嬤同意，便把大熊載回狗園，想讓牠有更安穩踏實的生活。

狗園坐落郊區，離小鎮有 2、3 公里遠。大熊在狗園的第一夜，捱著牆，朝阿嬤家的方向徹夜嚎哭，這樣過了幾天，王老師不忍，又把牠載回阿嬤家去。此後，大熊依然白天在 7-11 討食維生，晚上回去的生活。

不知隔了多久，有一回，王老師開著小貨車，竟在靠近狗園的路上看見大熊！他把車停在大熊旁，打開車門，讓大熊自己決定要不要上來。大熊只遲疑幾秒，看清楚來者何人後，便毫不猶豫地跳上車，安安穩穩地坐在車裡。

王老師想，這狗終是「看破」了（這個形容真是太精彩了），知道阿嬤不養牠，知道小主人不會回來，從此斷了眷戀，甘願投靠王老師而來。

果然，二度住進狗園的大熊，再也聽不到夜半哀嚎。牠在這兒安身立命，還與其中一隻母哈士奇生了一窩毛小孩。看破之後，終得幸福。

其二　小貓的安寧病房

在 Mia 小姐家靜養二十多天的流浪小貓，昨天安靜地往生了。

小貓是在颱風當晚被路過的 Mia 發現，本想等等看貓媽媽是否出現，可是再經過時發現小貓已跌落深溝，於是便將牠帶回溫暖的劉家小館。

為了讓飽受驚嚇的小貓有個安心的庇護所，也避免家中年邁的老狗被小貓接觸傳染不知明的病，Mia 小姐特地在房裡的浴室裡設立一個隔離專區，讓小貓可以好好靜養。雖然是浴室，可是那兒乾爽通風，也有溫暖的陽光照射，加上 Mia 小姐很體貼地幫小貓佈置一個設備俱全的起居室，所以，每回進去探望小貓，看牠靠在柔柔軟軟的毛巾裡平靜睡去，總是替牠感到滿足又幸福。

小貓才三個月大，警覺性很強，可以想像牠在流浪時大概受過不少的苦。原本有人進去時，牠都會小心地跑到馬桶後面躲起來；後來可能漸漸習慣了（也可能是牠的腳受傷了），門一開只見小貓安心地趴在窩裡閉目養神。偶爾 Mia 小姐在清理時會順便替牠按摩，這時小貓便會舒服地發出「咕嚕～咕嚕」的低吟，陶醉在 Mia 溫柔的撫摸中。

前天小貓的狀況又有惡化趨勢，Mia 小姐擔心極了，帶去給獸醫師看（這陣子已經看了好幾回），才發現小貓可能感染了致死率百分之百的傳染病；獸醫師保留地向 Mia 說明小貓已經「不太樂觀」，暫時也只好消極地餵牠營養劑，希望牠可以靠自己的身體撐過來。那天 Mia 小姐只請了半天的假，下午得回去工作。小貓就在這安靜的午後，無聲無息地在牠的安寧病房

裡結束短短的生命。這也算是小貓的一種體貼吧！選擇在不驚擾 Mia 的時候，低調地走完最後一程。

　　十天前 Mia 喜愛的網誌主角布朗尼突然去世，讓 Mia 的眼眶紅了好幾天；如今小貓也走了，我想 Mia 大概哀傷得什麼東西也寫不出來了吧！僅此以篇祝福布朗尼和小貓，在另一個世界裡有個安寧幸福的歸處。

顏妙容

通識教育學院　助理教授

⦿三人行，高鐵吃飯趣

　　那一日，因為地緣之便護送兩位型男到高鐵站搭車。原本一路車行順暢，我們追著渾圓的夕陽開心談笑，忽然間，似乎是前方發生交通事故導致車速慢了下來。這一停頓，大家的共感瞬間從心靈層次落入生理層次，因為喝了一下午茶，好茶不僅滌塵除慮，連帶也刮去腸胃中的肥油無數，是以飢腸轆轆。當此之際，「我們去吃飯吧！」的提議一出，便立馬獲得眾人（三個）的一致贊同。

　　到了高鐵站，首先尋找星巴克以咖啡暖胃，接著該往哪兒飽腹呢？只怪我這個地主向來不對餐飲資訊上心，一時間滿腦子糨糊，兼之突遇彩虹市集通道封閉，只得領著兩位優雅男士拖著行李箱在高鐵站與百貨公司之間穿進穿出。所幸最終覓得「鳥窩窩」，我們快速鑽進鳥籠裡安座，終於得以卸下行李，舒適的準備大快朵頤。「鳥窩窩」裡的菜色安排頗見巧思，也頗為可口，大約是太餓了，各個胃口大開，饒富趣味的一架子「薄片晾衣」早被清空，吃了半天，一道「梅干蒸茄子」料理卻遲遲不來，服務生說此菜做工繁複，必須等候。於是大家又討論起蔣勳老師講《紅樓夢》時詳加解說的「茄鯗」，我們猜測著目前廚房裡正進行到哪個工序，又是一陣笑鬧。

　　所謂型男者，非指髮型衣飾之獨特新穎出奇，乃各因其性，各具其型。型男甲溫和安詳，淡定中流露出內在的款款深情。型男乙機敏直率，聰慧過

人，席間為大家佈菜置備飲料，讓我這個資深煮婦可以優雅飽餐，誠然紮紮實實的暖男一枚！不止於此，他還貢獻精彩笑話及深刻自剖無數，讓我們以笑聲佐餐，又以淚光佐笑，談笑之間，心中又成糾結若干。

獲得豐富美味的糧食餵養之後，心滿意足步出了百貨大樓。我們站在騎樓邊輕聲談話，同時興味盎然地看著型男乙自覺、自憐又自棄的站在垃圾桶旁邊快速地抽了一根菸。待他歸隊，我們延續著方才有關衣服的話題，聽著型男乙鄭重地重申他拒絕蜘蛛網補丁的宣言，三人哈哈大笑，上樓進高鐵站。

兩位型男都穿一身黑，展現高雅品味，確實有型；配上我這白衣黑裙自以為年輕的大嬸，真是有趣的三人行。所謂「三人行必有我師」，或許我們在這不曾預期、隨緣而喜的一頓歡樂飲膳之間，心中都各自又添了些什麼？順著對一道料理的眷戀與探索、對一種衣服補丁的深惡痛絕，我彷彿走進了一條悠遠荒涼的小路，摸索著前行，企圖打開阻擋著前路的一個又一個結。我不知道我確實想找回什麼，但是，我似乎看到了，這一路，我們便是在不斷的結結與解結間走了一段漫長又艱辛的路程。遺落在行旅中的種種我恐怕是找不回了，但當我們可以笑談那些曾讓自己既痛且恨的往事，是不是也就不必在乎能找回甚麼了呢？

王羲之說：「向之所欣，俛仰之間，已為陳跡」，是啊！世間所有一切，轉瞬之間，俱成過往。如此欣然歡快的相聚，實屬難得，然而我們只顧著覓食飽肚，竟忘了留下這個不可能再重複的珍貴畫面，一憾！

顏妙容

通識教育學院　助理教授

● 想念

想念當女兒的時光

儘管童年的色彩被流光稀釋得很淡很淡

我依然記得小女孩無憂的愛嬌與想望

想念當女兒的時光

在南風輕輕吹過的窗邊

有您在裁縫機前專心為我量身修改衣裳

那是我記憶中最溫暖的影像

想念當女兒的時光

雖然成長的路上有憂傷也有淚光

卻知道有一處地方

走遍了萬水千山也不忘回頭將此心停放

想念當女兒的時光

所以願意也當一個母親

在日裡夜裡無懼的守護

在過去現在無私的付出
在時時刻刻深心的祝福與盼望

想念當女兒的時光，
儘管歲月退得很遠很遠，
我依然記得生命深處最溫暖也最心傷的輝光

20180513 母親節

第
2
部分　師生作品

教師篇

黃文慧

通識教育學院　講師

◦ 阿嬤的花生粽

　　每逢端午，大街小巷總瀰漫著蒸煮粽子的香氣。在物質充裕的現代社會，粽子早已不是端午時節才能吃到的美食。在平常的日子裡也能買得到粽子，無論是小吃店熱騰騰的燒肉粽，或是便利商店的冷凍肉粽，都可以滿足每張想吃的嘴。時近蒲觴，商人無不絞盡腦汁，推出各式各樣奇巧的粽子，在餡料中加入有別於傳統的食材，豐富多元，傳統的粽子似乎不再吸引現代人的味蕾。

　　然而，我卻不斷尋覓著一種簡單而傳統的味道：綿密的糯米、香軟的花生、半顆鹹蛋黃、一小塊胛心肉，再加上一小朵的香菇，簡單的餡料包進粽葉裡，蒸煮出芳香的滋味。我對粽子既是期待，又常常感到失望，因為無論是哪一間知名的店家，抑或是哪個嘴刁部落客推薦的粽子，每當我吃進嘴裡，總是失落大於驚喜。久而久之，我再也不對市售的粽子感到期望。

　　前幾日回娘家，母親給了我一袋粽子，叮嚀說：「這是我自己備料請人包的，記得吃。」母親對於食材、食物的講究和堅持，是我無法望其項背的，想來這串粽子必定相當美味。當日晚餐即刻將粽子炊熟了與外子同食，外子一邊吃一邊稱讚，雖然我也覺得這粽子餡料豐富、口味頗佳，但心裡總覺得似乎還少了什麼滋味。

　　打電話回家謝謝母親的粽子，母親說：「端午節那天如果有空，記得回

家一起去拜阿嬤。」

　　是啊！我怎麼沒有想到，那粽子裡缺少的就是阿嬤的味道。阿嬤的粽子有著我最愛的滋味，但是這種滋味，我再也嘗不到。

　　阿嬤總是自己包粽子，當時年紀尚小的我陪著她去採買，然後笨手笨腳的幫忙洗粽葉、篩花生，前置作業總是得忙上好幾天。阿嬤細心的處理各項材料，而我卻在旁邊念叨著：「我無恰意蝦米、油蔥、魷魚，阿嬤毋通包。」阿嬤總會說：「哉啦，哉啦。」阿嬤深知女兒、外孫女的喜好和需求，每個端午總是得包三種不同餡料的粽子：一種是正常版的粽子，要讓母親送給當時餐廳的員工當作端午節的禮品；一種則是沒有花生的粽子，因為當時還年輕的母親，深怕吃了花生會長青春痘，所以好些年不敢吃花生；還有一種是很多花生，卻沒有乾蝦米、油蔥和乾魷魚的粽子，那是我要吃的。我和阿嬤的口味一樣，粽子裡一定要包進很多的花生才感覺好吃。阿嬤的嘴裡常會說：「恁足麻煩。」但她還是耐心的為我們包著不同口味的粽子。鄰近端午的日子裡，每天晨起，阿嬤早已在廚房中忙著料理。蒸溽的熱氣伴著阿嬤的汗水，在窄小的廚房中，一顆顆的包出我們的期待。

　　阿嬤在我的成長歲月中扮演極重要的角色。父母在我襁褓之時已離異，父親從此消失在我的世界，而年輕的母親則是鮮少照顧她的女兒，一方面因為忙於自己的事業，一方面也不耐育兒的疲累。於是阿嬤和阿姨肩負起父母之責，填補了我幼年時空缺的父母親情。疼惜外孫女的阿嬤，總是溫柔地呵護著我，記得我喜歡吃什麼，不喜歡吃什麼。猶記當時任性、挑食又體弱的自己，著實讓阿嬤傷透腦筋，但是她從不因此對我感到不耐煩。

　　從阿嬤身上，我領受到浩瀚的母愛親情，有一種備受疼愛、真摯的溫暖記憶。直到國中的時候，阿嬤離開了人世，至此之後，我的世界少了一雙溫柔的雙手和一股強力的依靠。小時候的我總以為，可以永遠吃到阿嬤的粽子，可以一直跟在阿嬤身邊當個礙事的小跟班。但歲月總是帶來令人無奈的現實，阿嬤的花生粽終將只能在記憶中反覆咀嚼，那是任何一雙廚藝巧手也無法做出來的滋味。

陳雅萍

通識教育學院 助理教授

因為山就在那裡──
電影《聖母峰》觀後感

「因為山就在那裡！」這是英國登山家喬治・馬洛里（George Herbert Leigh Mallory, 1886-1924）第三次來到聖母峰，面對記者詢問：「為什麼還要再來聖母峰？」馬洛里的回答：「Because it is there.」（因為山在那裡）這次登山他沒有成功下山，但這句話卻成了攀登聖母峰探險者奉為圭臬的經典名言。

聖母峰標高 8,848 公尺，有「世界屋脊」之稱，也是眾多登山好手終其一生的挑戰聖地。電影《聖母峰》由美國出資，於 2015 年上映，導演據 1996 年發生於聖母峰山難的歷史事件改編拍攝而成。片中以「冒險顧問」登山隊為故事主線，團員計有 13 人，他們來自世界各國，有男有女，有老有少，間有中年失業或失婚者，他們的共同點在於：想藉由攀越世界第一高峰，證明並成就自己。

影片中有幾位令人印象深刻的人物，領隊羅布・霍爾，具有豐富的登山嚮導經驗，這次登山前，他的老婆正好懷孕，本計畫這次任務結束後，迎接家裡的新成員，可惜最後即使親情的呼喚，仍不敵天災人禍，最終沒有順利下山。

團員道格是位郵差，中年失婚，這次登山的旅費由偏鄉小學集資，他想

順利攻頂，證明連他這種普通人也可站在世界的頂峰，鼓勵這些偏鄉孩子們勇於追求夢想、不輕言放棄。這是他第二次挑戰攻頂，也是人生最後一次。當大家在下午兩點順利攻頂時，道格卻因高山症體力嚴重不支，路程也嚴重落後，等大家已準備下山途中，他卻央求領隊羅布帶他攻頂，因為這是他人生最後一次的機會，他不想放棄，也不願孩子們失望，領隊心軟答應，終於在下午四點攻頂成功，卻也因耽誤下山時間，導致受困暴風雪中，最後兩人雙雙罹難。

登山者貝克，家境富裕，有妻有子，但明顯在經驗或體力皆不如其他團員，時常散發出害怕不安的情緒，也時常利用無線電話與妻子聯繫，最後卻因在登山半途罹患雪盲症，並未成功登頂。他是少數生還者之一，最終利用直升機運送下山，雙手皆因凍傷而截肢，鼻子也因凍傷而切除。其他順利攻頂者，在下山途中也因遭遇暴風雪襲擊，有的不幸喪生，有的則成功返回營地等待救援。

在影片中可以觀察並反思以下幾點：攀登聖母峰可否做為商業旅遊行銷噱頭？因為近年太多商業化的行銷集中在聖母峰基地，導致基地人滿為患，有些團員並未有嚴格的登山訓練卻貿然登山，導致真正的探險好手得排隊確認行程表（採梯次制）才可順利進山，時常因前面梯次延誤，無法在最佳時機入山，造成遺憾。又，只要有人必帶來髒亂，在海拔四、五千公尺的基地，帳棚、氧氣瓶、塑膠製品等人造垃圾充斥，對自然環境造成傷害，聖母峰上的垃圾清運又極為不便，如何有效解決恐也必須深思。

其次，攀登聖母峰須得靠團隊合作，有人先行架設繩索、冰梯、補給氧氣瓶等，大家才可順利上下山。隊伍中若有個人主義太高的人員，不聽嚮導指揮者，有可能害得全體組員跟著遭遇未可知的後果。在緊急危難時，片中人物都選擇見死不救，畢竟他們說自己已自顧不暇，實在沒有多餘體力協助隊友下山或前往救援。據報導，聖母峰沿途幾乎都可發現登山者的遺體，但畢竟在高海拔、終年積雪、氧氣供給不足、體力不堪負荷等多重情況下，實在沒有人有多餘的體力，能協助這些罹難者下山入土為安。故究竟「救或不救？」也是生命攸關的議題。

第三，可供思考的面向是：「夢想與生命該如何抉擇？」片中道格或許是事件的元兇，這是他人生最後一次的登頂機會，在登頂前一哩路，他因健康狀況不佳，但他不願放棄，因為只差一點點，他也想要站上頂峰。或許有人批評他自私，但想想如果是自己，真的捨得放棄嗎？而他之所以想登頂，

是因想鼓舞家鄉的孩子們，給他們的人生多一點勇氣與力量，如此來看，他真的自私嗎？如果是自己，面對如同道格般的境遇，距離目標只剩一哩路，真的捨得放棄嗎？還是放手一搏？又，在人生的旅途上，究竟「結果與過程孰輕孰重？」影片中登頂拍照的好手們，最後都沒能安全下山，反倒在半路身體不佳而留在原地者，最後保住性命。如此看來，我們究竟要選擇冒險登頂或選擇保留性命？究竟重在攀登的過程還是登頂（結果）？

藉由影片的觀賞，除一覽聖母峰的山勢外，也能深入了解為何這些探險者們明知攀登過程會有生命威脅、仍前仆後繼冒險嘗試？也許更能貼近這些從事極限挑戰運動的人，瞭解他們實踐夢想的決心。攀登聖母峰的費用大約介在 30,000 美元到 85,000 美元之間，還不含自身裝備或保險等相關費用，所費不貲，而且在登頂過程還可能缺氧或凍傷甚至罹難，可說是既花錢又傷身的運動。但，因為能攀上顛峰者只是少數，故每年仍有成千上萬的人組隊登山，想要迎接挑戰。有人願意為了夢想拋棄生命，有人則選擇保命而捨棄夢想，一百個人會有一百種選擇生活的方式，每個人在圓夢的過程中會遭遇什麼難題皆是未知，但求遇到每個生命中的重要抉擇時，能傾聽內心的聲音，以及有智慧判斷當下的局勢做出適當的抉擇，即使你選擇放棄或攻頂，你都不會後悔自己的選擇，那便是成功與智慧。

因為山就在那裡，人生的信念與考驗也在那裡。攀登高峰，就是征服人生。人生旅途的精彩之處在於挑戰不可能，在面對挑戰時，請問你準備好了嗎？你要準備的不僅是有形裝備、金錢，還有看不見的智慧、勇氣與道德。有形的裝備易尋；無形的智慧難求。所以挑戰高峰不是不可行，而是要確立目標，評估局勢，最後問自己：「山就在那裡，準備好迎接挑戰了嗎？」

陳猷青

通識教育學院　助理教授

走讀中衝崎──（樹德科技大學→中崎）歷史走讀路線規劃

　　想了又想，最後的決定是著手修訂這份踏查紀錄分享！

　　生命的契機有的時候是很蟄伏的！如果有機會？說不定也會有人如我一般願意走出校園四處走走，嘗試穿越「在地」這上下數百年的歷史軌跡，在某一個決意將視線暫離手機螢幕的短暫堅持之後？或任何一個悠悠閒閒的微涼午後？

路線圖：

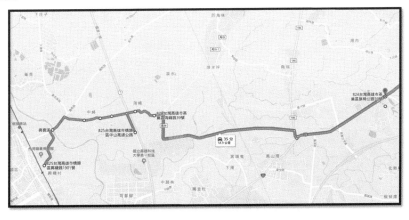

時間：

　　以 Google 地圖「汽車」（機車）功能試算車程，全程來回交通時間約僅需花費 35 分鐘（暫無設定中途休息時間，隨性走走停停即可！另，此路段無法設定以「單車」試算所耗交通時間，但此路段實在非常建議以腳踏車為交通工具！）

824高雄市燕巢區橫山路59號
825高雄市橋頭區海峰路39號
825高雄市橋頭區高36鄉道22號
825高雄市橋頭區高36鄉道22號
825高雄市橋頭區高36鄉道22號
825高雄市橋頭區高36鄉道22號
典寶溪 高雄市
825高雄市橋頭區興糖路1901號
825高雄市橋頭區中山高速公路
824高雄市燕巢區旗楠公路59號

路線：

　　1.校門→2.南滾水農場（糖廠機具房）→3.沙漠玫瑰園→4.黃家古宅（紫雲居）→5.關聖宮→6.中崎地區歷史書寫→7.由綠色隧道秘徑進入橋頭糖廠→8.典寶溪觀察點→9.回校

說明：

　　中崎，舊名「中衝崎」，曾是明鄭時期中衝鎮屯田墾地所在，明鄭軍制以中軍為部隊最主要戰力，而其衝鋒部隊更屬當中菁英，合以表示隆起高處的崎字，即為「中衝崎」地名由來，這片高地曾因舊時繁華而漸為聚落，卻也在此後數百年的時空變化中，由於失去典寶溪舊水路官道（舊稱此段名中崎溪，為當時連絡台南府城和鳳山縣官路的重要中站，與唐山間的經濟往來也很頻繁）的便利性，褪而成為遠眺視野的那頭，偌大田野間鉛華盡去的靜謐小村；今天，當我們再次走訪庄頭，到底該如何尋覓它平凡表象下的曾經不凡？而眼底與心裡，又該如何編織它的昔日繁華？

編號	實景圖	說明	備註
1		樹德科技大學：此導覽路線的起始與結束點	

2		南滾水農場（糖廠機具房）：建築於大正時期的農場辦公室、載運甘蔗的月台殘跡、百年鳳凰木和農業機具倉庫，加上房舍建築與周邊景觀，形成台灣早期獨特的製糖產業風貌縮影；花季重疊於畢業季的鳳凰花，也在很長的一段時間裡，與台灣一代代人的成長經驗產生了緊密關連，此地僅存一棵號為全台腰圍最大鳳凰木（原有三棵，2006 年後陸續已傾倒兩棵），為外來樹種鳳凰木第一批。	鳳凰木為早期糖廠向國外尋覓改良甘蔗品種時同時引進，雖無太多經濟效益（一說採收的甘蔗若不及處理，容易日曬變質，故擇成長快速的鳳凰木遮擋烈日曝曬），卻形成台灣重要景觀植物。
3		沙漠玫瑰園：花卉產業是橋頭地區的新興重點產業，主要是以沙漠玫瑰為最大宗，種植面積估計超過五公頃，集中在中崎里一帶，每年產量都高達百萬株以上，為本區的新興特色產業，近年大量進行新品種花卉的培育與開發，產品極為多樣，主要提供外銷。	實景處附近兩家沙漠玫瑰培育園，分別為園中園與陽明園，為此區最重要的沙漠玫瑰培育園。
4		黃家古宅（紫雲居）：橋頭中崎地區俗諺：「有中崎厝、無中崎富，有中崎富、無中崎厝。」（《鳳山縣志》）形容坐擁有中崎厝主人昔日富裕程度。當地頗具傳奇色彩的黃家舊時因從事水運貿易，傳曾擁有商船七艘，特為中崎富甲一方代表，致富後在中崎蓋了一	黃家古厝遺址位於中崎里16號，是中崎港興盛年代（水道能通府

4		幢號稱「九包五，三落百二門」的豪門巨宅，以黃姓堂號「紫雲居」為名，據黃宅後人黃連財先生所述，舊宅毀於日據清庄時破壞，今宅乃後來原地重建，雖亦華美可觀、頗具傳統特色，惟規模已大不如前。	城、遠及唐山），由擅於航運與經商的黃氏家族所留下的古厝原址重建。
5		關聖宮：日據時期政府為順利殖民，進行對台人傳統信仰的破壞，於全台各地進行名為「神佛升天」，實為焚毀神像的惡行。舊傳中崎原有三尊關公神像，歷來是中崎一帶的信仰中心，日據地方迫於壓力曾繳出其一受焚，同時秘密埋藏另二尊神像，今關聖宮雖始動土於民國 70 年間，然廟中神像金身據說即是當年地方掘地所藏之一，頗具傳承，可惜另尊日據時埋藏神像迄今都未尋獲！	廟埕有籃球場、停車場空地，參訪之餘亦可為此走讀路線中途停駐與休息點！
6		中崎地區歷史書寫（書寫中衝崎）：文建會在 2006 年主導的公共空間藝術再造，由南台灣書法家邱明星（號孟庸）老先生帶領學生進行的「書寫中衝崎」活動，以書法藝術結合 1661 年中崎開庄、日據時期清庄等五大在地歷史主題，將此庄重要過往，盡數書寫於庄內各處牆身！撫今知昔，亦可略窺本庄早已隱於歷史中的一二繁華。	書法家邱明星先生曾應中崎黃宅兩代主人（黃福成、黃連財）之邀，借黃宅一隅成立「湛墨書藝會」推動書藝，與中崎頗具深緣！

6-1		中衝崎 1661 年開庄：數百年前明鄭中軍（中衝軍）先鋒部隊以此地交通便利，選為駐兵屯墾，至於「崎」字本意為地上隆起高處，合二特性故名為「中衝崎」。鄰近的橋仔頭舊有平埔族生活紀錄（文獻記載橋頭仕隆一帶舊地名「礁巴斯戎」，傳為平埔族聚落，於明末鄭氏時代屬鳳山縣「仕戎庄」），而中衝崎則是近此漢人最早的拓墾之地，當時中崎溪靠著便利的海陸運貿易，一度形成明清時期的區域中心。	
6-2		清庄殤曲：日人於甲午戰後，全面接收台灣，一手懷柔以應順民，另手殘暴鎮壓反抗，甚者即名為「清庄」的手段，一庄地域如有不服管教，動輒連坐村庄成年男子數十或數百人，傳以每三人一組，將三人長辮連結阻其逃逸，並予以殘忍坑殺火焚，以收儆猴之效，今村人仍保有先祖兄弟，或村莊先賢多人當年同日死亡的神主牌等文字紀錄，或仍可一窺往史點滴。	附近的燕巢滾水庄、筆秀、橋頭三德村（舊名六班長），亦均有日人清庄舊史，紀錄片導演王孟喬曾以此為題，口訪耆老當年此事，拍攝影片《殤曲1898》。
6-3		舖兵往略：「舖兵」類似現在的快遞，舊時攜帶「馬上飛遞」的公文郵件，進行各處傳遞工作，而從台南府城到鳳山縣治的水陸官道均必經中衝崎這個	

		地方，清制配置有四名舖兵於此地，負責傳遞郵務與官方訊息（清朝在每十五至二十里設立一處舖兵站，中衝崎舖的上一站是鯽魚潭舖，下一站是楠仔坑舖，各配置舖兵數名）；「往略」二字意指「往事」。	
6-4		慈父植樹：四字所載為當地朱坤三先生之父，當年為子手植稀有「黑香」品種芒果的往事，今日朱氏果園所種植的芒果，據傳均繁衍自此母株，如今雖已時移事異，而朱先生為保存此珍貴記憶，始終於原地盡力維持父親當年所植芒果樹原貌，亦為地方長久引為美談！	
6-5		龍脈輝煌：相傳中衝崎的富有是因為有龍脈從經過，昔人觀山勢認為此龍係一路從大崗山、小崗山奔馳下來，輾轉綿延數十里，至中崎溪呈飲水之勢（另說則是龍脈從泥火山延伸過來，一直到橋頭的聖觀音像為止），形成庄內一壟壟步步高陞的地形，其吞吐之勢也帶給了中衝崎好山好水以及繁華富貴。龍脈有無誠難證實，但當地後來因大量豪取泥火山土製磚，又因發展畜牧污染水源，以及舊水道淤積堵塞等問題，確是多屬人為實質破壞，或者再如何輝煌的龍脈，也仍需人們不負真心的對待，始得騰升！	

| 7 | 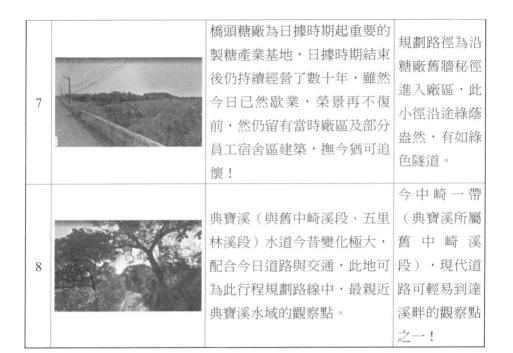 | 橋頭糖廠為日據時期起重要的製糖產業基地，日據時期結束後仍持續經營了數十年，雖然今日已然歇業，榮景再不復前，然仍留有當時廠區及部分員工宿舍區建築，撫今猶可追懷！ | 規劃路徑為沿糖廠舊牆秘徑進入廠區，此小徑沿途綠蔭盎然，有如綠色隧道。 |
| 8 | | 典寶溪（與舊中崎溪段、五里林溪段）水道今昔變化極大，配合今日道路與交通，此地可為此行程規劃路線中，最親近典寶溪水域的觀察點。 | 今中崎一帶（典寶溪所屬舊中崎溪段），現代道路可輕易到達溪畔的觀察點之一！ |

常馨云

室內設計系

◦《天空的眼睛》讀後心得

圖書作者與內容簡介：

　　夏曼・藍波安，1957 年生，蘭嶼達悟族人。集文學作家、人類學者於一身，以寫作為職志，現任國家實驗研究院海洋科技研究中心研究員，終於一償能終日與海為伍的心願。

　　這本書融入了死亡、魚族與神話，充滿海浪似詩意的翻轉。

　　以一位歷經歲月風霜的男子為主軸，寫島上的部落生活以及與子孫的相處，以及他在海洋世界多次與大魚交手，這不僅是老人與海的真實經歷，也是蘭嶼島上的一則生動的人文寫照。

內容摘錄：

　　他是這個島嶼夜航經驗最豐富的男人

　　浪人鰺釣最多的男人

　　無論他現在的狀況是何等的悽慘

　　無論黑夜，無論天空的眼睛

　　無論陸地上無數個路燈

　　如何的嘲笑他

　　被調皮的大魚調侃

他可以忍受

無論浪濤如何得沒有人性

他可以諒解

浪人鰺無論有多大

明天依然可以出海釣小一兩號的大魚。　　　　　　自第 60 頁摘錄

我的觀點：

　　「天空的眼睛」是達悟語，漢語是星星。我覺得這用這句來比喻星星真的好有意境，母親告訴兒時的夏曼，在死亡之前，其中一顆會一直照明著他走的路。「我生命的力氣大的話，或者努力奮鬥，努力抓魚的話，屬於我的天空的眼睛將非常的明亮！」這句話對平常我們遇上的任何生活瑣事時真的很有用，只要努力，有能力就能讓自己發光發熱。

　　《天空的眼睛》擬人化地描寫一隻巨大的浪人鰺「魚瑞」與達悟族人夏本‧巫瑪藍姆之間，自然寫實的生存對立，和更深層的用生命對望的故事。其中述說了很多達悟族人的生活方式，捕魚的方式，這對我們平常住在離海洋有一些距離的人來說有點難以體會，不過夏曼用寫作的方式讓我們知道了許多海洋中的故事，知道與海洋共存是一件非常幸福的事。

　　剛開始夏曼化身為老練沉穩的百歲浪人鰺「魚瑞」來說故事，如同細述人生般，從年輕時遨遊太平洋各島嶼，嘴角殘留著一些巨鉤，是與各島漁人奮勇格鬥後生存下來的證據。其中生動的地方真的不少，好像真的是一大條魚在跟我們敘述牠們的故事，讓人很投入，但隨著體能的老化，被掠食大魚群邊緣化的魚瑞，只能為了生存而繼續游移在幽暗的深淵中，吃著達悟漁夫從魚網中掉落於海底的飛魚，這點也讓我覺得有點失落，從一條勇敢又勇猛的年輕大魚，變成沒成就沒什麼動力的老魚，看破水世界（象徵紅塵）弱肉強食的宿命儀式，作者也不再迷戀淺海絢麗的美景。

　　「對於現代化吸住著各民族眾部落，或者鄉間年輕男女的心，移居都會成為一九七、八〇年台灣社會新趨勢，故事中的董老和夏本‧巫瑪藍姆的子女，先後在這個年代移動到台灣，兩代間的認知，總的差異開啟了肉體與想像的化學變化，撼動了達悟原初社會的基礎，這點正是台灣目前的情況，也讓我們知道這種情況會造成多少家庭的疏遠，就因為這樣面對遠到台灣工作的女兒突如其來死訊，讓他措手不及，而且在這十幾年之中一點都沒有機會當面跟她說過話，讓他充滿了遺憾，以及他在海洋世界多次與大魚交手，故

事中的夏本・巫瑪藍姆心情真的跌到谷底，這點讓我知道，面對大自然與死亡，人類是多麼的渺小與無助。新生代成為新興的另類「流亡者」流動於各工廠間的女工，建築工地的模板師，青春耗在祖父母未曾有過的成長經歷，以及也未曾有過的傷害、傷痕……」

　　之後，故事也快走到尾聲，在這期間都是充滿著祖父與他女兒所留下的孫子之間的故事。這位年輕的小孩因出生時爸爸就因為車禍喪生，而從來就沒親眼看過爸爸一面；出生之後，又因母親因為要獨自賺錢而無多餘的能力來照顧他，也沒有對媽媽特別的記憶。但他還是能看著照片想像著他們相處的經過，而且還能坦蕩蕩的跟他的同學說他有一對愛他的父母，這點雖然看起來心酸，但是也讓人不禁佩服他的勇敢。之後，他越長越大，成為一位十項全能的勇為青年，讓他的祖父祖母以他為榮。這則故事真的給了我很大的感觸和啟發。

討論議題：

　　書中提到「老人說，孩子死亡的地點愈加遙遠了，以至於老人都不知道自己的孩子究竟是否存在了……」

　　看到這句話時，不禁想問如果在這樣持續下去會不會越來越沒有親情這種情感存在？

李政佳

室內設計系

女魔

「唰－唰－唰－」洗衣刷勞碌的聲響，是一早的序曲，浸泡在亮橘色的澡盆裡，是昨日的髒衣服，小小的板凳上，彎著腰，賣力的刷著衣服──那是我敬愛的阿嬤。

「囡仔！緊鄧來甲奔喔！天欲黑囉！」這是我小學最常聽到的呼喊聲。放學後，我總愛與朋友在操場上，踢足球、打躲避球、玩鬼抓人，阿嬤常常與鄰居在一旁邊聊天邊看著我們玩耍，等到天黑了，聽到阿嬤的呼喊，我們才各自依依不捨的道別。回到家裡，阿嬤趕著我們去洗手，自己在廚房張羅熱湯，桌上雖然是家常小菜，但對還在成長的我，卻是世界最美味的山珍海味。我常常繞著阿嬤，看著碗裡的飯說要阿嬤餵我，我總不明白，為甚麼阿嬤餵的飯總是特別好吃、特別的香，飯總會在口裡散發著甜，阿嬤看著我也笑的甜。阿嬤的飯，從小吃到大，習慣了那樣的口味，在外地求學久了，總會想念。我最喜歡阿嬤煎的「菜脯蛋」，金黃的蛋液四周煎的焦脆，苦脆苦脆的口感，讓平凡的蛋多了層次；黝黑的菜脯，經過浸泡與揉捏，多餘的鹽分被去除，爽脆的口感，讓嘴裡多了一層香，阿嬤的菜脯蛋是我吃過最美味的菜脯蛋，曾經媽媽曾向阿嬤討教過做法，試著做給我吃，菜脯不是過鹹，不然就是沒味道。我也喜歡媽媽做的菜，但對阿嬤的菜還是多了一分喜愛。

前陣子，阿嬤因為身體因素，入院開刀，那時我才覺得：我真的長大

了，但阿嬤也老了……，曾經健壯的膝蓋，騎著腳踏車載著我，到鐵路旁看火車經過，「咻－咻－咻－」火車飛快的經過，輪子壓過鐵軌發出巨大而有節奏的聲響，眼前的龐然大物，也駛進了我的心裡；曾經飛健的腳步，帶著我到台東尋訪老友，參加「炸邯鄲」的活動，累了就背著我走回車上；曾經我也任性過，但阿嬤總是默默地由著我的任性。阿嬤總嚷著自己老了，手粗了，眼睛、關節都不好了，但在皺紋、老繭、青筋滿布的手掌裡，不退化的是對我的呵護與愛，小心翼翼地捧著。舊有的思想讓阿嬤不輕易地說「愛」，可是相處時得到的，勝過千言萬語。

　　有多久沒聽到洗衣刷工作的聲音，取而代之的是洗衣機聽不見的渦輪聲，隨著年紀漸長，懂得越多，越害怕失去，時間讓我成長，卻讓阿嬤越來越老，每次阿嬤生病總會讓我害怕，害怕阿嬤是不是就會離開我？希望阿嬤能一直保持健康，看到孫子們都成家立業、子孫滿堂，勞碌了一生，把青春獻給我們，換我們回饋給您了。謝謝阿嬤，我愛您！

雨　默

流通管理系

● 她──絕處逢生的人生體會

　　她，來自有著著名大佛的縣市，她有個雙胞胎姊姊與小她六歲的弟弟。她的家族世代務農，祖父當年靠著進出口香蕉事業有成，賺了不少錢，也買了不少土地。父親的家很大，分產前還有連接兩棟房子的天橋，在那個年代，蘋果算是奢侈品，據說她的爸爸小時候每天都有蘋果吃，甚至還有名牌手錶可以戴。而她的母親家境清寒，能吃上一顆煎蛋就足以讓母親開心個兩三天，母親的家和父親的家不太一樣，母親小時候的家很簡陋，因為地板是泥土，所以下雨天屋頂漏水時，母親和她的姊妹們便常在濕濕的泥地上玩彈珠，長大後媽媽常跟她說她是個容易滿足的女人，沒錯，貧窮教她學會滿足。

　　雖然父母親家境相差甚大，但他們結為夫妻後感情相當好，父親承襲家族世代務農的傳統，只是將種植的作物換成竹筍，每天再將採收的竹筍運至早市販賣，爸爸的生意相當好，所以她從小衣食無缺，要什麼有什麼。她的個性活潑外向，成長過程看似順利平凡，但卻在她剛滿十八歲那年，因為交友識人不清，身心都受到傷害，讓她陷入了前所未有的黑暗期。她生在保守的家庭，那段時間家人的責備沒有少過，朋友對她也非常不諒解。她永遠記得那年的除夕，她因為心煩而喝得爛醉，迷茫中說出了那個人對她做的事，然後醉得連路都走不穩，回房睡去。睡夢中她看到父親彷彿被魔鬼附身一

般，狠狠地把她吊起來打，直到她的雙腳因為被過度的踹打而無法走路為止。父親氣他沒有教好女兒，也氣他的女兒不懂得保護自己，也恨傷害女兒的那個人。那晚，她因為被父親踹打而驚嚇過度，驚嚇到即使事隔多年，見到父親都會很恐懼。隔天一早是大年初一，家家戶戶都沉浸在過年的喜悅中，她卻一早被媽媽叫醒，媽媽用她那矮小的身軀背起她，到了充滿著人民保母與白衣天使的地方，人民保母要她說出那個人對她做的事，他們說要保護她；白衣天使用著極其同情的眼神看著她，安慰著她這一切都會好起來的。但是，真的會好起來嗎？

她記得她生命中那段最黑暗的時光，那時與人民保母、白衣天使進行完所有流程後，接下來的日子，她彷彿什麼都沒有發生過一般，照常到學校上課、照常跟同學們耍嘴皮子、嘻嘻哈哈的。但是，她的那些難過呢？只能在夜裡宣洩吧，只能自己憐惜自己，只能自己舔自己的傷口，而她知道，那個傷口永遠不會癒合。在最絕望的時刻，她嘗試過輕生，但是被眼尖的媽媽發現不對勁，給阻止了下來。那件事後，她覺得她不再是她，不再是那個樂觀開朗的她，她好像死了。

高中畢業後，她選擇了離家 143 公里遠的大學就讀，她覺得一切都很新鮮，她想要就此撇開那些令她陷入無盡絕望的人事物。接著她展開了新生活，在那個沒有人認識她、沒有人知道她的過去的地方，她的生活過得很新鮮，她認識了新同學，常常和新認識的同學到處遊玩，然而她夜晚始終睡不好。那陣子失眠嚴重到她想到醫院拿助眠藥物，於是搭公車到學校鄰近的醫院看診。那天外面突然下起大雨，因為沒有帶傘，所以她決定一下車就衝到醫院門口，跑到一半，她聽見後頭有個年約三、四十歲的女人急忙的叫著她：「妹妹！妹妹！我跟妳一起撐傘啦，不然雨下得這麼大妳全身都會被淋濕。」她聽完，覺得心頭一陣溫暖，感動的是那個號稱幸福城市的陌生地方，連人都很溫暖，名符其實的讓人備感幸福。於是她活過來了，她下定決心，也要成為能帶給別人溫暖的人，就如同未死去的她一樣。

她決定原諒帶給她傷害的那個人，即使她曾斬釘截鐵認為她永遠都不可能原諒那個人。她想起那年大年初一自己遭受到父親嚴重毆打的可怕時光，那天從人民保母那兒回家後，父親買了冰塊用毛巾包著遞給她，要她冰敷那雙滿是大片瘀青的腳，並跟她說：「打了妳，我的手也受傷了。」父親攤開他的手，確實滿是傷痕，但我們都知道，痛的不是身上的傷口。她原諒了當時失控對她施暴的父親，即使她很不諒解父親為何當時未曾站在她的立場心

疼？為何明明是那人犯下的錯誤卻要她來承擔一切後果？但她也深深明白，他只是愛女心切、不甘她遭受如此對待而一時情緒失控罷了。

因為放下，她好過多了，至少她夜晚不必再依靠藥物入睡。因為原諒了這一切，她自己也得到救贖。

接下來的日子裡，她努力地找尋自己的目標，她想著應該要活出不一樣的自己，她積極的工作，也確認了未來的目標：她決定繼承父親的老攤子。即使旁人都覺得這是一個女生做不來的粗活，但她很欣賞父親秉持著誠實的原則，堅持販賣最天然的生鮮食品的理念，尤其是在現今這個食安問題日趨嚴重的年代，她覺得，那個開朗又樂觀的她重新活過來了，即便她無法變回以前那樣的樂觀，但比起那段黑暗時光，她樂觀、快樂多了，而且比從前的她更好的是：這個她多了個意志不輸給男生的衝勁。

你說，她是悲劇主角嗎？我不這樣覺得，她只是提早見到社會現實面的人罷了，而這也讓她知道，即使她曾經差點被擊垮，但這些她都撐過來了，未來還能有什麼事情可以擊垮她呢？

朱崇瑄

企業管理系

●笑淚交織的淚水，改變人生的一句話

　　有一位男孩從小住在鳳山一個有 60 座足球場的衛武營旁，家中有爸爸和媽媽，還有大他 2 歲的姐姐和小 3 歲的弟弟，其實生活之中過的還算不錯，老家中也有一大片香蕉田，還有棗子園。從小生活還算富裕，不會餓肚子餓到沒東西吃，老家的房子也很大，而他的外曾祖父母從我出生的時候就已不在，沒有太多關於他們的印象，我只記得剛出生的他，那個時候的生活還算刻苦，直到後來農作物有收成，不刻苦過日子之後也買了大房子，讓我們後代子孫不會寒冷或飢餓，而也讓長大的他知道人生的一切酸甜。

　　雖然家境一開始是如此，不過之後也有了些微的改變。他有 5 個姑姑，假日的時候回老家的人可熱鬧了，甚至是過年的時候，也讓大家都不孤單，他就在這樣的環境中成長。直到他國中的時候，因為還不懂事，甚至到學校之後欺負同學，且還不懂得悔改，一直到爸爸告訴他一句話：「做任何事情前，先想想後果。」這個時候他恍然大悟了，從小學闖禍到國中的他，突然間明白了，原來他在做任何事情之前都沒有想到後果。其實他很崇拜他的爸爸，告訴他很多人生道理，也都很有用，以至於他後來很少很少再闖禍了。因為他是雙魚座，也不知道是不是星座的原因讓他天生就很反骨，但他也因為父親的教導讓他成長了許多。雖然他的課業不怎麼樣，但是因為他的品性變好，讓他後來明白了態度是很重要的，讓這位男孩長大成長了不少，上了

高中之後認識了一位好朋友，直到大學讓這位男孩非常的優秀，那這位朋友到底給他帶來了什麼呢？

　　這位朋友跟他是讀不同的學校，他們因為高中的時候騎摩托車而互相認識，甚至一起出去玩。其實那個時候的他是很開心的，下課之後可以騎著車四處晃晃吹吹風，跟很多朋友一起出去吃吃飯、散散步、聊聊天，原以為日子可以這樣無憂無慮的過下去，因為對於他來說，高中的日子每天都很開心。到了要畢業的那年也考了統測，大部分同學選擇要繼續升學，當然他也不例外，可是他填了很多間學校都沒有上。這個時候，那位朋友告訴他，他讀的一所大學還有名額，可以報名進來。也因為這樣，那位男孩的命運就此改變了。上了大學之後，原以為還是跟高中的時候一樣，沒想到變了許多，因為那位朋友開始知道他的人生方向，開始朝著他要的未來改變自己、充實自己，直到大學畢業，他終於實現了他一直以來的夢想。而他也因為當年跟他一起玩，一起做許多瘋狂事的那位朋友改變了自己，讓他開始思考自己的未來，也不能一直停滯不前了。他從以前開始都不太愛唸書，但這天開始他竟然去補習英文了。到了大學二年級，他找到了他的人生方向，也在他大三的時候立志要考上研究所，果不其然的在大四那年上了 2 間研究所，你說是運氣好嗎？我認為是他靠他自己的努力而得到了美好的果實。也因為如此，我想可能是環境造就一個人，是環境改變了他吧！也因此他跟那位好朋友在大學那年都朝著自己的目標前進。

　　那位男孩的父母也因為看到自己的孩子有些許的成長感到很開心、很驕傲，因為從國小、國中只會欺負人的小孩到考上研究所的成長，不是只有自己看得出來的，連在身旁的朋友也都很吃驚，都說：想當年還在霸凌同學的人竟然可以考上研究所，親戚也都替他開心又驚訝。也因此那男孩在之後將踏上了研究所的旅程，路途上不知道會遇到什麼困難或是難題，相信他都會找到解決的辦法的。

　　人的潛力是無限的，有無限的可能，也可以化不可能為可能，誰說國高中壞長大之後就一定壞呢？也不要因為一個人的外表來評論他的人，因為並不是每一個人都是可以用外面來輕易的看穿，也就是為什麼低調的人總是特別的厲害，那位男孩他做到了，他實現了他自己的夢想，他付出努力去實現了，那你呢？

邱建豪

室內設計系

● 已逝的青春

　　國中和高中的歲月，已經漸漸地離我遠去，在三年前，我二十歲了，從那一刻起，開始覺得自己的肩膀似乎重了些，因為再過不久，就要離開「學生」這一詞了，到時候，將開啟我的下一個人生階段，會開始面臨職場生活，並且責任加重，金錢上的想法及思考都必須有所改變，這種生活跟以前無憂無慮的樣子，天差地遠啊！

　　國中和高中的生活，總是許多人的回憶，在那時候，最大的壓力不外乎只是考試及升學，但，現在的壓力就不只是考試及升學能相比較的了，長大之後，家裡不再給付零用錢，所以如何賺錢給了壓力；要開始工作，工作事項以及老闆給了壓力；認識的人越來越多，人際關係給了壓力。在種種的壓力下，使得過去的生活開始被回憶著，當初在課堂下課時，三五好友一起利用短時間的下課，急忙的跑去球場占位置打打球；一起吃飯、罰站，一起討論著任何事，那樣無憂無慮的生活，是多麼的輕鬆愜意，那是一種令人羨慕的生活。

　　但，這些時光都已過去了，只好抬起頭，努力的繼續接下來的生活，已逝的青春，就只能回憶著它，它是我們心中不會消失的一段美好時光，已逝的青春，謝謝你帶給我們美好的回憶，謝謝你，讓我們擁有一段令人羨慕的生活，謝謝你，走過的我們的人生。

余瑋傑

資訊工程系

◦面對未來，我應該具備的能力

　　「手足無措」是我意識到工作這個問題的第一個感受。在進入大學之前，自己什麼能力都不具備。從踏入大學的校園那刻起，我知道，曾經幻想著自己進入 NBA 打球的夢想終究只是夢想，因為高中沒把握住加入球隊的機會；高中所讀的科系也並沒有激起我的奮發努力的火焰，在老師上課時不是打瞌睡就是神不守舍；午夜夢迴時，在昏暗的燈光中，還是會擔心起自己的未來會不會一無是處，成天想像著自己總有一天會成為一位積極向上的成功人士，卻沒實際地改變自己，最後演變成不務正業。綜上所述，種種的憂愁讓我有段時間會特別地抑鬱寡歡，其中也有部分的原因是我特別的愛吃，若是以後沒有一份收入優渥的工作，恐怕會把自己給吃垮吧！

　　進入大學後，興趣似乎漸漸開始甦醒過來，或許是接觸到了電腦的程式語言。在這中間我發現到，越和它相處越是可以感受到它的魅力，一個指令一個動作，許多以前想用電腦做的事情似乎都可以透過手腦並用來完成。或許是天賦的數理能力比較優異，所以我在學習關於邏輯方面的專業能力時，較其他同學來的得心應手。不知不覺學過了兩年，大學生活也從懵懵懂懂成長到半隻腳踏出了社會，偶爾還可以接老師給的小專案來提升自己的實力，以前沒意識到這是在培養自己出社會所需要專業能力，總覺得這些不過是做中學，學中做罷了，對於這些學到的東西可以賺到錢還是質疑的。直到最

近，越來越多人願意出錢找我寫程式，我才意識到，原來我已經具備了職場應該要有的基本專業能力。

雖稱不上前輩，但經過了從懵懂無知、不知道未來要做什麼的國、高中生活，到現在對未來的工作已經依稀看見影子，慢慢走向出社會的大門，這些都讓我學到，很多事情是急不得的。興趣的發現與培養都不一定要和以後要走的職業道路相同，多投石問路總是好的，侷限在自己畫的範圍裡會讓發展受限，過度的專注在單一事情上面會讓自己身陷泥濘，有道是「旁觀者清，當局者迷」，適度拿捏學習的廣度和深度是我們需要共同面對的課題。

在未來出社會，社交能力有時甚至會比專業能力還要重要，我很幸運地在剛升上大學便意識到了這件事，所以在進入校園時，便積極地參加各種類型的社團，對周遭的人事物保持著好奇開放的態度，也會主動親近對於未來有規劃的同學，希望在大學時期可以多找到幾位具有潛力的知心好友，在以後踏出社會時可以有更多的人脈資源，也為自己建立一個積極向上的環境。

王春元

室內設計系

⦿寂寞

心靈被黑暗所吞噬著

渴望找到指引方向的那盞燈

心靈不是害怕是寂寞

我獨自在透明的夢裡醒著

心靈的寂寞有誰了解

無謂的黑暗裡我在尋找著

那抹溫暖我的微笑

你不去提起，我不去想起

不是不愛而是我不夠好

時間能留下的，卻只能埋藏心中

相遇，是一條線

平行，是兩條線

無論如何

我都會默默地祝福著你

郭蜜綉

人類性學研究所

○胖子

153/90
報出
身高體重後　顯示對方已離開
嘆氣　無奈的聳肩　繼續尋找下一位
似乎太直接　這次先吊著胃口　拖延時間

含蓄的暗示　自己不小隻
精蟲衝腦似的略過　親暱著喊寶貝
才聊一個禮拜而已　銀幕前的嘴角微翹

時機到了　似乎沒有拒絕的理由
交換聯絡方式後　換來　當朋友就好
儘管知道結局　嘴角不爭氣的垂下

從期待到失望　從希望到絕望
總是成為被留下的那一位
當習慣漸漸麻痺　心　再也無法動容

偶爾　會有友善短暫的陪聊
至少　有個機會解釋　生病了
多囊性卵巢　折磨了　多少位女性
可憐嗎　接受了　還能笑著生活

什麼都沒有　只剩下滿滿的樂觀
儘管被全世界拋棄　至少還有自己

看著鏡子裡的自己　雖然圓滾滾　矮短粗
很可愛啊　自戀的欣賞　給自己一個微笑
穿上無袖短褲　不畏懼旁人的眼光
聽著姐妹 45 公斤喊著胖該減肥
內心無數個白眼　我還嫌妳太瘦好嗎！
世界的審美觀　怎麼一回事
追求瘦　看著皮膚包著骨頭　筷子手腳
似乎風一吹就倒　我才快被嚇死好嘛！
懂行情才知道　肉肉抱起來　多有安全感

看著女孩們為了減肥　不能吃　不能好好放鬆
看著自己肥胖的身軀　至少　不用活的那麼累
每個人選擇過的生活都不一樣　無對錯之分

你怎麼變那麼胖？要減肥！
一定是吃太好　不要一直吃！
欸　胖子！　欸　大屁股！　欸　母豬！

看著下面的風景　感受風的陪伴
跳下去是否就不用承受這一切
但是便宜了誰呢？腦海閃過一些畫面

是拿著刀刺向帶頭那些人的心臟
感受鮮血噴濺　聽著尖叫和掙扎　成了美妙樂章
但　我也成了　所憎恨的那一方

其實最難過的不是帶頭的霸凌
而是同學們和老師們的冷漠
沉默著　冷眼旁觀　才是真正的暴力

那些惡夢似的夢魘　彷彿只是到前世走一趟
清醒著　感受　心臟的跳動　陽光　溫暖的照耀
好高興自己還活著　看見世界的美好
有多久沒有好好正視自己的身體
雖然依舊是　鮪魚肚　大雞腿
唯一高傲的是胸前塞不進的木瓜

偏題了　咳　哼　清清痰
常說要愛自己　之前總是逃避　停留的眼光
正視自己　接受自己　欣賞自己
從今天開始　學習　好好愛自己。

郭蜜綉

人類性學研究所

○泮水荷香

　　高雄的美景很多，唯獨蓮池潭讓我流連忘返，蓮池潭因周邊潭水遍植荷花，加上附近有古蹟名勝、古厝、眷村等，成為高雄最具傳統色彩的風景區之一。但在我的印象裡，除了舉辦左營萬年季時，充斥著陣頭活動、舞台節目、人群的擁擠與喧鬧聲之外，大部分的時刻它是靜謐無聲、神聖的存在。順著環潭步道沿路散心看看風景，美景在前自然能忘卻憂愁，所有的不歡一時煙消雲散，心境得以開闊。其中著名的龍虎塔，內壁畫著許多勸人為善的故事，有告誡的作用同時又能欣賞藝術之美，彷彿跟著指示從「龍口進，虎口出」，除了趨吉避凶，也能卸下過去的罪孽，重啟新的人生。

　　某一天，失魂落魄的搭上公車，帶著困惑的心情來到蓮池潭，其實我不知道自己為何而來，彷彿冥冥之中被牽引而來，看著在旁運動的阿公阿嬤、騎著單車經過身旁的旅客，對比他們自在、悠閒的表情，似乎跟他們處在不一樣的時空。有時候，我們理智上知道緣分不能強求，但情感上的痴狂不願意放過我們，我的世界是灰茫茫一片，印象裡蓮池潭充滿著豐富的色彩，卻在這時竟也跟著黯淡無光，望向潭中的漣漪，似乎有種魔力快把我吸進去。

　　我想，如果躍進漣漪裡，似乎就能解脫這困擾、束縛我的一切，何不給自己一個痛快呢？當我握緊拳頭，思索這些念頭時，突然，被一個溫暖的小手觸碰驚醒了！儘管受到驚嚇，依然面無表情地看向那雙手的主人，也才注

意到不知何時，身旁也有一位女人靠近看著我們，她看著小女孩的表情充滿著憐愛和柔和，輕柔地引導小女孩：「跟姐姐打招呼說：姐姐好！」小女孩在大人的提醒後，用稚嫩的聲音跟我打招呼，印入眼簾的是一張圓圓的臉，水汪汪的眼睛，眼神充滿著純真，掛上一張燦爛的微笑，我一時被迷惑，遲鈍了幾秒鐘，才反應過來，勉強地拉開嘴角，盡力偽裝一個親和的微笑回應她。而那位女人，我想是小女孩的媽媽吧，也給了我一個禮貌性的微笑，便帶著小女孩繼續散步了。

像是被拉回現實般，所有的色彩被那燦爛的微笑給吸引過來，潭裡的水慢慢的波動著，不見剛剛那充滿魔性的漣漪，原本握緊的拳頭一時失去力量竟傳送著痠痛，望著眼前的美景，萬物是如此靜謐、井然有序的存在著，雕刻的神像散發著莊嚴和慈祥，在大自然的面前，我們是如此渺小。再看向自己鬆開的手，我頓悟了一個道理，「抓得再緊也留不住什麼」。當這個念頭產生時，感到身體一陣鬆軟，剎那得以呼吸，也不再胸悶了，我失去的快樂、情感奔馳而來，強烈地撞擊我的心，人們說「轉個彎，便能海闊天空」，轉個念頭，感受竟如此不同！

也許，內心偶爾還會湧起一股憂愁，深處依然存在著一片陰暗，但每每來到蓮池潭散心，便好像被此處的美景稀釋般，漸漸找回心中的平靜，也找回了最初的自己，「我」依舊存在，仍倔強地活了下來。

薛詠元

資訊工程系

◉ 心之風景

　　有關於各地名勝的具體景色與細節，我並不太了解，畢竟我不常外出活動，但有個想法我是絕對堅持不能退讓的：風景會隨著自身的心情產生變化。一個人心情好，看高樓大廈也能看成比薩斜塔；心情很差，看巧奪天工的瀑布也會看成巨型墓碑。對於這些變化，我個人就有深刻的體會。

　　還記得在高二時，我打算在和我感情不錯的學妹生日時向她告白，沒想到她早就有男朋友了，只是在其他社團。雖然當時盡自己最大的努力，露出笑容祝福他們，但回到家便到了忍耐的極限，開始用拳頭向牆壁猛揍，直到我的手血流不止，隔壁的青梅竹馬制止我才肯罷休。在她替我包紮好受傷的手後，一直質問我為甚麼要傷害自己，但當時的我已經什麼都聽不見，四周都是由黑色和白色構成，就連面前的青梅竹馬都看成懸絲的人偶。已經對一切都不在乎的我沒有回答她，只淡淡地說了兩個字「走開」；她沉默了一下，嘴巴動了兩下後，便站起來離開了我的房間，我連她流淚的表情都沒有看見。

　　自那之後，我過著在黑白空間生活的日子，對於外界的景物變化毫無所感，就連最嚮往的廣闊藍天也從我的生活中消失了，活得如同傀儡一般，感情最好的青梅竹馬也沒有再來找過我。直到某個星期天，一個長髮人偶進到我的房間，一句話也沒說，拉起我的手就往外跑；也不知跑了多久才終於停

下來，人偶轉過身，嘴巴動了動，像是在說些什麼，但我根本聽不進去，直到出現「啪！」的一聲，以及臉上的灼熱感，我才稍微回過神來，眼前的人偶臉部開始剝落。人偶下的真身，是明顯精心打扮過的青梅竹馬：穿上沒看過幾次的連衣裙，頭髮上也綁著可愛的蝴蝶結，嘴巴也稍微塗上櫻花色的口紅，甚至戴上不敢戴的隱形眼鏡取代樸素的眼鏡。「你這個笨蛋！只不過失戀一次就一副要世界末日的樣子！等你失戀一百次再說吧！」這時，灰色的天空和白色的地板出現裂痕。「快給我變回平時開朗搞笑又溫柔的你！因為……那才是我最喜歡的你啊！笨蛋！」

　　隨著腦裡玻璃破碎的聲音，四周的黑白空間如同剛被敲碎的鏡子般緩緩落下，出現在眼前的是湛藍的天空、振翅高飛的白鴿群、百花盛開的草原，以及，出現在眼前的，將滿滿的關心與憤怒寫在臉上的天使。「你倒是多看我幾眼啊！自從失戀後連一句話也不和我說，臉色也愈來愈差，你知不知道我有多麼擔心你……。」「……對不起。」我一邊道歉，一邊將她摟進懷裡，靜靜地流著淚，把這一刻、這個畫面，以及這份無比溫暖的心，永遠保存在心裡。

洪季情

動畫與遊戲設計系

一首歌的故事——〈如煙〉

　　首先，我很抱歉要讓你知道這些事情了，這是關於我自己的故事，不是甚麼精彩又有趣的事情，但至少，結局是好的——

　　現在，那道傷疤以及殘缺的中指依舊會在我的手上，而歌曲並不會停止只會一直循環，結束了就又是新的開始——

　　我很喜歡這首歌，它的旋律不停重複，但歌詞卻都不一樣——就像現在所發生的事情，其實都很相似，但每次的選擇或是做法不同，那就又是不一樣的結果了。

　　對我來說最痛的事，不是在自己的身上製造傷口的瞬間，而是——當我做了傷害自己的事情時，第一次被愛我的人們知道時，看到他們悲傷以及自責的表情。

　　哈哈，現在想想，那個時候我甚至只有小學，怎麼會做出這樣的事情？

　　而那個時候，疼痛就是一種會讓我上癮的毒品。

　　這麼做的瞬間，讓我感到安心，覺得我確實的還活在這個世界上。

　　從鐵尺變成剪刀，再從剪刀變成螺絲起子，最後來到了最鋒利的美工刀。

　　以不會死亡的深度，用惡劣的方式，問著「為甚麼我活在這個世界上？」甚至不明白我想問的是甚麼，我想要的答案是甚麼，即使大人們問了

「你怎麼了？」「為甚麼要這麼做？」我當時也無法回答。

　　我的右手中指在很小的時候就受了有點嚴重的傷，嘲笑我是手殘的男孩子，在我做出了這樣的行為後，似乎被我嚇到哭了出來，但那個時候就算看到別人哭了我也沒有太多反應。

　　這個現在，聽首歌、看部電影、看本小說，就能夠輕易被內容感動的我。

　　與過去這個很少哭泣、很少微笑的陰沉小孩，簡直不是同一個人。

　　就這樣，帶著自殺未遂的醫院紀錄，我上了國中。

　　上課睡覺、成績吊車尾、服裝不合格、學務處當下午茶店天天過去。

　　現在想想，是有點丟臉的從前。

　　但只有唯一一堂課，我從不缺席也不睡覺，更不偷懶，那就是——國文課。

　　理由並不特別，只是那個帶了我們班三年的國文老師真的很兇。

　　但他的課很精彩，每次上完一課就會搭配課文放至少一首歌給我們聽。

　　一首又一首，一曲又一曲，最多的就是老師最喜歡的五月天的歌了。

　　〈洗衣機〉、〈倔強〉、〈乾杯〉……直到最後，即將畢業時——〈如煙〉。

　　那首歌，彷彿講述了每個人的一生，每個人都想回到從前最美好的時光停留在那裡，每個人都想要有個精彩的故事，能夠說給身邊的人聽。

　　那我的呢？我有想回去的時光嗎？有能說給身邊的人聽的故事嗎？

　　事實上，國中時雖然我胡鬧打混，但總是不乏那些借我抄作業、跟我一起畫畫（甚至稱讚我）、跟我一起翹課玩撲克牌、一起被教訓的朋友們。

　　彷彿像是這首漸進的歌曲，我的人生也向著新的方向漸進式的變得更好了。

　　我也想讓總有一天跟這首歌一樣，回憶從前時，有著那麼多溫柔且美好的回憶。

　　老師在最後，給了每個人一封信。

　　裡面寫了甚麼？那是我堅定，即使手上有任何傷疤、任何殘缺，我也能靠這雙手做我想做的事情。

　　它們並不是甚麼醜陋的痕跡，是我在成長中掙扎所留下的光榮印記。

　　它們將會和我一起完成夢想

　　這首歌給我的故事，就是我改變一切的起點。

現在，那道傷疤以及殘缺的中指依舊留在我的手上，而歌曲並不會停止，只會一直循環，結束了就又是新的開始——美好的開始。

　　但願聽過這首歌的人，都能擁有未來，回頭一看都能會心一笑的美好回憶。

林文欣

動畫遊戲設計系

❁ 隻鶴

這是一件很奇怪的事情。

我坐在巷子轉角的一間麵店裡，老舊的電風扇在我耳邊嗡嗡作響，滿臉油光的老闆娘掌控著遙控器，對著電視從那些無趣乏味的節目轉到了新聞台，那電視螢幕上的短髮女主播在現場轉播車禍現場，車禍新聞在台灣大概早就是家常便飯了，不足為奇。

而不一樣的是，新聞裡面的主角，是本來應該和我一起坐在這間店裡的人。

沒有任何情緒起伏，就像是夢一場。

後來，好多的後來，接下來的幾天，電話鈴聲從來沒休息過，張芸京唱的「我還在找你」，這幾天以來瘋狂的在轟炸我，那感覺就像把喜歡的流行歌調成了鬧鐘吧，現在再聽到這首歌，我就覺得整個腦子都快躁鬱了起來，身旁的親朋好友每個都在確認這件事的真實性，我也不覺得是真的呢，可是那個人真的再也沒出現在我的生活裡了。

大學之前我的感情之路一直都不順遂，有時候其實也是挺寂寞的，所以手機鈴聲才調成了我女神的歌，歌詞的內容大概是在述說自己渴望遇到人生中那個對的人，後來，我還真的找到了。

也該好好介紹那個主角了。

我們是大學認識的，他大我一屆，在我剛入學不久後我們就相遇了，然後就讓他一直占據了我的青春到現在，我29歲了，我們十年了。

記得第一次見面時，是在學校的餐廳，我的食量很大，常常獨享了兩人份的量，所以那時候我成為了他默默關注的對象，後來他鼓起勇氣，在某一次我被朋友們放生的時候終於跑來找我說話。

「妳每天這樣吃，錢夠用嗎？」這竟然是他對我說的第一句話，當下只覺得這個人是不是有毛病。

後來他有跟我解釋，那一天是因為太過緊張了，結果一開口不知道為甚麼就變成講出這句話了。

「當初你的勇氣到底誰給你的啊？」在某一次我們拿以前的故事回味時我問他。

「梁靜茹吧！」你說。

他擁有一雙明亮透徹的雙眼，看著他的眼睛我總是覺得自己赤裸裸的，對於我的一切他總是瞭若指掌。

被太陽染成咖啡色又帶點自然捲的頭髮，我總是嘲笑他是貴賓狗，身高吧，就站著擁抱時總是只能盯著他的胸部，肚子上擁有比一般男人還多一點點的大陸板塊們，手很大、很寬、很溫暖，總覺得被他握住就等於被握住了自己的全世界。

其實我是個外貿協會的人，第一眼看到他並不覺得他很帥，但不知道為甚麼後來卻被他深深迷住，現在如果你問我彭于晏和他誰比較帥？

唉呀，都很帥啦！

所以我說很奇怪啊！

以前熬夜看的那些韓劇，男女主角們總是為了對方離開而哭的死去活來，甚至哭到暈倒，想跟著離開這世界啊有的沒的，那個演技總是害我跟著抽掉一大包衛生紙，「衛生紙很貴的啊……出錢的是我耶！」「不知道有幾座森林是被妳抽光的。」然後他就會這樣一直碎碎唸。

現在我就是那個韓劇女主角耶，卻沒有那些慢動作重播的畫面，沒有那種人跟著救護人員衝進手術室緊張的情節，連浪漫的握著手看最後一面的機會也沒有，甚至那些悲傷的背景音樂都沒有，這大概是個很窮的劇組吧！

嘿，親愛的，今天是車禍完後第一次看到你。

那次在醫院，我站在門外不敢進去見你，聽說你的額頭凹進去了、臉也模糊掉了，我想你也不希望我進去吧！這感覺我懂，就像是我每天早上起床

那種狼狽不堪的模樣也不想被你見到一樣吧？

可是現在看著你，你還是一樣帥啊！大體化妝師真的很厲害呢，還把你的額頭縮小了，你不是最討厭你的高額頭了嗎？哈哈，欸，我這樣開死人的玩笑會不會下地獄啊！你會原諒我的，對吧？

「欸。」

你好像睡的很安穩，竟然可以完全不理我，好想把你叫起來，叫你帶我去吃東西，因為我好餓，一整個上午都在處理那些跟你只有血緣關係的路人，還有那個一直以來只打算用新台幣來打發你的監護人，看到他們假裝難過的樣子就好噁心。

然後跟你說喔，你最好的兄弟哭的很慘哦，他的眼睛現在大概就像兩顆桃子吧！然後手上拿著一個被裱了框的黑色小豬內褲，說是你在他國中離家出走去借宿你家時借他穿的，雖然他只離家出走一天，但從那天之後就一直留著到現在。

「從得知他的消息那天，我就去了我家那裡最有名的裱框店，做了這尺寸最貴的框！」我現在視線無法離開他那肉包臉上的兩顆桃子，太好笑了。

「大嫂……如果……如果你真的想要這個內褲，我可以割愛……」

「呃……不用了，他應該希望你好好收著喔！」

「啊，不要跟他說我有哭喔，他知道後一定會不開心。」從以前你就像哥哥一樣保護著他。

「嗯啊……」我不會講的，因為，你一定不想看到誰因為你而哭吧！

帳篷的角落有個五官標緻的長髮女孩直愣愣地盯著你的照片，很久很久。

啊，就是那個當初想拆散我們的學妹。

「我曾經問過他為什麼會是妳？」她眼睛沒離開那張照片過，對著安靜過來的我說。

「他說，沒有為什麼，因為是妳。」沒等我回答，她繼續說著。

「一直以來我都很恨妳，我喜歡他那麼多年了，付出了多少，難道我不比妳更瞭解他嗎？我們明明一直都好好的，後來，妳卻出現了，然後一切都變了，他就再也不理我了。」

其實是那時候她喝醉酒跑來我家丟酒瓶。

因為也不想到報警那麼絕，後來打給他求救，他拎了件外套就直接衝來我家，當他看著那個學妹時，是我從來都沒看過如此憤怒的表情。

「我不會讓妳一個人受委屈，沒有人可以欺負妳，只要我在，就會保護妳。」於是他把她所有聯絡方式都封鎖了。

「但我知道他一直以來都只是把我當成妹妹來看待……其實……我真的很忌妒妳、好羨慕妳。」

「謝謝妳今天來看他最後一面。」這是我對她的唯一一句話。

然後她開始哭了。

因為我也沒什麼錢，所以你的喪禮並沒有很盛大，連棺材也給你買最便宜還特價的那種，當然我也沒有請哭孝女來，那真的太愚蠢了，你會原諒我的吧？

還記得有一次在網路上，你發現人的骨灰可以變成鑽石。

「欸！妳不覺得這很棒嗎？如果哪天妳離開了，我一定會難過、很寂寞，但如果把妳變成一顆鑽石再做成戒指戴在手上，我還是會覺得妳在我身邊。」雖然我能懂你的感覺，但你的比喻真的很欠打。

好啦，我也把你變成鑽石吧！

「大嫂，妳真的不要這個內褲嗎？」在喪禮的最後，那個肉包臉還是跑來再跟我做了最後一次確認。

「不用。」嗯，真的不用。

結束了這一天，那天我做了一個夢。

我們一起躺在床上，慵懶的陽光從窗戶灑在你的臉上，好燦爛。

「欸，對不起啦！我擅自先走了，明明說好我們要一起走下去的。」你撥著我的頭髮無奈的對我笑著。

然後我開始對著你抱怨，抱怨這幾天我多累，每個人一看到我就是瘋狂的投一堆智障問題給我，我大概能懂那些藝人面對那些記者媒體的時候有多無奈了。

在我抱怨的時候，那雙溫暖的手一直緊緊的握著我。

「欸。」我說。

「嗯？」

「你回來好不好？」

「……抱歉。」

「那天到底為什麼不跟我一起去麵店？你為什麼要出現在電視上？」

「因為……因為我去買了這個。」說完，我的手指上多了一顆會發光的石頭在閃著。

「真的很抱歉……沒辦法親自為妳戴上，人生中能遇見妳真的很幸福，我一直覺得我的世界很黑、很寂寞，但妳就真的像夜空中的星星，很閃耀，甚至照亮我的夜空。是妳讓我的人生開始有了新目標，而且想把妳的一切都扛在自己的肩膀上，想帶妳一起去世界每一個角落，妳的喜怒哀樂都成為了我最重視的事，很抱歉丟下妳一個人，很寂寞，對吧？但我相信妳可以撐過的，以後要找一個跟我一樣帥然後愛妳、對妳好的，雖然應該沒有人能比我更愛妳了，因為妳的屁真的很臭，哈哈哈！」這些話好肉麻好噁心，但我好喜歡。

　　這十年來，沒一部電影能讓你哭，你總是在我對著那些可魯、小八哭的時候嘲笑我，而現在，竟然換你這個大男人哭了。

　　你抱著我，然後在我耳邊又唸了一些話。

　　這次陽光也透過了窗戶照在我的臉上，可是我一點都不覺得溫暖燦爛，這刺眼的光像是一巴掌，灼熱的打在我臉上，打醒我的夢。

　　「為什麼昨天不把窗簾拉上……」臉上不知道從什麼時候開始有了淚痕。

　　想不起來最後在夢裡你在我耳邊對我說了什麼。

　　床邊的人還是沒回家。

　　一瞬間，我感覺到一股強大的寂寞感與悲傷。

　　好寂寞、好孤單……

　　這陣子一切都發生的太突然，快到我一直感受不到真實感，而那個夢與夢醒後相同的場景卻不同的畫面，強迫要我接受這個事實。

　　眼淚開始不停的掉，心好難過、好難過，但是好舒服，壓抑了好久。

　　我開始感覺到了背景音樂，腦中開始有了男主角的各種畫面，我們的每一個幸福、每一個快樂的時刻，真的慢動作的在播放。

　　我們的一切開始像跑馬燈，出現在腦中無限循環。

　　為什麼那些畫面我們在笑，可是我卻感覺更難過了。

　　好懷念你的所有，明明都洗小北百貨的特價洗髮精，但弄在你頭上卻成了我最愛的味道；好想念每天都抱緊我的那雙手、笑起來迷死人的臉，當初竟然還有一堆人要跟我搶你。

　　從床上到大門口、從漱口杯到雙人沙發，整個家都有你曾經在這裡的證明。

　　好奇怪啊！真的好奇怪啊！眼淚停不下來，為什麼這次哭的時候，你不

會在我旁邊唸著「水費很貴啊……」，然後幫我把這個水龍頭關掉。

為什麼你還不回來？

為什麼床突然變得那麼大？

為什麼我想跟你說話卻沒有任何辦法？

為什麼世界好像空了一大塊？

為什麼你丟我一個人？

到底憑什麼？

那種無力感，突如其來，不是努力了話就能改變什麼的事實，到底為什麼啊？

之後我還是常常夢見你，但夢的都是我們的回憶，而我是個觀眾，一個人坐在漆黑的電影院裡，看著大銀幕上播放男女主角曾經的美好，甚至連那些最難堪的爭執與吵鬧，都變成了更珍貴的情節。

怎麼即使在夢裡，我還是找不到你，也碰不到你？

為甚麼不來我的夢裡陪我走走、陪我說話？

很荒唐，即使這世界有多少人事物能證明你活過，而你依舊消失，甚至不會再出現。

就這樣我的世界關了燈、行屍走肉了好一陣子，跟公司請了長假。

我從不相信怪力亂神，但自從這件事以後，我到處嘗試各種管道，教堂、廟宇、大大小小的宮廟，我問他們可不可以讓你回來、你到底去哪裡？甚至差點被某個詐騙集團騙說人可以復活，前提是要先交出 100 萬，那時候要不是因為聽到這個價錢後我瞬間清醒，不然我早就腦袋空白的直接答應了吧！

我想，人無力到一種程度的時候，真的會變得沒理智吧！

我頹廢到每天都在哭，也不擔心沒上班錢會不會不夠用，因為我根本吃不下，總是喊著要減肥，你都說不行，再瘦下去我會死掉。

「再喊減肥，我就讓妳每天吃宵夜！」你總是霸氣地說出溫柔的話。

現在，因為你，我體重直線掉落，瘦得一點都不好看。

又這樣好一陣子，我的水龍頭終於關了一點，也開始回歸正常的生活了。

只是每個黑夜裡總是特別難熬。

只是懷念你的機車與開門聲。

有時候我會看著門發呆，幻想下一秒你打開這道老舊的門，手上拎著一

袋我最愛的糖炒栗子，然後像平常一樣笑著對我說：「我回來了。」

　　只是每當有人一句關心或疑問，都成了把刀往我心裡刺。

　　坐落於某條寂靜的巷子，不知名的花點綴在咖啡廳門口，廣闊無邊的落地窗延伸至天花板，木製的牆壁與地板，些許復古的擺設，陽光像吃霸王餐，闖了進來，咖啡廳的畫面很寧靜，我坐在窗邊喝著這杯苦澀的黑咖啡，而魏如萱的〈晚安晚安〉環繞著整間咖啡廳。

　　「現在幾點了　你在做什麼呢

　　我們有多久　沒有說話了呢

　　好像聽見你在笑　今天有沒有吃飽

　　剛洗完澡　玩玩貓　還是已經睡著

　　好像聞到你味道　看看以前拍的照

　　不知道你現在好不好　有沒有少了點煩惱

　　mon Chéri,

　　tu me manques,

　　Bonne nuit, bisoux bisoux

　　晚安　晚安　晚安　你聽不聽得到

　　晚安　晚安　好想聽你說聲晚安

　　晚安　晚安　還是一樣想念你

　　晚安　你會不會出現在我的夢裡

　　現在幾點了　你在做什麼呢

　　我們有多久　沒有說話了呢

　　好像聞到你味道　今天有沒有吃飽

　　不知道你現在好不好　有沒有少了點煩惱」

以前對於這個歌詞沒甚麼感覺，只覺得她是在唱晚安催眠曲。

現在發現她的歌聲像調味料一樣，溶進了我的心裡。

歌詞像我腦海裡的字幕，然後想就這樣私心變成屬於我的歌。

這大概就是我這個女主角的背景音樂了吧！

我也好想對你說聲晚安。

今天是我們的十一年紀念日，還記得每年的今天，前一天我們會各自特別去其它地方住，然後在當天精心準備與對方約一場會，為了回溫剛認識彼此時的那種新鮮感。

即使你不在了，我也想遵守這個約定。

我穿著一件黑色平口的小洋裝，塗上你最喜歡的口紅顏色，捧著每年你固定會送我的薔薇，不同顏色的薔薇也代表著不同的花語，這是你告訴我的。

然後我坐在我們一起選購的雙人沙發上。

啊，突然想起自己還沒處理那天事故時你的衣物。

打開警方給我包好的塑膠袋，裡面其實也沒什麼，就男人車廂該有的東西都差不多在這裡了。

然後我瞄到了一件衣服。

這是件紅色的愛迪達外套，我真的很討厭這件，一直跟他說這件很像屁孩，他總是會這樣回我：「能被說屁孩就是代表我還年輕！」

隨手檢查了外套口袋。

和夢裡一樣，是那個會閃亮的石頭。

很好笑的是，你收據竟然沒丟，是想炫耀這個有多貴嗎？

然後一本存摺和一張小紙條。

「我準備好了，嫁給我吧！」紙條上，是那個最熟悉的字跡。

很奇怪，我突然忘記怎麼呼吸，腦中一片空白。

隨後而來的，是幸福與悲傷。

也突然想起那天夢的最後，你對我說：

「對不起，等我下輩子再娶你，我愛你。」

mon Chéri,

tu me manques,

Bonne nuit, bisoux bisoux.

晚安。

蔡孟珊

金融管理系

⦂ 人生的風景

人生何處無風景？在這個廣大的世界，每一個人都在描繪著屬於自己的人生風景，也同時是在與別人互相欣賞、分享彼此的風景。

人的一生每分每秒都在創造屬於自己的風景，也因為每一個人的家庭背景與成長環境都不相同，有些人的風景可能是美麗、艷麗的；有些人是黯淡、平庸的。有種種的因素，讓每一個人的人生風景都不相同，又往往有很多的人，總是喜歡去羨慕別人，總是生在福中不知福的去怨天尤人。但是不可能每個人都是一帆風順的，一定都得要經過一些的磨練、一些的不順遂，才能夠更成長，才能夠描繪出屬於自己更美好的風景。

從出生到現在，我的人生就像是一輛火車，在行駛的這一路上總會遇到很多不一樣的人，不一樣的事，而在我行駛的這十八年，最讓我無法遺忘的那個人，是我的父親。也許他不能給我一個很完整的家庭，一個很好的家庭背景，但在這十多年來，他總是父兼母職的照顧我們，總是努力工作，只為了給我們一個好的環境，為了讓我們可以三餐溫飽，即使再累再辛苦，他都沒有任何的一句怨言。

小時候的我並不懂事，總是很愛玩，成績總是班上的中後段，每次考完試，爸爸在我一堆考的亂七八糟的考卷簽名，總會很無奈又很生氣的罵我，而簽到妹妹的，總是給她很多的鼓勵，因為妹妹的成績總是在前幾名，所以

爸爸總會偏心的最疼妹妹，只要她想要什麼，爸爸總會順她的意。而我呢？每次都只能看著妹妹有，自己暗自難過。國中的時候，智慧型手機剛出來，手機網路吃到飽也跟著盛行，那時候，爸爸就帶妹妹去買手機，而我就是撿表姊不用了的手機，後來爸爸帶妹妹去辦了網路吃到飽，而我因為成績不好，爸爸就不幫我辦，直到我的二姑姑看不下去了開口問我爸說：「為什麼小女兒有，大女兒沒有？你如果不辦給她，那我自己辦給她。」那時候爸爸只回說：「我就是偏心，我問心無愧沒有對不起誰就好，她不會念書，買給她有什麼用？」聽到這些話我很難過，但我也不想每次都考爛的成績，不管我帶多少書回家念，永遠都考得這麼差，而我妹一本書都不需要帶，隨便考都能前幾名，那時候的我心裡是真的無法平衡。

還記得剛上在高中時，看到自己的註冊單，那筆繳費金額真是嚇壞我了，從國小到國中，一學期原本都只要幾千塊，怎麼一到高中，卻要好幾萬呢？那天放學，我回到家，就把註冊單拿給爸爸，我看到爸爸的表情有些凝重，但他依然告訴我：「我繳完再跟你說。」那時候我就告訴自己：「玩夠了，就該認真念書了。」在某一次的因緣際會的打了第一份工，起初，我告訴爸爸的時候他非常反對，我們甚至還冷戰了好一段時間，到後來他告訴我：「自己選擇的，就要為自己負責，如果因為工作而荒廢課業，那以後有事就別找我了。」那時候，其實我很感動，雖然他沒有很直接的告訴我他是支持我的，但其實我明白，他的期望是我能夠把工作還有課業都顧好，而我也沒有辜負爸爸對我的期望，在高中，我每學期的學期成績都是前幾名的，領了很多獎學金，利用打工的錢再加上獎學金來補貼我高中三年的生活費以及學費。也因為自己越懂事，跟爸爸的感情也越來越好，甚至很多時候，他關心我總比關心妹妹還多。我想那張註冊單是我人生最大的轉捩點。

還有一次，是在我高三時發生的，那時候我想用自己打工的錢，換手機犒賞自己，當作自己的成年禮，但是爸爸他非常反對，他很生氣地告訴我：「你明明知道家裡不富裕，為什麼要看別人拿蘋果手機，就也要跟著換呢？」那時候，我很大聲的回他：「我用自己工作的錢，買自己想要的東西不行嗎？」吵完之後，我們冷戰了將近半個月的時間，到後來他告訴我：「如果二姑姑答應讓我買，那就讓我買。」我知道二姑很疼我，所以不管我有多少不滿，講話態度多差，她都不會跟我計較，甚至還會幫我求情，到最後爸爸也同意我自己存錢換手機。就在買完手機的隔天，我一下班，要坐車回家時，心裡想著，我要回家把蘋果拿出來跟我爸炫耀一下，誰知道，一坐

上車家裡電話就來了，是弟弟打來的：問我下班了沒？爸爸他剛剛說不舒服後就倒下去了，在那個當下，我瞬間腦筋空白，馬上趕到醫院，醫院告訴我們：「沒辦法救了。」那天晚上爸爸就這樣離開我們了。而在醫院的時候姑姑告訴我：妳生日我包給妳的禮金，其實是妳爸要我包給妳的，但因為他拉不下自己的臉，所以用我的名義包給妳。聽到的當下我才明白，他的用心，也明白自己的不應該，總是對他大小聲，跟他大吵大鬧的。也許他無法繼續搭乘，無法繼續陪伴我去經歷接下來的人生，但我相信，他會在另一個世界，默默的保佑我、祝福我、支持我。

也許接下來的人生旅程，沒有了從小對我無微不至照顧我的爸爸，但是，對我來說，最美麗的風景，莫過於和他一起經歷過的點點滴滴，一起共同去過的每個充滿回憶的地方。而我也後悔當初沒有好好的珍惜與他相處的每個時光，總喜歡抱怨。直到現在我才明白，爸爸不是不關心我，而是他用另一種方式在愛我、保護我，讓我學會成長、學會獨立、學會為我自己負責。而現在的我明白了他的用心良苦，卻為時已晚了，但我知道他默默的在看著我繼續成長，在支持著我想做的每件事情。現在的我把對他的想念化成所有的動力，告訴自己，不管成功或失敗，都不能輕易的認輸。因為我知道不管結果如何，我永遠都會是他的驕傲，也不能辜負他對我的期望。

在人生的旅途上，一定會遇到很多不同的人，一起經歷不同的事情，會有著各種不一樣的風景，也會有著不一樣的喜怒哀樂。我認為懂得創作自己風景的人，不會因為一點小事就放棄，而是要更積極的向上努力，化危機為轉機。一個人的人生風景豔麗又或者黯淡，全部都在於自己的心態，真實的去體會所經歷的每件事情，欣賞自己的人生風景，去經歷不同的人事物，那就會有著更不一樣的成長與收穫。現在的我就讀於樹德科大金融管理系，我希望在四年後我能在銀行上班，而我要利用這四年的時間，去考到跟銀行相關的證照，努力去嘗試所有可以實習的機會，我正在往自己的目標邁進火車繼續行駛，未完待續……

詹佳洧

資訊工程系

憶景

　　一片美麗的風景，需要的是懂得欣賞的人，慢慢地，細細地去品。風景能夠療癒人們疲憊的內心。在大家的內心，或許每一片風景都寄託著不同的故事，只要是有故事的風景一定會更精彩，有意義。往後，當自己看見某些風景就會想起某段回憶。

　　曾經，我嚮往著美麗的海洋，認為海天一色的漂亮景觀是無以倫比的。小時候，生活在馬來西亞的我，要去海邊得等到假日再苦苦哀求父母帶我去海邊遊玩。記得，我第一次看到大海，它比我想像中的大海不知要大多少倍，藍色的海水湧起滾滾浪花，浪濤拍打著岸邊的礁石，往遠處望去，天和海連在一起，沒有邊際，空氣清新，使人心曠神怡。我學著父母站在沙灘上讓海浪有節奏地，一波接著一波地拍打自己的雙腳，心中十分舒暢。還有白色的沙灘上，細碎的貝殼有白色的，有琥珀色的，在陽光照耀下變得金光閃閃，讓人不禁想碰觸。美麗的景色，伴隨著人們歡愉的笑聲，一切都那麼地動人，那麼地深刻。往後，只要看見這樣的風景就能回憶起不少兒時的回憶，回憶中伴隨的那份快樂，也能使我放鬆心情。

　　中學畢業後，我參加了畢業團旅，途中的一個目的地便是個以稻田美景聞名的度假勝地——適耕莊。快抵達的時候，目光不自覺被車窗外一望無際的稻田吸引過去。田野裡一派豐收的景象，稻田像鋪了一地的黃金，金黃色

的稻子，顆顆飽滿，好不美麗。下車後，大家都呆呆地欣賞風景。此時，一陣風吹來，掀起稻田一陣陣金色的波浪，稻子們都笑彎了腰，同時也伴隨著清新稻香。哇，原本因為離別而堵塞的內心，像瞬間都變通順了一樣。大家在田間拍了照作紀念。這樣漂亮的風景在我心中留下深刻的回憶。

記得，去年的某個週末晚上十二點左右，我正和幾個朋友在宿舍裡聊著天。朋友當中突然有個人興致大發，提議大家要不去賞個星空。那時候，大家馬上都同意了。要說看星空的話，就屬圖資大樓天臺最適合不過了，那裡是整個大學裡距離天空最靠近的地方。因為那時候是冬天，外面冷風颼颼，我們穿著厚實保暖的外套就出發了。這算是我第一次認真的看星空。夜深人靜的，我們仰望著星空不自覺被迷住了。我曾未發現星空的絢麗，那是藍幽幽的夜色，掛著一輪圓月，繁星點綴著夜空，一些絢麗奪目，一些若隱若現。啊！天空，那是星星的世界。多好的夜，多美的景，我默默地看著星空，心中沒理由的感慨著。那晚，大家聊了很多。這些都收錄在我回憶當中。

去年，我跟朋友去淡水遊玩，那裡非常適合騎單車，我們穿梭在單車行道，一路上都是美不勝收的風景，可以看見淡水河岸的漂亮景色，往遠處望去，還能看見巍峨的高山，很是壯觀。風在河面上吹起一波波的漣漪，波面上偶爾閃著光，十分好看。黃槿沿著淡水河岸生長開花，一旁還有茂密的樹林，到處綠意盎然，這樣的大自然很容易讓人忘了繁忙的生活。黃昏時分，在夕陽映照下，河面也彷彿塗上了一層金黃色，顯得格外優美。我享受著這一份輕鬆愜意，忘了煩惱。

我希望，我能去更多的地方，看見更多不一樣的風景，在用相機拍下風景的同時，要更用力的用眼睛記下這一切，好好珍藏。

呂銘意

資訊工程系

● 第三者

夏日的早晨，六點十幾分，清晨的露珠被太陽所蒸發，霧氣附著在我能看見的每一扇窗，看著外頭的農田想到：有人說舞台劇的觀眾就如同偷窺者，偷看著每個角色之間的最深處，是不應該存在的第三者。說不定這就有如我們與大自然的關係相似，我們猶如觀看舞台劇的偷窺者，是自然界中的第三者，不該存在。

小時候的我，還不懂得什麼是說走就走的旅行，唯一懂的是漫無目的探險。澎湖七美的老家，經過一大片雪白色粗糙的空地，會看見一間雜貨店，在那旁邊有一條布滿綠色雜草的小徑，在幫大人跑腿時經常會看向那條道路，想著不知道這條路通往何處，有天我帶著我的好奇心騎向裡頭，周遭一片寧靜，唯有我輪子壓碎枯葉與樹枝的聲音，在這空無一人的樹林中，這聲音是多麼的悅耳。枝頭上樹葉與陽光交鋒，由影子為原料交織成連貫又不固定的蛛網，我也許如同蛛網上的蟲子，我正是這片樹林的獵物，我出於生物的求生本能，毫無自主的在網上不斷掙扎，最終得以僥倖離開這片美麗的陷阱，另一頭也不過是另一戶大門緊閉的人家，回到家門才發現，有隻正在示威的螳螂站在我的腳踏車上，大自然的禮物嗎？我想大概是警告吧，後來大人跟我說那條小徑有蛇出沒，也是之後的事了。

「深海恐懼症」，船隻、釣客、海鷗、浮標，太陽照射著海面，這也不

過僅僅是表面，1000 公尺，太陽光照射至海洋的極限，海面下的海洋並不如電視與繪本上的美麗，那是毫無光線的黑暗，有如能將一切吞噬的虛無，有些人看見大海，甚至看見大海的照片，就能感受到恐懼，膽怯的心情湧入心靈，未知以外的還是未知，討海人的長輩總在給我們教誨，要尊敬大海，我們只不過是對著大海予取予求，走在岸邊，吹來的是帶點鹹味的海風，又抑或是大海正在流淚流血，拿著人工化學物，呼籲環保的重要性，又一邊往大海投擲廢料，諷刺又如何呢，我們就如同愛情中的第三者，我們持有著愛意，卻又抱持著惡意，就像是灑狗血的八點檔，大海不是不報，只是時候未到。

湛藍的天空，雪白的雲層，有些人躺著會越來越累，看著這片天空，絲毫沒有令人疲倦的氣息存在，有的話，我想大概是天空正在誘惑著人們，只是微微的移動，魅力就像妙齡女子似的，美麗的面容，只是互相看著，沒有任何有趣的話題，卻是不會尷尬的安靜，那麼，什麼時候變了呢？將天空據為己有後，為它配戴上工廠，畫上名為 PM2.5 厚厚的粉底，從前白皙的面容，到處都是破洞，星星的深夜話題不知不覺間，也在喧鬧聲中消失不見，從前的妙齡女子已然成為龐克系的憂鬱少女，從眼中滑落多愁善感。

我們活生生的就像是個第三者，我們觀察、我們加害、我們受害，地球是顆鮮豔的寶石，與其他寶珠們互相映照彼此的美，我們極其渴望得到它，卻忘了它才是自己的主人，當我們嘗試控制它，反抗也只是自然現象，它的求生本能，我們恐懼害怕它，深怕它露出我們所不知悉的一面，我們深愛它，卻自以為是的在不知不覺中傷害了它，說不定，第三者根本不該存在。

黃晉緯

國際企業與貿易系

◦ 找尋一朵花的意義

　　每個人都有心目中的風景，想要一探究竟，但卻被生活上種種原因所綁住，而不能自由的去用自己的眼睛見證，只能透過網路來目睹別人所記錄下的風景，我想這樣也不錯吧。

　　年輕的他，總是會被某件事影響著自己的情緒，久而久之得了憂鬱症，這樣的毛病困擾他很久了，病情每況愈下，在某天他想不開時，忽然想起了以前有人送他一朵花，栽培簡易、紫色又帶點芳香，名為紫丁香，他始終不了解為什麼要送他這朵花。

　　為了找尋那個人送這朵花的意義，他決定開始一段旅行，於是他帶著相機，搭公車去 85 大樓，站在大門口前，由下往上看著，而這 85 層的大樓讓他不禁覺得，自己也不過是一個渺小的人，發生這樣的事也無可奈何吧！

　　到了晚上，從這窗外看出去，一棟棟的建築物，布滿了整座城市，在路燈的照射下，人們依然在活動著，讓城市看起來是如此的耀眼，這就是高雄的風景。

　　一早，他動身去了火車站，在這廣大的地方，以為這個時間沒有什麼人，沒想到依然是人來人往的流動著，明白了大家都需要生活，因此辛苦的早起搭火車去上班、上課。

　　到了鹿港，搭著公車去鹿港古厝，沿途的風景，跟各個地方依然相似

著，令人目不暇給，而他不知不覺的就睡著了。下車了之後，接近中午時刻，看見了老夫老妻在工作，老婦人辛苦的在製麵，他看見了她的表情，讓他想到了這背後有無限的故事，一路陪她走來，而在老夫老妻互動的過程中，更是讓他覺得，自己怎麼會因為這樣就想要放棄活下去呢？

從老夫老妻那打聽到，在阿里山說不定能看到那朵花，於是隔天他前往了阿里山。在爬山途中，他心想著，如果看到那朵花，會不會什麼都還是不明白。走著走著，到了下午，來到了讓遊客休息的地方，當他坐下來休息時，看到了對面，有著高聳的瀑布，清澈又響亮的沖了下來，他想著今天會不會如同那瀑布般地流逝，什麼都沒找到。休息完後，他便繼續向上尋找。

傍晚時刻，在一片漆黑之下，只有手電筒那微微的燈光，照著前面的路，在半途中，他覺得快走不下去了，心中想著要休息，但在要停下腳步前，他拋棄了這個想法，繼續走著。在疲勞與心情的一番折騰下，他到了望日出的地方，什麼也沒找到，於是癱坐在樹下，過沒多久就睡著了。

伴隨著鳥鳴聲，微風徐徐吹來，他也醒了，放眼望去，太陽在雲朵間若隱若現，隨著它慢慢的升起，眼睛也愈睜愈大，心想著，原來每天照著我們的太陽，在自己的眼前，是如此的耀眼動人。

忽然有花朵飄落了下來，才發現原來落在身旁的是，一片滿滿的紫丁香，他看到眼前的景象，想起了那個女孩在醫院裡，臨走前的那段記憶，她開心地流著眼淚說：「這朵花，送給你，要好好珍惜哦。」他才想起，紫丁香的花語，代表著青澀又純真的初戀。原來，女孩送他這朵花，是希望男孩要好好珍惜當下，不要因為她走了，就讓自己痛苦，留下悲傷的回憶，而是要他記得，當初那段美好的時光，就足夠了。

最後，男孩帶著心中那最美好的風景，心滿意足的結束了這段旅行，而他的憂鬱症也隨之逐漸好轉。

劉家憫

資訊管理系

母親與我

　　有多久沒有對母親說過我愛妳了？其實我也不記得了，只記得小時候常常把愛掛在嘴邊，長大後卻不再說過。在這世界上，最難能可貴的感情，莫過於親情，母親懷胎十個月，辛苦的把我們養育長大，這樣的情感，是沒有東西可以代替的，而我，卻曾經覺得這是種負擔。

　　母親就是個很嚴謹的人，我是家中長女，底下有兩個雙胞胎妹妹，母親也是家中長女，所以她從小就對我格外嚴格，小時候最常聽到的不外乎就是「妳是姊姊，要當妹妹的榜樣」、「妳是姊姊，要讓妹妹」，一開始會很不服氣，覺得自己很委屈，不過久了也就習慣了，後來也就不再去爭，或許可以說是「痲痺」了，但我心裡還是會覺得，母親很偏心，只是我不再說出口，選擇放在心裡，因為我知道不論我說什麼，得到的回覆都是：「因為妳是姊姊」。從小我的功課就比妹妹好，所以母親也對我要求也比較高，讓我印象最深刻的一次就是，我從班排第三名掉到第五名，母親嚴厲的指責我，要我更用功讀書，而妹妹從倒數第一名爬到倒數第三名，母親笑著說要帶妹妹去吃飯慶祝，當時的我難過極了，只是我沒有說出口，這些情緒就從小一直累積，累積到我懂事了，還是不斷的在承受著。

　　高二那一年，我和母親大吵一架，我對著她大吼：「妳真的是個失敗的母親！」我已經不太記得我們是為了什麼爭執，依稀記得是面臨統測倒數，

我的壓力不斷增加，看著每天玩樂的妹妹，我也好想跟她們一樣放鬆一下，但母親只覺得我在找藉口不讀書，所以我的情緒在那一個瞬間全部爆發了，母親瞪大著眼看著我，我原本已經做好她會破口大罵的心理準備，但她卻默默的坐下，她紅著眼眶，默默地牽起我的手對我說：「對不起。」其實我嚇壞了，在我有生以來，我從未看母親掉過任何一滴眼淚，在我心中母親是個非常堅強的人，而母親對我說：「妳一定很恨我吧，恨我為什麼對妳那麼嚴厲，恨我為什麼都不關心妳。」當時的我很沉默，因為母親說出了我的心聲，但從她口中說出來，卻格外的心碎。

那天我們晚上說了好多。說來可能很奇怪，從小到大我從未和母親說過心事，我只記得有一次，我在學校被欺負了，我覺得很委屈，想要和她分享的時候，她只告訴了我：「這個社會就是很現實，妳要學會自己解決，而不是抱怨。」當時的我才國小。所以我後來從不會輕易的把自己的弱點讓人家知道，逐漸的也學會自己的情緒自己解決。而那天晚上可能是我們這輩子講過最多話的一次，母親告訴我，以前她們家過得算是富裕，可以說是過得很好的家庭，直到外公幫人作保，結果對方跑路，加上土地的糾紛，一夕之間家裡負債幾千萬，外公也被起訴，進了看守所，家裡的重擔一夕之間全部落在母親身上，因為外婆是家庭主婦，很年輕就嫁給了外公，也沒有工作的經驗，母親底下還有三個弟妹，所以當時的她，除了堅強，別無選擇，也因為她是長女，她不斷的告訴自己，不能倒下。在債務還的差不多的時候，母親遇上了父親，兩人交往後就決定結婚，不久後就有了我，她說因為自己曾經有過苦日子，所以才會不斷地賺錢，不想我們也過上一樣的生活，然而也錯過了我們的成長，母親不斷的哭，我的眼淚也像水龍頭一樣不斷的唏哩嘩啦，原來這些年來我都錯怪了她，我以為她對我漠不關心，其實是因為她已經分身乏術，每天都是公司家庭兩邊跑，所以才忽略了我的情緒；我以為她很偏心，原來是因為她把所有期望都放在我身上，她說如果我們家以後真的發生了什麼意外，起碼還有我可以扛起這個家。事後我告訴了母親我的想法，也告訴了她我其實是壓力真的太大，一瞬間爆發所以才講出那麼難聽的話，母親摸摸我的頭告訴我：「其實我一直在學如何當一個母親，等妳長大後就會知道，世界上最難分難捨的是血緣關係，而最難開口承認自己錯誤的是親情，能把自己最不好的一面呈現出來的，也是親情，家人就是不管妳再怎麼不好，都不會放棄妳的人，即使妳對我說了不好聽的話，妳依然是我的女兒，我一樣愛妳。」

現在的我終於明白，母親的偉大，她不曾說出口，只是默默地自己承受，或許這就是親情，以前的我不了解，甚至覺得親情是種無形的負擔，冠上血緣的名字，我們就是家人，但常常因為沒有好好的溝通和理解，就變成了流著相同的血的陌生人，我很喜歡歌手李榮浩的〈爸爸媽媽〉這首歌，裡面有句歌詞是：「恩重如山，聽起來不自然，回頭去看，這是說了謝謝反而才虧欠的情感」，在生活中我們有太多的習慣成自然，太多理所當然讓人覺得平常，卻忽略了關心和溝通，所以請珍惜身邊的家人，因為只有家人是看盡了你所有的不好，還會全心全意愛你的人。

黃怡禎

企業管理系

❋與風景對話

　　那場車禍，沒有任何一個人希望如此。車禍帶走的是我們的老師，宛如我們媽媽的老師。

　　三月初，風鈴木盛開的季節，宛如櫻花般的粉色風鈴木花瓣飄落，看似浪漫且華美，好不美麗。然而如今在我眼中卻是陰綿細雨似撒下，伴隨著不斷滑落臉頰滾燙的淚水一同入土、永眠。

　　烈日下，和煦的春風拂來卻顯格外刺骨，自以為早已掩蓋的傷口被再次掀起，如漣漪般不斷、不斷的刺痛著，多希望那漣漪再也別起伏，永遠地平靜，像沉睡般，別再醒來，但也只是癡人說夢。

　　明明是溫暖的春天，為什麼那風會如此刺骨？明明是四季的開始，為什麼那景象卻像曲終人散？明明是溫馨的時刻，為什麼那朵朵殘花卻任風摧殘？

　　學校說，那棵風鈴木是我們學校最美的地方，所以將老師的照片用畫板放在樹下，將最美的留給老師，成為最美的回憶留在我們腦中。

　　曾經，我對那盛開的風鈴木一見鍾情，每每經過時總在樹下享受那美景，感受著那宛如時間靜止般的寧靜，沐浴著那飄落的點點芬芳，聆聽著自然的細語及嬉笑，一切的一切是如此的美好。

　　然而那場意外後，我就不再為那樹停下腳步了，在我眼中，曾是粉紅色

的美景變著血紅，染色的景色彷彿在哭泣，落下的花瓣彷彿在嘲笑著現實，耳邊能聽到的只剩哭泣聲，原因是什麼我不想明白，也不敢去明白。

那裡曾是我們拍畢業照的地方，那天我們看向遠方的老師微笑，誰也沒料到那會是最後一次了，如果我們知道是最後一次，我們還能笑得出來嗎？

再也看不到我們胡鬧時那無奈的表情；我們瘋狂時那錯愕的神情；我們遇上困難時那溫柔的一抹微笑。

當我再次看清花圃中央的畫板才真正意識到——老師真的離開了，再也見不到了。

淚水又再次的氾濫，那夕陽似乎也不捨了，就這樣悄悄地離開，世界就像我的心一樣陷入一片漆黑。

當時，我們在那樹下開心的笑著，而現在卻在那樹下不斷哭泣著，明明是同樣的一棵樹，為什麼會有如此大的差別。

如果老師沒發生車禍、如果沒有那台違規的轎車、如果老師沒經過那地方、如果沒發生那些事，再多的如果，也永遠只是如果了……

繁花依舊盛開著，而我卻無心欣賞。

最後一次在樹下停下腳步，淌著淚水，我朝花圃深深一鞠躬，過了許久才轉身離去，從此我不再為那繁花停下腳步。

呂弘裕

社會工作學士學位學程

◉四季社工

　　春，周而復始的季節，萬物皆醒的狀態下，所有生物展開雙翅，迎接暖暖的陽光照著揮霍的身軀，彷彿告訴著我們貪睡的小夥子們，打起精神來，去迎接未知的挑戰。我們的春天，卻像是寒冬般的開始。每一個的孩子就像是春天帶給人群溫暖，單純的笑容裡有著未知的神秘。當我接觸這群孩子時，眼淚潸然淚下，那是多麼溫暖的笑容呀！在這片彩虹裡，有著揮霍的色彩，當然也有黯然的色彩，許多的故事將在溫暖的春天中展開，這是我工作的開始。春，溫暖及揮霍色彩的開端。

　　夏，熱情的火焰在這裡盛大燃燒。我們也隨著這股熱情展開我們的工作，也是社會問題不斷出現的導火線季節之一。但秉持著這份熱情，我們邁向了第二步，給予降冰點。許多的家庭，常有孩子們的嘻鬧聲，這麼祥和這麼有活力的聲音呀！但在我們的工作中，聽到的卻是不同的樂章，具有吵雜、複雜的旋律不斷的在耳邊響徹雲霄，聽了不禁心碎難過，原本祥和的樂章在哪裡？而和平的象徵在哪裡？

　　秋，涼爽的迎著微風，彷彿告訴著我們失敗不要害怕般的精神預言。我們的工作依然不斷持續著，但在秋天有了天朗的契機。重新聽見孩子們開心的打鬧聲，那充滿溫暖的街道依然慢慢的修復著回家的路程，儘管路程多遠，這群孩子不斷向前走，那曾經熟悉的環境。許多感動依然在我的眼眶不

斷打轉著，心裡覺得「這群孩子漸漸長大了」那種欣慰也許是許多人無法感受的那一塊感覺吧！

　　冬，一杯溫暖的拿鐵能夠溫暖自己的心，嚴寒的冬天，彷彿告訴著我們，世界依然有著可愛的孩子正經歷一段不平凡的人生，警示著我們要時常追蹤。但，你能知道嗎？我們的工作依然持續著，能聽到孩子們愉快的嬉鬧聲是我們的初心，也是職責所在，隨著最後一季的結束，一份報告就要如此的邁向結局，我很開心孩子已經找尋回程的路途，繼續邁向人生的過程。無論十年、二十年，多長、多累，終究家裡是最溫暖的。社工的四季不會隨著時間慢慢離開，但也漸漸沖淡一切可怕的回憶與過程，如果你是社工，是否願意給自己一個擁抱呢？而大家會願意給一份祝福給予我們嗎？無論如何，我們的職責依然存在，而我想最好的風景卻是難得的微笑吧！

魏笙戒

室內設計系

◉ 無眠

　　在國中的時候，我時常失眠。明明在上了一整天的課，回家應付了作業之後，身體已然疲倦欲死，卻總輾轉反側不得眠。不是沒有研究過原因，也曾嘗試過許多種不同的助眠方式，可惜總是成效不彰。每每都在心中提醒自己，天亮後還有多著的事要處理，還有多著的書要讀要背要記，也多著是跟同學的交際，我是該放過自己的。愚蠢的是這樣的提醒，讓大腦不斷運轉思緒奔騰，讓勞累的身體依然無法入眠，寶貴的夜就這樣逐漸蹉跎。這幾乎是我當時每夜的折磨，甚至差點憎恨起我的床、枕頭，和當時還在同個房間的二哥。

　　那天同樣是這樣的夜晚，在床上輾轉數個小時。耳畔傳來一陣陣的打呼聲，撕扯著本該安寧的夜。看了一眼鐘，其實已經離日出不遠。

　　極其突然的，想出去走走，去一個稍微遠一點點的地方。

　　時常會有這樣的心血來潮，莫名的很想要去做某件事，或是突然地想要甚麼，又或者像這樣突然的想離開。朋友對此的看法是，我骨子裡有一種遠古猿人的流浪癖，說的好聽點是遠遊，實則也不過就是出走而已。

　　那時的我還沒有機車，也沒有某些同儕那樣帶種敢無照，更何況阮囊羞澀。想出走，只能裝了水，跨上腳踏車。這城鎮雖然比鄰近的其他鄉鎮繁華了一些，但終究是那樣的傳統，這個時間點除了那些豆漿店、超商也再無店

家了。

路燈點綴在街邊，雖然是沒有月光的夜晚，我依然看不見星光。

沒有方向的隨意騎著，踩在稍微陌生的街道時，一如這出走慾望的突如其來，突然的很想上山。當時應該沒有想這麼多，就只是在車上回頭，看了一眼無人的街與燈，就往山裡走去了。或許某種程度上，像那時還沒有的草東那首〈山海〉，於是轉身向山裡走去。

這城鎮靠山，但騎著那台變速功能壞掉，車齡十年的腳踏車，當時我花了好一陣子，至少那是如墨黑夜漸漸轉紫的事情了。山坡上，民宅與綠蔭交錯，這個時間點沒甚麼人醒來。我以為，清晨的冷是特別的，特別的靜寂，特別的清晰，即便身旁起了幾許薄霧，同樣的也特別的孤寂，一如我當時的心境。

在所有人入睡的此時，我獨醒著，就像這城鎮只剩我孤單一人。

我穿梭在綠蔭勾勒的廊道，我猜我已經過了縣市交界，到那唯一不靠海的地方，小腿肌嘶吼著甚麼，腰內傳來陣陣刺痛，喉嚨略為乾啞的那時此刻，突然的想要放聲吼叫，我覺得我超脫了甚麼，就在這綠蔭。

倏地，在這山道上突兀的，一段沒有枝葉遮掩的路，而天空也從紫翻白。暖白轉青帶紫紅的天幕，倒映這璀璨的小湖，那於雲相差不遠的薄霧中，幾些建物環湖依山的杵著，佐上一枚初出的冬日暖陽。

我噤聲，薄霧撫過風的那瞬，我記得我哭了。不是那前無古人後無來者的孤獨，而是在這樣澄澈的景下，雜亂的思緒飄散後，只剩下淚珠能訴說。

始終的，我被自己的愚思所困，在那時此刻方才放下，那些永遠讀不進的書、做不完的事、熟絡不了的人和其他的一些甚麼。

我踏上歸途，一如每個旅人。

莊雅涵

企業管理系

⚬ 自找麻煩

　　在高職畢業以後，邁入更上一層踏入知識以及學識更加豐富多元的學習殿堂，我來到了樹德科技大學。為了讓對大學生活還懵懵懂懂的大一新生們能夠更加快速的熟悉校園，學校活動單位在開學前一個禮拜舉辦為期五天四夜的「新生領航營」活動，因為強迫住校的緣故，原本日常必做的洗衣服、整理床鋪、飲食三餐方面……等都得自己處理。

　　其中洗衣服是我認為挺麻煩的事，但今日的衣服若不洗乾淨，明天、甚至後天就沒有乾淨的衣物可以替換。當然，若是嫌洗衣服麻煩又不怕負擔太重的人可以選擇多帶幾套衣物來換，但我只求行李簡便，所以只得自己每日認分的洗衣服。平常在家裡有按按鈕操作後就自動清洗脫水的洗衣機，雖然學校宿舍方面也有提供自費洗衣機和脫水機，但實際入住宿舍後考慮到入宿者實在甚多，很可能洗衣機也沒有定期清理，所以就很自找麻煩的多做一點，索性就自己「親手」下去搓洗衣服。那幾天最感疲憊的就是每天晚上都要親自動手洗……。

　　早上已經逛遍校園的各個角落，到處參加各個系學會精心策畫的闖關活動，在新生領航營早上活動結束後的那幾天晚上都感到身體疲憊，累得晚上回宿舍只想在洗去一天疲勞的熱水澡後，好好的躺在自己的寢位安穩休息，但是為了明天有芳香的衣服可替換，只能強迫自己勤勞一點。在安穩舒適的

就寢之前，我還要滿頭大汗的在悶熱且狹小的洗衣間，自己動手搓洗衣服，不過身旁有我的同伴陪伴著我，陪我一起洗衣服、一起談天、一起分享今日發生的趣事也很是愉快。

　　我和我朋友從國中時期因為被編在同一個班級而彼此認識，之後我們也很有志一同的一起進入樹科大就讀。因為就讀系所不同，早上各系安排的活動路線也不一致，只能趁著晚上這段一起洗衣服的閒暇時光聊上幾句、敘敘舊。即使「洗衣服」這件事是我認為「自找麻煩」，但我一點也不會討厭，反倒是十分地樂在其中。

林珮心

企業管理系

⦿ 最美的風景

　　台灣四面環海、好山好水，不少國外遊客都是衝著這些宛如人間仙境的風景而選擇來台灣旅遊。日出日落，在不同的時刻，這些美麗風景彷彿像是個魔術師般，都會變化出不同的景致，等著我們去細細觀察一一發掘。在眾多的風景中，最讓我印象深刻、停在我腦中揮散不去的風景，不是太魯閣雄偉壯麗、幾近垂直的大理岩峽谷景觀；不是台東那全台灣最美最長的海岸線；不是阿里山風起雲湧雲海，而是台灣獨一無二的「人情味」。

　　去過台灣很多地方旅遊，例如：野柳海岸、台南古都、東部海岸線……。這些風景都美不勝收，總是想要多望個幾眼，讓它能夠深深印在腦海。走訪那麼多城市鄉鎮、名勝古蹟，其實最吸引我的並不是那些景致，讓我覺得更美的，是「人」。台灣富有濃濃的人情味，不論是本地人、外國人；不論認不認識，總會微笑向你打招呼、寒暄，若是需要幫忙，他們都會展現出熱情，敞開心胸，將每個人當作自家人一樣對待，為你解決疑問，讓你在徬徨無助中，感受到家的溫暖。

　　某段時間出了車禍，導致腳無法行走，必須仰賴輪椅才能代步。一個人要推著輪椅行動其實非常困難，但是我的室友們在我未出聲求救時，就會來幫我推輪椅，帶我去梳洗、上學，考慮到我行動不便，幫我去餐廳買飯上樓給我，讓我不用辛苦的下樓買飯，後期還會陪著我重新學走路。她們給我無

微不至的照顧，讓我可以安心養傷，盡快恢復健康。這樣暖心的舉動，我心裡充滿了感謝。

有次要搭電梯下樓，因為每次下來的電梯裡面都是滿滿的人，總是要等上好幾班才能順利搭上，這時有位同學主動說：「我們下來走樓梯吧！讓她能坐電梯下樓。」頓時，心裡充滿無法表達的感動，原來，台灣最美的風景隨時都在我們身邊。或許對你來說只是一個簡單、舉手之勞的事情，也能為別人帶來一天的力量。

常聽人家說「台灣最美的風景是人」，我非常認同這句話，無論走到哪裡，總能感受到親切的對待，遇到困難，我們也會毫不吝嗇的伸出援手。我認為，台灣的眾多風景中，每一個都是值得我們去探訪、欣賞，但那些都比不上人與人之間，最簡單、單純、純真、溫暖的感情，若是問我，你最喜歡台灣哪裡的風景，我會回答：台灣人的人情味，那就是我心目中，最美的風景。

譚麗欣

應用外語系

❀海的回憶

1

「接下來請家屬致詞。」臺上的男人一臉嚴肅地說。

只見媽搖搖晃晃地走上臺，用極其薄弱的聲音，斷斷續續地開始說：

「首先……真的很感謝各位在百忙中抽空到此……各位的心意……相信父親已經……接收到……嗚嗚……」

媽連好好說話的力氣都沒有了，只能哽咽。爸和姐上去扶她下臺坐，又遞上面紙和水，頻頻安撫媽。

外公的離世並不是一個多大的意外，他已經九十八歲高齡了，可能媽是希望外公可以活過一百歲吧！可是九十八歲，行動不便又有些病痛，即使哪天突然離開也不奇怪，至少對我而言並不驚訝。

記得接到醫院電話那天，媽整個人崩潰了，情緒非常激動地打電話到我學校告訴班導，整班同學都知道我外公去世了，還知道我媽哭得很慘。不過他們也沒有拿這件事來嘲笑我，畢竟是跟生命有關的事，不能隨便開玩笑。

回到家跟媽聊了沒兩下，她就開始罵我，妳怎麼這麼冷靜，都不會傷心喔，眼淚也沒半滴，眼睛乾巴巴的一定是一直在滑手機，出這麼大的事了還有心情滑手機喔，那可是妳親外公欸……

我知道外公最疼媽了，可是生命始終有個盡頭。年華老去，你要留也留

不住。

喪禮結束了，爸叫我先回家休息，收拾心情準備明天上課。我也不多問為什麼不一家人一起離開，識相地朝大門口走去。

隔壁場也剛好結束了，人們紛紛離去，我禮讓他們先走，在我等到開始發呆的時候，眼尾掃到旁邊也有一個人在等他們先走。

我抬起頭看，那個人竟然是我認識的。

「這⋯⋯胡老師？」

對方聽到我說話，慢慢地看向我，不下三秒便目瞪口呆。

「小瑞？妳怎麼也⋯⋯啊，是外公吧？我很抱歉。」

在我面前的就是班導胡老師，無奈地聽媽哭訴的人。

「是的，是外公。年華老去，很多事情都沒辦法，老師不用道歉。胡老師怎麼也在這裡？」

「嗯⋯⋯我本來是不方便告訴妳的，可是現在典禮結束了，大家也離開了，大概是可以告訴妳了⋯⋯不過這裡不方便說話，我們到外面聊好嗎？」

於是，我跟胡老師一同離開了會場，到公車站前的公園坐下。她還在自動販賣機買了飲料給我，真是溫柔。可是買了飲料也暗示我一件事——要聊很久。

「小瑞，接下來老師講的話可能會讓妳很驚訝，甚至覺得害怕或不安，如果妳感到不舒服，隨時可以喊停，老師不會強迫妳聽完。」胡老師很認真地對我這樣說，我只是聽到她說可能會讓我覺得害怕就感到驚訝了，但也點頭示意。

「⋯⋯老師剛才參加的，是我們班王海程的喪禮。妳先別急，冷靜聽老師講完，好嗎？之前妳一直關心他的狀況，多次問我他到底為什麼一直不上學，老師輕描淡寫地說他生病了不方便上學，真的對不起。還對著全班同學說『海程因為身體狀況欠佳無法與我們一起上課，請大家在心裡祝願他早日康復，回到我們這個家庭，畢竟海程是我們班的班長，我們都希望他盡快回來』，其實這裡有一些是謊話⋯⋯」

胡老師一口氣說了很多，其實我根本沒在聽，我從聽到那個名字開始就不怎麼在聽了。

王海程是我的搭檔，就是男班長，我好像從以前就知道他，又感覺他很陌生。人，不是總會有幾個像這樣說不上朋友、卻又不止是認識而已的人在身邊嗎？在我身邊的，他正是。他跟我一起合作進行班務一個學期，放完寒

假開學的時候就消失了。開學不到一個禮拜，我就跑去問胡老師，結果就被她敷衍了事。

我無法繼續看著胡老師這樣自責，便開口道：「胡老師，您別再自責了，當初我沒有再追問下去也有點責任。」

「小瑞，妳真溫柔，被我敷衍了，妳當然不好意思再過問什麼，為了讓我不自責而特意這樣說，所以我能很放心地讓妳照顧我們班……」

「老師，可是我連我的搭檔出了狀況也不知道！他已經……我越想越不對勁，他到底是怎麼了？為什麼您不清楚說明他的狀況呢？說不定，當初我們可以幫幫他、救他一命。」我忍不住打斷胡老師的話。

「……這就是小瑞妳還是個孩子的證明。如果情況允許，我當然想幫幫他，更別說想救他了，我連幫他也做不到。很多事情，不是我們想解決就解決得了的。大人啊，在嘴邊的話說不出口，不敢說、不可以說，而我就是不可以說。我曾經問海程的家人，我是否能夠做些什麼，他們拜託我千萬別插手。我就像是一個兇案現場的目擊者，眼看受害人快不行了，在我準備報警的時候，周遭的人叫我別多事。如果明知道出手幫忙可能會破壞掉整件事的話，妳還會冒險去幫忙嗎？」

2

夕陽西斜，原本蔚藍的天空已被染成一片橘黃色，我如常地坐在課室整理文件，但總是感覺怪裡怪氣的。

啊，這邊，弄錯了……

我從來不曾犯這種低級又愚蠢的小錯誤，就算有，也不可能沒察覺到。但剛剛我至少複檢了兩次才發現。

我的心不在面前這一疊疊的文件上，我……一直在想海程的事。是什麼時候生的病？為何一點症狀都沒有？他的家人拜託胡老師別插手？

頭腦亂七八糟，沒有前因後果，腦袋的想法組織不起來。雖然胡老師說「事情不是想解決就解決得了」，可是沒有解決問題的話，我是不會罷休的。話雖如此，我卻什麼都做不到，各種假設毫無進展。

「小瑞，我就知道妳還在。」

「是，胡老師，有什麼事嗎？」

下課後親自來課室找我，是有話要跟我說嗎？會不會是關於海程的？

「其實是這樣……我有話要對妳說。」

果然，一個月前的話還沒結束，海程的事還有後續。

「我能告訴你的，已經在上次說完了，今天只是要交代你一件事。」

「咦？不……老師請說，只要是我能勝任的。」

「妳一定很在意吧，海程的事。其實，他的家人，希望見妳一面。」

我跟海程的家人約好了今天去拜訪他們家，而我現在站在王家大門前猶豫。為什麼要見我呢？他已經不在這個世界了，我們又只有搭檔的關係，就算見我也……該不會是懷疑我對他做過些什麼吧！沒辦法了，既然人家要見我，那我就正面迎擊。

「您好，我是劉海瑞，請問您們是否有事情要找我呢？」

大門打開了，一個衣著打扮跟媽差不多的婦人站在那裡，她的眼神往我身上從頭到腳打量了一篇。

「請進，妳不用太拘謹的。」

她示意要我坐在沙發上，然後就轉身走進廚房。同時有一個男人從房間裡出來，在我的對面坐下。

「妳好，我們是海程的父母。忽然找妳來我們家，說要見妳，妳一定嚇了一跳吧！真不好意思。但是，我們無論如何都想見妳。應該說，我們必須見妳。」

「我們找妳來，是要讓你看看這個。」

海程的母親在她的丈夫旁邊坐下，並遞給我一本筆記，一本有上鎖的筆記。毫無疑問是個日記本。

「這是海程的日記本，大約十一月開始，他每天都會寫日記。在他去世的那天，我發現他把日記本和鑰匙整齊地放在書桌上，好像在示意要讓我們看一樣。我們已經看完了，現在妳帶回家看吧，這是海程的意思。」

「海程的意思？他要求我看他上鎖的日記？這……太奇怪了。另外，請問您們方便告訴我海程生病的整件事情嗎？寒假後他就再也沒有回學校了。如果可以的話，我希望了解從頭到尾的過程。」

聽到我這樣執意地說，海程的母親只淡淡地回答我：「不，妳只要看日記就好，這是海程的意思。那麼，大概就是這樣，今天就請回吧！」

她匆匆送我到門口，再見也沒說就關上了門。

聽了胡老師的小小解釋，再來從王爸王媽手上拿到日記本……我越來越搞不懂了。海程的去世，到底是怎麼一回事？我無言以對，手裡緊握著日記本，快步回家。

　　我看著書桌上的日記本，無奈地長嘆了一口氣。我努力地調整自己的心情，嘗試用一個正確的心情去看海程的日記。可是，怎樣才算是正確的呢？我連他為什麼想讓我看日記都不知道。如果我打開面前的日記本，是否一切的答案都會浮上桌面呢？

　　胡老師被要求不可以多說、王爸王媽又好像在隱瞞什麼，想知道海程從生病到去世的過程，我只有這個選擇。

十一月三日　星期五　陰

　　今天去買了這本日記本，以後每天都要寫日記，讓起伏的心情平靜下來。

　　坦白說，我並不想當班長。班導說看我去年也是當班長，又沒有男生自薦要當，今年就拜託我了。明明我去年是被同學推出來的。我一點都不想站在整班同學的最前面，一點都不想負責什麼，一點都不想這麼高調。

　　而且，那個女班長居然毛遂自薦，我真的嚇到了。這個世界還真的有人會自願把責任扛在自己身上啊！去年跟她不同班，不知道她是個怪人。

　　同學吵架她上前調停、老師晚到她維持秩序、班會活動她策劃統籌……她一天到晚都在工作，負責的職務一大堆，幾乎都不會看到她休息。

　　有天班導叫我一個人分派作業，不要一直依賴女生做完所有工作。她雖然默不作聲，但她眉頭緊皺，雙手緊緊抓住裙襬，然後主動說以後的工作都會由兩個人合力完成。

　　因此，每天我都跟她一起「跑業務」，那種拚命的工作態度真的跟我爸沒兩樣。我稍作休息或不小心走神，她就會非常煩躁，一直碎念：可以做成一百分的事為什麼只做到九十分……大概像這樣。

　　她真的是個怪人，到昨天為止我都是這樣想的。

　　每天都形影不離地在一起，看到她拚命的樣子，我也逐漸變得認真起來。在學校連續五天都在她的身旁，星期六、日看不到她嚴肅的臉，其實很不習慣。

　　她拚命的樣子，不會讓人覺得厭煩，反而覺得，她真是一個不會認輸的人，就算把自己累壞，也要把事情做到最好。讓人忍不住順著她、默默地陪在她身邊、守護著她。

　　想到明天和後天都見不到她，有點寂寞呢。

一月二十一日　星期日　小雨

　　明天又可以看到海瑞了，雖然很興奮，可是最近不知道為什麼，總是覺得好累。今天早上起床的時候，頭痛得不得了，也沒什麼食慾，大概是感冒了吧！不過家裡沒有成藥，去看醫生又很麻煩，反正多休息、多喝水就會好了，吃不吃藥也沒差。

　　但是最近真的有點奇怪，好像做什麼事情都不上心。上課時看到老師進來，就覺得神經繃緊，也無法專注課堂，聽到老師的聲音，總感覺累了、不想聽了。吃飯時吃幾口就不太想吃了，洗澡的時候只想任由水淋在頭上，晚上也輾轉難眠。

　　說不出來那是種什麼感覺，但就是渾身不對勁。

　　好想從那種感覺中脫離出來。

一月二十三日　星期二

　　好累。

　　好辛苦。

　　不知道今天一整天做了什麼，不知道今天是什麼天氣。

　　在學校的時候，偶爾覺得頭很痛或頭暈，偶爾覺得有點氣喘、呼吸困難。

　　特別是海瑞跟我講話的時候，她一看著我講話，我的頭殼就好像要裂開了。

　　她罵我了幾句：只是點點人數而已，有需要這麼不情願嗎？算了，反正你平常就這樣。

　　她稍微生氣的樣子真可愛。

　　像她這麼嚴肅認真，老是板著臉的人，原來還有這麼多表情啊！

　　明明不需要那麼努力的。

　　……又開始暈了。

　　喜歡一個人，會這樣一直不舒服嗎？

　　戀愛真是個令人痛苦的病。

4

　　「妳怎麼來了？」

　　「阿姨……我……」

昨天才從王爸王媽這裡拿了海程的日記本，回家看了幾十篇日記，結果晚上完全睡不著。今天沒多想就來了這裡，連續兩天登門拜訪，我也真是厚顏無恥。但是，管不了那麼多了。

「妳是看了日記，所以才來的吧？」

「是……很抱歉我又上門打擾。」

「任何人看到那些日記都不可能保持冷靜的。妳全部都看完了？」

「沒有，我只看到一月的……我不敢繼續看下去。」

「不敢看下去？妳害怕了？不過也是，妳當然不敢看下去。」

「我以前什麼都不知道……我不知道他是這樣看我的，我不知道他壓力這麼大，我不知道他……對我……」

「我不管妳是追求完美或者是強迫症，那是妳家的事，與我兒子無關。只是當個班長搞得壓力這麼大，不如不要當。那個班導也是有問題，因為去年當過所以今年也要繼續當？看不出來我兒子不想當嗎？看不出來他不好意思拒絕，很困擾嗎？如果是我的話一眼就能看出來。老師都不好好觀察學生的狀態，而且還是班導欸！真是快瘋了，怎麼這些人都在我兒子身邊！現在我兒子死了，妳們要怎麼贖罪！妳說說看啊！」

「夠了，別對孩子大呼小叫了……」

「大呼小叫？孩子？你護著她？她不是你孩子！她是殺了你兒子的罪人！」

「所以我說不是這樣……妳冷靜點。」

其實我不知道自己為什麼跑來這裡，她們夫婦的感受我也不在乎，王媽對我破口大罵也沒差，她是個沒水準的人，愛子心切就失去理智，年輕時肯定沒念多少書。

不過她們夫婦在我面前吵架，是在表演給我看嗎？

「妳這是什麼眼神！殺了我兒子還敢瞧不起我！」

「不好意思，海瑞同學，我太太她一時激動，情緒控制不住，一直發飆。」

「沒關係，沒關係……」

「我明白妳的心情，忽然看了那麼多關乎個人隱私的日記，而且內容並不單純，幾乎都跟自己有關……腦袋裡面很混亂吧！」

「我真的什麼都不知道，昨天看到一月後期，就不敢再看了。」

「我明白。明明以前，一切都是那麼地平淡、安穩。可是生活突然變

了，路變得不平坦了，世界變得不平衡了……面前的畫面一片片地瓦解。驟眼看來，都是自己的錯。」

「……叔叔，你好厲害。我沒法清楚表達自己的感覺，可是您剛才說的的確是我的心情。」

「因為我有很多經歷，所以帶入妳的心情去想，並不難。還有，海程不是說過我們兩個很像嗎？才認識妳沒多久，他就覺得我們兩個很像了，對吧？」

「帶入我的心情？我不行，我不能理解別人到底在想什麼。」

「這是因為妳的生命中還沒有很多的經驗讓妳學習，妳早晚會懂的。不過我剛才說是妳的心情，其實同時間，那也是海程的心情。」

「他跟我的心情一樣？怎麼會？」

「一直習慣當臺下的觀眾，忽然要當臺上的男主角，絕對做不來。可是只能硬著頭皮，試著好好當。但一天天被女主角吸引，這樣脆弱的自己愛上了女主角，都是自己的錯。」

「對不起……我不自覺地哭了起來，又給您添麻煩了。」

「不用在意的，妳明白海程的心情了嗎？」

「明白了，我跟他的心情都明白了。」

「那就好，希望妳不要責怪我太太或者海程，也不要太責罰妳自己。回去要看完後面還沒看的日記，一定要看到最後。不到最後，誰也說不準結局是什麼。」

5

　　我第一次覺得一天很漫長、時間流動得很慢。今天我一直在等下課的那一刻，等下課時去找胡老師談談。

　　以前一直覺得時間不夠用，無論做什麼都很急切，要把事情整理妥當、做到一百分、乾淨俐落，就必須跟時間競賽，分秒必爭。

　　若是事情不按照計畫進行，我會失控。

　　前幾天去海程家的時候，王媽好像有說過我追求完美還是強迫症，我是這樣的人嗎？完全沒有感覺。不，我可能真的有這些問題。

　　現在仔細想想，我大概壓力很大吧！海程也是。但是我們兩個對同樣的問題，卻有不同的反應。他選擇了一個極端的方法去解決問題……

　　光是想想他，就覺得心臟快破碎掉了。

「胡老師。」

「小瑞，有什麼事？」

我從王爸王媽找我，到我把整本日記看完的事都告訴了胡老師。她很專心地聽我說，看到我眼泛淚光便摸摸我的頭。可是越聽我說，她的表情越悲傷。

「小瑞，妳還記得在喪禮那天妳說過，年華老去，很多事情都沒辦法嗎？」

「嗯……現在現實告訴我，並不是那麼一回事。生命摸不著邊際，很多事都不是必然的。就算年輕，也有很多事情是沒辦法的……即使明天我忽然不在了，也不足為奇。」

「雖然這些事讓人很是消極，但面對事情的態度對事情的結果影響很大。誰說樂觀等於積極？誰說悲觀等於消極？妳每天負責非常多的工作，為什麼即使累了，妳還是一直努力？或許這些工作不能帶給妳什麼成果，可是妳始終選擇了堅持，堅持到最後一刻也不放棄。」

「但是海程他，不同於我，選擇了放棄、逃避……從字裡行間看起來，他很痛苦，可是我不是他，無法感同身受。」

「無法感受他的切膚之痛，可是妳還是覺得傷心吧？其實，之前妳的媽媽打電話給我，除了說妳外公的事，也一直在講妳。她說：有機會的話，請老師妳跟那個孩子聊聊吧，她從來不說自己的心事。這些年一直看著她，好像習慣埋藏自己真正的想法，把感情收在內心最隱密的地方。如果可以，真想看她耍耍任性、鬧鬧脾氣。」

「我……都不知道媽是這樣想的。」

「小瑞，面對自己的感情是很重要的，到失去了才驚醒，很可能就……」

「其實這正是我今天來找您的原因……我是來確認一件很重要的事。」

「妳準備好了就說吧，悲傷的事說出來了，會早點釋懷。」

「我……」

不行，我說不出口。

這對於一般人而言是件快樂、幸福的事，但對我而言，是無盡的悲傷、心痛和內疚。每每想起，眼淚就自己落下。

早知道……如果我早知道的話，可能來得及。

我明明很清楚，「早知道」就代表什麼都來不及了，但我還是忍不住恨

自己。

其實我已經很肯定自己心裡的答案了，但必須有某個人告訴我心裡的答案、往我心上狠狠地重擊，讓我進一步地怨恨自己的愚蠢。

「胡老師，我覺得我對海程產生了戀愛情感，我是第一次有這種感覺，所以想要向您請教一下。您可能覺得現在說什麼都已經太遲了，但我還是想確認自己真正的感覺。」

「妳是什麼時候發現的呢？」

「看日記的時候……正確地說是，我早就有這份感覺了，早在十二月左右就開始了，那時看他，覺得這個人終於認真起來了，而且有個力氣比我大的人陪在我身邊，以前從來沒有過，所以我真的很高興……寒假之後回來看不到他，不到一個星期我就按捺不住去問您了。他不在身邊，我竟如此地在意，甚至不安，我才知道原來他變得這麼重要。看日記時發現他對我有戀愛情感，我覺得心揪起來了……看完整本日記，我才驚覺到，自己是不是對他……啊。」

說著說著眼淚又跑出來了，自從看日記那天起，我就不太能控制自己的情緒，只是稍微有一點心痛，就淚如雨下。真是的……和海程說的一樣，戀愛真是個令人痛苦的病。

咦？怎麼一直擦淚還是不停流下來……真的，很痛，好像心臟被挖開了。

「如果早點察覺到的話，或許結局不會是現在這樣，至少一定會有一丁點的不同。我知道妳很內疚和自責，但是這樣你又能更了解海程的心情了，明白他的憂傷是何等的苦澀難堪。即使於事無補，還算是有所收穫。小瑞，這樣樂觀地想這件消極的事，不是挺好的嗎？」

6

四月七日　星期六

這幾星期，腦袋兩側好像在被擠壓著，彷彿有數百根橡皮筋在勒緊我。

明明很喜歡打電動，但看到遊戲機已經累了。

幾個月沒有上學，不想再找理由告訴老媽了。

別再追問我了，不用關心我。

煩死了，頭好暈。

很久沒有好好地吃一頓飯了，看到食物都吃不下去。

可能是因為吃很少，現在看看自己，瘦了一大圈。

也罷，都無所謂了。

反正我這樣的人，對這個世界一點幫助都沒有。

膽小、悲觀，學業成績差勁，長得醜⋯⋯

我存在於世上，只是在浪費地球的資源而已。

四月八日　星期日

晚上努力地想睡著，但睡不著。

早上努力地想起床，但起不了。

我找不到起床的理由。

想到又要開始新的一天，真的很麻煩。

一直睡覺不要醒來就好了。

為什麼要睡覺？為什麼要吃飯？

盡是些毫無意義的事。

好想躲起來，不想見到任何人。

其實當班長是一大錯事。

不，我出生就是最錯的事。

真對不起老爸老媽，生了我這樣的兒子。

要是我不存在的話，世界就會少一件廢物，就會變得很美好。

四月九日　星期一

用被子緊緊裹住自己還是聽得到老媽的聲音，我似乎是有憂鬱症之類的問題。

沒差，已經不需要解決了。

我這樣的人，生病了去治療也是浪費醫生的時間。

要怎麼做才能結束這一切？

以前好像曾聽說幾種方法。

藥物？不行，要是失敗了還要承受更多痛楚。

利器？不想血肉模糊⋯⋯場面會很難看。

燒炭？家裡有以前烤肉剩下的。老爸不擅長生火，每次烤肉都會準備很多，免得火生不起來沒有炭。

又來了，有個黑影要將我吞噬。

不行，好多聲音。

我會走，我會消失，我一定會離開。

拜託別再催促我了。

四月二十二日　星期日

我站在邊緣處，走投無路了。

其實我希望自己是個令你們自豪的兒子，可惜我不是。老爸老媽，生了這個沒用的兒子，令你們傷心失望，對不起。

不用想念我，我之後會好好的。

……讓我時而心甜又時而心酸的，海瑞，妳真是個討厭的女人。

妳有發現我們的名字裡都有大海嗎？這個恐怕是我和妳之間唯一的聯繫。

性格大不相同，感情是單向的，所以只有大海令我覺得非常幸福。

那個黑影的聲音太大了，我不能任由它在我的腦袋裡永無止境地嬉鬧。

所以我要制止它，今天就要畫下句點。

老爸老媽，請將我撒在大海，我會游到大海的盡頭，等海瑞來的那一天。

還有，你們看完後把這本日記交給她吧，我怕她會忘記我。

海瑞，不要急著來找我，等妳髮際斑白的時候才來吧，我不會厭棄妳的。

最後，我可以期待妳對我至少有些好感嗎？我帶著這份期待離開，會不會太貪心了？

到了結局，就讓我貪心一次吧。

林珮心

企業管理系

☻與風景對話

　　我來自桃園，剛好住在中壢和桃園交接的工業區，有著田地也有工廠的地方，早上約莫六點前就必須從家裡出發，一路上的風景是從交叉的路口到寬廣的田野，由花鳥到稻穀，彎曲又漸漸變大的柏油馬路，早上二十分鐘一路上的景色清晰可見，那是我在高中騎了足三年的一段路，三點六公里，是說長不長說短不短的一段距離。

　　明明所在位置算工業區，但很常看見八哥在樹上吱啾吵鬧，因為長久觀察習慣，也懂得分辨台灣八哥跟白尾八哥，而附近也有人養鴨、養豬一類的。有一次印象深刻的是，颱風來的時候鴨子跳到鐵皮屋上下不來，畫面十分的好笑。在習慣放車的地方附近便是有名的「三元宮」，那裡時常有廟會活動，偶爾會有小攤販來擺攤，主要供奉三官大帝，我與三元宮的感情可說就像鄰居一樣，早上出門會見到面的鄰居。三元宮在我們八德也算知名的景點，古色古香的廟宇對面則是新建的大樓，在老屋下常常坐著出來曬太陽的老伯，我總是會忍不住對他們打聲招呼。路上很多人都對我很親切，在下雨遇到困難時總是會出手幫我，不管知不知道我從哪兒來，要往哪去，不得不說我家離就讀的高中有些遠，有些阿公阿嬤都不太清楚。三元宮後頭便是新開的「興仁夜市」，周遭不少朋友找打工都是從這裡開始的，連我也是在這找到一份服務業的工作。

我一直很喜歡回去時路上的一條路，對面是二姨婆開的工廠，中間有一條大馬路，十字路口的交叉區常常有車子行經過；秋天豐收之時才能看見的，在一個大好天氣溫柔的下午，陽光灑在飽滿的稻穗上，清爽的風總會故意叫醒稻子；也可以聞到自對面工業區的「宏亞公司」，他們製作巧克力的味道；路上剛放學的國中生，互相嬉笑的模樣。曾經，我也是在這樣的風景下長大的。不管多久那個樸實辛勤的樣貌在不知何時留在心頭，而有了這樣的風景。

　　我喜歡溫柔的風景，帶有一點微微的黃光，將胸口充滿那樣的顏色，離家也有一段時間，每當我想家就會把這篇風景回憶起來，有時候甚至到外頭散散心，看到同樣的夕陽，一樣擁有綠油油的田地，聞到青青牧草的味道，收藏與我心中只屬於我家鄉的風景便會浮現在眼前。

黃怡臻

金融管理系

◦ 風景

「看風景」是一個很療癒的事情，風景可以是人、可以是大自然，也可以是環境。我喜歡的風景是大自然，心情不好時都會去旅遊散心看看日出和一大片綠油油的草原，感受著大自然的風，也想著如果自己是那一陣風，飛遍了全球，看遍了各式各樣的人、事、物，自由自在的看世界小角落的每個是否快樂的過生活，還是每天壓力重重呢？如果那個人表情不怎麼愉快，我會去和他說：「加油，世界上還有更好的事情在等著你呢！」世界上有很多美好的風景，正等著我們去探索和挖掘。我未來的夢想是拿著相機到世界各個角落，拍下每個階段不同的事物！總是想著在人類還沒破壞大自然之前，在如此美麗的風景仍存在時，如果我在那個年代，希望有台相機記錄著最美的台灣！

有時常去的地方，去久了，也許已經沒感覺了，但是跟著愛人一起走的風景，我認為會變成心中最美的風景──儘管只是一個微不足道的地方，有最在乎最重要的人在身邊，那個地方會永遠在我腦海裡，這是我愛情的風景。有些風景看似單單只是風景，卻在每個心中有不一樣的感觸，也因為風景在每個人心中是獨一無二的，所以同樣的風景卻有上百種故事在裡面！

有稻田、河水、小山坡和一大片草原，帶點濃濃的草味和豬舍的味道，就是有著鄉下的味道在！總帶給人安逸的感覺，可惜的是這種景象在台灣已

經不多了！但幸運的是雖少了這份安逸，在都市卻可以帶來讓自己更有目標、更加的突破，不斷的成長和前進。每個階段同個風景給不同年齡的自己卻有不同的感受！好比「家」這個風景，小時候的我覺得家休息的地方，並沒有太大的感觸，一放假就待房間，並沒有和家人有很深的互動！但是當自己長大了，想法成熟了，才知道「家」這個風景是多麼的珍貴和可貴！唯有用心的活在當下，去感受與家人相處的時光，一家和樂的風景是一個就算再多錢也享受不到的那種溫暖！

風景可以是環境，一個好的環境可以造就好的人生，使人成熟。有些人說要成長，卻缺少了環境給的動力，變成了光說不練。儘管現在只是大一，正當是自由愛玩的時光，也多虧了這個自由，讓我有更多時間去完成以前想完成的才藝和認識更多沒接觸的領域，讓自己可以不斷的突破、終身學習。18 歲以前的我，風景並不美麗也很單調，全都是上課和讀書，期待 18 歲之後的每一刻風景，都可以是一個值得懷念的回憶。

林鈺涵

資訊管理系

◦ 從陌生到熟悉

　　曾經，我也是你身邊形影不離的那人，可我想我們的感情終究還是敵不過歲月無情的考驗，已經算不清是第幾年，走在我們曾經一起嬉笑的巷弄，還是會憶起那些年我們一起渡過的美好。

　　還記得那年，鳳凰花紛飛的夏季，第一次上學的我，內向怕生的個性使我壓根不敢跟他人有所接觸，你是第一個跑來和我說話的人。開朗的你，對我伸出友誼的雙手，給了我一個燦爛的笑容，說道：「你也一個人嗎？要不要跟我一起玩？」從那刻起，我們成了無話不談的朋友。跟很多人一樣，我們在老師上課的時候傳紙條，下課的時候東奔西跑，最喜歡一起玩扮家家酒，總是幻想著自己能變成喜愛的卡通人物，有時也會跟班上同學一起玩躲貓貓、鬼抓人，在操場上揮灑著我們的汗水和童年。以前，快樂總是那麼垂手可得，我們不懂什麼是歧視沒有利益關係，每天可以多吃一塊餅乾、多跟朋友一起玩十分鐘、不用寫功課，就足以讓我們開心好久好久，可很多事並不會永遠一成不變的，例如我們的想法和我們的感情。

　　他父親一直都是個愛喝酒的人，儘管大家總希望他父親可以戒酒，但他父親依然不顧大家的勸阻，執意過著醉生夢死的日子，迫於無奈，大家也不好說些什麼，可誰也沒料到。有天夜晚，他父親一如往常去買醉，竟然因為誤飲假酒而猝死，送到醫院時已回天乏術。也因為他父親的離去，他們家一

夕之間失去了所有，不得已只好搬回遠在高雄的老家。這個突如其來的消息，就像是一道閃電重重的打到我心上，他低頭抿著嘴不發一語的看著我，彷彿過了一個世紀的沉默，最後他艱難的開口道：「我們以後還能當最好的朋友嗎？」當時年幼的我，還不明白感情有多難維繫，馬上開口說：「一定可以的，我會常常寫信給你，我們會永遠都是最好的朋友的！你不能忘記我喔。」

他離開的那天，我哭了好久好久，那聲「不能忘記我」到如今好像還在我耳邊迴響著。

爾後，事隔多年，在這個資訊大爆炸的年代，我們不再僅能靠書信來往，智慧型手機的出現，各種眼花撩亂的通訊軟體，讓大家的來往顯得更加便利。好久不見的他，透過某種管道聯繫我，約好一起出來敘敘舊；「抱歉，路上有點事耽擱了，等很久了嗎？」「沒關係我也剛到，對了，我先幫你點了你最愛喝的奶茶。」「啊……其實我已經不喝飲料很多年了。」語畢，我們之間凝聚了一些尷尬的氛圍，「這樣呀，你最近過得好嗎？後來還有讀書嗎？」我試圖轉移話題來緩解我們之間的尷尬，「還可以呀，沒有了欸，我高中畢業後就開始工作了，賺錢比較實際吧。」「可是你不覺得繼續讀書可以學到更多不同的知識嗎？」我興致勃勃地跟他分享，換來的卻是一陣又一陣的沉默，後來便也草草的結束了這次的約會。我不禁開始感嘆歲月洗滌後的我們，以前著嚷嚷著是好朋友的我們，現在連彼此最簡單的喜好都不太清楚，環境不同，接觸的人不同，久了，連想法也有著天壤之別。

人生中總有很多過客來來去去，有些人來為的只是給你上一課，是他改變了我原本內向的個性，讓我開始變的敢接觸陌生人，也是他教會了我，即使我們不能如當初般友好，但是曾經擁有過，這樣就已足夠了。每個生命中來去的過客，我都會用我百分之兩百的真誠去珍惜。我很感謝，生命中遇到的每個不同的過客，他們或多或少都成就了現在如此特別的我，即使最後的最後，我們依然成為了最熟悉的陌生人，但願我們能再次陌生，然後都能好好的。

——致我們回不去的青春

劉宥辰

資訊管理系

⚇ 《山楂樹之戀》心得

　　《山楂樹之戀》是在大一上學期寫作技巧的老師在課堂給我們看的影片，當我聽到片名時，原以為就只是普通的愛情電影，沒想到看到結局時，我的眼眶不禁濕了，心也覺得酸酸的。它不只是普通的愛情故事，而是敘述著在文化大革命的背景下，純情的靜秋與老三所萌生的愛情，明明是一段單純而美好的感情，可能在現代會被身邊的人看好並支持給予祝福，若是遠距離見不到面，也是可以透過發達的科技來聯繫。一件在現代是這麼平常的事，但卻因為是在那個時代、那個時期，而不被允許，在那時的科技也並沒像現在這樣，沒有手機、網路，沒有任何什麼通訊軟體的年代，想說個話，甚至想見上一眼，可能都萬難重重。

　　也因為在當時有階級之分，靜秋畢業後留校工作也要度過一年的轉正期。然而，在相愛期中被靜秋媽媽發現而反對，老三也很尊重的答應在這段期間不會與靜秋往來。相愛的路艱難，但靜秋與老三都為了他們之間的感情而努力奮鬥著。在我以為這是一部以美好結局做結尾的電影時，劇情卻突然發展成老三生病了，還是在當時難以治療的白血病，這是多麼令人震驚的事呀！而老三也沒有對靜秋表明自己的病情，反而用「妳活著，我就活著，要是妳死了，我就真的死了」，來暗示自己可能不能再陪靜秋走下去了。

　　最後，老三就這樣因病走了，這樣的結局實在令人惋惜，看著靜秋一直

對著躺在病床上的老三喊著「我是靜秋」，這樣的畫面可能任誰看了都會鼻酸吧！但靜秋在最後一刻依然沒叫出老三的名字，可能是希望他聽到她的名字能夠醒來繼續陪在她的身邊。在這部電影有許多畫面讓我對靜秋及老三他們感到揪心，其中最讓我印象深刻的大概就是他們在小河的兩岸隔空擁抱吧！或許他們都清楚下次見面不知道是何時，雖然眼眶裡淚水正在打轉，但也要微笑說再見，而在原地看著靜秋漸漸遠去的老三也格外令人心疼。

我們能從他送核桃及吃的給靜秋家人，感受到他那愛屋及烏的心；怕靜秋的腳因為工作而受傷更嚴重，便送了她一雙膠鞋；因靜秋拒絕就醫而割傷自己的手臂等行為，看出他對她那真摯的愛。「我不能等妳一年零一個月了，也不能等妳到二十五歲了，但是我會等妳一輩子。」影片最後用了這句話做結尾，表示著老三對靜秋的癡心，雖然之後不能繼續陪在身邊，但他依舊都會在，這也就是至死不渝的愛情吧！

李宸豪

資訊管理系

⚇禮物

西元二零一八年，有個男孩在七月二十四日那天出生了，他叫吳聿禾。

七歲時，聿禾還在幼稚園念大班。

在那個時候，家人讓我學了心算、畫畫等，似乎想讓我從小就比別人聰明一點，我還記得當時我的心算總是算的比別人都慢、畫畫也沾得手腳、衣褲到處都是顏料。在學了這些額外的才藝後，我發覺到，其實我還擁有一個與生俱來的天性，就是幻想當個小大人，比起同年紀的小朋友們，我那隱藏的性格顯得格外的突兀，常被長輩說想法很另類、特別。

在幼稚園裡，有件事讓我印象很深刻，就是有天老師想為了方便照顧，所以就帶著自己的小孩來到班上一同上課，那天午睡時，大家都慢慢地熟睡了，忽然老師輕聲地叫了我一下，疲憊的問：「聿禾，老師有點累，想休息一下，可以幫老師推著嬰兒車哄弟弟睡覺嗎？」於是我想說反正也睡不著，就這樣老師趴在桌子上，一下子就酣然入夢了，而我靜悄悄地推動嬰兒車，隨之哄弟弟睡著後，我便回被窩裡也沉沉睡去了。

每個人都有所謂的黑歷史，像是我在幼稚園時，常跟哥哥到花園裡把自己當蝴蝶一樣，雀躍地吸著花蜜，還發了神經的跟蹤螞蟻，並且吃了牠，回想起來還蠻噁心的。還有一次，我和哥哥趁著提早到幼稚園的時候，我們偷偷拿走了當時小朋友們都很喜歡的卡通玩具，但在發現小朋友們難過的找不

到時，愧疚的我們又偷偷地放回原位了。自從那次之後，我們給自己上了一課，告訴自己不再犯同樣的錯誤了。

我還記得幼稚園的畢業典禮中，我和班上小朋友們表演了跳舞、打鼓等，但就在我賣力打鼓時，被舞台上的效果，也就是那些在我眼前晃呀晃的泡泡，害當時熱情演出的我一直吃到泡泡。更讓我樂極生悲的是，明明當天在活動尾聲的時候我抽到了大獎，大獎是一台小型腳踏車，回到家後，我既好奇又愉悅地坐上去想試騎看看，就在那瞬間，它壞了，我又哭又急得向爸爸說：「怎麼辦？壞掉了！」爸爸無奈地回了一句：「聿禾啊！那是玩具腳踏車啦！是用來裝飾的。」我尷尬地逃離現場，害羞地躲在棉被裡，心想真的好蠢呀！

十二歲那年聿禾讀小五。

有次老師請同學們自我介紹，我自信地說道：「我叫吳聿禾，家裡有爸爸、媽媽、哥哥，還有我共有四人，我喜歡音樂、跳舞、欣賞詞曲……。」小時候的我，在班上是一個受人矚目的人氣王，但也因為愛玩、愛搗蛋，所以是老師眼中的麻煩人物。

在那年夏天的暑假，老師安排我們每位同學哪幾天要到學校練習體能。

就在第一天的練習日，我不知道自己哪來的熊心豹膽，竟敢宅在家賴床，老師著急的打電話到家裡，怕自己的學生出了什麼事，而我卻不耐煩的接起電話，假裝生病的語氣騙老師說身體不舒服，但同一個理由還是不能一直沿用下去呀！直到有一天，老師嚴肅的逼迫我一定要到學校練習，當時我不情願地走出門去到學校，遲到的我竟然還頂撞老師。最後，老師忍無可忍了，嚴厲斥責完我之後，並要我到班上同學們的面前鞠躬道歉，我走向前，面向大家，我低頭鞠躬的剎那，我才清醒，我真的做錯事了。

「低頭並不可恥，可恥的是沒有低頭的勇氣，即使你是長輩，但只有放下身段認錯的人，才值得被尊敬。」

在最後這兩年的國小時光中，我也遇到了這輩子不能沒有她的人，她叫林宛菁。

不曉得為什麼，有種感覺就這樣依賴著。我記得當時的畢業旅行，我突然生病了，全身無力、額頭發燙、講起話來非常之虛弱，當時她只是給了我一顆小藥丸，我就整個人好轉了很多，不知不覺地一直惦記著，且莫名的把她視為我這輩子的貴人。這樣說也許很荒唐，但我就是喜歡自己跟著感覺走。

上了國中，我們又相遇了，我猜那是緣分吧！後來彼此也坦承：「當時我們明明就不熟啊，怎麼現在瘋成這樣？」就這樣，我和宛菁有過吵架、尷尬、快樂、難過，在畢業後仍偶爾聯絡問候，都希望對方能過得好。

十六歲那年聿禾上了高中。

懵懂地隨自己的感覺與未來交往，我釋然的舉起雙手對天空說：「許多分合就別太在意，也許幽默一點才自然。」後來熟識了上高中的第一個摯友，她叫江歆霏，她給我的第一印象還不太好，因為她總是帶著充滿距離感的表情，好像隨時都在生氣似的。但在某些巧合下，不知覺的我們搭上了，才瞭解她其實個性天真、活潑，但有時卻不自信。在那個時候，我們每天下課幾乎都得黏在一起呢，當然這樣的相處模式總是被人指指點點，歆霏知道我的不一樣，也替我保密著，所以依然沒影響到我們的感情。這段友情同時也依附著另一個緣份，她叫關茜瑤。我欣賞她的自然、幽默，也欣賞她博學多聞，與她一起相處總是沒有負擔，能更自在地做自己，但她莫名的擔心、害怕，是讓我最頭痛的，常會和歆霏用損友的方式鼓勵她，也默默的在旁做為彼此的依靠。她們倆也許會是我高中欣慰的收穫。

我的高中只要接近校慶的時候，學校就會有一連串的活動，那時我和班上同學們報名了學校的才藝競賽活動，我參加了其中唱歌、跳舞的項目。為了這次的比賽，我和夥伴們用每個禮拜假日，馬不停蹄的練了一整天的舞步，也不斷地逼自己把演出、演唱的曲目聽熟。這時間真的挺辛苦的，但學會了就覺得很爽，雖然最後比賽結果不在預期中，唱的歌沒有想像的穩定、舞沒有練習中來的順利，但我們都對彼此說：「謝謝有妳們，才有這屬於我們的舞台。」那種過程、成果是絕對無可取代的。

果不其然的在高中的時候，我那怎麼改也改不掉的性格，總深深地影響了我的生活，隨著責任越重，心境也變得不樂觀，讓班導師也開始為我的狀況擔心，我還記得老師說過：「聿禾，你還小，做自己年齡該做的就好了。」但我還是沒打算這麼做，畢竟這才是真的我。

吳聿禾嘆了口氣，呢喃的跟自己說：「嘿，你是黑色的白，不必妥協橙黃，偏愛紅與藍，輕蔑綠，雙瞳是灰，紫是我。」

西元二零二零年，他在十月二十八日出生了，他叫李亞潗。

西元二零三五年，十二月二十一日就在這天晚上，我主動與一位男孩有了聯繫，他是李亞潗，因此開啟了一段緣份，而我們都知道彼此都是彩虹的孩子，他是一個有規劃、有上進心的男孩，還喜歡旅行、音樂，這是我認識

的他。當時我和他每天都傳訊息談心、通電話問候，開著視訊只想看看他的樣子，就這樣的，我愛上了他。

他說：「欸，我在學校看過你。」我說：「哪？」他說：「校慶舞蹈比賽的時候。」

沉溺於戀愛中的我興致勃勃地向歆霏、茜瑤分享著我的喜悅：「欸欸，我有男朋友了。」她們既好奇又替我開心的說：「真的假的？他是誰？長怎樣？對你好不好？」瞧她們樂得比我還誇張，我臉紅的說：「他是學弟，長得有特色，尤其是那凸凸的顴骨、厚厚的嘴唇，笑起來特別迷人。」上課鐘響了，回座位的我依然笑容掛在臉上，回想著甜蜜的畫面，只見朋友們羨慕的眼光注視著我。

十二月三十一日跨年那晚，我們第一次見面，很靦腆、害羞，走在百貨旁的小路，有暗黃色的路燈，兩旁被風吻過的樹梢輕微擺動著，伴隨枯黃的落葉，最後我們坐在河堤旁的草地上，播著屬於我們的歌曲，哼唱著「mon Chéri～ tu me manques～ Bonne nuit～ bisoux bisoux～」，也像平常一樣聊著近況，突然地，亞濬羞澀的說著：「欸，聿禾，你單身多久啦？」我說：「一年吧？還不曉得會在單身多久呢？」而我話還沒說完，亞濬就急促著說：「那跟我在一起吧！」我來不及反應，但卻毫不猶豫地答應了，就在那晚我們都對彼此承諾著永遠，當時的氛圍促使著我們擁抱著對方親吻，那唇舌拌和著唾液，似電影中的情節，他把我臥倒在草地上，我們在樹叢後的雜草中翻滾，你望著我，我對你傻笑著，看似甜蜜的我們，頓時我覺得這幸福來的過於倉促，但也就不以為意的延續這些激情、快樂。

明明才跨了個年，一月一日的我們又迫不及待的想見面，因為亞濬家管教比較嚴苛、謹慎，所以亞濬就掰了一個大多數情侶常用的理由，他跟家人說：「快要考試了，我要跟同學去圖書館讀書。」就在我們聊得正起勁的時候，他媽媽打電話過來問：「你去哪裡？」亞濬回說：「不是跟你說圖書館嗎？」他媽媽生氣的說：「我查過了，今天元旦全部圖書館根本沒開。」就這樣亞濬被臭罵了一頓。

有天中午放學了，我跟亞濬有個約會，就在回家的途中，他問：「聿禾，你吃牛嗎？」明知故問的我說：「我都吃，不挑食呢，怎麼了？」他說：「你先別買午餐，我幫你買。」我到家後，過沒多久亞濬傳了訊息：「我到了，下來。」我疑惑的說：「下去哪？不會吧！真的假的？」就這樣我匆忙的換了衣服下樓，看到他站在門外，手拿著買給我的牛肉麵，這時四

目相交的我們傻笑了起來，那是我人生第一次，除了家人以外，願意跑一趟，就為了幫我送午餐，打從心底很感動有他的出現。

但有一段時間沒再看到亞濬，我很失落，他安慰的說要我像之前一樣，要為了思念而期待並不是感到不自在。

過了一週，我和歆霏、茜瑤約了一個假日一起出遊，而我順口約了亞濬。

直到出遊那天，亞濬遲遲沒有回覆我，我心想：「也許最近忙或是家人不允許吧！」也體諒地沒有再多問，但我之後卻看到亞濬和他朋友出遊的訊息，當時的我的確眼紅了。

有天下午，我鬱悶的從家裡走去找他，走了好久好久也找不到他，也沒有他的消息。之後，他好像才剛睡醒，回了我訊息後，準備去店裡幫忙，後來看到他了，我很激動也很開心的衝上前去抱他，我遞了一條護唇膏給他：「因為你嘴巴一直破洞，所以我特別買了一條給你」，並叮嚀他既的多喝水、多吃蔬菜水果，當時的他似乎只擔心怕被家人看到我來找他，於是我們沒有多聊，我就回去了，他也回店裡繼續幫忙。

有陣子我們有點生疏了，想說亞濬家裡是做生意的，所以我就跑去問歆霏、茜瑤要不要陪我去亞濬家的豆花店，我想看看他。我還記得我們坐在最裡面靠著牆的位置，我點了一碗紅豆薏仁，坐了一會兒，始終沒看到亞濬的身影，過了幾分鐘，他來了。本來該感到開心的我，卻突然臉紅脖子粗的激動，我緊盯著他，直到吃完了餐點，和歆霏、茜瑤離開了豆花店，走到附近的便利商店。當時明明是只喝水的我，那水卻像是摻了酒精似的，視線漸漸變得模糊、五官不自覺發燙，就這樣看著窗外不說話，我清楚的知道我跟亞濬要結束了，等她們都各自回家後，我才慢慢地離去。

這天晚上，像平常一樣的和亞濬聊著天。一開口，亞濬嚴肅地說：「我媽知道你了，她要我不再跟你聯絡。」我淡淡的道出一句：「好，知道了。」就這樣在說晚安之後，我像失了魂般的難受。在那天後，我任性、幼稚的對他又吵又鬧，而他也表明了：「不是我不理你，是家人還有我的課業。」終於，我顫抖的說：「你走吧。」隨之我瘋了，似哭又笑的啜泣著並對自己說：「真可笑。」

不捨得的我，還翻閱著和亞濬過去的訊息，這時宛菁打了通電話來問候我近況：「聿禾，課業如何呀？畢業後有什麼想法、打算呢？……」，當時的我對這些憐憫的慰問都感到特別諷刺，以至於我不耐煩地罵著電話裡頭的

她，我掛掉了電話，就這樣我們再也沒了聯繫。

　　當然在高中和我最要好的歆霏和茜瑤，她們的關心也被我的冷漠、酸言酸語打擊到，她們告訴我：「聿禾，你所謂的保護自己，只是在刀上抹藥，反覆的割爛傷口而已，你現在覺得重要的，以後不見得重要，看看你傷害多少愛你的，清醒吧，別再無裡的繼續執著了。」她們選擇讓我沉靜、反省。

　　她走了。

　　以為可以這樣安穩的延續迎面而來的憂鬱，殊不知它還不肯罷休，似乎想一次狠狠地把我擊倒，讓我不再有樂觀的機會，即使感覺不痛了，但仍看得出那暗紅的血，還涓涓的流著，也只能這樣……

　　某天，我最親的人，她離開了。

　　在那有風有雨的日子，在接到妳最後一通電話。

　　下一通後，我沒想過，是我身穿深色短衣褲，背對著急診室大門，聽著正鳴笛的救護車，看那閃爍的紅燈，看她被抬下車，插著管躺在床架上，我們緊張地對老天爺祈求平安無事，但時間還是到了，撐著最後一口氣的她，回到家睡去。

　　我忍著不哭，直到奠堂搭起，奠禮開始，聽指令，我跪在她面前，看著正中央她的照片，我不行了，只見我不停的拭淚。

　　我最敬愛的老小孩，我好想好想妳。

　　「即使一個人生前有多麼努力，也許只在乎奠禮上有多少鮮花、親友。」

　　西元二零三六年，有天我回高中參加畢業母校的校慶，在前天晚上，我猶豫了好久，既然回去了，要不要去找亞濬？於是我用隨堂測驗紙，寫滿了我這些日子熬下來，想對他說的話。

　　當天，我摺好了寫滿的測驗紙，走往他的教室，那時的我不知道為什麼走起路來好吃力，拖著這沉重的雙腳，到了他教室的門口，我心跳不尋常的加速，緊張到手不停的發抖著，還能清楚看到手裡握的紙條顫抖的好明顯。在我將紙條交代給他班上的同學後，我飛速的逃離那教室的樓層，就在離開樓層的轉角時，我眼角的餘光瞄到一個人影，激動地衝出教室。

　　過了五分鐘，亞濬打給了我，我沒有接。

　　他傳訊息問：「為什麼給完紙條就走了。」我說：「你應該也不想看到我吧！」就在我要離開學校準備回家的同時，他又傳了訊息問：「你還在學校嗎？可以找你嗎？」我說：「嗯，我還在，你確定？」

我走回他的教室，我們隔了一年多，又遇見了。

他說：「我很開心你今天來找我。」但他還是不要我。

西元二零三七年，在過去的一年時間，我依然記得他所有說過的，像是「因為他愛吃，他說他喜歡吃草莓、喜歡喝奶綠。」「因為他愛攝影，他說他想要一顆單眼鏡頭，我還計畫打算存到足夠的錢，想送他當作禮物。」「他愛看世界，他說他想要出國遊學，之後想到航空公司上班，當個空服員。」

當然也記得，第一次通話的我們，電話那頭的他唸著將要朗讀比賽的英文稿，跨年那天還跟我爆料茶葉蛋的秘密呢。

我還走遍我們曾經去的河堤、小路，循環的播著當時彼此最愛聽的音樂，這輩子永遠都會記得他彈奏給我的〈夢中的婚禮〉，至今哪怕是一點的觸動都能讓我哭得無法自拔，但只有對自己殘忍才能學著成長、堅強，也許成全會是種勇敢吧！

西元二零三九年，我找回了失去的。

我慶幸，出現。　　我埋怨，稚氣。

我領悟，祝福。　　我抱歉，故人。

我珍惜，故事。　　謝謝你，摯愛。

西元二零四九年，三十一歲時，我與我丈夫訂婚，隔年我們結婚了。

西元二零九四年，我吳聿禾享壽七十六歲。

◦ 歌詞改寫

歌名：不曾回來過

作詞：陳鈺羲　　　　　　　　　歌詞改寫：毛嘉秀

想當初　你愛著我　　　　　　　想當年　你愛著我
那有多溫柔　　　　　　　　　　那有多幸福
現在你隨風而走　不曾回來過　　現在你轉身而走　不曾回頭過
多年前　我愛著你　　　　　　　多年前　我愛著你　從此後　我錯過
不是誰的錯　　　　　　　　　　你
是命運帶你來過　卻又將你帶走　不是誰的錯　留下一個我
　　　　　　　　　　　　　　　是時間帶你來過　卻又將你帶走

再愛的　再疼的　終究會離開
再恨的　再傷的　終究會遺忘　　再傷的　再痛的　終究會遺忘
不捨得　捨不得　沒有什麼非誰不　再累的　再傷的　終究會遠去
可　　　　　　　　　　　　　　不捨得　捨不得　沒有什麼非誰不可
就讓自己慢慢成長　　　　　　　就讓自己慢慢沉澱
慢慢放下　　　　　　　　　　　慢慢放手

歌名：**修練愛情**

作詞：易家揚　　　　　　　　　　歌詞改寫：譚心嵐

修煉愛情的心酸　學會放好以前的渴望

我們那些信仰　要忘記多難

遠距離的欣賞　近距離的迷惘

誰說太陽會找到月亮

別人有的愛　我們不可能模仿

修煉愛情的悲歡　我們這些努力不簡單

快樂煉成淚水　是一種勇敢

幾年前的幻想　幾年後的原諒

為一張臉去養一身傷

別講想念我　我會受不了這樣

修改草稿的心酸　學會拋掉畢業的渴望

爆肝那些絕望　要忘記多難

遠距離的夢想　近距離的展場

誰說證書會交到手上

別人有的爽　我們不可能模仿

修改草稿的悲歡　我們這些努力不簡單

血汗煉成作品　是一種勇敢

畢業前的幻想　畢業後的頹廢

為一張證去養一身傷

別寫想念我　我會受不了這樣

歌名：**星空**

作詞：阿信　　　　　　　　　　歌詞改寫：林可雅

摸不到的顏色　是否叫彩虹

看不到的擁抱　是否叫作微風

一個人　想著一個人　是否就叫寂寞

命運偷走如果　只留下結果

時間偷走初衷　只留下了苦衷

你來過　然後你走後　只留下星空

那一年我們望著星空　有那麼多的燦爛的夢

以為快樂會永久　像不變星空　陪著我

到不了的天際　是否叫自由

達不到的夢想　是否叫作空想　是否化作溫柔

一個夢　換來一個夢　能否告別寂寞

考試偷走如果　只留下結果

制度偷走初衷　只留下了苦衷

夢想過　然後失落後　只留下星空　只留下虛空

那一年我們望著星空　有那麼多的燦爛的夢

以為夢想會永久　像不變星空　陪著我

歌名：劍心

作詞：段思思　　　　　　　歌詞改寫：鍾芷晴

塵封在星蘊重明的魂魄　　　沉浸在花鳥相聞的心境
叫醒了恍惚夢魘的無措　　　飄渺在冰清玉潔的明鏡
揭開這宿命的脈絡　　　　　掀開這奧秘的柳蔭
逃不開　這一世的寂寞　　　看不到　那悄悄的春風
往後是陰霾　往前是山隘　　心上是和暖　心中是溫暖
想逃也逃不開　　　　　　　想醒也醒不來
命運再主宰　　　　　　　　想要睜開眼
執著的心也不會更改　　　　沉睡的眼也不願睜開
哪管桑田　哪管滄海　　　　何必不樂　何必苦惱

歌名：故事　　　　　　　　歌名：稻田

詞曲：吳青峰　　　　　　　歌詞改寫：洪季情

秋風，推開緊閉的門扉；　　目光，追隨燦爛的餘暉；
階前，秋水盂浪逼上眼。　　仰望，疲憊滿身也無悔。

梧桐，吹亂漫身黃雨煙；　　稻田，飄盪風中灑滿穗；
歸雁，揉碎無邊艷陽天。　　起風，包裹世界無盡美。

浮生願，不曾解，我還有，一些念，　　時光短，不曾停，我或許，已經醉，
向桃花的盡頭追；　　　　　向轉眼的瞬間窺；
一葉舟，一蓑煙，丟了槳，也無悔，　　一腳步，一腳印，跌了倒，也不淚，
任江水漂流我飛。　　　　　任泥沙沾濕我腿。

我唱，我寫，我藏，我找，　　我畫，我繪，我灑，我染，
這綿延的故事還未了；　　　這片地的畫布還未滿；
我愛，我恨，我哭，我笑，　　我種，我栽，我澆，我翻，
人生一場大夢，葉落知多少？　　翠綠一頃田野，雨落枝葉彈。

生活，幾莖頭髮幾莖愁；　　收穫，幾斤稻穀幾斤苦；
飄過，恰似天地一蜉蝣。　　熟透，來自地藏賜祝福。

曲終了，燈未盡，月積水，帶露
去，
衣袖沾濕不要緊；
人不見，數峰青，東籬下，一身
輕，
繽紛落英，忘了路遠近。

我唱，我寫，我藏，我找，
這綣延的故事還未了；
我愛，我恨，我哭，我笑，
人生一場大夢，知多少？

我唱，我寫，我藏，我找，
這綣延的故事還未了；
我愛，我恨，我哭，我笑，
人生一場大夢，夜落不覺曉。

醒來，也無風雨也無晴；
睡去，已忘言語已忘我。

無盡藍，日高掛，荷把鋤，向前步，
豔陽曝曬不認輸；
星遍天，勾弦月，露珠前，滿身土
沉浸耕耘，忘了回歸路。

我畫，我繪，我灑，我染
這片地的畫布還未滿；
我種，我栽，我澆，我翻，
翠綠一頃田野，枝葉彈。

我畫，我繪，我灑，我染
這片地的畫布還未滿；
我種，我栽，我澆，我翻，
翠綠一頃田野，疲憊也無憾。

彎腰，插上新秧播上種，
站起，灑上希望澆上夢

吳佩柔、吳佩怡、郭芸廷、林姵妏、戴佳君

餐旅與烘焙管理系

⦾ 歌詞改寫

歌名：大火（Burn）

作詞：姚若龍　　　　　　　　　　　歌詞改寫：吳佩柔

有座巨大的停了的時鐘　　　　　　　有座巨大的停了的時鐘
傾倒在趕路的途中　　　　　　　　　傾倒在趕路的途中
擋我　向前走　　　　　　　　　　　擋我　向前走
有隻黑色的老鷹在俯衝　　　　　　　有個黑色的人影在搶奪
叼走了你送的承諾　回頭　冷冷看　　偷走了你給的承諾　回頭　狠狠笑
我　　　　　　　　　　　　　　　　我
有陣將眼淚掃落的狂風　　　　　　　有陣將希望擊潰的暴風
掀起了隱藏的疼痛　把我　變赤裸　　捲起了隱藏的疼痛　把我　變赤裸
我為蔓延的回憶除草了　　　　　　　我讓心中的漣漪停止了
心中卻長出盛開的　寂寞　原來是　　心中卻流出無盡的　失落　原來是
夢　　　　　　　　　　　　　　　　夢
有些傷痕像場大火　把心燒焦難以　　有些回憶像個夢魔　把心摧殘難以
復活　　　　　　　　　　　　　　　復活

不碰了好像忘了　　恐懼卻在腦海住著

重複卡在一個　重要的時刻　不自覺就會退縮

連幸福也克制著　覺得什麼都會變的

防備著平靜到最後　連愛也透著冷漠

有人說我的微笑是暖的

心裡卻很難被感動　狠狠　解剖我

從不是有意想害誰難過

甚至會沮喪一直沒突破　沉重的殼

不痛了好像好了　　噩夢卻在腦海住著

重複卡在一個　恐懼的時刻　絕望的沒有出口

連幸福也克制著　覺得什麼都會變的

防備著平靜到最後　連你也透著冷漠

人們說我的面具是假的

心裡是痛得很難受　狠狠　刺痛我

從不是有意想害誰難過

甚至會沮喪一直沒突破　沉重的殼

歌名：不想上班

作詞：黃明志

對不起老闆　我不想上班

對不起親愛的爹娘

我要把錢通通花光

對不起老闆　我不想上班

對不起別再找我麻煩　我只想要吊兒吊兒啷噹

喔海洋～吶伊啞那魯灣

那魯灣喔海洋　啊咿啞喔海洋

我才不要二十五就掛掉

整天埋頭苦幹　八十歲才下葬

我才不要每天早餐午餐晚餐

早睡早起上班　就像機器空轉

歌名：不想上課

歌詞改寫：林姵妏

對不起老媽　我不想上課

對不起親愛的家人

我要在家當個　youtuber

對不起老媽　我不想上課

對不起別再敲我房門　我只想要看一看這群人

喔海洋～我不想要上課

看到書就很累　去上課就想睡

我才不要每天聽你講話

整天埋頭苦幹　跟書一起下葬

我才不要每天早上中午晚上

早睡早起上課　像小學生似的

歌名：下個街角

作詞：吳青峰

帶著滿臉哀傷　來到我身旁
你說路上　弄丟了點陽光
這裡有座鐵道　往神秘地方
或許剛好會有個人　撿來你的微笑

未知的世界那麼大
走過的世界那麼小
得到的眼淚那麼重
永恆的快樂那麼少

歌名：雨愛

作詞：Wonderful

窗外的天氣
就像是　你多變的表情
下雨了　雨陪我哭泣
看不清　我也不想看清

離開你　我安靜的抽離
不忍揭曉的劇情
我的淚流在心裡
學會放棄

聽雨的聲音　一滴滴清晰
你的呼吸像雨滴滲入我的愛裡
真希望雨能下不停
讓想念繼續　讓愛變透明
我愛上給我勇氣的　Rainie　love

歌名：跨出雙腳

歌詞改寫：吳佩怡

帶著滿身行囊　來到這地方
腦中思緒　似乎有點迷惘
這裡有座小橋　往人生方向
或許剛好會有個夢　找到未來目標

未知的世界那麼大
莽撞的世界到處闖
流下的眼淚那麼多
倔強的身軀佈滿傷

歌名：記憶

歌詞改寫：郭芸廷

塵封的相片
就像是　我多年的回憶
失去了　愛情的真諦
回不去　卻也無法忘記

離不開　你愛情的藩籬
無法壓抑的孤寂
就讓我留在縫隙
學會獨立

夜裡的思緒　一點點清晰
你的無情像火蔓延入我的心裡
真希望你能別忘記
讓想念麻痺　讓愛變窒息
我愛上給我勇氣的　memories

第2部分　師生作品　學生篇

窗外的雨滴　一滴滴累積
屋內的濕氣像儲存愛你的記憶
真希望雨能下不停
雨愛的秘密　能一直延續
我相信我將會看到
彩虹的美麗

歌名：以後別做朋友

作詞：吳易緯

習慣聽你分享生活細節
害怕破壞完美的平衡點
保持著距離一顆心的遙遠
我的寂寞你就聽不見

我走回從前你往未來飛
遇見對的人錯過交叉點
明明你就已經站在我面前
我卻不斷揮手說再見

以後別做朋友　朋友不能牽手
想愛你的衝動　我只能笑著帶過
最好的朋友　有些夢　不能說出口
就不用承擔　會失去你的心痛

劃一個安全的天空界線
誰都不准為我們掉眼淚
放棄好好愛一個人的機會
要看著你幸福到永遠

對你的記憶　一點點屏蔽
心底的碎片像對你殘存的希冀
真希望你能別忘記
眼淚的痕跡　我無法藏匿
我相信我將會看到
世界的美麗

歌名：永遠的閨密

歌詞改寫：戴佳君

習慣聽你分享生活細節
害怕不能在與你見面
珍惜著與你見面的機會
想看著你幸福到永遠

一起回憶過去的舊照片
遇見對的人陪你到永遠
常常笑過去無理的脾氣
要看著你過得更開心

永遠都是閨密　閨密都會挺你
不管是非對錯　都有我在你身後
最好的朋友　有些愛　陪你到最後
不必再懦弱　緊緊握著的雙手

跟你走一條人生路線
常常一起聊天到天黑
等一個保護你的守護者
要讓他陪你到永遠

陳蕙凰、許宇萱、梁燕真、陳宜汶

兒童與家庭服務系

為了守「護」而奮「斗」

我可以靠自己站起來

▲嘉倩（嘉倩提供）

　　想必大家曾在課堂或書籍中看到《三國演義》裡劉備的兒子——阿斗，他在世人眼中是一個軟弱、無上進心的人，但是在張嘉倩的人生中，「阿斗」這個綽號卻賦予她新的意義。在國中時大家常常開著玩笑互相叫別人阿斗，但是嘉倩卻不服，她說：「我不用別人扶，我會自己站起來！」從此，「自己站起來的阿斗」就成了最足以代表張嘉倩的最佳封號。

媽媽指引的護理道路

　　張嘉倩的家是一棟平凡的透天住宅，一踏進家門便可以看到客廳裡琳瑯滿目都是書，然而在櫃子上都有著不同動漫角色的人偶以及海報，一問之下才知道，這些都是屬於她的寶貝，想必她是一位對事物

▲嘉倩與媽媽的合影（嘉倩提供）

▲嘉倩與教會老師的
合影（嘉倩提供）

充滿好奇，喜歡大量閱讀各式各樣書籍的女孩，也是一位懂得利用時間透過動漫適當放鬆自己的人。在師長、同學眼裡，嘉倩一直是個成績優異的模範生女孩，大家始終不明白一個那麼有潛力的人，為什麼會甘願讀五專，而不是選擇就讀明星高中呢？

訪問中嘉倩說到自己一點都不喜歡閱讀課內書，成績會比較亮眼，只是因為她對自己的要求，凡事要做到盡心盡力、問心無愧，然而遇到那些不懂的問題，便會開始鑽牛角尖，非得要把那些問題弄到懂，她才會放心去睡覺。因為家庭狀況的關係，使她比同年齡的孩子還要成熟，她知道在這經濟不景氣的社會中，沒學歷等同於沒地位。雖然曾經迷惘「是否該選擇自己有興趣的餐飲或者繪畫，還是要選擇更有出路的護專」，這道人生的選擇題一度使她崩潰。

有一次去到教會裡莫名的壓力湧上心頭，忍不住就大哭了起來，教會裡有位蔡老師會帶著她一起祈禱事情會好轉的，也會幫嘉倩分析讀五專和高中的差別，並且給予一些意見。在經過一次又一次的開導後，某次與媽媽談論著自己的人生大事後，她想著，如果能夠為了人民做點事，不管是多麼微小，她也樂意，何況這職業能夠讓家人過上雖不算好，但卻吃飽喝足的生活，所以決定選擇媽媽指引的護理之路。

因危機而打開的心房

影響嘉倩的不只是媽媽或是教會的老師，還有在國中認識的好朋友－楊家棋。在嘉倩國中時，父母一起經營網咖，媽媽負責上早班；爸爸負責上晚班，但很多次下午要換班時，爸爸都會遲到，父母常常因為這件事情以及日常繁瑣的小事吵架。嘉倩印象

▲左下角是楊家棋（嘉倩提供）

最深的是有一次媽媽煮好午餐要端魚粥給她跟弟弟吃，夫妻兩人同時又因細故而吵了起來，彼此大聲斥喝對方，爸爸一氣之下把魚粥整個翻倒，姊弟倆都非常的害怕。後來隨著 3C 科技蓬勃發展導致網咖經營不下去，然而父母

親的緣分也走到了盡頭，姊弟倆的撫養權被判給了爸爸，雖然不捨媽媽的離開，但只要有時間，媽媽就會帶著她們出去吃頓飯或逛街。父母離異使嘉倩心情也受到影響，原本就不擅交際的她，在班上變得更加沉默。她的興趣是看動漫，但也只是自己享受，沒有人可以一起討論，直到她聽到了家棋在與別的同學討論《閃電十一人》這個動漫，嘉倩的心有了一番悸動，她覺得有人能懂她、跟她一樣有共鳴，於是也鼓起了勇氣試著去跟家棋搭話，就這樣她們慢慢地有了聊天的話題，久而久之，也成為了好朋友，到現在也已經是7年了。想當初在要升高中時，嘉倩問了家棋的意見，而家棋也分享了自己從小以來想當護士的夢想，讓嘉倩聽的津津有味，也讓她想要去嘗試看看，並且更加確定自己要讀護專幫助更多需要幫助的人這個想法。

最重要的人事物都在左右

嘉倩說過生命裡有很多貴人，首先她最感謝的人是媽媽。因為媽媽在她遇到挫折、感到疲憊時，常常安慰她，跟她說一些支持鼓勵的話，給予她滿滿的愛與溫暖，還會在放假時帶她出去玩放鬆心情，每次面對困難重重的難關，只要想起自己最堅強的後盾——媽媽，不管眼前的挑戰有多麼的艱鉅，相信自己都可以撐過去的！最珍貴的物品

▲《閃電十一人》的眼鏡布（嘉倩提供）

是那條已經泛黃，帶著髒汙、有點破破的眼鏡布，若不是眼睛布上面的《閃電十一人》，她也沒有辦法鼓起勇氣去認識家棋，也不會漸漸打開心房去認識其他的好朋友，也不會跟家棋一起踏上護理師這條辛苦但充滿愛的道路。

踏上未來的道路

嘉倩笑著說她以後一定要去小兒腫瘤科或是急診病房，因為她喜歡孩子，也想幫助更多病人。在工作忙碌的生活步調中，也要從工作中找出自己的成就感，這樣工作就會變得有趣多了，希望自己在未來可以成為一名很專業的護理人員。

現在的嘉倩，正為了畢業而實習，雖然實習的過程當中感到身心疲憊，

但始終保持著那份散播快樂的笑容，以及想幫助別人的愛心，這是因為「我，張嘉倩是會自己站起來的阿斗啊！」

組員心得

　　雖然這次沒有跟組員一起到台南採訪嘉倩，但在聽錄音檔打文字稿的時候，我感覺家倩是一位很成熟的女孩，然後也非常的有上進心，雖然不喜歡讀課內書，但她還是會把不會的問題弄到會才去睡，這一點讓我很佩服他。因為我自己完全無法，雖然我也會要求自己要把不會的用到會，但累了就會去睡，所以我覺得嘉倩是一位值得大家學習的人。（陳蕙凰）

　　這次的人物採訪跟以往我訪問過的很不一樣，到底是何方神聖還要我大老遠搭火車才能見到——她是一個年齡跟我們相符的女孩，外表看似靦腆的小女孩，內心卻極度成熟。也很心疼她自己一路這樣走過來，幸好她結交了好朋友，使她打開了自己的心房，想一想換作是我自己可能無法像她一樣撐過這一切，謝謝老師派了這份作業給我們，讓我認識了這一位充滿愛心與責任心的女孩。（許宇萱）

　　雖然沒有與嘉倩接觸過，但從訪問的描述來看，我覺得她是很棒的，因為我其實到現在還沒有真正確定自己的目標，所以覺得她現在確定了自己的目標也很努力，清楚的知道自己要的是什麼，清楚知道自己要的是什麼。現今有許多人選學校選科系等，都是因為校風好、學校有名、別人說好或是家人覺得好而去讀，並不是自己有興趣的，而嘉倩勇於選擇自己有興趣的學校科系就讀，也讓我覺得很佩服。（梁燕真）

　　在這一次的採訪中，感覺又更加認識我這個朋友了，雖然以前就知道一些事情，但並沒有這麼詳細，而這次我想特別感謝我的組員們，因為多人的力量總是能抵過一個人，要不是她們的配合，我想我一個人不可能完成。除此之外，還讓我們在採訪過程中去體會，看看別人的人生經驗，還能夠藉著這個理由了解到我的家鄉——台南的特色，順便觀察受訪人的側寫，很感謝老師給的機會。雖然一開始覺得麻煩所以很牴觸，但是後來發現這樣子很好玩，而且還能吸收別人的經驗，覺得非常值得。（陳宜汶）

Manager

開放的教育，跑向未來的人生

1974 年的冬天出生於新北板橋的小康家庭，因為家裡的開放的教育觀念，讓身為長子的父親，在求學過程中少了許多屬於那個年代的壓力與

夢魘。回首年少輕狂的歲月中。父親這麼說：「祖父母的教誨中；言猶在耳，『我們不一定要很會讀書，但不能學壞！』」他感嘆曾經迷惘，也曾經有過些微的叛逆，但那一顆天真的赤子之心始終不變。

　　他曾經在運動光環的加持之下，有過風光的求學生涯，但在升學過程中卻沒有如此順利，也因為只有高職的學歷，讓他更告訴自己，一定要比別人更努力，才會有機會，也因為具備有運

動選手堅毅刻苦的個性，要讓他在職場上有著永不服輸的精神。

執著與態度，打破不被重視

　　1996 年的夏天，父親自金門退伍，抱著忐忑不安的心回到了台北，面對茫然的未來，一切都必須從零開始。回台後的第三天，他投入了職場，進入了知名的連鎖糕餅公司，沒有學歷，也沒有經歷，所以只能從最基層的倉管人員做起。

　　他把工作當作是最重要的事情，並且將自己視做老闆，以此思維來面對工作，因此他相當努力耕耘。不懂，就多問多學，別人花一個小時做完，他可能要花二個小時或者是三個小時，無論如何也要想辦法把它完成，他說：「如果我們自己不多努力一點，要拿什麼跟別人比？」也因為這樣的執著與態度，很快的就讓主管注意到這個不起眼的年輕人。

　　一路走來，從不被重視到認同，更在主管的鼓勵之下，父親進入輔仁大學的推廣部進修，也因為這樣的因緣際會，開啟了他往後累積企業經營與管理的儲備能量，父親回憶說：「那時候他每個月的薪資有將近二分之一是用在投資自己身上。」

　　不斷的上課、進修與購買相關的管理書籍，為了就是增進可以跟別人競爭的能力與能量，他笑說：「當時對工作的付出絕對比我求學時還認真」；不過，父親可以在事業上無後顧之憂地往前衝刺，是因為在他的背後有著一位默默付出的「賢內助」，那就是，我的母親，他們是高職時期的同學，父親退伍後半年，他們在沒有經濟的基礎下結婚，可見當時他們面對的壓力有多大！

放下身段，離開舒適圈，從零開始的勇氣

　　由於父親憑著自己的努力不懈、奮力向上，加上貴人的提攜與指點，讓他打破了傳統的思維框架，短短的六年間，一路從倉管、生管課長、生產部副理，最後被拔擢成為生產事業處經理。他所付

出的努力，也一一獲得了回饋，當一切有了成果，經濟壓力稍獲舒緩時，父親則開始思索，該如何學會放下……甚至是下一步的生涯規劃，他曾經捫心自問——自己要的是甚麼！如果就此滿足於現在的成就，未來當再面對挑戰時，自己還有競爭的能力嗎？於是產生了轉職的念頭，他放棄了曾經努力過、打拚過的……人人稱羨的舒適圈，一切將從頭再來……

2003 年冬天，父親進入了一家以代工為主的糕點工廠，跨領域負責營業單位，掛著副理的頭銜，月薪不到先前的三分之二，小公司的規模與管理，工作量與時間也隨著增加，他甘之如飴；沒有任何的怨言，雖然一切從頭開始……但他始終相信：未來會更好！父親的重

新出發，讓他更把握著每一次的機會，他比以往更深入工作，甚至不眠不休……就是希望有朝一日能成為一位全方位的專業經理人。

2004 年　公司成立了行銷企劃部門，父親接任了部門主管，開啟了行銷企劃的不同領域。

2005 年　著手參與了公司品牌的規劃及門市拓點，並且參與了海外市場的拓銷。

2009 年　更著手規劃成立觀光工廠。

2013 年　接任新北市產業觀光促進發展協會總幹事，因此開啟了多元的新視野。

2016 年　更當選了中華民國觀光工廠促進發展協會理事，對於國內產業觀光的推動更是不遺餘力。

這十多年來的努力，讓他的夢想足足更往前跨了一大步。

現在，父親常說沒讀過大學的他，卻會經常到國內的各大專院校去演講、分享經驗！

他想要告訴年輕人的是：

1. 放下身段、從零開始，你會吸收得更快。

2. 吃虧一定佔便宜

3. 有機會多充實自己，才能有跟別人競爭的機會。

黃琮筌、黃穎正

資訊管理系

⦿克服心魔，活出自己的一片光彩

——家憫：「為自己所愛而活」

　　現年 19 歲的劉家憫，出生於高雄市，就讀樹德科技大學一年級，個性活潑愛打扮，是個非常喜歡小動物的女生，私底下會關心並幫助流浪動物，而看似平凡的她有著比同年齡還要成熟的想法及洞察力，對自己的目標相當明確，是個對未來很有規劃的人。

　　對於自尊心很強的她來說，任何事情都要做到非常完美，也因此對自己決定好的事情都不會輕易的放棄，一旦決

定的事情就會做到自己滿意為止。對於每一次要繳交的作業總是要求很嚴格，任何的資料都是一再的修改直到上台前一刻都還在修改，只為了要求到最完美，她說做任何事情都一樣，應該保持認真負責任的態度，把事情盡自己最大的努力做到最好最完美。

　　外表看似活潑的家憫，其實是很害羞內向，

她說道：「從小就是個內向且比較慢熟的人，但在高職三年中，有大大小小的活動以及課堂上自我報告的課程，已經把我訓練到落落大方且勇於發表意見。我也常常跟著老師出去招生，與學弟妹們分享自己的學習歷程，每一次的分享我也更加的肯定自己，也有點不敢相信在台上講話的是當年那個連跟老師問好都會怕的小女孩。我很開心也很慶幸自己遇到了好的老師，願意栽培我並且給我鼓勵；我很滿意自己的成長，也很開心能與更多人分享自己的心路歷程；我也希望透過我的經驗，讓更多害羞不敢發表自己意見的人能跨出自己的那一步，成為一個活潑開朗的人。」

徘徊在琴鍵之間的努力

　　從小就對音樂很有天份的她，在父母親的支持下，讓她去學習自己喜愛的樂器——鋼琴。

　　她說道：「彈琴是我最放鬆的時候，也因為彈琴訓練出我的專注力以及耐性，一首曲子要練好，除了天份，更需要是後天的努力，所以不論我做什麼事情，我都告訴自己，成功是累積來的，從來就沒有不用付出就能得到回報的事情。」

克服學習的瓶頸，找回迷失的自己

　　求學過程中總是名列前茅的她，在許多老師的栽培之下，除了課業成績以外，也常常參加學校的樂隊，代表學校出去比賽。因為從小接觸音樂的關係，高中時期也常常出去比賽或是擔任學校活動的演奏組。但品學兼優的她也曾迷失了自己，一度不知道自己要的是什麼，只是一味的背書、讀書，導致她開始自我放棄以及貪玩，成績可說是一落千丈，但慶幸的是她身邊有好老師以及父母牽引她走回正路。不過當她開始認真讀書時，已經為時已晚，大考將近，卻落後了別人將近一年的時間，她沒有

怨天尤人，因為她知道這是自己要付出的代價。

因此家憫在高三時，自己報名了補習班，幾乎每天都在補習班度過，雖然考出來的成績並不如她的預期，但也沒有因此而後悔自己做了這些決定，她說：「我知道我自己已經盡了最大的努力了，知名作家九把刀曾經說過：『努力的意義，是為了不遺憾，而非一定能獲得成功的保證，每個努力過後卻失敗的，都應該笑，而非回頭憎恨當初近乎愚直的堅持。』我也相信自己，可以從失敗中越挫越勇，成為更好的自己。」

朋友的條件，自己的底線

家憫說：「交朋友不能只交一種，應該交各方面的，不應該只侷限在符合自己身分地位的標準，我們要嘗試與不同面向的人相處。」

將來出社會會遇到各種形形色色的人，需要靠自己去判斷，好的應該去學習她身上的優點，壞的就應該警惕自己，不管身邊的朋友是怎樣的，都應該把自己的底線弄清楚，並不盲目地跟隨朋友，因為我就是我。人生應該要跟自己合得來‧相處得來的人相處，從交朋友中了解各式各樣的人跟環境，遇到的每一個人都是可遇不可求的緣分，不要小看身邊的人，他們都有著不同的才藝、不同的想法與看法等等，並且可以帶給你滿滿的收穫及經驗。

她是仇人，也是恩人，更是貴人——影響家憫人生中最大的人——「母親」

父親在上海工作，家中剩下母親和她及兩個妹妹，母親必須一肩扛起照顧三個小孩的責任，處理家裡面所有瑣碎的事情。也因為這樣父母把所有的期望都放在身為家中長女的她，自己也知道要當妹妹們的好榜樣，為了不讓家人擔心，必須要自己獨力完成許多大大小小的事情，因此造就了她現在獨立的個性。

母親的管教方式相當嚴格，常常因為家憫做錯事而進行打罵教育。生活在這種環境下的她，也需要找個人好好訴苦，每當她跟母親訴說的時候，總是會得到「要自己想辦法解決」的答覆，殊不知家憫想要的只是一個關心，

一個安慰。她開始不諒解母親，覺得母親不了解她，不關心她，久而久之，母女之間產生了隔閡，再也沒有一起聊過心事。

然而有苦難言的家惘生病了，這個病讓她開始討厭全世界，覺得所有人都很可怕，也曾跟母親大吵過一架，覺得母親從來都不了解自己，甚至有時候還會有輕生的念頭產生，還好有身邊的朋友跟家人不斷的鼓勵她，才在短短的半年內走出來。

而陪家惘走過這個階段的人中，她最感謝母親，她說：「要不是母親那麼嚴厲的管教我，我現在也不知道自己墮落到哪去了。經過那次大吵後，她落淚了，因為她才明白我想要的是什麼，但她也告訴我她小時候的教育，告訴我很多她在社會上的經歷，以及現實的不公平，所以她想要教會我遇到問題時要有辦法自己解決問題。知道這些事情之後，我也能體諒母親的教育方式了。」

為自己所愛而活

每個東西都有屬於它的故事和意義，這是家惘在高中二年級的時候她送給自己的禮物。她說這個紀念物對自己來說有特別的意義，手鍊上面刻的意思是「為了自己所愛而活」，要為自己而活，自己就是自己的主人，人生沒有後悔，人生就是不斷的一直去選擇，只要知道自己在做什麼就好了，應該勇敢的去嘗試去體

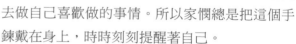

驗不同的事情，不要害怕去嘗試，要

去做自己喜歡做的事情。所以家惘總是把這個手鍊戴在身上，時時刻刻提醒著自己。

帶著手鍊的家惘，抱著貓的樣子既溫柔又幸福，愛貓的她有了一個夢想，她要拯救流浪貓，並且為自己所愛的貓咪開一間以貓咪為主題的咖啡廳，裡面養很多很多的貓咪，希望可以給流浪貓們一個不愁吃穿又溫暖的家，如今她克服心魔，活出自己的一片光彩。

後記

　　採訪時，家憫靜靜地敘述著自己的故事，用分享的方式讓我們了解她所遭遇的經歷以及沉重的黑暗面，一一克服了這些事的她領悟到了很多，眼神帶有自信地告訴我們：「人生就是不斷的選擇，選擇了就不後悔，因為是當下的自己所選擇的。」就這樣有條理地敘述著自己的故事，讓我們在短短的三個小時內上到了寶貴的一課。

第2部分　師生作品　學生篇

蔡欣潔

兒童與家庭服務系

我的勇敢媽媽

神奇的我發芽拉

1978 年生於澎湖縣白沙鄉鳥嶼村，今年 40 歲，在一個平凡既普通的家庭下成長。家庭成員有爸爸、媽媽、兩個哥哥，因為是老么又是女孩，被家裡的大人寵著，所有只要哥哥出去玩不帶著她，回家一哭，爺爺總是會叫兩個舅舅回家罰跪甚至打他們，小時候總是都被兩個哥哥討厭，因為常常跑去告狀。那裡的小孩從小只要下課一放學都會跟著大人一起去海捕魚，那時候小孩眼睛都很好，在船上都要幫忙看魚，只要一看到魚就要趕快說，爺爺就會拿魚叉刺魚，小時候的我們因為在離島，所以哪裡也都不能去，不是上課就是去海，每天都這樣子過。

媽媽和大舅

不屈不饒的成長

在澎湖離島只有國小與國中，所以國中一畢業就要遠離家人自己來到台灣讀書，而媽媽當時選擇了到高雄就讀樹德家商。早上上課，一放學就會到撞球館上班，半工半讀的狀況下，自己慢慢存錢，慢慢賺學費，而媽媽這時的貴人是五婆婆，畢竟一位女生獨自來台灣也會害怕，所以她那時候就來找五婆婆，跟她一起住在一間公寓，然後晚餐也都是五婆婆幫忙打理。

媽媽和五婆婆

這一天終於開花結果實了

媽媽因為在撞球館打工於是認識了爸爸，他們也一起經歷了很多，一個不小心就懷了我，當時有些親戚就很反對他們在一起，但是爺爺奶奶還是很開明的，尊重媽媽的決定，於是他們也順利結婚，生下我和弟弟。

有巨石也阻擋不了我

遇到挫折不要只想著我不會，做不了，辦不到，可以先歇會，放下步調，讓自己思考如何解決，也可以去找朋友或者家人協助，如果放棄了。永遠解決不了任何事情，像是欠債，我們總不能一直逃避，只能想辦法解決，找很多工作，一天下來做 3 份工作，一直努力賺錢，慢慢的把債還完。

給我的期許

希望我可以好好的讀完大學這四年，充實自己的大學生活，不要讓自己太辛苦。如果累了，可以不用假日還一直去上班，累了，有我當你的靠山，有事情都可以跟說，不要自己悶著，希望以後能朝著自己的理想目標前進能夠學以致用，把全部所學到的用在自己身上，可以找一份輕鬆又喜歡的工作。

媽媽、我和弟弟

魏奕蓁

流行設計系

⚫轉角 131

個人簡介

　　劉蕙君 48 歲，出生於台南，是一名個性獨立經濟自主女性，自創一間服飾訂做兼修改名為「131」的小店，從事服裝相關行業資歷超過十年，曾任打版師、樣品師；家中共四個兄弟姊妹，排行長女，擁有一個妹妹兩個弟弟，由於父母管教嚴格讓她從小背負重任，乖巧努力，一心想成為弟妹心中的榜樣，是父母眼中的乖孩子。

做一個生命有被利用價值的人

　　難過也是一天，開心也是一天，你選擇麼度過？即使在人生失意時，也要重振步伐，找回當初的熱情，唯有不斷前進，才不會被取代。

興趣支撐夢想

　　不敢說自己比別人優秀，但我敢說自己比別人努力，很多人雖唸完大學，成為社會新鮮人，卻一句我看不到未來，不知道自己興趣在哪裡，就胡亂找了一份沒興趣的工作。為了生活苦撐，卻不知道自己價值在哪裡，真的很可惜。從小看著

母親僅用一台縫紉機，就可變出許多實用物品，在那個時代，家家戶戶都有縫紉機，大部分的女性都會做衣服，看似不稀奇的技術，卻令我深深著迷。母親看我有心想學的樣子，耐心教導我，本以為會三分鐘熱度，沒想到我從此踏進服裝領域，走出自己的道路。高中就讀台南光華女中服裝科，我一步一腳印扎穩基礎，雖然剛開始困難重重，入學分數高加上作業很多，常常弄到三更半夜，累到手拿著剪刀、針包就入睡。幸運的是，我很早就知道自己的興趣在哪裡，因此這些辛苦絲毫不減我對服裝的熱情，反而激發我向上的心。順利畢業後，我考上台南應用科大服飾科，繼續鑽研自己喜歡的領域，除了學校的課程，我還報名業界實習，每天通勤趕課，把自己填滿。後來，發現開銷龐大，

為了積蓄我的夢想，半工半讀好一段時間，也因為早早走入職場，讓我提早學習待人處事方法，到現在自己創業都覺得受益良多。世上真的沒有用不到的學習，只是時間的問題而已。

給受訪者的期許

　　人生總會起起伏伏，像我剛開始當學徒時壓力很大，布料都是進口的，深怕弄壞無法賠償；也曾做好一批服裝，隔天全數被退件；更因不懂布料的特性，鬧過幾次笑話。但現在想起來，已經能一笑置之了。因為經歷過，你懂得越多，就越不會犯錯，趁年輕時，勇敢闖一遭。不平順的人生故事最精

采。為自己努力一次，也許過程很辛苦，但只有真正走過最懂，也才知道要珍惜，越努力越幸運。這句話是真的，等你越來越好，機會都會來到你身邊，我堅信每個人都有屬於自己的一片天空，在那裡等你找尋並發光發熱，加油～

粘修銘

流行設計系

勇往直前的舅媽

她的成長

　　我的舅媽叫陳美伶，出生於樸實的南臺灣——高雄市楠梓區，家中除了爸爸媽媽以外，還有一位姊姊、哥哥及弟弟等六人所組成的小家庭。她的父親是以生命為賭注，賺取血汗錢的船員，母親則在家中照顧四名子女。在舅媽的成長過程中，一直都很平順，舅媽的母親也常跟舅媽說，她只要好好讀書就行了，也許是和舅媽的姐姐與舅媽年紀相差較大，所以家中的家事，一向都是由母親及她的姐姐包辦，而舅媽在家中就像一位小公主似的，不須操勞。

教職人生

　　舅媽不只是一名家庭主婦，更是一名教育者，同時也是我的小學老師。那時我因為之前學校老師的關係，所以轉學到舅媽的學校，交由她教導。舅媽的教育方式，並不像其他家庭般總是用打人及獎勵的方式，她總是以說故事的方式或者用講道理的方式讓我們理解。因為舅媽從來就不覺得打小孩的方式，就能讓小孩學乖。而聽表姊說因為舅媽的這種堅持，讓她成為少數沒被打過的小孩之一呢！

　　表姊跟我說她小時候，因為常常跟姊姊吵架，所以總是會被舅媽罰站，

舅媽總是無奈的搖搖頭說：「妳們姊妹倆，怎麼能這麼會鬥嘴呢？我以前可從來沒有跟妳們阿姨吵過架呢！」還直說現在回想起舅媽跟兄弟姊妹的相處方式，跟她們真的差很多呢！他們總是彼此的相互包容，有困難時則會互相幫助，這樣要吵起來，好像也很困難。聽到這，我不僅慚愧起來，因為我跟妹妹常常不是吵架就是打架，沒少讓父母頭痛過。不過一旦有舅媽在場，我和妹妹就不敢吵架，因為會被她罵。到現在我終於明白，或許是舅媽要我們好好相處，互相幫助，這大概就是她要我們學習的地方吧！

對學習的熱愛

舅媽國小五年級時，想要參選校內糾察隊（因為哥哥是糾察隊，所以覺得很威風），雖然她已經拚命抬頭挺胸、偷偷墊起腳跟，但還是因為身高不夠而不能入選，令她引為憾事。而高中畢業前，想要報考警官學校，也因為身高略有不足（少 0.5 公分），所以只好打退堂鼓，舅媽說到這就說：「哎！警界少一位見義勇為之奇花也！」

舅媽國一的暑期輔導時，遇上了當時被稱為「造成二戰以來臺灣最大的破壞事件」的颱風——賽洛瑪颱風。那時學校將學生全都疏散至老師的大辦公室，當風雨暫停時，學校立刻宣布放學，但到了半途中（約 20 分鐘後），突然又風雨交加、屋瓦掉落，舅媽立刻衝到鐵捲門緊閉的人家，請求進入躲避風雨，隨後亦跟入約七、八人，雨停後，才和同學淋著細雨，沿路走回家。舅媽說：「當年那場颱風真的很可怕啊！路上滿是吹垮的招牌，甚至還有被折斷的紅綠燈，如果當時我沒有果斷的敲別人家門，那後果可能很嚴重呢！」

高中畢業後的夏天，舅媽進入了中興大學中文系就讀，舅媽說，她大一時，老是泡在圖書館裡，好像要把圖書館的書都看完才甘心。而在無意間，她聽到了同學在講轉系的事情，思考過後，她決定挑戰看看自己，於是就報考了法律系的轉系考試。當時舅媽跟她母親說想轉系，且如果真的轉進法律系，很有可能會延畢讀到五年的事情時，她的母親也只是笑笑的說：「妳自己決定就行了，只要妳自己不後悔。」在成績出來後，舅媽果然成功的轉系進入了法律系。當時中興大學的法律系，是位於台北的法商學院，所以舅媽就獨自一人北上台北，在那邊讀書邊做家教，而三年後，舅媽成功的畢業了，並不如她所說的可能會延畢。在這三年間，舅媽努力的研修學分，就是為了讓自己能順利畢業，聽舅媽說，她們班上那年順利畢業的，似乎不超過

二分之一啊！

99 年開始，母親進入了中興大學國政所就讀學分先修班，100 年二月，正式考進國政所在職專班，為期二年。表姊曾經問過舅媽說：「早上要上班，晚上和假日又要上課，難道不覺得很累嗎？」舅媽回答說：「累？怎麼會累，讀書是件快樂的事，所以，趁現在還能讀書，當然要多讀一點囉！」這時我了解到，舅媽真的很熱愛讀書。聽表姊曾說過，在舅媽高中時，幾乎日日夜夜的手捧一本書，早上走路時在看書，晚上又躲在棉被看書，讓人不得不覺得，她真的熱愛讀書！

就職

因當時的法規允許由親屬代理兵缺，不需考代課缺，所以就在大學畢業後，直接代理了弟弟的兵缺教職，到南投光明國小代課二年。她的弟弟教書期間，借宿在一戶人家裡，所以等到舅媽來代課時，也借住在同樣一戶家中，而舅媽也在那時認識了舅舅，說到這件事時，她說了句：「我弟弟可是我們的媒婆啊！」

代課結束後，舅媽到台北律師事務所找工作，擔任法務助理。在做助理期間，會幫忙寫訴狀、代理律師上法庭、做民事執行工作等等，每天朝九晚五。結婚後，她辭掉了律師助理這份工作，回到台中準備高考，但後來因為考高考第一天晚上早產，所以只好放棄高考。舅媽說：「如果當時有考完 2 天的話，或許我早就是公務人員了吧！可是如果真的如此，我也就不會擁有現在的這份工作，仔細想想，當一名老師好像比較好呢！畢竟擁有寒、暑假，感覺時間比較自由。」

在高雄做完月子後，回到台中找工作，之後在漢聲雜誌社推銷兒童叢書。推銷時，舅媽在高美國小遇到了國中同學，得知該同學因報考第一期師資班，已經成為正式教師，所以舅媽在準備半年後，也去報考師資班，結果幸運的考上第三期師資班，白天時在出版社工作，晚上則是讀夜間部。一年結業後，舅媽考進烏日國小，第一年教書兼實習一年，直到今年已滿 26 年，並且被提報為「資深優良教師」。

在舅媽教書期間，白天除了帶班外，晚上還在烏日國小的附設補校教書，主要是教那些早期失學的老人家及外籍新娘（新住民），教到現在也已經滿十多年了。在這十多年裡，舅媽教到的學生，大多都是白天上班，晚上還趕來讀書的，甚至還有高齡 70 幾歲的老婆婆來讀書，且風雨無阻地每天

來上課，舅媽十分的佩服她那好學的精神，也總是提點我們需要好好的像她學習。

訪問之後

在訪問中，我才了解到，舅媽的人生或許並不曲折離奇，但對我而言，她的人生經歷也算是多采多姿，感覺她的一生並沒有白活，畢竟相較於我而言，感覺舅媽過的才叫做「人生」。但真把她的經歷套用在我身上的話，我想我可能會失敗在半途之中吧！

這次的採訪，除了更了解舅媽以外，也了解了她在遇到某些事情時，所用的處理方式及態度。有時我很羨慕舅媽，她總是能直率地勇於表現自己的想法，且能果斷的判斷每一件事情。或許，這次要我們這項採訪報告的真正目的，就是希望我們能從被採訪中，學習到一些，這些被採訪人的優點，並以他們的經歷作為借鏡吧！

（舅媽和她教的班級）

陳姿婷、王瑞華、薛琳憓、田峻嘉

兒童與家庭服務系

◦ 亂世浮生的哀愁與美麗

懷舊歲月流離

　　「世界顛沛流離，而我只想記住那些歲月」。在國共內戰的時刻裡，在那世界混亂不已的時刻裡，陸月明女士在這個時代中誕生，跟我們敘述她過往的回憶，體現了亂世浮生中的美麗與哀愁。

　　民國 46 年，陸月明的家人們為了逃離戰爭，打算離開中國大陸，不幸的沒有搭上開往台灣的船隻，只好

暫時地前往越南避難。就在這個兵荒馬亂的時刻裏，陸月明女士誕生了，然而母親卻在她三歲時過世，只剩父親與她

在越南相依為命。她對我們說，自己已經沒有關於越南以及母親的任何回憶了，這些都是別人對她訴說的過往記憶，然而，她卻依稀記得當時有一位鄰居對她們家很友好。當時有一班越南開往台灣的船隻，不過陸月明女士的爸爸已沒有心思前往台灣，他想要留在這個有他的老婆的地方，那位好心的鄰居一直勸他為了女兒前往台灣，才能有更好的生活。就這樣，陸月明女士與她的爸爸一起來到了台灣。

揮別過往，迎接新生活

陸月明女士跟我們說當時來到台灣的生活。他們一下船後，就在高雄這裡生活著，那時她還年幼，爸爸為了生活要去茶行工作，所以必須留她一人在家。因為怕她亂跑走失，爸爸出門前都將她鎖在房間裏，中午時會回家陪她吃個午餐，

然後再度鎖起來，下班後再解開，這段日子持續了好一陣子。後來爸爸再娶了一位老婆，想說可以照顧家裡的女兒以及生活，卻沒有想到是個糟糕的媽媽，不但好賭成性，而且還會追打他們爸女倆，以至於陸月明女士對她從來沒有好印象，到十幾歲時，爸爸就和她離婚了。離婚後幾年，就聽聞她在某個不知名的漁塭死去。

開啟幸福之窗

度過曲折的童年之後，最辛苦的是17歲那年，她去鳳梨罐頭工廠擔任女工，從白天工作到晚上。也就在那年，透過當初越南鄰居的介紹，遇到了與她共度一生的伴侶，他們一起生了五位女兒及一位兒子，而生活逐漸地走向美好之中。

在我們採訪陸月明女士的過程中，她給我們看了她視為最重要的相片，而上頭紀錄的是過往的那些時光，而月明女士的眼裡柔情萬千，像是把一切都

揉進骨肉之中，和歲月共度風雨，愛所抵達。

小的時候我和姐姐幾乎都是被阿嬤給帶大的，對我們來說，阿嬤是一個很堅強很善良的女強人！在我的心中，對阿嬤的

感情似比海水深。只要我有困難，阿嬤總是第一個跳出來幫我，不管發生什麼事，她會用她所有，讓妳知道妳還有她！我們想要什麼，她會竭盡她的力量達成。她會愛我們愛的人像愛自己的孩子，並尊重我們的決定。可當我們傷心難過之時，她會堅決的告訴我們。我們是最好的！她喜歡煮我們愛吃的菜，更喜歡我

們喜歡她煮的菜。她看到路邊需要幫助的人，她會伸出援手，並告訴我們要多幫助別人，她就算嘴裡說養狗麻煩，可老是比誰還怕狗餓著。她身體不舒服，請我們幫忙按摩，可她總會覺得不好意思，一直跟我們說謝謝。她對生活沒有太多抱怨，只希望我們都可以好好的，這一生要怎樣，才可以令人十分敬佩一個人。想到她，眼淚會不自覺流下，為她這一生的愛而致上最大的感想。

堅強、用心、善良、愛 是她的特質——她是我

阿嬤，最敬愛的阿嬤。（薛琳憓，故事主角阿嬤的孫女）

撰寫者：王瑞華、陳姿婷

心得分享

這次採訪的不是什麼工作人物，而

是一位阿嬤，在我們還沒出生之前發生的事情真的太多太多了，我們根本也不知道什麼，而我們採訪的這位阿嬤是經歷過很多艱辛的事情才走到現在的。我們在採訪的當中，阿嬤的臉上總是充滿著笑臉，在旁邊的我們看得都覺得很感動，也很溫馨。因為阿嬤很好也很願意跟我們分享這些事情，不然這些那麼難過、辛苦的過去，誰還願意說出來讓大家聽的，而且看到阿嬤那些充滿總總回憶的照片，就覺得很幸福啊！（陳姿婷）

第二次採訪，意義很不同的是，採訪了同學的阿嬤，因為認識所以很親切、很溫暖。阿嬤人很開朗活潑，問她什麼問題都能永無止盡的回答我們，聽阿嬤講的這些故事經歷，自己會發覺到我很幸福，出生在現代這個社會上。阿嬤在以前還在戰爭的那個年代，為了逃難而離家到了越南生活，她跟爸爸兩人相依為命，雖然日子艱苦，但他們依然不放棄生活。在這當中，有心酸、有難過，也有歡笑的回憶，從阿嬤的臉中，可以看出阿嬤那自然而然發出的甜蜜笑容。很謝謝阿嬤願意與我們分享她的過去、她的經歷，現在的她含飴弄孫很開心的樣子，我們也跟著開心。

阿嬤最喜歡、最珍貴的就是那一張張懷舊的照片，當她拿出來與我們分享時，她嘴裡的笑容藏不住她的喜悅，也證明了這些照片是她幸福的能量來源。這次採訪僅短短一個小時，就能聽到這麼令人感觸深刻的故事，我覺得很值得了。（王瑞華）

這次訪問我阿嬤，我才發現其實我沒有完整聽過阿嬤這一生的故事！

對我來說，其實很難想像阿嬤的生活，阿嬤的時代與現今生活相較，現在是很安全的時代，但阿嬤的心卻完全沒有扭曲反而很美，跟我們現在的人相比，我們是不是太容易不滿足，總是計較自己沒有什麼，可總不說自己擁有什麼，阿嬤經歷了那麼多，是不是應該要討厭這世界。可是她沒有，她還是很堅強的過著她的生活！

她不怨恨小時候打她的人，她只在乎人家有照顧她，對於別人對她的付出，她是百分百感謝的。

我真的很欽佩阿嬤，愛自己的子女比愛自己還多，她不自私，她注重每個人的感受，總是以和為貴，笑臉迎人。

可是她的辛苦她卻從不訴說，這次很認真的採訪了阿嬤，也是對她有更深一層的了解，過程中總感覺阿嬤眼眶泛淚，似乎對以前的回憶有些感觸。

一個人一生有太多的回憶，或許哪天換我們回憶，我們是笑著還是哭著呢？阿嬤生在不完美的時代，可是她卻有一顆美好的心。（薛琳憓）

對於這一次的採訪，我覺得我學習到很多事情，關於那時代的變遷，流離失所的故事，真的讓人覺得難過。非常謝謝薛琳憓的奶奶接受我們的採訪，能夠知道那些歲月的痕跡，真的是很令人感動。看著奶奶時，都會覺得她很思念那些回憶時光，這也讓我的印象十分深刻。（田峻嘉）

劉羽芳

金融管理系

享受壓力、挑戰自己新高度
——我的媽媽

巷子裡的琴聲——茉莉花

「好一朵美麗的茉莉花／好一朵美麗的茉莉花／芬芳美麗滿枝枒／又香又白人人誇」，晚上鄉下的巷子中每天都能聽到這一首耳熟能詳的歌曲，但傳遍

巷子的不是歌聲而是電子琴的琴聲。媽媽小時候非常嚮往學習電子琴，然而當時家裡並不算富裕，當時的一台電子琴可以買一棟小公寓，而學費一個小時要五、六百塊，都可以買好多菜了，沒想到外公卻願意買給她讓她學習，媽媽開心極了，並暗自下定決心要把每一首歌都彈到最好。她每天總是花一到兩個小時練琴，吃飽飯後就會開心的自動去找電子琴報到。在她彈琴中最印象深刻的一首歌是〈茉莉花〉，當中有一段困難的滑音總是彈不好，然而她並不是放棄彈這首歌，而是每天更加用力的練

習。這首歌成為了我阿姨的搖籃曲，一聽到就睡著了，因為月考前休息一天，鄰居還會前來關心今天怎麼沒聽到琴聲呢！

經歷嚴格過後才知道自由的美好

　　電子琴只學到國一，因為國中就讀了一所嚴格出名的私立學校——興華中學，除了功課很多之外最可怕的就是老師，就算考試考到了九十五分，還是會被抓起來打，因為沒有達到一百分。每天吃飽飯看了最喜愛的電視節目後就去讀書了，常常讀到半夜還是讀不完，可是隔天要考試又不能不讀，每次小考完要發成績時，總會看到老師拿著三條藤條走進來教室，男生打大腿後面，女生打手心，尤其是數學課下課，都可以看到三條藤條斷著出去！外公外婆還曾經跑到學校，跟老師求情說不要再打她啦！她真的很用功。

　　到了高中，她考上嘉商的會統科，再也沒有像國中那樣拿著藤條的老師，覺得沒有人逼的感覺很好很自在，但也導致了她鬆懈，成績普普的在中半段畢業了。

轉換職場——挑戰自我

　　高職畢業後，她便決定出來就業，先去信用合作社上班，因為大舅公在那裡當總經理，有親人在同個職場並沒有比較輕鬆，反而是對妳更加的嚴厲，做不好還會打電話來家裡罵

呢！

　　大眾銀行當時剛成立，媽媽便決定要去應徵，因為銀行薪水比合作社高，且五舅公在大眾銀行當分行經理。在大眾四年裡，她總是最認真那個，考績也還不錯。後來外公到大眾銀行當副理，便決定轉換到中興銀行，因為三等親不能同分行！

　　媽媽當初任職於中興銀行，沒人想過台灣的銀行居然會倒閉，被聯邦銀行合併後，要被留下的行員名額不多。在挑選員工時，她覺得自己就像一塊豬肉被衡量著好不好，雖然最後是被選上留下來，但她暗自決定一定要往更大的銀行就職，不願再當一個被選擇的人。

　　當花旗銀行合併華僑銀行時開始需要換血，她自己就到花旗銀行去面談，親朋好友知道後都很反對，因為外商銀行淘汰率很高，而且高標準的業績目標要求將面臨極大的工作壓力，沒有人看好，甚至覺得她很快就會被開除，但媽媽說：人生就是不斷的冒險，相信自己，全力找出解決方法並學會享受壓力，一切船到橋頭自然直。

　　前兩年她被挖角到中國信託銀行擔任業務經理。

李　婷

金融管理系

▮我的生命故事——李政治

老頑童的小時候

　　李政治是我的父親，父親於民國五
十三年，生於高雄縣彌陀鄉，今年已五
十五歲，還是很帥氣！父親家人口眾
多，有五女二男，共七個小孩，阿公阿
嬤生了五個姑姑後，在無後為大的傳統
觀念下，阿伯及父親就相繼報到了。國
小及國中，父親都在彌陀的鄉下就讀，
從沒離開家鄉。國中畢業後，面臨第一
次聯考，考上了左營高中。父親在高中
二年級，因緣際會愛上金庸小說，在陳
家洛、郭靖、楊過、韋小寶的陪伴下，
度過慘淡的高中生活，也使大學聯考初

嚐落榜的滋味，但卻奠定了他喜愛閱讀的基礎。家中成套的小說、漫畫，也
是我小時候的良伴，現在我愛買書、愛看書的習慣，應該也是受了他的影
響。如今他還把看書的習慣延續到網路小說的閱讀，每每廢寢忘食地令我憂
心不已。

高四英雄傳

　　父親人生第一個挫折就是大學聯考落榜，大學落榜後，提起簡單的行李，「遠離」家鄉到台南當「高四英雄傳」的成員，努力地想在補習班有所得。但因第一次長期離家在外租屋，而台南除了文風鼎盛外，其時電影院也林立，他第一次感受電影的魅力，一年內，約計觀賞了二百餘部的國內外影片。現在他常吹牛說一看到影片開始十分鐘，就知道值不值得看下去，有時還宛如影評家，對正播放的影片發表評論，雖說多少有些道理，但有時還真受不了他的行為。

　　民國七十二年，父親考上淡江大學電子計算機科學學系，他說：「人生前二十年都在南部生活，所以選填志願時，都只填北部的校系。電子計算機是什麼？說正格的，不懂……，只知好不容易有學校可唸，勉為其難去念吧！」

大學旅程

　　大學生活是父親最常掛在嘴邊的，他告訴我：當他第一次到淡水，真有流浪到淡水的感覺，加上從未真正遠離家鄉，來到淡水，舉目無親，令人有天下不知何處之嘆！幸好父親生性開朗，他認識了一群好朋友，還參與當時最流行的寢室聯誼。

　　父親說：出外靠朋友，這群和藹可親、對他諄諄善導及因寢室聯誼而認識的伙伴，讓他的大學生初體驗，充滿多采多姿。他說大學真是「由你玩四年」，從一個鄉下無知的小子初到北部，大學四年，從班級康樂‧系學會活動組組長到學生活動

中心服務委員；從舞會的舉辦到參加別人的畢業舞會，最終參加聖誕舞會從台北跳回淡水，通宵達旦；從烤肉、郊遊、參加社團至暑假電腦夏令營服務員；使他的生命豐盛，也奠定了目前活潑外向的個性。

父親說他大學學業成績平平，但最值得他驕傲的是他畢業時，得到全系德育第一名的成績，還讓大伯陪阿嬤到台北去觀看他領獎。這是大學四年阿嬤唯一一次到台北，也是父親對阿嬤幸苦的回報。

小時候的夢想

七十六年大學畢業後，父親在台南當了一年十個月的兵，近二年的軍旅生涯令他沉澱，退伍前，原本在台北找到了工作，準備到公司當程式設計師。但一個因緣際會的機會，他經由當時任督學的堂伯介紹，到離家不到十分鐘車程的高苑工商去面試，剛好學校缺電腦教師，他說他就這麼幸運地從事小時候的夢想工作——當老師。

父親七十八年進入高苑工商服務，因為還沒有教師證，所以七十九年參加教育學分班甄試，因積分不夠，故無緣進修，八十年參加教育學分班暑期班考試，幸運錄取。父親說：當時台灣的股市興起，大家認為當老師領固定薪水，所以教師缺額很多，現在少子化，教師員額可緊俏得很，流浪教師眾多，真是十年河東十年河西呢！父親於八十一年擔任補校教學組長職務，八十二年九月，取得合格電子計算機教師證，八十五年取得資料處理科合格教師證，八十七年擔任日校訓育組長職務，八十七年暑假，有鑑於人生活到老學到老的格言，於是到中山大學資訊工程研究所暑期四十學分班進修，還拿到證書。

抱得美人歸

高苑工商是父親及老媽的媒人，因為老媽是高苑工商畢業的，七十八年父親進高苑當老師時，老媽當時是高三的學生，老媽說父親是她資訊技術課程的任課教師，我們常說他們是標準的「師生戀」。不過天才父親一概否

認，他說在學校時兩人認識，但真正交往是老媽畢業後，所以不算「師生戀」。不管真相如何，他們於八十一年四月一日結婚了，看他們結婚的影片及照片，真是盛大！光是伴郎伴娘就有 12 對，還開吉普車當新娘車，夠炫吧！他們結婚的日子在四月一日愚人節，因為父親平常就很逗，所以他說他的同學及朋友剛接到喜帖時，都以為父親在耍他們，後來父親都快斬雞頭發誓了，他們才相信這是真的。

家有老頑童

　　高苑工商全國聞名的就是「高苑青棒隊」，父親可是他們學校棒球隊的啦啦隊隊長，他常常南征北討為棒球隊加油，說得一嘴棒球經。每當有棒球比賽，我家的電視就被他霸占了，每次看到他隨著球賽的進行而情緒起伏時，就為他的身體擔心，真是老頑童！

永遠的英雄

　　父親當老師今年已二十九年了，九十五年升任綜合高中部主任，一百年升任學務主任，一百零六年擔任科主任迄今，父親說他這一輩子就只有一個職業，就是「老師」，他也以這個職業為榮，未來希望我也能讓他引以為榮。

李俐葳

兒童與家庭服務系

一個女人的奮鬥史

生活背景

　　今年 54 的媽媽，出生於南投埔里的小村莊，父母都是務農，家中兄弟姊妹有七個，其中四個是男生，媽媽則是最小的。印象深刻是，媽媽出生時，因為自己的父母親無法撫養這麼多孩子，而把媽媽送給別人養，但是我媽媽的姐姐不想讓自己的妹妹送養，就在半夜偷偷地把妹妹抱回來，這是個很驚險的過程。媽媽在當地讀小學到五年級就轉學到高雄，但是沒有讀完國小就直接讀國中，之後就投入職場。

重要轉折

　　媽媽覺得影響自身最深的就是原生家庭，一早起來就得工作，父母親出去工作前，派給每個孩子做事情，有農務也有家事。每個孩子都要趕在父母親回來前做完，沒有完成必定吃棍子，沒有寬恕的空間。因為這樣的生活，養成媽媽手腳快、很勤勞的個性，之後在工作上也不吃虧，因為學習能力

強，得到相當好的肯定。有這樣的家庭，造就了這麼一位努力勤奮的女人。

工作經歷

　　國中畢業後，媽媽想要有一技之長，因此去學習美髮，也順利的開了店，但是自己又想要到工廠體驗工作的環境，所以自己的店就休息 3 個月，去做了工廠的員工，因為這份工作認識到爸爸。做了 3 個月後，回到自己的店，這個時候開始和爸爸交往，結婚後，直到生下第 2 個孩子的時候就不做了。之後的工作分很多種類，低層到清潔工；高層到經理，現在的工作是房東。剛到這個工作不懂所以慢慢學，透過同業的一起討論一起吸收知識，對於房子有更多的了解，媽媽常說：「學你想學的，認真去學，結果才有收穫。」不論學什麼做甚麼，都要認真看待，不要馬馬虎虎的過，而要讓自己的腦袋變得實用。媽媽在這些工作裡面學習許多經歷，不管是與人相處或是如何做好份內工作，都是很有收穫的，所以沒做過的就是去做，就是去闖，這是媽媽鼓勵我們的。

給採訪者期許

　　因為我是最小的女兒，媽媽希望我能夠勇敢去做自己想做的事，只要是認為對我未來有幫助，都會支持我。如果錯失了這可貴的經驗，也無法做任何補救，所以我媽媽期許我能夠跟他一樣，不論活動、工作，都試著學習，不要讓自己後悔。

第 2 部分　師生作品　學生篇

彭琮蘋

社會工作學士學位學程

⚇ 思慕的人

我心內思慕的人
你怎樣離開　阮的身邊

王玉蘭　專訪

忠貞不渝的玉蘭花

　　「拎阿公咧？」（臺語）

　　採訪過程中問了幾次已經數不得，時不時伴隨著愉悅的哼頌「我心內思慕的人　你怎樣離開阮的身邊」，在有限的記憶裡，早已裝不進情人離別的事實。以往我都隨口帶過，有時是外公出國，有時外公住院，直到這一刻我才明白，最美的愛情即使沒了怦然，仍然愛。

愛是一種選擇，是我在外公外婆身上看見最美好的榜樣。

愛裡沒有懼怕

外公外婆是在農田裡認識的，當時外公是村莊裡少有的「中學生」，尤其外公帥氣的臉龐更是受到少女們歡迎，剛好外婆家位於中學生上學的必經路段，沒有接受教育的外婆平時就在農地幫忙放牛，直到中學生鼓起勇氣搭話的那天，他們的人生從此改變。

事實上，外公外婆的婚姻並不受到眾人祝福，一方面是 10 歲的年齡差距令女方家長不能接受，男方則重視門當戶對，畢竟對村莊第一大戶人家來說，一個農家出生的姑娘如何匹配一位前途似錦的中學生。然而這樣的反對聲浪卻不成為他們愛情的攔阻，在自由戀愛罕見的保守社會，他們決定做出一個更突破抗爭——為愛奔走，就這樣一路逃到高雄右昌。

跟著眼前這位中學生離開熟悉的屏東家鄉，看不見未來，加上丈夫兵單來臨，退伍後的丈夫更是面臨長期在外島工作，或許是在愛裡沒有懼怕才讓這對年輕夫妻身無分文，卻能夠靠著雙手撐起一家九口。必須獨自撫養七子的外婆無奈開起檳榔攤生意，偶爾也在公園和三五好友一起博弈，賺取生活費，不料有一次被警察抓走，卻不阻止孩子們成長。

人生海海

「後悔嗎？」我生澀的問著外婆，一句「人生海海」似乎為這七十三年來填上最切實的註解。

　　似懂非懂，但我不再追問，因為我明白這樣的人生註解唯有在歷經滄桑後才能提筆，然而這句「人生海海」，有一天我會自己經歷。

　　外婆睡了，在她的夢鄉裡依然思慕著，而我也沉浸在懵懂裡繼續我的人生海海。

蔡欣穎

流行設計系

♀茉莉樺開

SPRING 2018

種子

「關於她」

1994 年出生於台中市豐原，生長在音符瀰漫的家庭，從小便培養了音樂涵養，在家中是三小孩裡最高最有擔當的榜樣。先後畢業於豐原國小，豐原國中、南投高中音樂班。自幼稚園時期學習鋼琴，於九歲開始接觸小提琴，國中學習三年的二胡，直至高中時學習作曲，大學於新竹教育大學音樂系畢業，主修理論作曲副修鋼琴，而目前就讀於交通大學音樂研究所，主修新音樂劇場。

初芽

「多。」

在考大學前夕，漫長高中三年來她一直都很努力，但卻從未清楚自己到底在做些什麼，毫無方向，毫無目的，感覺人生就是一條很長很長的路，但卻沒了那份熱情和動力。一直到她高三那年，遇見了生命中的貴人，她的作曲老師，她說：說還記得老師常對我說一句話，「多」，這個字完整喚醒了我，意思是要我們「多聽，多想，多看，身為作曲家，要多，才能譜

出好曲子。」她開始思索這句話，那陣子開始去外面走走看看，欣賞大自然的湖光山色，品閱四面八方的音樂，遊走在藝術中，像一塊海綿一樣，綿密細緻的吸收養分，慢慢的昇華，也慢慢的找尋自己。

開花

「Always keep the faith.」

這句話的意思是，堅持信念。在遇到瓶頸時，必須先靜，與自己對話，或者放空。放空是她最喜歡也認為最有用的方式，因為她知道自己如果於混亂之下是無法控制也無法太理性，這時候必須先讓腦袋淨空，睡個覺也好，然後再慢慢把腦中的死結打開，這時候會發現呼吸變得暢通，才真正開始與自己的對話，自問，自答，找出問題糾結點。千萬不要一開始就逃避，甚至放棄，給自己一點時間消化吧，相信我們會有勇氣再面對它的。

結果

「愛你而願你。」

她說：相信設計這條路也不是很好走，但我相信你，從你一出生以來我就看著你，看著你一路成長，也看過你叛逆的可愛模樣，一直到現在的你。你永遠知道自己想要的是什麼，多麼有個性，有時候覺得你很酷，因為那是我不能及的，雖然常常不能理解你的穿著，但我想那就是你，獨特的你，不願盲從，於茫茫人海中脫穎而出的你，我希

望你就繼續這樣下去，做個最真的自己，還要繼續努力學習，不要停滯，記得我會永遠陪在你身旁，「當你最依賴的靠山，因為愛你而願你。」

阮澤婷

視覺傳達設計系

◦心中的實踐家

專訪胡以珍

回頭過往的不平凡人生

說說　妳的故事

有一盞明亮的燈照亮著

大頭兵日誌

在她眼裡　沒有做不到事

期許著妳，四年後

謝謝　妳的努力付出

胡以珍，

搞過一點體育，搞過一點設計，

現在在搞志願役，其實最想搞定是自己的人生。

回頭過往的不平凡人生

說說　妳的故事

每次的轉變，累積不同的成長～～

胡以珍，今年 19 歲，出生於台南，7 歲時到彰化與媽媽生活。小時候她媽媽總是每天早晚嘮叨著，要用功讀書總有一天要出人頭地，但她就是這麼的不成材，在她的眼裡大概只有考試前才有「讀書」這兩個字。

求學背景，她在這階段起伏變換的很大。國小的日子她幾乎都在練太極、跑步、打球，時不時就是在比賽，國中時想考體育班但沒考進，殊不知什麼原因讓她意外的考進績優班，她說：「要號稱成績很好的人才能進去，其實是個天大的錯誤，進去那個班級禮拜六都還要讀書，這就算了，竟然還進入弦樂團去拉小提琴。」這件事笑掉好多人的大牙啊！！每個人都覺得她竟能文武雙全！？但她是個音痴，完全看不懂音符，那時她只能苦撐硬學，還請家教協助，到最後撐不下去只好放棄退出，繼續做她最喜歡、最擅長的事，所以再次回歸，專注在練田徑打太極，但沒多久在練跳馬背時，在沒有安全措施下摔下來，她說：「當我摔下去起來時滿口鮮血，我還淡定地緩慢走去廁所吐血，結果好幾顆牙齒也被我吐出來了。」大概是受挫了吧，那一刻起她中斷了自己的運動夢，這件事也在她腦海揮之不去，牙痛維持了好幾個月，每天都不能好好吃東西，就這樣快畢業時才治療好牙齒。

國中畢業後，她一直猶豫不決，高中要讀什麼呢？運動？這不可能了，讀普通高中？這對不愛讀書的她太煎熬了，後來發覺到她對畫圖有那麼點興趣，報考了好多間美術科系的學校，但個個摃龜，最後放棄直接填分發，最後她的好運氣分發上了國立的高職，而且還是設計科！就這樣，她的第一個轉折點也從這時開始了。

上了高職，也是我剛開始認識她的時候。開學後進入狀況學習專業科目，她剛開始可以應付的了，畢竟對畫畫算有興趣，但她突然談起戀愛，她根本把另一半當作神一樣，總是擺第一，朋友、課業什麼的擺一旁，讀書算什麼，考試前在讀就好啦！那時對她的行為搖搖頭，但我還是不放心會提醒她，雖然談戀愛我沒辦法管太多，可是課業還是要照顧到。但她談戀愛那刻起，課業完完全全荒廢，也變得不愛畫畫，整天伺候女友，當然報應也來了，她被當了三年來，大概就是體育沒被當。最後我也看不下去，高中也要考到證照才可以畢業，上課有空教她、假日去她家複習筆試題目，還好老天

有看到她的努力，證照考過了，也順順利利地畢業了。

　　高職影響她最深的人，是我們的繪畫老師，帶著一副黑框眼鏡，頂著一顆像燈泡的頭，總是愛在上課前下課後，跑去外面躲起來拯救肺部，脾氣古怪的他，卻意外地對他又愛又恨，她是繪畫小老師，所以老師總是對她愛開玩笑的。

　　這老師最愛講人生的大道理了，也很喜歡拿他自己在讀書時的一些求學經歷分享給大家聽，這一聽也三年。他很在意學生畫出來的圖，他的認為就是「你要對得起自己畫出來的圖」，他會從每個人畫出來的圖去判讀這個人的性格。她非常佩服老師這點，畫了三年的圖，幾乎每張圖老師都能夠看出她當下在畫圖的心思，以及用圖說出她最近狀況，真的是一位心思細膩的老師，連我也被他講過，簡直是一擊必中。

　　她很意外能順利當他的小老師當三年。老師總是說，她畫的圖雖然沒有很好，跟其他人還是有落差，但喜歡她做事的態度以及有能屈能伸的心態，也不會畏畏縮縮的。他時常鼓勵她不要看低自己，總要對自己有信心，事情做得好與壞，一切都取決於自己是用什麼心態去做事情，老師這句話，她到現在也銘記在心。

大頭兵日誌
不浪費時間在不確定、沒把握的事情上～～

　　畢業後，她轉換跑道，選擇不再念書，跑去簽「志願役」報效國家，我覺得轉變對她來說是好的。雖然女生當兵這件事，講真的，是非常需要勇氣

以及家人的支持。畢竟就跟大學一樣，進去四年後也是出社會，當初她抉擇了很久，念大學要多一筆學貸，家裡只有她媽媽靠著賣菜錢在支撐整個家，覺得一把年紀還要那麼辛苦的賺錢。她因為這點，下定決心去當大頭兵。

在成功嶺受訓報到那天，她帶著既期待又害怕的心情，報到完，馬上就要被帶走了，她回頭抱了一下她媽媽，我笑著跟她加油，她媽媽哭著說聲再見。我看的出來，她當下內心是非常難過，只是外表裝作一副嘻皮笑臉的樣子，唸著她媽媽說著：「吼！這有什麼好哭

的！」這麼做為了讓她媽媽明白，她可以撐過去的，我也一直相信她。

大概兩個禮拜不能回家，從一個老百姓的心態進去，被指揮說一就是做一，一人犯錯全體受罰，講真的，非常難受。受訓兩個月，她覺得在那當下過得好漫長啊，收假時能拖點時間就多拖點。這段期間，她看到有人最終放棄退出了，有人受到家人及部隊的姊妹激勵，繼續撐了下去，她也差點成了那放棄人員的其中之一，但一想到有她媽媽以及我的支持、鼓勵下，她振作並且撐了下去，那兩個月也算是圓滿的結訓。前前後後受了四個月的訓才真正的下部隊，至今每天聽她分享隊上發生的事，我覺得她在工作上是適應了，也替媽媽減輕許多工作上的金錢壓力。有時我還是像好奇寶寶一樣，總是問她：「做完四年後妳還要繼續做下去嗎？」她每次的回應一成不變，她說：「以目前的想法是不繼續做，不過誰知道，搞不好我會做到退休。」但我想，她一定想要好好做完這四年，回家陪伴在她媽媽身邊。

在她眼裡 沒有做不到事
沒有做不到的事，只是看自己要或不要～～

每個人面對挫折，剛開始多多少少會先選擇逃避，但她所謂的逃避並不是一而再再而三不去面對當個弱者，她會先整頓好思緒，想想事情的解決方法，如果只有她一人是無法解決，她才會依循請求別人的幫助。

期許著妳，四年後
謝謝　妳的努力付出
要記得我們都在這陪伴著～～

　　這次非常開心能採訪到以珍，她是我閨蜜，所以她的故事我早就聽過了，也在她奮鬥過程陪伴著她，她的人生轉變，讓她變得更成熟，而且隊上的學長姊都非常看好她。其實她家裡的狀況並不是很好，這點沒提到，不過我也能猜到，她並不想被同情，希望能趕快賺錢讓她的媽媽過好日子，她總是提到，最開心是有我在，她才可以這麼的堅持住，我相信她的未來會比現在更精采。

李姿嬅

視覺傳達設計系

◦ 歲月

今昔之感——難以忘懷的過去。

　　黃惠珍，民國 59 年生於高雄，是家中的長女，有一位哥哥和兩位弟妹，父母長年忙碌於工作，父親更是四處奔走，因此從小就必須學著獨立，照顧弟妹，從打掃家裡到洗衣做飯，都是每天的必做功課。那還是個重男輕女的年代，不論如何，男生總是比較吃香，她說，她的兒時玩伴，因為父母

非常重男輕女，一旦那女孩犯錯，輕則打罵重則把她關在門外，一整晚不許進家門。黃惠珍對此感到自己非常幸運，因為她的父母並沒有特別偏愛兒子，都是公平對待。小時候家境並不好，父親的兄弟多，有五個叔叔，祖父很早就過世了，沒留任何財產，父親在十幾歲便靠自己賺錢生活，父母都不太管小孩。有段時間父親從事出海捕魚，兩三個禮拜才回來一次，這種靠老天爺吃飯的工作，有時也是會空手而歸，全家人因此也過得比較吃緊。

在黃惠珍的印象中，父母總是很忙，從小到大都是兄弟姊妹們互相照顧，在她國中畢業之後，便出去工作了兩年，才又繼續念高職夜校。她說她們家的孩子國中畢業後，若要繼續念書，都是要自己負擔學費，賺錢養自己，不像現在的孩子，父母供孩子念大學甚至是理所應當的。後來在黃惠珍十八歲的時候，父親過世了，剩母親一人支撐家裡，那時過得最苦，也最難受，失去親人的痛，不是一兩天就能平復的。

驀然回首──時間流逝的痕跡。

隨著時間沖淡，黃惠珍意識到自己仍必須面對現實，逝者已逝，留來的生者還是得吃飯過日子，於是擦擦眼淚，繼續出去找下一份工作。她說，我還記得我第一份工作是縫手套的，棒球手套那種，論件計酬，一做就是五年，能吃飽不餓死就好。那時房價還沒現在高的這麼離譜，物價也比較低，所以日子其實過得還不錯。後來她就去大發工業區，做了十年。有一次和朋友出去玩，認識了現在的丈夫，交往一年多，就結婚了。她說，她的一生沒什麼目標夢想或人生計畫，就順順的過，不杞人憂天，也不庸人自擾。

後來生了小孩後，覺得自己已經成家了，要養家顧家又要工作，覺得很辛苦，但是看著孩子日漸長大，卻又甘之如飴。養小孩的花費讓黃惠珍頗有壓力，收入與支出幾乎都是打平，有時還要拿婚前的積蓄來花，覺得錢怎麼賺都不夠用，好長一段時間自己都省吃儉用，只為了給孩子最好的。

樂天知命──與世無爭的人生。

她說，她這一生過得平平淡淡，倒也是有幾個小夢想，她希望能繼續念

書，上大學，然後想去北極，親眼看極光，最後再去台東養老，過著簡單純樸的日子。人生中除了父親過世、遇到現在的丈夫、生孩子和幾次車禍之外，真的沒什麼特別讓她印象深刻的事了，她說她最大的優點就是很會調整心態，事情過了就算了，從不去後悔或計較，這也是她的幸福法則，永遠珍惜當下，不回頭看過去或墊腳望未來。

　　現在的她在全聯工作，已經做了十幾年，因為是大賣場，每天接觸到的人不下百位，這十年下來最大的感想就是物價上漲非常多，而這份工作最大的成就感，就是用這不算多的薪水，養活了自己的兩個小孩。她覺得工作也是種得來不易的幸福，有事做很重要，想做到自己不能做為止。訪談的最後，黃惠珍瞇起眼睛笑了笑，說道：「我對我的孩子，不需要什麼期望，我只要他們平安健康，再遇上個好男人，幸福快樂渡過一輩子。」

感謝有你——無怨無悔的付出。

　　透過這次訪談，我對我的母親有了更進一步的瞭解，聊了這麼多才驚覺，我的母親也有年輕的時候啊！我對母親的認識僅止於她三十歲之後，以及她在我面前所表現出的樣子，那些兒時記趣、花樣年華、出社會的甘苦談、人生觀，都是我不曾聽聞過的。對於我的母親，我心裡滿是感謝，她是那麼的無怨無悔，不跟我們計較任何事，即使做錯事，也總是選擇原諒，在所有母親心裡，孩子就是最珍貴的寶物，而我也認為，母親真的是世界上最偉大的人，包容著我們的一切，用盡生命去愛。

敬　將大把歲月

奉獻給孩子的每一位母親！

陳姿妍

視覺傳達設計系

○張文鳳專訪

給親愛的你：

　「有夢想就一定要去實現，才會幸福！」

張文鳳WenFeng

本期專訪人物 張文鳳
今年 46 歲，台中人性格活潑開朗
熱愛旅行和繪畫

人生無常，公主變灰姑娘
家中經濟發生劇變

　　張文鳳，今年 46 歲，出生於台中的她是家中的老么，有兩個姐姐和一個哥哥。從小就生活在優渥家庭的她，童年期間也不必做家務所以總是無憂

無慮的。她的父親是位室內裝潢的木工師傅，從小耳濡目染之下也對繪畫及室內裝潢圖產生莫大的興趣，立志長大要成為向父親一樣的人。

從小學年級開始就參加了許許多多的繪畫比賽，更加深了自己對於繪畫的信念和喜愛。殊不知到了國小四、五年級的時候，家中突然發生了劇烈的轉變。在逼不得已的情況下必須和父母及大姊分隔兩地。

對於從小衣食無缺幸福美滿的她來說這是件莫大的衝擊，寄人籬下，當時的學業也直直落，甚至完全放棄，直到家人團聚的那一刻起她才再次振作。

半工半讀，實現英國遊學夢！
如果有夢想不去實現，那終究只是夢想

張文鳳在她高職選擇科系的時候毫不猶豫的選擇了夜校的室內設計科，只因為這個科系可以畫畫，家裡的經濟不如往常，她靠著半工半讀來支付自己的學費，不管多辛苦從不喊累，這讓她深刻體會到「喜歡」真的很重要。甚至在高職的時候靠著打工存下來的錢，實現了到英國遊學的夢想，第一次去自助旅行，遊遍了紐西蘭南、北馬。畢業後她給自己立定的目標就是到室內設計公司工作，雖然

做的只是最基礎的繪圖員，不過她終究還是實現了她的第二個夢想，她笑著說：當時還是做的還很起勁呢！

因為一場車禍，讓她停下腳步傾聽內心的聲音

結婚後，小孩、家庭漸漸的成為了她生活的重心，離開了原本最愛的繪畫工作到工時較穩定的會計公司上班，夢想也都慢慢被繁雜的生活瑣事給埋沒。沒想到就在這時候發生了一場嚴重的車禍意外傷擊了腦部，一場前所意外變數。等她再次有意識時內心是無助的她說，頭部的外傷可以慢慢癒合，但內心的挫折、恐懼感不知道要多久才能克服。在休養期間，老公一直支持陪伴、鼓勵她去找能讓自己開心的事，思前想後「繪畫」和「旅行」才是她真正最愛的。

受傷期間也不敢想去哪裡，所以就到了小孩的學校還有寺裡去當志工，也剛好趁著這段期間調整自己的步伐，她想著如果能把興趣當作職業，那會是件多麼幸福的事，接著就開始上網、透過人脈去實踐、去進修、去學習。過程是辛苦的，因為腦部受傷，課堂上老師的講解難免有些很難完全理解，但透過不斷的觀看，自主的訓練學習，最後取得了國際彩繪講師的資格，也修完了大學的文化藝術學位學程，在好友和家人的相挺之下，真的成功的開班授課，現在的她更懂得享受自己的人生。

林儷融、葉柔均、陳岳甫、林心婷、張冠宇

流行設計系

●廣濟宮——Temple Culture

　　位於高雄市前鎮區的廣濟宮雖然處在繁華的大馬路上，但他仍擁有醒目的外表。我們一行人就這樣踏入了這間老廟，第一次做訪問的大家正在吵著誰要先進去問，廟裡的總幹事——羅長基先生走了過來……「你們有什麼事嗎？」一句話打斷了我們的爭吵，這時我們才開始講此行的目的，「齁！安捏喔～這個問我就對了啦！我教過很多學生餒！來～你們要問什麼？」廟公爽快的回答我們，看得出他對這間廟非常了解並且充滿熱情，之後的對話也有問必答，廟公非常健談，他跟我們分享許多廟裡的規矩、歷史及神明的故事，原來左進右出是以神明的左右來定的……

　　他說左青龍右白虎，青龍代表好的氣，所以進去廟的時候從青龍那邊進去；白虎則代表壞的氣，要把壞的留在廟裡，所以要從白虎出去。而中間的門則是給神明進去的，所以我們一般人不能從中間

進去。

　　之後還有提到門神的由來。在廟裡的左右門神是唐代的名將軍秦叔寶與尉遲恭。傳說是唐太宗誅殺兄弟以後，以為兄弟化為厲鬼半夜來索命，每天睡覺都不得安寧，導致他精神不佳。直到有一天他找秦叔寶與尉遲恭站在他的房門外後，就再也沒有鬼怪的打擾了，從此他下令百姓們把秦叔寶與尉遲恭的畫像都貼在門上，防止妖魔鬼怪，延續至今。這就是廟裡兩位門神的由來。

　　人的命中有水火土金木，水代表的是黑色；火代表的是紅色；土代表的是黃色；金代表的是白色；木代表的是綠色。他說要是命裡面缺少什麼就補什麼，多什麼就盡量避免穿著那個顏色的衣服，顏色甚至會影響人的個性，例如水太多那麼此人就容易軟弱或者是太過隨和，火太多會脾氣暴躁情緒管理不佳等等。

　　除了人之外，廟裡也有東西南北中的兵將，如何控制這些兵將呢？是用五營旗。廟公非常熱情的邀請我們參觀供桌上的五營旗，他說這邊平常是不開放的，看的出來廟公非常想將這些廟宇知識讓大家知曉。他熟練的將每個方位的代表人馬都報了出來，分別是東營 9 千 9 萬兵；南營 8 千 8 萬兵；西營 6 千 6 萬兵；北營 5 千 5 萬兵 ；中營 3 千 3 萬兵，所以一間廟裡除了我們祭拜的神明之外，還有千萬兵將在鎮守。他讓我們近距離看五營棋上繡的字，每一個方位代表的棋子還真的有繡上各方位的兵將人數及主將姓名，在震驚之餘，廟公笑著說：「你們不知道的還很多勒。」

　　以前廣濟宮的舞龍舞獅是前鎮區最有名氣的，當初廟裡辦活動時裡裡外外都會擠滿人，裡至廟裡一二三樓，外至前園大馬路，通通擠得水洩不通。聽說還有一次活動中，在二樓看熱鬧的信眾為了看表演而不小心跌下一樓，還好神明的保佑讓他毫髮無傷，廟公形容得很生動，我們不禁會心一笑。大約幾年前舞龍舞獅的團隊被國家買下來，栽培他們讓我們的文化躍向國外發展，現在都在高雄展覽館等大場地表演比賽，還要售票進場的喔！可說是推廣的相當成功。鎮守廟中地位最大的神尊是「保生大帝」。總幹事說一般民

眾拜其他眾神都稱為信徒，但保生大帝卻不一樣，民眾要自稱自己為「蟻民」，因為以保生大帝的地位，我們這些普普眾生只能像螞蟻一般的渺小，如此才能顯得他的偉大與高等。

至於為什麼保生大帝會如此令人尊敬呢？這又有另一個故事了！在古老的那個年代，皇帝的媽媽生了場怪病，沒有任何名醫治得了她的病，也判斷不了是什麼病；保生大帝信誓旦旦的說他可以治好這怪病，因為太后尊貴的手不可能直接給外人把脈，保生大帝說他能用絲線把脈，皇上不相信決定要試探他。先是把絲線綁在腳上，他說沒有脈搏；在把絲線綁在貓的手上，他說這是畜生的脈搏。皇上終於相信他了，讓他幫太后治病，果不其然治癒了！之後被眾生尊敬才有了這令人尊敬的名號。

講了許多故事後，他說了一些關於拜神的禁忌與注意事項。廟宇的正中間一定有「朝天爐」，也就是所謂的天公爐，老天爺肯定是最大的所以要先拜；而插香也是一門學問，多數人是右撇子，一般認為右手較不潔，因此燒香拜神應以左手插香表示尊敬，左撇子則反之。在拜拜的時候，「男生持香上不過嘴下不過臍；女生持香上不過頦下不過臍」，這句話用台語講出來剛好押韻，廟公反覆講了幾遍，深怕我們不懂，還特別用國語解釋一次特別細心……，廟裡面的故事太多太多，如果我們還想要了解的話，其實是了解不完的。大家都說台灣最美的風景是人，

我想，是的，今天我看到了
廟宇文化的博大精深、廟裡
人們的熱情接待，以及總幹
事給予我們寶貴的廟宇知
識，如果沒有走這一趟我們
不會體會這麼多，而在現代
的這個社會年輕人逐漸遺忘
傳統文化，就像台語一樣，
我希望文化可以一直延續，

就如同羅長基總幹事對這份工作的熱情！

寄情湖畔的情與思 樹德科技大學 2018 文藝創作獎得獎作品暨師生作品集

陳玥妤

電腦與通訊系

● 清爽可口的棗子、背後戴月披星的棗農
——陳榮富先生

　　他，每日早出晚歸，努力了一輩子，經歷風風雨雨，懷著初心，只願為種吃香甜可口的棗子，博得眾人一笑。

　　凌晨三點，位居高雄市燕巢金山山上的一間鐵皮屋內，一筐筐重達三十幾斤的棗子，被排列在屋內某處地上，而且在工人不停歇地工作下，迅速持續增加著，頗有年紀的陳先生正搬運著一塊塊的木板到貨車上架著，準備擺放那一筐筐裝訂好的棗子，然後送去批發市場做買賣。

「想吃多少，隨便叫的台斤」

　　你知道你吃的那一顆顆的棗子的重量都是怎麼算的嗎?棗子的重量是台斤，打電話訂購棗子的客人都可以向陳先生要求棗子的斤數，想要吃少買五斤，想要吃多七、八斤差不多。

◀圖為成長中的棗子

資料來源提供——陳榮富先生

「中盤商賺很大，農民慘淪被剝削。」

　　但也有買家不是為了吃，而是當中盤商用低價買取，再加以更高價格售出給小攤販，因此如果不小心遇到惡劣的中盤商，賺取的利潤甚至不管你農民中間到底花了多少成本栽種，都只能淪為「人為刀俎，我為魚肉」的份，尤其與中盤商買賣的斤數可與一般平時寥寥可數的那些就不一般了，都是一次上百斤起跳，可見陳先生與工人裝訂好的一筐筐棗子，如果買家是中盤商，景氣不好，又或是等等因素，這可要賠多少進去啊！

　▶圖為剛採收成的 美多汁的棗子
　　資料來源提供——陳榮富先生

「有機栽培技術與各種改良栽培崛起，傳統技術受到衝擊。」

　　近來，栽培方式也逐漸改變，再也不像過去以往只使用單一的栽種方式，出現了有機與各種新興的技術，使採用傳統技術栽種的棗子受到衝擊，最大的差別在於傳統與有機培育出的口感，還有保鮮時間，兩者都是論斤重，有機口感吃起來雖綿密紮實，但價錢較貴，保鮮時間較短。

　　傳統口感雖普及化，也沒有有機棗子因為稀少而帶來的衝擊力多，但爽朗又甜而且保鮮時間較長，因此傳統棗子在市場上還是不乏支持者。

	露天式	網室式
比照圖		

註：左圖為網路翻攝

　　除此之外，棗子的栽種方式可細分成網室式與露天式，而這兩方式之間

種出的棗子卻大相逕庭，前者易照顧，傷害較少，就算颱風來襲也不怕，棗子外層較白玉無瑕亦好賣。

　　後者較難照顧，傷害較多，隨便一個颱風來襲損壞嚴重度可不是一般人能想像的，棗子外層易較白玉微瑕亦不易賣，所以大多的業者大都使用網室式栽培棗子，換取品質更高的棗子，賺取更多的利潤。

「棗子——雨淋日炙栽種背後的流程」

　　傳統棗子的作法流程是先將一棵棵棗子樹多餘的樹枝砍掉，使其重新生長發芽，再反覆的適度施肥澆水，漸漸茁大到某一個程度後，棗子樹的花苞開花，並開始結為青澀的小果實出來。

　　當這個時期開始，就得著手包棗子的工作，等到果子完全成熟，顏色變為淺綠即可採收，之後把棗子裝訂成一筐筐的棗子，送去批發市場做買賣，光要完成這一整套程序，就要花上一年的時間，這也是為什麼我們一年只能在一個季節吃到棗子的原因。

◀圖為陳先生工作的情形
資料來源提供——陳榮富先生

「工作境地滿處危險，飽受職業傷害」

　　而每天持續循環著這些步驟工作著，但同時也伴隨著危險性，以及可能帶來的傷害，比如：包棗子時，要忍受隨時有可能被樹的刺刺到的可能性，又或者是由於不停歇地長期工作，很少休息下，造成手腳多處疼痛，肩膀痠痛等等職業傷害。

　　到了四十好幾的歲數，常常往診所跑，從沒停過，雖這些危險性以及傷害在這個行業裡都是不可避免的，但是它們比起那些服務業，損害的程度可是很大的，甚至影響到家人朋友等等。

「始終如一——傳承的初心」

　　陳先生說，吃棗子的人有時也會對棗子產生感情，「就是喜歡這一味啦！」這樣的客人很多，包括陳先生本人也是如此，客人吃著棗子，露出滿

意的表情，每當看到這樣的客人，陳先生心裡就會很驕傲，因為他與父親當初傳承的初心，就是想種出讓人愛不釋手又香甜可口的棗子。

「商機被搶盡，行銷出路被迫面臨窘境」

　　棗子等等之類的水果買賣雖被現在的各大賣場或超商搶盡商機，但陳先生的棗子行業依然不改初衷，利用網路及配送到北部農會在北部買賣等行銷手法，希望種出來的棗子能以香甜的口感，讓每人每吃一口便會在臉上露出大大的笑容。

　　各行各業都有它艱辛的地方，也有它值得被敬佩的地方，因為他們堅持不懈的努力，人們才得以方便地生活著，各行各業都是如此的高貴。

▶圖為陳先生工作的情形

資料來源提供──陳榮富先生

陳沛瑩、吳昕葦、蕭詠心、劉家佑、陳建廷

行銷管理系、金融管理系

帶領孩子們的偉人

> 人生的成功，在於散發了多少光與熱。
>
> 蔣勳雞義大利麵 -2018/3/30 高雄報導

孩子，人生路上，有人牽引總比自己盲目闖好。

孩子的歡笑聲充滿著教室，他們的眼裡散發出快樂與活力，一旁的老師們靜靜的陪著他們，嘴角揚起了滿足的笑容。

這裡是慈德育幼院，一間座落於燕巢的兒童收容所，收容著父母因故無法照顧的孩童。他們的服務對象為兩歲至十八歲，孩子十八歲到了就必須要回家，如果無法回家的會讓輔導他們就業或繼續讀書。這些孩子來的原因很多，有可能是因為家暴受到創傷、也可能是父母很喜歡小孩但必須去坐牢，部分則是因為家庭經濟

問題無法照顧小孩，所以才會把小孩送來這裡。現在不像以前，以前可能都會認為是沒有父母才會來這裡，現在社會的狀況越來越多。出乎意料的是，普遍人們都認為孩子來到收容所會自卑、會抗拒，但事實上只有一開始會不習慣，反而後來會習慣這種穩定的生活。

我們也有孩子！

這裡的老師們也都有孩子，所以把這裡的小天使們也當自己的小孩，全心全意的為他們付出。

透過許多活動，帶領他們更充實自己。有民間機構或是企業志工來輔導他們，例如自然科會帶同學們去做一些實驗、木工會帶這些小孩子做些木工的東西，美術老師會帶他們一起畫畫，讓孩子們去尋找未來的方向和興趣，用不同的管道去探索，讓這群孩子發現自己的專長，社工也會在旁陪同這些流程。

還會定期舉辦「環島」，為了凝聚孩子們的向心力也讓他們學習互相幫助，受到排擠的孩子也能藉由這個活動與大家有共同努力的目標，更可以讓他們挑戰自己的極限、培養他們的毅力，培養出堅持到底努力不懈的精神，讓他們在這趟旅遊中感覺到不同的體驗，讓他們相信自己只要努力想做什麼都是可以的！現在的活動不再只是玩樂，會融入更多的學習在裡面，不單單只是玩，讓孩子在遊戲裡學到一點東西。

在最黑暗的角落，點一盞燈；在最淒寒的路上，生一堆火。

來到這裡的孩子，心靈上難免會受到些許創傷。如果有受到創傷的孩子，院方會先由心理團體和人際關係的互動去補足他心裡的創傷，這幾種方法不行的話會尋求學校的輔導室，如果連輔導室都束手無策的話，就會找心理師。這些經歷無數黑暗的孩子，會把自己封閉在一個小圈圈內，老師們透過陪伴想帶給他們溫暖，為他們擦去悲苦的眼淚，想讓他們知道雖然世界有很多的不公平，但還是很美好的！

心是堅定的，沒人能真正傷害你！

在人與人的相處裡，難免會有摩擦或排擠，但被排擠過又如何，只要自己夠堅定，就沒有人能傷害你！「排擠」在任何年齡的人際關係中都有可能發生，更何況是還沒成年的小孩。在這裡的孩子，不論是在來到這之前或之

後，只要有被排擠的現象，院方會立即和心理諮商師配合做一些心理的建設，運用心理師的專業在遊戲之間來進行。例如利用桌遊帶領他們加強社交能力，營造的像一個家的感覺，分成好幾個小組，去設定大家共同的目標。例如最近的活動是要帶孩子們去做公共服務，帶他們去老人長照中心讓他們體會——想完成一件事情但因為自己已經老了無法達成，所以要把握當下不要去設限自己，讓他們體會到不要因為一些小小的挫折就挫敗了他們的未來，未來的路還很長，不要拘泥在這個小框框裡面。

偉大是什麼？我們並不知道，我們只知道：小樹的幼苗，在細心的呵護與照顧之下，將會一天天的苗壯，終成為大樹。

　　保護老師是孩子生活的照顧，社工的話算一個窗口，就像一個公關吧！

　　當一個育幼院的老師、社工，必須要比一般幼教老師多出好幾倍的耐心與愛心。

　　這些孩子們十八歲後就必須離開育幼院，朝著人生的下個階段邁進。在十八歲前院裡會有像是高中職裡的職業試探，幫他們找尋未來的方向，選擇是要繼續讀書還是就業。如果選擇繼續讀書的話，院方會幫忙尋找並申請獎學金協助他們完成學業；如果選擇就業院方會輔導孩子，依他們選擇的行業，讓孩子在暑假期間到院方有合作的廠商裡去打工實習。

　　每年一波一波的孩子進來，也一波一波的孩子離開，老師們熱衷的做著自己熱愛的事情，或許我們覺得他們偉大，但他們卻不這麼覺得，他們只知道——那些不在肥沃土壤發芽的幼苗，在細心的呵護與照顧下，將會一天天的苗壯，最終成為大樹。我想，人生的成功就是這樣吧！不在於擁有多少的財富、多崇高的社會地位，而是創造了多少價值、散發了多少光與熱，這些才能定義人生真正的成功！

郭俊佑、黃詩涵、黃郁棻、吳學榮、易政宇

行銷管理系

●姊妹情深互助　共創美食財富

人物專訪：吳老闆姊妹倆

粉領族的無奈　觸使一個機緣

　　吳姓女老闆本是個能力非凡的上班族，上班工作多年來一直對公司努力無為的付出，但卻沒有得到公司老闆相等的回饋與對待，讓她感覺整個人生的時間都好像賣給了公司，即使怎麼的努力也得不到她追求的人生，因為這樣使她覺得工作灰心又無奈。在這種情況下，她就毅然決然向公司遞出辭呈，黯然離開了上班工作職場，心裡很痛苦，對人生很失望也沮喪……

　　因為對於公司的厭倦，所以創業的機緣這樣開始。

姊妹互助　共創美食

　　姊夫的去世，失去了家庭的支柱，使得姊姊必須獨自一人撐起整個家，

但心有餘力而不足以撐起所有責任，兩個孩子還小，無法出去上班。所以吳老闆想幫助姊姊，又剛好吳老闆想創業，而且姊姊還有一手好廚藝，於是姊妹倆互助共創美味鴨肉飯佳餚。而這秘方其實可追溯到姊夫的一位好心的朋友，不忍心吳老闆的姊姊一獨自擔起支柱，所以給了他們家裡的「醬汁調味法」，但姊妹倆覺得還不好，並加以改良成吳家的獨門秘方。

有心栽花花不開，無心插柳柳成蔭

創業之路開始，純粹只是想幫助姊姊在經濟上的困難，想說賺個生活開銷上能過得去就好，沒想到朋友介紹到樹德科大旁邊的店面開業，吳老闆她自己也沒想到，她們自家的鴨肉飯還能大受學生的歡迎，一傳十，十傳百，越傳越多，生意營業額也大幅成長。吳老闆萬萬想不到，純粹想幫助姊姊的心而已，自己跟丈夫是半退休狀態去經營這家店，結果讓姊妹倆發財致富，現在還計畫要開第二家分店。

圖片資訊來源http://picbear.club/place/266548104

關關難過，關關過

吳老闆剛開始在創業開店時，所販賣的並不是鴨肉飯而是便當店，當時的店名是取為「吳家御便當」，而這間創始店是吳老闆的姊姊先創立於捷運站──都會公園站那一帶的租屋處營業的。吳老闆說，當年還在楠梓的時

候，常常就有大學生跑
來吃我們這種「俗擱大
碗」的獨特鴨肉飯，門
庭若市，生意好得不得
了。但好景不常，吳家
鴨肉飯創始店的屋主想
將房子給賣掉，吳老闆
姊妹倆只好另找一個據
點繼續經營下去，正當
還在煩惱這問題，剛好

有住在樹德科大附近的一位朋友跟吳老闆姊妹倆說，樹德科技大學旁邊有間
公告貼了很久都沒租出去的一家店面，看我們要不要去參考看看。當時吳老
闆姊妹倆也沒想太多，就前往承租處一探究竟，到了現場勘查後店面，覺得
說旁邊有樹德科大，而且這附近沒有什麼小吃店，一定會大受學生的歡迎，
於是就搬到這裡，也就是我們現在看到的「吳家鴨肉飯」。果真搬到這裡後
再次大受學生歡迎，不僅如此，還有附近的工廠的雇員也特別愛獨特鴨肉飯
的這一味。

經營管理有一套

　　自古以來餐飲服務業最大的敵人，大概就是「奧客」無誤了，當然吳老
闆也是有遇過。對於奧客也是百般無奈～因為我們是專賣鴨肉飯的，感覺有
點故意在刁難，就有一次來一個社會人士，點了一個肉燥飯來吃，就說：
「味道還好啊，那麼普通。」吳老闆就回了奧客說：「喔！是喔！不過我們
肉燥也賣得很好，不過我們主打鴨肉飯，要不要嚐嚐看？」不過說實在的，
奧客其實不常有，來這裡大部分都是學生居多，老實講學生真的比較好商
量，像鴨腿飯當天已賣完了，說個不好意思要不要改個口味，學生都可以接
受。如果當天提早賣完了，有些社會人士就覺得不行，「哇！現在才幾點而
已，現在就沒了，哪有人像妳這樣做生意的……」碎念一堆，賣得好也是一
點，最主要也是吳老闆有自己的堅持，對於食材新鮮度很嚴苛的，所以不想
囤貨造成食材浪費。

　　在樹德科大旁這裡開店，大部分的營業額來自於大學生，光是學生就占
將近七成的營業額，但是學生到了寒暑假這裡就變人煙稀少，畢竟學生占了

那大的營業額，那吳老闆姊妹倆該如何解決呢？她們是說：「寒假我們幾乎都跟著學生一起放假，然後暑假我們就只營業中午這時段，或是乾脆就直接放假去。有的時候覺得放假放到好無聊，又會跑來店裡開店營業，主要也是做學生每學期上課的這四個月，每年就衝八個月的營業額，所以八個月就必須儲存全部開銷後的結餘，畢竟這裡的房租、水、電費都還是一樣照算」。

小插曲

　　吳老闆願意受訪但不願意露臉拍照所以派了員工出來頂替……

　　奇怪的是勉強答應了側面照。

第

2

部分　師生作品　學生篇

謝乙平、張皓翔、蘇厚安、黃資恩、郭劭恩

資訊工程系

◦時代的腳步、生活的態度

在不起眼的鐵皮屋中的人生故事

走進高樓大廈間的小路，一間不起眼的鐵皮屋，小小的理髮招牌，傳統的家庭理髮店中，年紀已過六十的曾奶奶，一個人維持著這間家庭理髮店，更是有了許多的忠實顧客。

曾經的生活、家庭的影響

曾奶奶在小的時候，因為家庭沒有這麼的富裕，生活比其他人都來苦，所以在她念完小學後就開始打工，分擔家庭的經濟，剛開始曾奶奶到製磚工廠，學習如何

製磚。親戚知道之後，感覺曾奶奶力道夠了，就問曾奶奶要不要跟她一起去旗山學習如何剪髮。當時曾奶奶想說她自己沒讀多少書，也很聽長輩的話，就跟著親戚去了旗山。當年的旗山交通不方便，唯一的交通工具只有客運，曾奶奶只好住在師傅的家中。那時曾奶奶在旗山學習的三年四個月，在學習的過程中，她不只學習剪髮、洗頭，還要學習快失傳的挽面，在工作之餘還需要幫忙澆水、下田，只要有家事，曾奶奶都需要去幫忙去做，跟現在學習方式完全不同。

人生的轉捩點

學成後，遇到家庭的變故，被迫獨自生活，當曾奶奶到了長庚醫院下面的福利社，運用當年所學的技術開始賺錢。在工作期間看到了許多的病人、董事長，原本生病的病人好了，也出院了，原本可以靠著自己雙腳行走的董事長，現在卻只能依靠輪椅，有所成就，卻無法安穩度日。看到這裡，曾奶奶也想了很多關於自己的事情，從而轉變了態度，更樂觀的看待事情，煩惱更少了許多。

人生經歷分享與時代的不同

曾奶奶在訪問過程中，訴說著她在這四十幾年的經驗。不論是人生、學習、事業又或是愛情，曾奶奶口中最大的差異，與我們年輕一代的不同，是過去的生活與經濟難以過活，是現在的生活無法想像的。也因此，以前的人十分老實，能做什麼就做什麼，毫無怨言。

學習是刻苦耐勞，沒有不重要的學習

曾奶奶更談論到學習。現在和之前相差許多，現在的年輕人很少能夠像以前一樣刻苦耐勞，常常會因為一點小事就離職，鑰匙一插，摩托車一騎就

走了。但是以前沒有這麼容易，一份工作十分重要，所以當時要學一份工作真的很不容易。再來就是興趣，培養一個興趣十分重要，一個興趣變成一個專長，最後就變成自己的技能了。

愛情非難事，也非人生大事

　　曾奶奶突然說起了自己的感情事，從交往到結婚，到家庭變故。接著警惕我們，交往的過程中，如果真的覺得不適合就分手，人跟人彼此都有緣分，緣分來了就在一起，緣分盡了就給對方祝福，留一個好印象和記憶。分手不是件壞事，在一起就好好珍惜，不要因為分手，就有輕生想法或是做出傷害對方的事情。在這個世界上，沒有屬於你的女生，也沒有屬於妳的男生。

樂觀的態度與豁達的人生

　　曾奶奶十分歡迎我們，不斷訴說著自己的經歷，也告訴我們該警惕的事情。從曾奶奶的談吐中，看出對於目前生活中樂觀豁達的態度，也經歷過許多的事，過程中開導我們許多。已過六十的曾奶奶，絲毫沒有歲月摧殘的痕跡，不如說經過歷練後，反而比現代人過得更加自在。